QUELQU'UN DERRIÈRE LES MURS

Du même auteur

Les Impliqués, Mirobole, 2013 ; Pocket, 2015
Un fond de vérité, Mirobole, 2015 ; Pocket, 2016
La Rage, Fleuve Éditions, 2016 ; Pocket, 2017
Inavouable, Fleuve Éditions, 2017 ; Pocket, 2018
Te souviendras-tu de demain ?, Fleuve Éditions, 2019 ; Pocket 2020
Inestimable, Fleuve Éditions, 2021 ; Pocket, 2022

ZYGMUNT MIŁOSZEWSKI

QUELQU'UN DERRIÈRE LES MURS

Traduit du polonais
par Kamil Barbarski

fleuvenoir

Titre original :
DOMOFON

Fleuve Éditions
92, avenue de France – 75013 Paris
serviceclients@lisez.com

ISBN : 978-2-265-15702-6

Dépôt légal : janvier 2025

« Nie chodzą tu żadne zegary. Żaden z kluczy di nich nie pasuje i nigdy nie da się ich nakręcić. Drzwi nigdy nie otwierano i nikt nigdy nie mieszkał w pokojach. Ale ty nie możesz zostać tu długo. Bo to nadchodzi. »

« Les pendules sont arrêtées et nulle clef ne peut les remonter. Les portes n'ont jamais été ouvertes et personne n'a jamais séjourné dans ces chambres. Toi et moi, nous allons passer encore quelques instants puis ce sera fini, car bientôt il sera là. »

Stephen King, *Shining, l'enfant lumière*
Traduit de l'américain par Joan Bernard.

Prologue

Plus tard, lorsque tout fut terminé, la police, les experts psychiatres et les journalistes qualifièrent les faits qui s'étaient déroulés dans notre immeuble d'hystérie collective. Par quoi avait-elle été provoquée ? Cela n'a jamais été expliqué. Pour autant que je sache, on n'a même pas essayé de le faire.

Toutes les autres explications étaient soit trop effrayantes, soit trop fantaisistes pour être prises au sérieux. Je me suis demandé si mes cassettes pourraient aider à résoudre le mystère. Mais non. Pour un observateur extérieur, elles n'auraient été qu'une suite de conversations décousues menées à travers un interphone et consistant principalement en des phrases du type « C'est moi », « Ouvre, chérie », « Tu m'as dit d'acheter du pain, des cigarettes, et c'était quoi, le dernier truc ? » ou « Est-ce que je peux rester jouer encore une demi-heure ? ». Un observateur averti aurait probablement remarqué qu'au fil des ans de moins en moins de cassettes étaient nécessaires pour enregistrer les événements de la journée, que de moins en moins de personnes venaient nous rendre visite et que les demandes laconiques d'ouverture de la porte devenaient encore plus laconiques.

Mais d'observateur averti, d'auditeur, en l'occurrence, il n'y avait point.

On pourrait se demander de quel droit je raconte l'histoire de l'immeuble et de ses habitants. Est-ce judicieux de la relater de cette manière ? Est-ce que j'en sais assez sur eux ? Si quelqu'un me posait la question, j'en rirais aux larmes. Car j'en sais plus sur eux, bien plus qu'ils n'en sauront jamais sur eux-mêmes.

Je devrais écrire : tout a commencé il y a fort longtemps, mais ce serait un non-sens. Je me perdrais dans mes propres souvenirs en voulant présenter les années passées. C'est pourquoi j'écris : tout a commencé le vendredi 11 octobre 2002, lorsque les jeunes Łazarek sont arrivés d'Olecko dans notre tour.

Chapitre 1

Fais gaffe. Anuszka a déjà répandu de l'huile.
Varsovie, quartier Praga-Północ.
Inscription sur la balustrade de l'arrêt de tramway
à l'angle de la rue Inżynierska
et de la rue du 11-Novembre.

1.

Ce n'était pas un jour idéal pour débuter une nouvelle vie. Quelque chose ne tournait pas rond. D'abord, il crut que c'était la route. Le beau temps d'avant midi s'était transformé en une météo infecte et typique du mois d'octobre, la circulation était plus dense que d'habitude. Il regrettait qu'ils aient décidé de commencer leur déménagement un vendredi. S'ils avaient tout fait le samedi et le dimanche, cela aurait été beaucoup plus facile. Déjà, il n'aurait pas eu à se coltiner les poids lourds sur cette route mouillée. Ça faisait chier.

D'ailleurs, à force de rouler dessus, ces satanés camions avaient déformé la chaussée, creusant des ornières dans l'asphalte tels des sillons qui filaient à l'infini. Bien sûr, elles étaient espacées de la largeur d'un châssis de semi-remorque, alors les voitures individuelles qui les suivaient penchaient soit à gauche, soit à droite, selon la roue que le conducteur choisissait de plonger dans un sillon. Une horreur.

Ou y avait-il quelque chose de plus que le fait de conduire dans de mauvaises conditions ? À la sortie de Pułtusk, alors qu'il dépassait le panneau « Varsovie 59 », il sentit un poids lui écraser la poitrine. Pendant un instant, il ne put reprendre son souffle et faillit paniquer. Il se calma et inspira en sifflant discrètement. Que se passe-t-il, se répétait-il dans sa tête, que se passe-t-il ? Je suis sûrement fatigué. Si ça recommence, il va falloir que j'aille chez le médecin. Quelle poisse, je quitte l'épouvantable maison familiale, je pars avec la femme que j'aime dans un appartement tout neuf, j'entame une merveilleuse nouvelle vie, et je n'arrive pas à respirer. Faut croire qu'il y a vraiment un truc qui cloche.

— Allô ! Allô, Robert, ici la terre ! Bzzz, bzzzz, vous nous entendez ?

— Quoi ? Désolé, j'étais perdu dans mes pensées. Tu disais ?

À l'inverse, Agnieszka était aussi joyeuse qu'une enfant en voyage scolaire. Elle mit les mains derrière la tête, serrant sa courte queue-de-cheval, les pieds appuyés sur le pare-brise de leur Polonez qu'ils appelaient affectueusement « Polofusée ». Quelques kilomètres plus tôt, elle avait inséré sa compilation préférée des plus grands tubes des années 1980 dans le magnétophone, et à présent elle balançait ses gros orteils au rythme de « I Will Survive ». Elle était très, très sexy. Robert ressentit un picotement agréable dans le bas-ventre.

— Oui, je disais que je n'ai encore jamais été aussi heureuse. Que réponds-tu à cela ?

— Moi, je dis d'accord. On est donc déjà deux dans ce cas. Si nous trouvons un auto-stoppeur heureux, nous lui ferons payer l'entrée du club.

Il hésita, puis ajouta :

— Moi aussi, je suis content de laisser ce merdier derrière moi.

Le terme était peut-être un peu fort pour décrire ses années d'insouciance. Mais Agnieszka ne comptait pas abandonner son ton optimiste si facilement.

— Je ne parle même pas de ce que nous laissons derrière nous. Je suis heureuse à l'idée de ce qui nous attend. L'appartement, le travail, les nouveaux amis, les voisins, les fêtes, les sorties cinéma, les soirées resto. Ça va être génial, tu vas voir !

Elle s'étira, dévoilant son nombril, et l'idée de s'arrêter sur le bas-côté traversa l'esprit de Robert. Batifoler un peu dans la voiture ? Pourquoi pas. Ils ne l'avaient encore jamais fait. Il renonça parce qu'il avait peur qu'elle ne se moque de lui. C'est idiot, se réprimanda-t-il en pensée, elle ne le ferait certainement pas. Tout au plus lui dirait-elle d'arrêter ses bêtises, de continuer à rouler et d'attendre le soir pour qu'elle exauce ses fantasmes de multiples façons.

Il ne répliqua donc rien et Agnieszka continua son joyeux monologue.

— Je finirai mon travail, j'irai à pied vers la rue Nowy Świat, j'y boirai un café en t'attendant. Je ne serai pas loin, tu sais, ma boîte est sur la rue Krucza. Tu termineras un peu plus tard…

— Qu'est-ce que je vais terminer plus tard ? mon travail ? l'interrompit-il en faisant passer les essuie-glaces à la vitesse supérieure. Je dois d'abord en trouver un.

— Allez, ne dis pas de sottises, tu as déjà un travail, répliqua-t-elle d'un air perplexe.

— Un travail ? Tu veux parler de celui que ton père m'a obtenu ? Représentant commercial dans une société qui fabrique des perceuses ? La bonne blague, c'est bien pour patienter et ne pas mourir de faim. En réalité, je vais surtout chercher un véritable emploi. Et au début, je ne pense pas avoir le temps de prendre des cafés en ville.

Il avait affirmé tout cela un peu trop durement et le regretta aussitôt. Qu'est-ce qui l'empêchait de sourire et de fantasmer sur une soirée passée ensemble ? Il s'était comporté comme un malotru. Qu'il ait un problème (en avait-il un ?) avec tout ce qu'ils avaient reçu de la part de ses beaux-parents n'était pas encore une raison pour mal se comporter.

Il regarda sa femme, espérant qu'elle n'ait pas noté son ton et ce que celui-ci cachait. Elle observait par la fenêtre les champs détrempés par la pluie.

En fin de compte, elle rompit le silence.

— Ce boulot n'est peut-être pas si mal, tu sais. C'est une grande entreprise, elle donne des possibilités d'avancement, de carrière. On peut probablement s'y faire une place, gagner un peu d'argent et essayer ensuite de chercher autre chose. Tu crois que j'ai fait des études pour passer ma vie à faire des cafés aux gens ? Ce n'est qu'un début. Dans quelques années, nous en rirons et nous nous souviendrons de nos premiers postes.

Robert ravala la remarque acerbe qui lui venait en tête sur la qualité de l'enseignement reçu à l'université de Mazurie, leur *alma mater* locale, et répondit :

— Au coin du feu dans notre chalet à la montagne ?

— Oui, au coin du feu dans notre chalet à la montagne, répéta-t-elle avant de se tourner vers lui en souriant radieusement.

Il lui rendit son sourire. C'était leur rêve depuis qu'ils se connaissaient : une cheminée dans un chalet à la montagne, dans les Bieszczady, de préférence. Simultanément, c'était un code qui disait : OK, désolé, parfois, des trucs ne vont pas, parfois, on dit quelque chose de bête, mais notre lien est plus fort que ça.

Avant Serock, ils tombèrent de nouveau derrière un gros camion, qui transportait visiblement des yaourts. Robert savait que, s'il ne le dépassait pas, il se traînerait derrière lui dans toute la zone urbaine, puis encore pendant une douzaine de kilomètres à la sortie de la ville avant que l'embouteillage ne se résorbe. Il cligna des yeux. C'était la pire heure pour conduire. Dix-sept heures approchaient, le crépuscule tombait, les voitures circulant dans l'autre sens l'éblouissaient de leurs feux, les piétons et les cyclistes garnissaient les trottoirs, les poids lourds biélorusses organisaient manifestement une sorte de rallye. Finalement, il trouva un espace, bondit hors des ornières remplies d'eau et s'engagea sur la voie de gauche.

Il accéléra.

Les geysers d'eau giclant d'en dessous des roues du camion s'abattirent sur le pare-brise, les essuie-glaces qui fonctionnaient pourtant à plein régime devinrent un gadget inutile.

Il accéléra encore.

Il était en train de doubler ce poids lourd de dix-huit roues lorsqu'il vit une camionnette surgir de derrière la colline devant lui. Robert était déjà trop loin pour ralentir et se reporter derrière le camion, il devait courir le risque. Il rétrograda, appuya à fond sur l'accélérateur et se pencha sur le volant. Du coin de l'œil, il vit Agnieszka se redresser et saisir la poignée de la portière. Tranquille, ça va aller, ça marche toujours, pensa-t-il. Le véhicule venant d'en face klaxonna et lui fit des appels de phares. Une cinquantaine de mètres les séparaient. De son côté, il n'était plus qu'à deux mètres de la cabine du camion. En la doublant, il sortit trop brusquement des ornières et sentit sa Polonez, balourde d'ordinaire, danser et perdre progressivement le contact avec l'asphalte.

Il restait quelques mètres jusqu'au véhicule venant en sens inverse.

Il enfonça désespérément la pédale d'accélérateur, priant pour que les roues reprennent leur adhérence, et tourna le volant. La « Polofusée » survira et sauta dans les ornières devant le poids lourd, seulement pour se retrouver lancée à près de cent cinquante kilomètres-heure derrière une petite Fiat 126p pratiquement pas éclairée.

Agnieszka cria et se recroquevilla sur son siège, la collision était aussi certaine que si ce n'était pas une petite Fiat qui les attendait, mais un mur de briques. Ils pouvaient soit percuter de plein fouet le « pot de yaourt » en espérant que le choc les projette sur le côté – s'ils restaient sur la route, ils seraient écrasés par le poids lourd miraculeusement dépassé –, soit fuir sur l'autre voie et heurter violemment les voitures d'en face. Tout cela se passa en une fraction de seconde et Robert n'eut pas le temps d'envisager toutes ces sinistres possibilités. Il braqua instinctivement vers la droite, tentant d'éviter la Fiat par le bas-côté.

Les arbres plantés en ligne défilèrent près du visage d'Agnieszka, les roues patinèrent sur le gravier humide, l'arrière du véhicule commença à glisser vers les troncs, Robert tourna frénétiquement le volant, lâcha l'accélérateur puis remit les gaz. La petite Fiat fila sur leur gauche. À présent, il leur fallait retourner dans les ornières de leur voie. Ils furent sauvés par le hasard. Ils tombèrent sur une zone de chaussée élargie pour un arrêt de bus, une surface de bitume où leurs pneus droits reprirent assez d'adhérence pour que Robert puisse contrôler la voiture – une nouvelle fois en l'espace d'une seconde – et plonger dans les sillons.

Ils ne disaient rien, immobiles, sans se regarder l'un l'autre. Ils savaient être passés très près de la catastrophe : leur voyage avait failli s'achever avant d'avoir débuté. Il avait failli s'achever irrémédiablement.

— On devrait peut-être faire une pause ? lança-t-elle tout bas.

— Pas question. Je chialerais en voyant tous ceux que j'ai doublés me repasser devant. Nous nous arrêterons une fois arrivés à Varsovie.

— Au McDo ?

Il fut pris d'un éclat de rire. Même à Olecko, au fin fond de la Pologne de seconde zone, aller au McDo, c'était la *lose*. Manger chez McDonald's, c'était comme faire de la muscu, claquer son fric en nouveaux survêtements de sport ou en vitres teintées pour sa Polonez. Ils le savaient, mais ils aimaient l'endroit, surtout Robert. Je sais, je sais, se répétait-il, dans le pain, il y a du papier, dans le steak, il y a de la merde de chien, et le tout est un missile cancérigène chargé en glutamate monosodique. Mais j'aime ça malgré tout. C'est pourquoi, sans jamais l'avouer à leurs amis, ils s'aventuraient parfois jusqu'au McDonald's le plus proche, à Suwałki, pour y manger un sandwich et des frites. Ils en faisaient un rituel, une bacchanale du hamburger. Désormais, dans la capitale des anonymes, ils pourraient se livrer à un véritable festin au grand jour.

— Évidemment, répondit-il tandis qu'ils approchaient du pont sur le lac de Zegrze.

2.

Tu es un connard. Tu es une ordure en cravate, une amibe humaine, un putain de trou du cul de chat, un pantin de multinationale, pensait Wiktor à propos du type assis en face de lui. Il le pensait tout en souriant poliment, hochant la tête et essayant de faire bonne figure devant celui dont son avenir dépendait.

— Comprenez-moi bien, poursuivait l'ordure, il y a cinq ans à peine, j'aurais sacrifié la moitié de mon salaire (ben voyons !) et tout mon temps pour convaincre mes patrons de la nécessité de vous engager. Mais aujourd'hui ? Pourquoi devrais-je vous trouver un poste, s'il vous plaît ? Dites-le-moi, convainquez-moi.

Le trou de balle de chat sourit avec une tristesse professionnelle et replaça ses mains si soignées en prière. Wiktor remarqua que le plus petit des doigts potelés de sa main gauche était orné d'une chevalière au logo de son entreprise. Il resta silencieux un moment et réfléchit à la manière dont il devait démarrer son discours pour paraître crédible, confiant et professionnel à la fois. Il sentait sa propre sueur chargée d'alcool et se demandait si monsieur Marek Koteczek, senior manager des ressources humaines, la sentait aussi.

— Je ne vous cache pas que déjà à l'époque (aïe, c'est mauvais ! pourquoi n'as-tu pas dit « depuis toujours » ?), je songeais à votre maison d'édition. Malgré le succès que je rencontrais au journal, je cherchais un bon travail dans un bel endroit, même pour un salaire modeste. Un travail qui me permettrait d'aller de l'avant et pas seulement de courir après les scoops six jours sur sept pendant quatorze heures d'affilée. Vous étiez parfaits. Une belle tradition, des publications fréquentes, des magazines colorés, mais de qualité, un réseau à l'étranger, une excellente réputation sur le marché.

— Alors pourquoi n'êtes-vous pas venu ?

Va te faire foutre, connard. Je ne vais certainement pas te parler de ça.

— Un concours de circonstances.

— Depuis, si je comprends bien, vous avez d'abord disparu de la circulation pendant un an, après quoi vous vous êtes retrouvé au fond du trou et alcoolique ?

Le directeur senior Koteczek avait dit cela dans un élan de tristesse véritable, ce qui était manifestement sa spécialité. Les employés qu'il licenciait quittaient probablement son bureau les larmes aux yeux et en regrettant d'avoir tant fait souffrir leur patron.

Wiktor sentit qu'il devait partir d'ici au plus vite. Il s'était douté que l'entretien ne serait pas facile, mais il n'aurait jamais cru que cette conversation stupide se transformerait en psychothérapie humiliante. « Je me sens bête d'en parler, docteur, mais je me suis mis à boire. Avant cela, je matais ma mère par le trou de la serrure et j'enfilai ses collants en cachette. J'ai tellement honte. » Détends-toi, se répétait-il, détends-toi, ce mec fait ça exprès pour te déstabiliser, il veut voir comment tu réagis à la pression. Détends-toi, mon garçon, souris, montre à quel point tu te contrôles.

— Je vois que vous connaissez ma biographie autrement que par ce que j'ai inclus dans mon CV, dit-il en sentant un sourire forcé fendre son visage. C'est de l'histoire ancienne. Tout le monde passe par des moments difficiles, et plus on tombe de haut, pire c'est.

— Bien sûr, répondit le senior manager en soupirant tristement.

Il jeta un coup d'œil aux papiers posés sur son bureau.

— Vous vous êtes fait un nom en tant que chroniqueur judiciaire alors que vous n'aviez pas trente ans, reprit-il. Puis vous avez connu une série de triomphes. C'est bien cela ?

— En quelque sorte.

— Pouvez-vous me parler de cette affaire ?

Évidemment, mon gars, je vais satisfaire ta curiosité de petit-bourgeois, même si cela n'a rien à voir avec le travail que tu me proposes. Comme tout le monde, tu espères que je te raconte quelques détails macabres que je n'ai encore jamais décrits. Des détails auxquels tu pourras penser en t'endormant le soir.

— J'en serais ravi, bien que je ne pense pas que vous appreniez quoi que ce soit de nouveau. C'était, avant même ma… disons… ma découverte, le procès le plus célèbre de ces années-là. Trois adolescents, dont une fille. Accusés d'enlèvement, de viol (oh, j'ai vu cette étincelle dans tes yeux), de torture et de tentative de meurtre sur une jeune de seize ans. Elle s'appelait Honorata. Je ne vais pas vous détailler ce que j'ai vu dans son dossier, mais elle a été traitée comme un objet.

Rien que pour avoir fait ce genre de choses à un chien, on devrait finir en prison pour de longues années.

— Si je me souviens bien, elle était muette ? Vous savez, quand ils l'ont trouvée. C'était à cause du traumatisme ?

— Non, on lui avait arraché la langue. Je peux fumer une cigarette ?

— Désolé, on ne fume pas dans nos locaux. Nous en sommes très fiers.

Wiktor sortit néanmoins un paquet de Lucky Strike de la poche de sa chemise et en tira une cigarette. La faisant tourner entre ses doigts, il se demandait ce qu'il pourrait encore dire à l'amibe. D'une part, il n'obtiendrait sûrement pas le poste quoi qu'il arrive, et il n'en avait sans doute plus très envie, et parler de cette affaire ne l'amusait guère. D'autre part, il y avait toujours une chance que ce suppôt si soigné, parfaitement coiffé et sculpté à la salle de muscu, écoute son histoire et s'exclame : « Vous êtes l'homme que nous cherchions ! Dans mes bras, Wiktor ! » Et s'il s'exclamait ainsi, Wiktor aurait de l'argent. Et s'il avait de l'argent, il cesserait de vivre comme un animal. CQFD.

— Il s'agissait d'un procès éminemment circonstanciel, poursuivit-il. Rien que l'identification des auteurs a été problématique. On a montré à la jeune fille des photos de personnes « surveillées par la police ». À la vue de l'une d'entre elles, elle a réagi de manière si hystérique qu'une identification a été organisée. Vous savez de quoi ça a l'air, cinq types à peu près ressemblants se tiennent l'un à côté de l'autre, et la personne lésée désigne l'un d'entre eux. Alors, quand ces personnes ont été alignées et que la fille est entrée dans la pièce, elle a immédiatement pointé un homme du doigt. Elle s'est collée à la vitre en face de lui et s'est mise à hurler si fort qu'il a fallu faire venir des secours.

— Et en quoi cela posait-il un problème ?

— En cela qu'elle avait désigné un autre homme que celui qu'elle avait identifié sur la photographie.

Wiktor cassa sa cigarette en deux, la jeta dans la poubelle et en prit une autre. Il massa doucement la feuille de papier, voulant répartir le tabac de façon homogène. Quelle activité mécanique stupide, se dit-il. De toute façon, je ne la fumerai pas. Quand est-ce que j'ai pris cette habitude idiote ? Je crois que c'était au tribunal. Paweł, chroniqueur à la *Gazeta Wyborcza*, malaxait toujours nerveusement sa cigarette et, à cette époque-là, je faisais tout pour lui ressembler. Quand le début du procès était retardé de deux heures ou que la pause de quinze minutes devenait une heure, nous descendions au buffet pour manger un œuf sauce tartare et fumer une clope. Une, deux, dix. Nous fumions et nous parlions, nous parlions et nous fumions. Le bon vieux temps. Mon Dieu, combien d'années ça fait ?

Wiktor remarqua que la quasi-totalité du contenu de sa cigarette s'était répandue sur le bureau du suppôt de grande entreprise. Le gars regardait le tabac comme s'il s'agissait de germes de lèpre étalés sur un sandwich.

— D'après mes souvenirs, c'est là que vous étiez monté sur scène pour déclamer votre tirade ?

Quel poète tu fais, bon sang, avec de telles comparaisons, tu gâches ton talent, aux ressources humaines.

— C'est bien dit. Le plus gros problème dans cette affaire, c'est que personne ne savait où la jeune fille avait été détenue. Certainement pas dans l'un des appartements des trois accusés ni dans un lieu connu appartenant à leurs amis, à leur famille, à des parents éloignés, *et cætera*.

Il sortit une nouvelle cigarette.

— Mais un jour, quelque chose a fait tilt. C'était déjà la toute fin de l'été, un après-midi où l'audience s'était terminée un peu plus tôt que prévu. À vrai dire, je n'avais pas envie de décrire dans mon article un énième témoignage décousu d'expert. Et puis tout le monde disait de but en blanc que l'ensemble de l'accusation était un fiasco. Je me suis rendu au centre-ville et j'ai erré dans le quartier près de la place Konstytucji. Tous les accusés habitaient là, les témoins aussi. Si ces personnes étaient liées à l'affaire, ce dont je doutais de plus en plus, tout avait dû se dérouler dans ces parages.

Wiktor s'interrompit.

— Vous savez quoi, fumez votre clope, proposa Koteczek, mais mettez-vous à la fenêtre.

Eh bien voilà, si je fais encore une pause, tu vas non seulement me donner ce boulot, mais aussi augmenter le salaire proposé.

— Non, merci.

Il soupira, jeta un coup d'œil à la cigarette, à la brume grise qui emplissait la réalité derrière la vitre, puis à la carte de visite de l'étron RH posée devant lui. Elle était très belle, soigneusement conçue.

Je ne vais pas y arriver, pensa-t-il en secouant involontairement la tête, je tiens à ce travail, je tiens à n'importe quel travail tant qu'il consiste à écrire, mais je ne vais pas y arriver.

— Monsieur le directeur… commença-t-il.

— Monsieur Koteczek, l'interrompit le directeur. Monsieur Koteczek sera amplement suffisant.

— Je ne sais pas pourquoi vous voulez que je raconte ça. Toute l'histoire a été décrite en détail à peu près partout, et pour moi, je dois vous l'avouer, me la remémorer est difficile. Je préférerais ne pas le faire, si vous voulez bien.

Le senior Koteczek resta silencieux, et Wiktor sut que son destin était en train de se jouer là. Était-il possible que sa vie dépende de ce type ? Un merdeux plein aux as, satisfait de lui-même, un mec qui joue probablement au squash, baise sa femme – qui a l'air d'une Miss Monde – en string et va chercher des enfants génétiquement réussis à la sortie de l'école. Que pouvait-il bien savoir sur le fait de chuter, de chuter et de chuter encore ? De chuter si longtemps que l'on ne croit plus non seulement à la possibilité de remonter, mais au fait même qu'un fond existe ? On finit par ne plus attendre l'impact et par accepter qu'il n'y a que la chute, dont la seule variante est que parfois les parois noires du puits deviennent grises, et d'autres fois si minces qu'on peut voir des couleurs et du mouvement à travers. Mais cela n'arrive que rarement. Presque jamais. Tant pis. Finalement, c'était peut-être justice, que ce type ait réussi et lui non.

Avant même que le senior manager ne prenne la parole, Wiktor savait quelle serait la décision.

— Vous voulez écrire des reportages pour nous, des textes sociaux. Cela demande de la sensibilité et, en même temps, du détachement. Il faut être en mesure d'entrer dans une histoire, d'être touché par elle, puis… dit-il en claquant des doigts… d'en sortir, de prendre du recul et de la décrire de manière à ce qu'elle secoue les lecteurs. Je vérifie si vous en êtes capable.

Wiktor répondit uniquement parce qu'il ne voulait pas partir sans rien dire.

— Intéressant. Et moi qui pensais que vous étiez excité à l'idée de ce que mon histoire pouvait vous apporter. Une combinaison de sexe, de viol, de violence, peut-être même de bestialité, et en plus, tout cela authentique, presque de première main, si j'ose dire. Alors que vous ne faites que me tester.

— Vous essayez vainement d'être grinçant. Je suis vraiment désolé, d'autant plus qu'à une certaine époque vos textes étaient très importants pour moi, mais je constate que vous n'êtes plus apte pour ce qui est capital pour nous, ce qui compte le plus pour notre entreprise. Et s'il vous plaît, prenez ceci comme un conseil amical, vous êtes inutilement agressif, ce qui n'aide pas lors de telles conversations. Au revoir.

Va te faire foutre.

Wiktor se leva, sans prendre la peine de nettoyer le bureau des miettes de tabac, et partit. Il ne pensait plus ni au senior Koteczek, ni à Honorata, ni à ce qu'il avait vécu autrefois. Il se disait simplement que ça allait commencer d'ici peu et qu'il devait se rendre rue Amatorska le plus vite possible.

3.

Robert et Agnieszka mirent un quart d'heure à trouver une place devant le Carrefour près de la Trasa Toruńska puis durent courir sous une pluie battante jusqu'à l'entrée du hall depuis l'extrémité la plus éloignée du parking. Tant de sacrifices pour une nourriture si minable, songea Robert. Quelle ironie, que le temple de la consommation impose à ses fidèles de véritables mortifications dignes d'un ermite.

Il commanda le burger au poisson qu'Agnieszka détestait et qu'elle appelait toujours « McMerde » (tu chlingues de la bouche pendant une semaine après ça, se plaignait-elle), et il contempla les reproductions de peintures modernes qui ornaient les murs.

— D'habitude, il y a des photos, marmonna-t-il la bouche pleine.

— Quoi ?

— Bah tu sais, d'ordinaire, il y a des photos de l'Empire State Building, du Golden Gate ou d'un Elvis quelconque. Je ne sais pas pourquoi, mais elles sont toujours en noir et blanc. Et là, il y a des peintures, c'est la première fois que je vois ça.

— Qu'en penses-tu ?

— Je pense qu'elles sont merdiques. La seule chose qu'elles ont en commun avec l'art, c'est qu'elles sont rectangulaires, encadrées, mais d'autres pourraient y voir un truc au centre.

On pourrait en dire autant d'une pub annonçant la promotion d'un T-shirt ou d'un panneau de permis de construire pour des toilettes publiques. Quoique, là, c'est encore pire. La pub ou le panneau ont un contenu, ils communiquent quelque chose. Ici, pas de contenu, pas de forme, c'est vide.

— Tu exagères. C'est juste que tu n'y vois rien, mais d'autres pourraient y voir quelque chose.

— Mais c'est leur mérite, pas celui de l'art. Ils ne perçoivent pas le message de l'artiste, ils se contentent de fantasmer un sens. Ces mêmes personnes, si tu leur montres un panneau de chantier, mais écrit en swahili, y trouveraient sans doute l'image du monde. Étonnant comme on peut représenter le chaos, diraient-ils, avec ces signes tordus, et en même temps imputer un ordre, l'idée transcendantale d'organisation du chaos en lui adjoignant un cadre éphémère. Et puis, il y a ce fond jaune ! Fabuleux. Qui sait, peut-être qu'ils piailleraient même d'admiration, selon la formule en usage dans certains romans. Tu as déjà vu quelqu'un piailler d'admiration ? De quoi ça pourrait avoir l'air ?

Il but une gorgée de Coca et émit un bruit aigu avec la bouche. Les personnes assises à côté de lui s'agitèrent avec inquiétude. Robert piailla encore plus fort et claqua des doigts.

— Arrête ! Quel dingue… Quelqu'un pourrait appeler la sécurité. Il faut piailler discrètement et avec maîtrise, dit-elle en piaillant tout bas vers lui d'une manière qui la transforma en déesse du sexe.

Ses lèvres, et elle avait des lèvres plutôt larges, peut-être même un peu trop larges, mais Robert aimait ça, s'étaient pliées en forme de cœur… comme dans un dessin animé.

— Ouais… continue comme ça, et des mecs se jetteront sur toi dans n'importe quelle galerie d'art.

Robert ressentit de nouveau un picotement dans le bas-ventre. Quelle journée !

— Je ne le ferai qu'à tes vernissages à toi et quand nous serons seuls, et uniquement quand je serai sûre que c'est toi qui te jetteras sur moi.

Robert se crispa. Il savait d'expérience que les conversations à propos de sa peinture à lui, à propos des projets qui s'y rattachaient, finissaient toujours mal. Pour elle, c'était un passe-temps inoffensif, un truc comme collectionner des timbres ou de vieux emballages de thé, alors que pour lui, la peinture était (presque) tout. C'était quelque chose de plus important qu'elle, quelque chose qu'Agnieszka ne comprendrait certainement jamais. Quelque chose que l'on peut entreprendre soit pour de bon, soit pas du tout. Si l'on veut bien faire. Correction : si on veut le faire sincèrement. Il voulait déjà entamer une discussion qui se terminerait probablement par un long silence ou des putains de larmes, qui buterait sur cette saloperie d'armure contre laquelle s'écrasaient tous les missiles tirés de son côté, mais il laissa tomber.

— Ça serait parfait, confirma-t-il avant de changer de sujet. Tu crois qu'on va pouvoir venir ici à pied ? Regarde, on voit notre immeuble.

Il désigna une tour grise qui masquait une partie de l'horizon.

— Bien sûr, pour nos promenades du dimanche. Nous emmènerons notre chien...

— Pas de chien !

— Alors un chat...

— Aucun chat ! De manière générale, rien qui ait plus de jambes que moi. Pas de perroquet non plus ! Nous en avons déjà parlé un million de fois. Nous n'allons pas garder une boule de poils puante dans trente mètres carrés au huitième étage.

— Il y a tant de gens qui le font ! S'il te plaît, un petit épagneul, au moins, gémit-elle. Chez moi, il y a toujours eu tellement d'animaux que je n'imagine pas la vie sans eux.

— Chez vous, il y a un hectare de jardin et de quoi ouvrir un petit zoo avec delphinarium. Ici, nous vivrons dans une cage en béton. Ça ne se fait pas, de garder des créatures vivantes dans de tels endroits.

— Tant de gens le font…

Elle le regarda comme… un chien qui supplie son maître.

— Justement, je compte bien noter leur adresse et les dénoncer à la Société de protection des animaux. J'ai déjà acheté un cahier spécial. On y va ? Il est presque dix-neuf heures.

Et s'il était dix-neuf heures, il était temps d'accomplir un travail physique. Le camion qui contenait leurs avoirs, au demeurant très modestes, devait arriver le lendemain matin, mais les menues bricoles, comme les livres, les disques, quelques bibelots et son matériel de peinture, l'entreprise de déménagement avait accepté de les livrer dès ce jour-là.

Robert se sentait mieux à présent, beaucoup mieux, peut-être même heureux. En sortant, il enlaça Agnieszka et l'embrassa sur l'oreille, elle se blottit aussitôt contre lui et ronronna, satisfaite. Ils n'étaient plus séparés de la maison que par une marche de quelques minutes jusqu'à la voiture et cinq cents mètres de conduite. Ils entamaient une nouvelle vie.

4.

Pendant que Robert et Agnieszka manœuvraient entre les voitures sur le parking trempé, ayant déjà oublié leur course-poursuite contre les camions tueurs, Kamil Źródlaniec, dix-huit ans, était assis avec trois amis dans la Daewoo Lanos déglinguée de son père. Il fumait, regardait les gouttes d'eau former de petits ruisseaux sur le pare-brise et se demandait ce qu'il allait lui dire (à son père, pas à la Daewoo).

Cela faisait trois heures qu'il était assis comme ça, pensant toujours à la même chose, et il se rendait de plus en plus compte qu'aucune idée brillante n'allait sauver sa peau d'imprudent. Finalement, il allait devoir démarrer le moteur, quitter la planque de cette arrière-cour près de la rue Namysłowska, rouler jusqu'au quartier Bródno, garer la voiture sur le parking de leur immeuble, retourner dans l'appartement du cinquième étage, poser les papiers avec les clés sur le buffet et...

— Peut-être qu'il suffit de poser les clés, d'aller dans ta chambre et, le matin, tu joueras l'étonné.

Cette idée, verbalisée cette fois par Norbert, dit « Norbie », tourbillonnait sans cesse dans l'habitacle, telle une mouche insupportable. Personne ne commenta.

La chaîne d'événements qui avaient conduit à l'escamotage de la « flèche grise » (car c'est ainsi que le père de Kamil appelait son véhicule miteux) avait commencé à onze heures du matin, alors que Kamil roulait dans la rue Puławska en direction de Piaseczno par des voies encore vides et sereines. Il se souvenait même de ce à quoi il pensait à ce moment-là. Il avait d'abord imaginé qu'il remettait ses notes de cours du baccalauréat à Michał, mais que celui-ci était absent, et que c'était sa copine, la merveilleuse Sylwia, qui lui ouvrait la porte en lingerie et bas résille, s'assurant que cela ne la dérange pas qu'elle soit dévêtue. « Bien sûr que non », répondait-il dans son esprit avant de poursuivre son fantasme si déloyal envers son ami. Il se demandait pourquoi de telles situations n'arrivaient que dans les films porno, alors que dans la vraie vie, il fallait mener pendant la moitié d'une fête d'interminables discussions au sujet des frères Coen pour qu'au petit matin, luttant contre le sommeil, on puisse enfin caresser le bout d'un sein.

Et d'ailleurs, arrivant à hauteur du Auchan à l'entrée de Piaseczno, il se demandait aussi si le fait qu'il ait un nom de famille aussi long que Źródlaniec, beaucoup plus long que, disons, Coen ou Lynch, signifiait qu'il ne ferait jamais carrière. Peut-être fallait-il, pendant qu'il était encore temps, le changer en, par exemple, Źródło, ou en un nom plus international, comme Source. Camil Source ? Mais cela ne sonnait pas bien, et le temps qu'il trouve quelque chose de mieux, il avait déjà rejoint ses copains qui l'attendaient dans un coin désert du parking du supermarché.

Lorsqu'ils étaient de bonne humeur, leurs profs les appelaient « les quatre mousquetaires », mais plus souvent « les quatre cavaliers de l'Apocalypse ». Ce jour-là, ils allaient mériter le titre de cavaliers comme jamais auparavant. Ils allaient réaliser la plus folle de leurs idées. Une idée stupide, irresponsable, dingue, dangereuse, téméraire et encore une fois stupide. Une idée géniale, de celles qui ne se concrétisent que lorsqu'on a dix-huit ans, quand la moitié de l'âme est remplie de la conviction de sa propre immortalité.

Rembobinage. Ce malheureux enchaînement d'événements n'avait pas commencé ce matin, il avait commencé à la fin septembre, lorsqu'ils avaient fêté la réussite de leur examen d'anglais, premier pas vers ce qui les attendait au printemps – ha, ha ! –, l'examen de la maturité. Cela avait donc débuté par la liste des titres dans lesquels Sandra Bullock avait joué. Seb devait tous les compiler pour un marathon cinématographique consacré à l'actrice américaine d'origine allemande. Avec Fraülein Bullock – là, ils étaient tous d'accord – tout le monde voudrait coucher, puis la sortir des draps le matin, la baiser encore une fois et aller faire des œufs brouillés. Ils étaient arrivés au vieux film *Speed* dans lequel Sandra (avec sa frange sexy sur le front) conduisait un bus miné rempli de passagers. Un terroriste sadique, au moment d'assembler la bombe, avait fait en sorte qu'elle explose si le bus ralentissait en dessous de cinquante miles par heure. Tout le film n'était qu'une grande course effrénée dans un bus argenté. Ils essayaient juste de se souvenir de la couleur du haut moulant de Sandra quand Kamil avait lancé :

— Je vais le faire à Varsovie. Je traverserai toute la rue Puławska, depuis le Auchan de Piaseczno jusqu'au Silver Screen, sans ralentir une seule fois en dessous des cinquante. On parie ?

Ils avaient accepté, il ne pouvait en être autrement. Moins de trois semaines plus tard, tous les quatre bouclaient leur ceinture et se mettaient en route, malgré le temps qui se dégradait.

— C'était une sacrée course, murmura Seb depuis la banquette arrière. Tu devrais peut-être me mettre ça sur le dos. Ces temps-ci, je m'entends plutôt bien avec mes vieux, je vais me prendre une soufflante, ils me taperont dans le portefeuille, mais c'est tout. Sérieusement, considère que c'est ma manière d'acheter a posteriori mon billet pour cette course de malade. Ça valait le coup, j'aurais même payé plus.

— Putain de merde.

Kamil se cacha le visage dans les mains et appuya sa tête sur le volant.

— Pas question, mec, reprit-il. Je m'en prends toujours plein la gueule pareil, que je casse un verre, que je revienne éméché ou que je bousille la caisse.

— La rue Wilanowska, je ne l'oublierai jamais, gémit Maciek.

Maciek était le copilote de l'expédition. Tous deux avaient déjà parcouru le chemin des dizaines de fois, à ce moment de la journée, vérifiant les réglages des feux tricolores et élaborant le plan optimal. Kamil conduisait, Maciek donnait des chiffres à partir d'un grand carnet : à l'angle avec la rue Płaskowicka, accélère jusqu'à soixante-dix, parfait, ensuite, la rue Mysikrólika, il faut passer à l'orange… ralentis jusqu'à soixante… on voit un feu rouge au croisement avec Poleczki ?

D'accord, ralentis jusqu'à cinquante, si tu te traînes ainsi, on arrivera au vert.

Ils avaient emprunté sans aucun problème la large chaussée à trois voies jusqu'à la rue Wałbrzyska, Kamil n'avait dû manœuvrer dangereusement entre les voitures qu'à quelques reprises. Juste avant le croisement, ils avaient été freinés par un bus de la ligne 505 qui leur avait bloqué violemment le passage. Il n'y avait eu aucun moyen de se faufiler alors qu'aux feux de la rue Wałbrzyska ils étaient censés passer à la dernière seconde et à pleine vitesse. Kamil avait filé sur la voie de droite, frôlant le bus et manquant de peu de descendre sous les cinquante kilomètres-heure, il avait remis les gaz mais, vingt mètres avant les feux, il les avait déjà vus passer au rouge. Il avait appuyé encore plus fort sur le champignon. Il avait traversé le carrefour en trombe, accompagné par le rugissement joyeux de ses amis, alors que les voitures qui se trouvaient sur les côtés entraient en mouvement. C'était une sacrée course. Maciek criait : « Plus vite, plus vite, putain ! »

Devant eux se trouvait l'un des plus grands carrefours de Varsovie. La rue Puławska et l'avenue Niepodległości convergeaient ici, le tout coupé en deux par une ligne de tramway et par la large avenue Wilanowska. Du point de vue de Kamil, l'intersection ressemblait à la lettre Y traversée en son centre par une ligne horizontale. Le plan prévoyait qu'ils passeraient Wałbrzyska à la dernière minute et l'avenue Wilanowska *idem*. Mais ils avaient déjà une centaine de mètres de retard. Ils l'auraient tranquillement rattrapée s'il n'y avait pas eu un passage piéton au milieu du tronçon, des clous où un groupe de touristes venus de l'Est, avec leurs sacs à carreaux, marchaient depuis l'arrêt du tram jusqu'au bazar de la rue Wałbrzyska. Kamil s'était mis à crier, à appuyer sur le klaxon, et les Russes effrayés s'étaient dispersés, mais il avait quand même dû ralentir un peu. Alors qu'ils se trouvaient à deux cents mètres des feux suivants, l'orange était passé au rouge. Cent mètres plus tard, ils apercevaient déjà des véhicules franchissant le carrefour.

Ç'aurait été le bon moment pour abandonner. Le compteur de vitesse indiquait cent dix kilomètres-heure. Personne ne parlait. Ils regardaient la file de voitures et voulaient que Kamil lâche l'affaire, mais avaient honte de le dire. Et Kamil avait honte de renoncer. Le compteur affichait cent, quatre-vingt-dix, soixante-dix, soixante… Il ne restait plus que trente mètres.

— Vous voulez jouer, bande de morveux ? s'était-il écrié. C'est parti ! Tiens le klaxon, Maciek !

Il avait rugi et mis en œuvre ce à quoi il venait de penser une seconde plus tôt.

Il avait bondi sur le trottoir de droite pour éviter les voitures arrêtées au feu et pour montrer à ceux qui roulaient à gauche qu'il y avait un cavalier fou sur la route. Puis, au lieu d'aller tout droit, il avait viré à droite dans un crissement de pneus, obligeant une Seicento blanche à s'enfuir sur la pelouse. Il s'était ensuite dirigé vers la Vistule, mais avait dû faire demi-tour au plus vite et revenir sur la rue Puławska, sinon le plan allait tomber à l'eau. Alors que le compteur affichait soixante-dix kilomètres-heure, il avait tourné le volant, serré le frein à main et, tandis que la voiture commençait à tourner, il avait lâché le frein, réduit la vitesse, appuyé sur l'accélérateur et, un instant plus tard, ils étaient de retour dans la rue Puławska, filant à toute allure vers le centre-ville. La flèche du compteur avait indiqué cinquante-cinq dans le virage. Les quatre amis hurlaient de joie, le moteur de la Lanos rugissait comme une bête qu'on égorge : ils avaient plus de la moitié du trajet derrière eux.

Pour le reste du chemin, la méthode était simple. Ils devaient passer devant l'ancien tremplin de saut à ski dès que le feu vert s'allumerait et maintenir une vitesse constante de quatre-vingt-quinze kilomètres-heure. Ils étaient légèrement en retard à cause des manœuvres précédentes, mais pas plus de quelques secondes – il était possible de les rattraper. Ils avaient franchi sans encombre les trois intersections suivantes, ne s'engageant qu'une seule fois sur les voies du tramway près de la rue Woronicza, afin de contourner les voitures qui démarraient trop doucement. C'était alors que la « flèche grise » s'était transformée en « victime du chirurgien gris ».

Devant le café Mozaika, on ne pouvait éviter les voitures qui démarraient au feu rouge autrement qu'en roulant sur le trottoir. C'était d'ailleurs ce qui était prévu. La veille, Maciek avait délimité toute cette partie du trottoir avec du ruban adhésif pour que personne ne s'y attarde. Cela n'avait pas servi à grand-chose. Le ruban avait été arraché et une BMW argentée était garée sur le trottoir. Kamil avait contourné brutalement l'intrus et, n'ayant plus d'autre choix, avait roulé entre les arbres du square. Il avait évité le premier, le deuxième avait arraché son rétroviseur gauche, le troisième le rétroviseur droit, avait transformé le côté droit de la Lanos en bas-relief et décroché le pare-chocs arrière. En revenant en trombe dans la rue juste devant l'autobus 514, Kamil avait encore percuté un poteau vert rouillé avec son pare-boue arrière gauche. La vitesse avait été maintenue.

Ils avaient atteint le Silver Screen, c'est-à-dire le croisement des rues Puławska et Rakowiecka, sans aucune autre péripétie. Kamil avait gagné. Ses trois copains allaient maintenant lui offrir autant de bières qu'il voudrait jusqu'au bac. Et aussi faire leur possible pour jeter Renata, leur camarade de classe inaccessible et moulée dans la plus pure panoplie du sex-appeal, dans les bras de Kamil. Le jeu en avait valu la chandelle.

C'était du moins ce qu'il pensait au moment de prendre le pari ; à présent, il était sur le point de changer d'avis. Mais seulement un peu.

— Bon, ce n'est plus la peine de gémir. Je rentre chez moi, je raconte l'histoire quasi vraie de l'autobus qui s'est mis en travers de ma route et que j'ai dû rouler entre les arbres pour éviter de massacrer les passants, et…

— Et tu te feras toi-même massacrer ?

— Oui, et je me ferai moi-même massacrer. Ça arrive. Ça en valait la peine. Je vous donne deux semaines pour convaincre Renata. Et je vous appelle demain. À plus.

Ses compagnons sortirent de la Daewoo et Kamil les regarda s'éloigner avec des yeux pleins de nostalgie. Huit minutes, peut-être dix, pensa-t-il en démarrant le moteur. C'est le temps qu'il lui faudrait pour arriver à Bródno, garer la voiture, fermer le portail, saluer le vieux mendiant du parking, marcher jusqu'à l'immeuble et monter au cinquième étage. Disons que devant la grille du couloir, il allait traîner un peu. D'accord, ça ferait peut-être même quinze minutes, voire vingt si la porte du parking était cadenassée. Ce n'était pas grand-chose, ce n'était jamais grand-chose. De quoi avait-il peur ? Il était un grand garçon qui avait eu un accrochage. Ce n'était pas grave. En dehors de ça, ça avait valu le coup. Vraiment.

5.

Pourquoi j'aime le café Amatorska, se demanda Wiktor, ce petit local étouffant qui date du communisme et où tout semble tout droit sorti des années 1980 ? Les tabourets de bar rembourrés en faux cuir rouge, le réfrigérateur à parois de verre rempli de gâteaux Wuzetka, une serveuse blonde peroxydée, des tables noires, chacune avec une serviette recouverte d'un plateau de verre, avec de la fausse camomille en plastique dans un vase blanc estampillé « Społem ». Pourquoi j'aime ce putain de rade ?

Surtout pour les miroirs. Sur les murs tout autour de la salle, à mi-hauteur, on avait installé un comptoir noir et brillant. On pouvait s'asseoir là. On pouvait s'asseoir et se regarder dans les miroirs qui tapissaient les murs au-dessus de ce comptoir. Cette simple astuce architecturale qui agrandissait optiquement la pièce avait ici, au café Amatorska, une tout autre signification. Dans ce lieu, personne ne buvait jamais seul. Même si vous étiez l'unique client, que la serveuse s'était évanouie derrière le comptoir et que la cuisinière s'était enfermée par erreur dans les toilettes, vous n'étiez jamais seul. En face de vous, vous aviez toujours un compagnon de beuverie prêt à discuter. Oui, les miroirs avaient fait de l'Amatorska un repaire culte pour perdants névrosés et solitaires.

Wiktor aimait venir ici et commander quatre verres de vodka de cinquante millilitres. La serveuse ne voulait pas savoir pourquoi quatre, ne le regardait pas d'un air réprobateur, ne lui proposait pas de Coca, ne l'interrogeait pas sur le type de vodka que ça devait être et ne lui demandait jamais s'il ne préférait pas du gin à la place parce que ce dernier était justement en promotion. Il buvait le premier verre cul sec au bar et emportait les trois autres à l'abreuvoir, comme il appelait le comptoir noir. Là, il commençait le rituel consistant à transporter son âme depuis le rebord d'un endroit terrible jusqu'au pays où tout était gris, familier, brumeux, et apportait du réconfort. Il posait les trois verres de cinquante sur le marbre et attendait. En premier lieu, il fallait appâter le monstre.

Les boire d'un coup serait comme jeter trois grenades dans la grotte d'un dragon. Il se cacherait peut-être, mais ressortirait l'instant d'après, terriblement énervé. Il fallait donc attendre que la bête pointe le bout de son nez. Cela ne fut pas très long. Il sentit d'abord ses mains trembler et son bras gauche s'engourdir. Il bougea plusieurs fois l'épaule, faisant craquer l'articulation, mais l'engourdissement ne passa pas. Au contraire, il se mit à ressentir une douleur au-dessus du coude. Ce n'était pas celle d'un muscle surmené ou due à une contusion, elle rayonnait dans toute l'épaule et sa source se trouvait en dedans, peut-être dans l'os. Soudain, la douleur s'intensifia, Wiktor se recroquevilla, serrant son bras perclus avec sa main, un fond de panique traversa son esprit. Une crise cardiaque, mon Dieu, sauve-moi, c'est une crise cardiaque. Il l'avait lu quelque part, ça commençait toujours ainsi, par un stress insupportable (comme aujourd'hui), puis l'incapacité à évacuer la tension (comme toujours), le cœur pompait alors du sang à forte pression, une pression que le cerveau ne pouvait maîtriser, le muscle cardiaque surchargé se mettait à envoyer un S.O.S. désespéré sous la forme d'une douleur qui couvrait la partie gauche du corps, le bras gauche en particulier (!!!), et puis le cœur se contractait pour ne plus jamais repartir. Wiktor entendait à quel point ses pensées étaient stridentes.

Il but le deuxième verre. Il n'avait pas besoin d'attendre que la vodka coule dans son estomac, passe dans son sang, puis avec le sang dans son cerveau, et le calme enfin. La conscience qu'il avait déjà initié le processus suffisait à le rassurer. Le dragon reçut une grenade en pleine gueule. C'était l'heure du deuxième round.

La douleur au bras s'estompa. Elle s'estompa assez pour qu'il puisse se souvenir avec précision de la conversation d'aujourd'hui. Avait-elle été une surprise, pour lui ? Non. Il n'était pas stupide au point d'espérer quoi que ce soit de cette entrevue. Après tout, chaque université recrachait des milliers de jeunes gens forts, sans addictions, capables de travailler n'importe quel nombre d'heures pour un salaire ridiculement bas. Quel avantage avait-il sur eux ? Son expérience, son intelligence, son talent littéraire ? En quoi cela intéressait-il les gens ? Aucun des textes publiés de nos jours n'exigeait cela de son auteur. Il suffisait de ne pas faire de fautes d'orthographe. Et pour l'orthographe aussi, il y avait la correction automatique. Des gens bêtes écrivaient des textes bêtes pour que des gens encore plus bêtes puissent les lire dans des journaux ennuyeux.

Et pourtant, la douleur n'avait pas lâché prise. Au contraire, il constata avec horreur qu'il était incapable de soulever la main posée sur la table. Celle-ci était comme paralysée. Lorsqu'il bougea, elle tomba inerte de la table sur sa cuisse, lui infligeant une douleur telle qu'il faillit hurler. Il pressa sa tête contre sa poitrine, attrapant le col de sa chemise avec ses dents. Il sentit la douleur se déplacer. Pulsatile, elle quitta son bras, dépassa la clavicule et descendit plus bas, saisissant les muscles du côté gauche de sa poitrine. La secousse faillit le faire tomber de son tabouret. Il avait exagéré, cette fois, il avait vraiment exagéré ; au lieu d'aller voir un médecin et de sauver sa peau, il allait mourir sur le parquet du café Amatorska sans avoir dit au revoir à sa fille et avant qu'une ambulance ne se fraie un passage jusqu'ici dans le trafic de l'après-midi. Pourquoi avait-il été si têtu ? Il n'est peut-être pas trop tard, se dit-il, il faut appeler les secours ! Il s'apprêtait à crier quand une voix masculine et forte tonna dans son crâne. Reprends-toi, mec, tu sais très bien qu'il s'agit d'une banale attaque. Elle te tuera probablement un jour, mais pas aujourd'hui. Bois !

Wiktor but sa troisième dose et posa son menton sur ses mains. Il haletait. Il jeta un coup d'œil à son pote de l'autre côté. Celui-ci avait l'air d'avoir vu sa propre mort. Wiktor lui adressa un signe de tête amical.

Il savait que le pire était encore devant lui, mais, comme d'habitude, il espérait éviter la dernière étape. Il tenta de penser à des choses qui ne provoquaient pas d'émotions. Weronika ? Non, c'était trop douloureux. Les quatre dernières années ? Non, non et encore une fois non. Le travail, quand il avait été au top ? Peut-être, après tout, il avait eu de bons moments – il sourit à l'idée de son nom dans le journal, de ses textes de société, de ses chroniques judiciaires. Mon Dieu, non ! Rester loin, le plus loin possible de tout ça ! C'était ce Koteczek à la noix, il aurait dû lui arracher la tête, c'était lui qui avait fait resurgir les vieux démons. Sois maudit, péris, et avec toi les souvenirs que tu as évoqués pour ton plaisir. Mon Dieu, mon Dieu, je n'ai pas beaucoup cru en Toi, ces derniers temps, mais je T'en prie, aie pitié de moi maintenant. Regarde, je fais le signe de croix en cachette sous la table, je me rappelle même les paroles de la prière. Notre Père qui êtes aux cieux, que Ton nom soit sanctifié, que Ton règne vienne aux cieux comme sur la terre, non, c'est pas ça, je me suis trompé, désolé, mon Dieu, je m'en souviendrai à la maison, mais ne me tue pas. Matylda ? Oui, Matylda, ma fillette, ma beauté, cela fait si longtemps que je ne t'ai vue. Et tu étais si petite, tu tenais tout entière sur mes genoux, et puis, quand tu as grandi, tu étais toujours la première à courir vers moi pour me saluer, et tu voulais toujours un bisou supplémentaire, tu te souviens ? Tu es l'unique bonne chose qui me soit arrivée, la seule chose que j'aie jamais réussie. Tu vois, tu vas me sauver maintenant aussi, je vais déjà mieux, après tout je respire. C'est vrai, je respire, même si ça fait toujours mal, or, si je faisais une crise cardiaque, je ne pourrais pas respirer, j'étoufferais, c'est donc juste une crise à la con.

Il se redressa et inspira de l'air par le nez, l'oxygène rentra à peine, pas en profondeur, comme si ses poumons étaient toujours encombrés de poussière. Il essaya de nouveau, sans résultat. Cette fois, la sensation qui s'emparait de lui, ce n'était plus l'ombre d'une panique. C'était une panique véritable, une panique musclée, engraissée, enragée, la plus odieuse des paniques, une panique qui lui enfonçait une main dans la bouche et de l'autre lui serrait le cœur, brisant au passage toutes ses côtes. Il voulait respirer, mais n'y parvenait pas. Son pote était devenu blême en contemplant sa lutte.

Il but le dernier verre. La crise passa. Le dragon s'en prit une en pleine poire et, gémissant, courut se terrer dans sa grotte. À présent, il fallait en combler l'accès au plus vite. Wiktor se versa deux pintes de bière dans le gosier, salua la serveuse en sortant et fila à toutes jambes vers l'arrêt de taxis de la rue Smolna. Il ne lui restait plus qu'à rouler rapidement jusqu'à chez lui, à monter au sixième étage, à ouvrir la grille, passer devant le vieux vélo garé dans le couloir, ouvrir la porte et, d'ici à deux heures environ, il se finirait tranquillement à la vodka Żołądkowa Gorzka, il lui en restait une demi-bouteille. Tout sera calme jusqu'au matin, se dit Wiktor, après quoi, on verra. Peut-être écrirait-il enfin une rubrique pour Tom ? Mieux vaut tard que jamais.

— Où allons-nous ? demanda le chauffeur.

— Bródno. Rue Kondratowicza, près du fleuriste Tuberoz, en face de l'hôpital.

— Oui, je vois où c'est. Quelle route on prend ?

— Qu'est-ce que j'en ai à foutre ? C'est vous, le taxi. Conduisez-moi là-bas et c'est tout.

6.

Rez-de-chaussée, dans l'entrée. Le 11 octobre 2002, à 19 h 34.

[briquet]

Homme 1 : C'est bon ?

Homme 2 : Attends, pas encore. Ou alors donne, je tire sur la tienne, y a trop de vent. Quand est-ce qu'ils arrivent, ces paysans ?

Homme 1 : Un peu de respect, putain. T'as jamais entendu dire que le client est roi, même lorsqu'il sort à peine de l'étable ?

Homme 2 : De l'étable, tu délires grave, là, Stefan. Pour une étable pareille, je donnerais ma femme à baiser. Une baraque de trois cents mètres carrés, si ce n'est plus, un jardin capable de contenir à la fois un bordel, une fête foraine et une aire d'atterrissage pour hélicoptère. Cheminée, moulures, bar, canapé en cuir, tête de cerf sur le mur. Où que tu regardes, ça sentait le flouze à plein nez.

[crachat]

Homme 1 : Tu bosses chez nous depuis peu, alors tu n'as pas encore vu du vrai flouze. Ça, ce n'étaient que des nouveaux riches de la campagne, le vieux a certainement une boulangerie ou une pharmacie ou quelque chose comme ça dans le village. Quoique, je parierais plutôt sur un magasin de fringues.

Homme 2 : Pourquoi de fringues ?

Homme 1 : Je ne sais pas, c'est dur à dire. Le saucisson, le pain, les médocs, tout ça, ça laisse une trace, une sorte d'odeur, tu vois ? Et là-bas, on ne sentait rien, alors des fringues, peut-être ? Un truc qui donne des tunes mais laisse les mains propres, tu piges ? Et si ce ne sont pas des vêtements, alors disons…

Homme 2 : Des télés. Ils en avaient une grande et plate.

Homme 1 : Peut-être bien. Mais attends, j'ai pas fini mon idée. Comme je te le disais, tout ça, c'était campagnard, rural, même leur télévision était plate, mais pas comme un tableau. Le plasma Philips, tu vois le truc ?

Homme 2 : Bien sûr. Quatre plaques, si ce n'est plus.

Homme 1 : Eh bien, un tel plasma, j'en ai vu une fois, quand je déménageais une meuf d'Ursynów dans des appartements de la rue Dzika, les nouveaux près du rond-point Babka. Mec, laisse-moi te dire que ce plasma, c'était de la pacotille.

Les équipements qu'elle avait… DVD, CD, LCD, tuner, amplificateur, haut-parleurs… du délire. Je n'en avais jamais vu de pareils, juste du métal et du verre, une boîte danoise, paraît-il… Je demande au type combien coûtent ses haut-parleurs parce que j'en cherche et que je me renseigne. Le gars rigole et me dit qu'ils coûtent vingt mille chacun.

Homme 2 : Tu déconnes.

Homme 1 : Je te jure. Allez, elle est un peu nulle, cette histoire, je la finirai une autre fois. Tu ferais mieux de te mettre dans l'ambiance, car Sa Seigneurie va arriver d'ici peu et il faudra être poli et souriant, n'oublie pas que le chômage guette…

Homme 2 : Y a des fois, je préférerais le chômage. Combien je touche, là ? Mille cinq cents net s'ils me glissent quelque chose dans la poche, et en dehors de ça, ils te cassent la tête, sans parler de toutes les grimaces qu'ils font, comme s'ils n'avaient jamais vu un ouvrier. Pour gagner sa croûte, ça épluche soi-même des carottes dans son boui-boui, mais là, ça joue aux barons. Et ça déménage d'un terrier à l'autre. Oh, les voilà. C'est pas trop tôt.

Homme 1 : Arrête, tu vois bien le temps qu'il fait. C'est pourri, pour conduire.

Homme 2 : Ouais, pour conduire. Je te parie qu'en chemin, ils ont fait une pause déjeuner, une pause baise, des courses au supermarché. Peut-être même qu'ils sont allés visiter le McDo, ces péquenauds.

[voiture, moteur, portière de voiture, pas]

Homme 3 : Bonjour, messieurs, je vous demande pardon. Vous voyez le temps qu'il fait… J'ai appelé votre agence pour vous prévenir [portière de voiture], mais on m'a dit que votre portable était en panne. Voici ma femme, Agnieszka.

Homme 1 : Bonjour, Stefan Majewski.

Homme 2 : Moi, c'est Marek.

Femme : Agnieszka Mochn… Oh, pardon, Łazarek. [rires] Cela ne fait que quelques mois.

Homme 1 : Vous vous y ferez, madame. Alors, on y va ?

Homme 3 : Oh, oui, vous pouvez commencer à porter les cartons jusqu'à l'ascenseur, je file en haut pour tout ouvrir. Toi, ma chérie, gare la voiture plus loin, pour qu'il y ait de la place. Et j'ai une requête, messieurs. Sur certains cartons, il y a écrit « fragile », prenez-le à cœur, voulez-vous ?

Homme 2 : Bien sûr, chef, on ne fait pas ça depuis hier.

Homme 3 : Je l'espère. Dans ce cas, au boulot, si vous le faites rapidement, je…

[cri de femme]

Femme : Mon Dieu, qu'est-ce que c'était ?

Homme 3 : Je t'avais dit qu'un appartement à Varsovie ne pouvait être si peu cher. Il y a peut-être un centre d'adaptation pour les visiteurs d'un hôpital psychiatrique par ici ? Ils s'entraînent à exprimer leur peur en thérapie de groupe.

Homme 1 : Racontez pas de conneries, monsieur, mais appelez plutôt une ambulance. Je vais voir ce qui se passe.

[pas, porte]

Femme : J'ai peur, je n'ai jamais entendu un cri pareil.

Homme 3 : Reste près de la voiture… Bonjour, je m'appelle Łazarek, je suis au 41, rue Kondratowicza, en face de l'hôpital, envoyez une ambulance, s'il vous plaît… Je ne sais pas exactement, nous avons entendu un cri terrifiant. Quoi ? Non, vous n'êtes pas censés sauver un cri, envoyez une ambulance et, si tout va bien, je l'annulerai… Oui, je sais qu'il ne s'agit pas d'un taxi… De quels coûts vous parlez ? Est-ce que cette conversation est enregistrée ? Tant mieux, j'espère que tu vas perdre ton boulot à cause de cet enregistrement, sale conne. Tu vas m'envoyer cette ambulance ou non ? Merci.

…

C'est pas croyable. Reste près de la voiture, je vais aller voir à l'intérieur.

[porte, pas]

Homme 2 : Stefan ! Qu'est-ce qu'il y a… Putain, tu vomis sur mes chaussures ! [vomis] Arrête ça, putain, t'es dingue ?

Homme 3 : Alors, il faut une ambulance ?

Homme 1 : Une ambulance ? [rires] Une ambulance, putain ? Une ambulance, certainement pas. Mieux vaut commander un corbillard, ou plutôt deux. [rires] Deux ! Vous entendez ça ? Deux ! Elle est bien bonne, deux corbillards, trop fort. [rires]

7.

D'ordinaire, Oleg Kuzniecow veillait à ne pas abuser de sa position privilégiée de policier lorsqu'il n'y avait pas lieu de le faire, mais aujourd'hui, voyant l'embouteillage dans l'avenue de Solidarność, il posa le gyrophare sur le toit de sa Ford de service et enclencha le signal. Inutile de prolonger davantage la journée, se dit-il. Néanmoins, il éprouva un sentiment de culpabilité.

Il voulut appeler sa femme, mais la batterie était évidemment morte. Je me demande s'ils remplaceront un jour nos téléphones par des modèles plus récents, au lieu de ces antiquités qui ne rentrent même pas dans la poche d'un pantalon, songea-t-il.

— Maigrichon, tu n'as pas vu le chargeur de mon Nokia quelque part ?

Maigrichon, c'est-à-dire Krzysztof Niemiec, son ami de l'unité des homicides du Commissariat central de police de Varsovie, était en fait aussi gros que Pavarotti, il tenait à peine sur le siège avant de la voiture. Il se sentait plus à l'aise derrière, sur la banquette destinée aux détenus. Parfois, quand Oleg passait la cinquième, il frôlait ses cuisses gigantesques avec le haut de sa main. Il était possible que son chargeur agonise à présent quelque part sous ce corps de baleine, ayant perdu depuis longtemps l'espoir que quelqu'un entende ses appels à l'aide.

— Dans la portière conducteur.

— Comment tu le sais ?

Il était effectivement là.

— Tu l'y as mis il y a cinq minutes parce que tu ne voulais pas t'asseoir dessus.

Maigrichon avait ses bons côtés.

— Maintenant, tourne à gauche, poursuivit-il. Si on passe par derrière l'école, on se prendra peut-être moins la flotte, ça tombe encore comme vache qui pisse. J'ai habité le quartier dans le temps, tu sais. C'est là qu'on s'est rencontrés, avec Ewa. Je te l'ai déjà raconté ?

— Tu me le raconteras plus tard, Maigrichon.

Oleg se gara près des conteneurs pour le recyclage des ordures. Un goulot de bouteille dépassait de l'ouverture pour les canettes et un collant de femme de la fente du collecteur de papier. Ils marchèrent rapidement jusqu'à la cage d'escalier où quelques flics municipaux tenaient à l'écart les curieux sous leurs parapluies. Un ivrogne se plaignait bruyamment de ne pas pouvoir rentrer chez lui. Ce n'était pas le moment. Kuzniecow fit un signe de tête aux policiers et, accompagné de Maigrichon, il pénétra à l'intérieur. L'endroit était déjà inondé du halo des puissantes lampes de la police – l'équipe technique arrivait d'ordinaire en même temps que les enquêteurs, mais cette fois-ci, les gars étaient venus du centre-ville et avaient réussi à les devancer. Oleg regarda autour de lui. Il avait vu des milliers, voire des dizaines de milliers d'endroits de ce genre ; en fait, il avait l'impression de visiter l'un d'entre eux plusieurs fois par jour.

C'était l'entrée d'une barre d'immeubles.

D'abord, il y avait une porte métallique vitrée, de travers, avec du verre renforcé par un maillage de fils de fer fin. En général, la moitié des vitres était remplacée par du contreplaqué ou du carton. Ici, c'était mieux, l'ensemble avait été converti peu de temps avant en porte en PVC étanche, elle était peut-être même pourvue de verre anti-effraction. Près de la porte, un interphone. Ce genre d'appareil avait souvent une fonction purement décorative – avec des numéros d'appartement barbouillés au marqueur, brûlés au briquet, inopérant, plein de fils qui dépassaient, ou actif, mais impitoyablement grésillant. Cet interphone-ci, cependant, était admirablement bien entretenu, même s'il n'était certainement pas neuf. Sur les nouveaux modèles, on n'appuyait pas sur les boutons correspondant aux différents appartements, mais on composait leur numéro sur un clavier.

Puis venait la cage d'escalier au sol en terrazzo sombre, aux murs barbouillés avec tout ce que les gamins trouvaient dans leurs poches. Il y avait toujours des planches qui traînaient sur le côté des marches, mais seul un invalide intrépide se serait risqué à les utiliser pour une descente folle dans sa chaise roulante. Puis venaient des boîtes aux lettres et un panneau de désinformation rempli de noms de locataires qui avaient vécu ici il y avait plus de trente ans, ainsi qu'un avertissement rigolo selon lequel les parents seraient tenus responsables des dégâts occasionnés par leurs enfants.

Derrière quelques marches d'accès, on tombait sur le nœud de communication de l'immeuble, composé d'une part de l'entrée de l'escalier menant aux étages, et de l'autre de deux ascenseurs, dont un pourvu d'un compartiment à marchandises cadenassé. Un jour, alors qu'il attendait l'ascenseur chez lui, Oleg avait surpris un voisin du rez-de-chaussée en train de pisser dans la fente de la porte de ce compartiment. C'est alors qu'il avait décidé qu'il valait mieux le laisser ouvert en permanence. Ainsi, on n'était pas tenté.

Enfin venait un couloir transversal, plein de portes qui menaient aux logements des grands perdants : les habitants du rez-de-chaussée. D'abord victimes de cambriolages, puis des barreaux qu'ils posaient eux-mêmes à leurs fenêtres, souffrant des beuveries qui se déroulaient sur les pelouses et observés en permanence par les promeneurs de chiens curieux, toujours prompts à vérifier si leur voisin n'était pas en train de baiser sa femme.

L'endroit où se tenaient à présent Oleg et Maigrichon n'était pas différent de ces milliers d'autres. À part le cadavre, bien sûr.

Celui-ci reposait dans l'ascenseur, le deuxième en partant de l'entrée de l'immeuble, celui avec le compartiment à marchandises cadenassé. Il était allongé sur le ventre, les jambes dirigées vers le fond de l'ascenseur, les bras écartés sur les côtés. Il était vêtu d'un jean et d'une polaire bleu marine, les pieds dans des chaussures de randonnée. Un sac à dos de sport noir se trouvait à côté du corps. Il y avait du sang partout. Les parois de la cabine en étaient éclaboussées. Il y avait une longue tache couleur rouille sur la porte de l'ascenseur – comme si elle avait été peinte à l'aide d'un immense pinceau. Le sang s'était répandu sur le sol en terrazzo, il avait coulé sur les marches également en terrazzo, avait imprégné un paillasson en feutre et coagulait lentement. Dans un autre cas de figure, Oleg aurait interrogé les techniciens pour savoir où se situait la blessure de laquelle tant de sang avait coulé. Cette fois-ci, ce n'était pas nécessaire.

— Qu'est-ce que tu en penses ? lança-t-il à Maigrichon.

— Je me demande où est la tête.

— Et tu cogites bien. Allons plus haut. Mais fais gaffe de ne pas glisser.

Dans l'escalier, ils ne se sentirent pas soulagés, bien qu'ils fussent débarrassés de la vue du cadavre. Les gamins traînaient souvent dans les cages d'escalier parce que, près des ascenseurs, ce n'était pas assez intime. Tout ici était aussi sale que les wagons de deuxième classe des chemins de fer polonais. L'accès des caves était fermé par une grille métallique. Des flashs leur parvenaient du premier étage.

La tête se trouvait dans un coin du palier, juste à côté de la grille qui gardait le couloir des appartements. Légèrement appuyée contre le mur, elle avait les yeux et la bouche grands ouverts. Elle regardait vers la porte de l'ascenseur derrière laquelle des cordes se balançaient doucement. La vitre de la porte avait été brisée. Oleg surmonta son dégoût et regarda la tête. Le visage était déformé par une étrange grimace ; le défunt ne devait pas avoir plus de trente ans. C'était un brun coupé court, aux yeux bleus, aux incisives supérieures qui se chevauchaient et, sur le nez, il y avait la trace caractéristique laissée par des lunettes. Oleg observa tout autour. Elles étaient tombées plus près de l'ascenseur. Une monture ovale, en métal mat, très à la mode.

— Qu'en penses-tu ?

Cette fois, la question lui était adressée. Elle avait été posée par Smoliński, l'un des meilleurs techniciens policiers de la capitale.

— À toi de me dire. Homicide ?

— Je dirais que non. Un malheureux accident, plutôt. À mon avis, les choses se sont passées comme suit. Il a pris l'ascenseur pour descendre quand celui-ci s'est arrêté entre le premier et le rez-de-chaussée. Devant lui, il avait un tronçon de « l'étage intermédiaire ». Il ne voyait pas la porte du rez-de-chaussée qui se trouvait juste en dessous de la cabine. À hauteur de sa tête, il y avait la porte du premier étage.

— Cela semble inoffensif.

— Va voir les putes de la rue Żurawia, si tu veux de l'offensif. Je dis les choses comme elles sont. Mais il y a un hic. Quelque chose a fait que le type, au lieu d'appuyer sur la sonnette, d'appeler à l'aide, de téléphoner depuis son portable ou de simplement attendre, a décidé de quitter l'ascenseur. Il a brisé la vitre de la porte et y a inséré la tête, même s'il devait savoir qu'il ne passerait pas en entier. À ce moment-là, l'ascenseur s'est remis en marche. Il est difficile de croire qu'une personne saine d'esprit ait pu faire une chose pareille. L'autopsie nous dira s'il était défoncé. Ou peut-être que ça ne tournait pas rond, chez lui ?

— Peut-être bien, dit Oleg en haussant les épaules. C'est le plus probable, d'après moi. Faut interroger la famille et les voisins.

— Je sais ce qui l'a tué.

Maigrichon s'était joint à la conversation. Oleg et Smoliński le fixèrent : il avait dit cela d'un ton si grave que cela leur parut inquiétant.

— Alien, le deuxième passager de l'ascenseur ?

La blague d'Oleg était plutôt bonne, mais personne ne sourit.

— Tu es plus près de la réponse que tu ne le crois, dit Maigrichon en se léchant nerveusement les lèvres. C'est la terreur qui l'a tué. Je vous promets. Quelque chose l'a tellement effrayé qu'il a décidé de sortir de l'ascenseur à tout prix, même en se faufilant par le hublot de la porte. Le plus loin possible de ce qui le guettait là, quelque part. Je ne sais pas où. Peut-être dans la cabine, peut-être dans la vitre, peut-être dans ce placard au fond. Peut-être n'était-ce que dans sa tête, mais ça devait être un véritable cauchemar. Regardez son visage.

Ils s'exécutèrent. Oleg tressaillit. Dans l'étrange grimace, une terreur immense se reflétait. Maigrichon avait raison. Par précaution, il faudrait prélever soigneusement les empreintes dans l'ascenseur, surtout dans la partie du fond.

— Je n'ai vu qu'une seule fois un masque comme celui-là, continua Maigrichon, et sa voix devenait de plus en plus sourde à chaque mot. Les autres, je ne sais pas, mais vous deux, vous devriez vous en souvenir, même si c'est moi qui l'ai vue en premier et que je ne l'oublierai jamais. Vous ne l'oublierez sûrement jamais non plus.

Ils se taisaient. Personne ne voulait prononcer le prénom de la jeune fille.

Chapitre 2

C'est chouette, par ici !
Varsovie, quartier Bródno.
Graffiti sur le mur du cimetière de la rue Św. Wincenty.

1.

Ils n'eurent ni la force ni l'envie de déballer quoi que ce soit. Ils avaient attendu trois heures dans la voiture que la police les laisse entrer. Ils avaient dû renvoyer l'équipe de déménageurs après n'avoir déchargé que quelques cartons avec les choses les plus importantes. Robert les porta lui-même à l'étage ; Agnieszka ne voulait pas voir la cage d'escalier qui n'avait toujours pas été nettoyée. Quand elle avait finalement été obligée de monter, elle avait gardé les yeux fermés et Robert l'avait guidée comme si elle était aveugle.

— Tu sais quoi, Robert ?

À présent, elle était accroupie sur une moquette vide de tout meuble, le dos appuyé contre le radiateur. Sur ses genoux, en guise de cendrier, elle avait posé une assiette creuse, prise au hasard dans un carton. Quelques Vogue fumées à moitié à peine se trouvaient déjà au fond. L'une d'elles, mal éteinte, se consumait lentement.

— Tu sais quoi ? Je vais te le dire. Ils peuvent se les carrer bien profond, les débuts de vie de la sorte et ce genre d'accueil dans ton nouveau chez-toi.

Sa voix se brisait, Robert savait que sa femme allait fondre en larmes d'ici peu.

— Des accueils pareils et un cadavre en guise de bonjour, c'est naze.

Elle le regarda avec des yeux remplis de larmes, essuya avec sa manche son nez qui coulait, comme une petite fille.

— Allô, Robert, tu es là ?

Elle agita la main sous son nez.

— Tu vas dire un truc, ou tu vas rester planté là ?

Il ne répondit rien.

— Tu vas me parler, ou non ? rugit-elle à pleine voix, et ce fut le dernier effort dont elle fut capable ce soir-là.

Elle se jeta au sol et sanglota, roulée en boule. Les mégots s'éparpillèrent sur la moquette. Robert se leva, les ramassa et s'allongea à côté de sa femme. Il n'avait pas la moindre idée de ce qu'il devait faire.

— Je suis désolé. D'une certaine manière, je le vis différemment. Je ressens un tel vide, c'est comme si ma tête refusait d'y penser. J'ai du mal à me souvenir des mots pour pouvoir te parler. Allez, fais-moi plutôt un câlin.

Elle se blottit contre lui, le dos contre son torse.

— Cela étant dit, faut vraiment pas avoir de bol, tu ne crois pas ? marmonna-t-elle.

— Cela aurait pu être pire, pense à la grand-mère qui est tombée sur la tête. Pour elle, ça a été hardcore.

— C'est elle qui a crié comme ça ?

— Oui.

— Et qu'est-ce qui lui est arrivé ? Elle a été emmenée à l'hosto en ambulance ?

— Loin de là, répliqua Robert. Cette femme doit avoir des nerfs d'acier. Elle a hurlé un bon coup et c'est tout.

Kamil m'a raconté que c'était une sorte de dévote. Fourrée à l'église tous les jours, croix, chapelet, ce genre de choses. Elle habite juste en dessous de chez lui.

— En dessous de qui ?

— De Kamil, je viens de te le dire.

— Quel Kamil ?

— Celui qui se tenait à côté de moi en bas. Un grand jeune, maigre, châtain avec des pattes fines sur les joues. Il portait une veste grise à capuche. D'ailleurs, peu importe, tu n'as pas pu le voir, assise dans la voiture. Je l'ai invité à nous rendre visite. Comme ça, vous allez faire connaissance.

— Tu l'as invité ? Pas ce soir, j'espère !

— Bien sûr que non. Mine de rien, c'est notre première nuit à la maison… Nous avions nos petits projets, tu te souviens ?

— Hmmm ? De quels projets parles-tu ?

Elle ronronna, s'étira et mit les mains sous sa tête. Le chemisier glissa de sous la main de Robert et il put alors sentir son corps.

Il se dirigea vers le cou.

— Mais quelle bête ! Quand est-ce que tu as enlevé ton soutien-gorge ? Tu étais si choquée, paraît-il !

— Et pas seulement le soutien-gorge, répliqua-t-elle en riant. J'ai aussi enlevé autre chose. Tu veux vérifier ?

Elle se retourna sur le dos. Robert sentit son sang bouillir. D'excitation, des taches se mirent à clignoter devant ses yeux. Taquinés du bout des doigts, les tétons d'Agnieszka agissaient comme s'ils avaient une volonté propre.

— Malheureusement, il y a un problème, déclara-t-il. Je n'ai plus les mains libres. Ça te dérange si je vérifie avec la bouche ?

— Oh, bien au contraire.

Le téléphone sonna. Ils se raidirent tous les deux.

— On ne répond pas, gémit Agnieszka.

Mais il était trop tard. La sonnerie avait aspiré toute l'excitation qui les habitait. Robert se leva, lançant les pires injures à ce « quelqu'un » qui appelait à vingt-trois heures pour interrompre la célébration de leur première nuit dans leur nouvelle maison.

— Si c'est une erreur, je vais trouver son adresse et l'abattre comme un chien, marmonna-t-il dans sa barbe. Allô ?

Le ton de sa voix, espérait-il, ne laissait aucun doute quant à ce qu'il pensait de ce genre d'appels.

— Bonjour, chéri, tu vas bien ? Tu es bien arrivé ?

[maman]

— Oui, maman. Nous sommes bien arrivés et tout va bien pour nous. Pourquoi appelles-tu à cette heure ?

— J'ai appelé plus tôt, mais personne ne répondait. Je m'inquiétais pour toi, mon chéri.

Il s'apprêtait à dire que, si elle mourait d'angoisse à ce point, elle aurait pu appeler sur son portable, mais il s'abstint. Plus cette conversation serait courte, mieux ce serait.

— OK, mais comme tu vois, tout va bien, je te rappellerai demain.

— Mais comment s'est passé le voyage, comment est l'appartement, raconte quelque chose. Je suis si curieuse de savoir à quoi ressemble ta vie maintenant.

— Maman ! s'écria-t-il. Comment ça, maintenant ? On s'est vus ce matin ! Qu'est-ce que tu veux entendre ? Que je me suis fait un tas de nouveaux amis, qu'on vient d'avoir deux enfants et que je suis devenu P-DG de ma boîte ? Qu'est-ce que tu veux ? Tu appelles ici pour me harceler au milieu de la nuit. Tu me demandes si ça va. Je réponds que ça va. Tu me demandes si je suis content, je te réponds que je suis content. Alors qu'est-ce que tu veux de plus ?

Robert regarda Agnieszka enfiler son pyjama et étaler leurs sacs de couchage au sol. Il haletait de rage.

— Je te prie de m'excuser, je te prie vraiment de m'excuser. Je sais que je n'aurais pas dû appeler, que tu es si grand et indépendant, désormais, mais ton indépendance, je l'ai payée au prix de ma solitude. Tu comprends ça ? Je suis seule, ici, je sais que ça ne sert à rien de t'attendre, vu que tu as déménagé dans une autre ville, et je pleure comme une folle…

Qualificatif parfaitement approprié, pensa-t-il.

— C'est tout, maman ? Parce que si c'est le cas, j'aimerais passer un peu de temps avec ma femme.

— Oui, c'est tout, au revoir, fiston, dit-elle, mais les mots sortaient à peine du combiné. Merci de m'avoir parlé, merci beaucoup. Dors bien. Bonne nuit. Tu te rappelles quand je te chantais une berceuse ? Tu en avais une préférée, qui commençait par les mots « Petit Wojtuś, regarde le cendrier, une étincelle cligne de l'œil vers toi ». Tu t'énervais quand je la chantais et tu criais que tu n'étais pas un Wojtuś, mais un « Bobert », tu te rappelles comment…

— Bonne nuit, maman, coupa-t-il froidement.

Et il raccrocha le téléphone.

Agnieszka était déjà allongée dans son sac de couchage et l'observait.

— Premièrement, dit-elle, ne me parle pas de cette conversation, j'ai eu assez d'horreurs pour aujourd'hui. Deuxièmement, va te brosser les dents. Troisièmement, reviens ici et ne sois pas trop fatigué, je te le conseille.

— Oui, maman.

— Très drôle. Aux toilettes. Et que ça saute !

Lorsqu'il sortit de la salle de bains, Agnieszka dormait déjà. Il s'allongea à côté d'elle et, avant qu'il n'ait l'idée de la réveiller, il s'endormit lui-même.

2.

L'interrogatoire digne des services secrets communistes était terminé et Kamil était maintenant conscient que ç'avait été une erreur de cacher l'état de la voiture la veille au soir.

Toute cette foire avec l'accident dans l'ascenseur aurait été une bonne excuse pour faire passer en douce la nouvelle de l'accident. Mais non, il avait fait l'andouille, comme d'habitude, il avait laissé passer l'occasion. Il avait conclu que, puisque tout le monde était surexcité, il valait mieux aller sagement se coucher, et à présent, il payait pour sa lâcheté. Quel idiot ! S'il était arrivé tout secoué et avait avoué en pleurant qu'il avait détruit la voiture (pas complètement, après tout, ce n'étaient que des égratignures), l'affaire se serait tassée. Un macchabée dans l'ascenseur, que d'émotions, et en plus de ça, le gamin a eu un accident... Au lieu de cela, il avait décidé de jouer les idiots. Il était allé dans sa chambre sans dire un mot et, le matin, il avait fait semblant de dormir quand son père avait quitté la maison.

Il compta dans sa tête le temps qu'il lui restait. Son père descend l'escalier, traverse la pelouse, tourne, atteint le parking – il n'a encore rien vu, car la Lanos est garée au fond, derrière une grosse Ford –, ouvre le cadenas et l'accroche au portail, ouvre le portail, avance, voit. Au début, il ne croit pas qu'il s'agisse de sa voiture, au point de vérifier le numéro d'immatriculation et de faire le tour du véhicule. Mais tout concorde, même les protège-sièges en bambou, même le saint Christophe et le désodorisant à la lavande accrochés au rétro, il n'y a pas d'erreur possible : c'est sa Daewoo bien-aimée. Il se demande qui a bien pu faire ça. Il se dit sans doute que ce sont des poivrots particulièrement mesquins qui ont sauté par-dessus la clôture durant la nuit pour défoncer ainsi sa voiture.

Puis il revient, imaginant en chemin ce qu'il dira et comment il punira son fils de sorte à illustrer au mieux son pouvoir sur lui. En fin de compte, il met la clé dans la serrure.

Kamil ne s'était pas trompé de beaucoup : la serrure grinça à peine une minute plus tard que ce qu'il avait prévu. Il entendit son père entrer et s'asseoir dans la cuisine (il s'assit pesamment), mais décida d'attendre qu'il l'appelle. Quelques minutes passèrent avant que l'auteur de ses jours ne vienne s'asseoir au bord de son lit. Il commença comme d'habitude.

— Avant que tu me racontes comment cela s'est passé, dit-il avec une tristesse dans la voix que le senior Koteczek aurait pu lui envier si ces messieurs s'étaient connus, et avant que nous n'envisagions les conséquences à en tirer, je voudrais te demander si tu as quelque chose à me dire.

La chose la plus raisonnable à faire aurait été de prononcer un « Je suis désolé » d'un ton larmoyant et de demander pardon en pleurant. Mais va te faire foutre, pensa Kamil, défoule-toi, fais ce que tu as à faire et dégage. Il n'y aura pas de pleurnicheries.

— Oh merde, la voiture ! fit-il en se levant d'un bond, comme s'il était miraculeusement sorti d'une crise d'amnésie. J'ai oublié de t'en parler hier à cause de tout ce chahut en bas. J'ai eu un accrochage très moche quand je roulais dans la rue Puławska en revenant de l'école (qu'en réalité il n'avait pas visitée ce jour-là). Un bus m'a coupé la route et j'ai dû filer entre les arbres pour éviter d'écraser un type. Ce n'est sans doute pas joli à voir, hein ? Le soir, on ne voyait pas très bien, avec la pluie, en plus.

Le père ne regardait pas son fils, mais par la fenêtre. Dans ses yeux il y avait l'image de la défaite à laquelle sa tentative d'élever un nouveau citoyen responsable avait abouti. Il soupira.

— C'est donc tout ce que tu as à me dire. Tu as détruit la voiture pour laquelle ta mère et moi avons travaillé pendant des années, en nous privant souvent de bien des choses, et que nous avons achetée surtout en pensant à toi, et tu n'as rien à ajouter ? Tu ne sais même pas à quel point ça me désole.

Kamil ne savait absolument pas quoi répondre et ils restèrent donc tous les deux silencieux. Le père attendait la réaction de son fils. Le fils se demandait comment il devait réagir.

Pendant un moment, la voix de la raison prévalut, et celle-ci criait : du remords, du remords et du repentir, immédiatement ! Mais il y avait aussi une seconde voix. C'est quoi, le problème, putain ? Est-ce que j'ai tué quelqu'un ? Est-ce qu'un homme a été blessé ? Est-ce que je mérite chaque fois de subir cette procédure humiliante ? Il ne m'a même pas demandé si j'allais bien, comment j'avais vécu la chose, ce qu'il en était de moi. Non, le mauvais fils a encore prouvé qu'il était un ingrat et un raté. Tous les soupçons du père ont été confirmés ; pire, il s'est avéré que...

— Eh bien, je t'écoute.

L'injonction interrompit le flot de ses pensées.

— Mon Dieu, je suis navré, tu veux que je rampe à tes pieds ? J'ai eu un accrochage et j'ai rayé un morceau de tôle. Je n'ai tué personne, je n'ai pas violé d'institutrice et je n'ai pas volé l'argent de poche d'un élève de maternelle. Alors par pitié, cesse de faire ces grimaces.

— Ne fanfaronne pas, fiston. Ça ne m'impressionne pas. Je ne suis pas désolé parce que tu as détruit la voiture. Tu as raison, ce n'est qu'un morceau de tôle, même si pour moi et pour ta mère, elle a aussi une certaine valeur émotionnelle que, apparemment, tu ne partages pas. Je suis désolé parce qu'une fois de plus tu as montré que tu étais un égoïste qui ne sait penser qu'à lui. Une fois de plus, tu as déçu notre confiance. La mienne et celle de ta mère. Tu as aussi une nouvelle fois montré, et permets-moi de te le dire de but en blanc, à quel point tu te foutais de nous.

Son père commençait à hausser le ton.

— C'est pour cela que je suis désolé ! continuait-il. Et crois-moi, ce n'est pas moi, le problème. Moi, j'ai l'habitude, la vie ne m'a pas fait de cadeaux et je peux supporter beaucoup. Mais pour ta mère, ce sera un coup dur et je veux que tu le saches. As-tu seulement pensé, sale mioche, à la douleur que tu vas lui infliger ? Comment va-t-elle se sentir, avec ça ?

— Avec quoi ? Avec le fait que la voiture soit rayée ?

— Ne fais pas semblant d'être plus bête que tu ne l'es, fiston, dit le père en jouant à présent le rôle du mâle furieux. Il ne s'agit pas de la voiture, mais de la douleur que tu vas lui causer.

— La douleur ?

Une fois de plus, Kamil était surpris, bien que l'expérience eût dû lui enseigner qu'il n'y avait aucune logique dans ces conversations.

— Quelle douleur ? De quoi tu parles ?

— Tu sais parfaitement de quoi je parle ! Oui, parfaitement !

— Lâche-moi, mec. Et ne me crie pas dessus comme ça.

— Ne me parle pas sur ce ton, minot ! Je suis ton père !

Des gouttes de sa salive éclaboussaient sa chambre et Kamil grimaça de dégoût.

— Qu'est-ce que j'y peux ? On ne choisit pas son père.

— Son fils non plus. Malheureusement.

Un silence s'installa. À chacune de leurs disputes, ils finissaient par toucher délibérément les points les plus sensibles de l'autre. Au bout d'un moment, Kamil déclara :

— Écoute, c'est arrivé quand j'étais au volant, et je ferai donc de mon mieux pour réparer la voiture à moindre coût et le plus joliment possible. Bien sûr, je paierai tous les frais. D'une manière ou d'une autre, c'était ma faute et je sais que je dois payer pour cela.

— Ce n'est pas de ça que je parle, grogna le père. Il est clair pour tout le monde que tu vas payer, et tu vas certainement subir une autre punition, dont nous conviendrons tous ensemble plus tard. Mais je te demande ce que tu vas faire pour ta mère.

— Elle est rayée aussi ?

— Fais attention, fils, je te le conseille. Tu sais que je ne t'ai jamais frappé, mais fais attention, crois-moi. Les blagues, c'est bien, mais jusqu'à un certain point. Et les blagues sur ta mère ne sont jamais bonnes. Tu comprends ça, fils ? Réponds à ma question.

— Honnêtement ? Non, je ne comprends pas. J'ai rayé la voiture, je veux payer les réparations, et pour moi l'affaire s'arrête là. Toi, en revanche, tu es agressif, incapable d'énoncer une phrase claire et concrète, et tu exiges de moi un machin dont je n'ai pas la moindre idée. Exprime-toi clairement, au moins !

Le père se mura dans le silence. Il regarda la chambre de Kamil, longue et étroite, comme s'il cherchait du soutien dans les fournitures qui s'y trouvaient.

— Clairement, dis-tu, tu veux que je m'exprime clairement… D'accord, je vais être clair. Aussi clair que possible. Tu nous as fait beaucoup de peine, à maman et moi, et j'aimerais que d'ici à ce soir, tu réfléchisses à la façon dont tu vas nous présenter tes excuses et à la punition que tu te proposes de t'infliger. Est-ce que c'est clair ?

— Oui, papa, c'est clair, déclara Kamil, résigné.

Pourquoi se disputait-il ? Au fond, il savait comment cela se terminerait. Il observa son père. C'était drôle, bien qu'il le vît tous les jours, il ne parvenait jamais à se rappeler s'il portait une moustache ou non. À cet instant, il le voyait bien : il en portait une. C'était la moustache poivre et sel d'un homme de plus de cinquante ans, proprement vêtu, mais pas à la mode, d'un homme qui se laissait un peu aller, avec un visage qui trahissait un penchant pour les dîners copieux et l'alcool. Cet homme sentait une eau de Cologne que personne ne jugerait de bon goût. Peut-être qu'il n'en connaissait pas de meilleure, ou peut-être qu'il ne voulait pas dépenser plus d'argent. C'était un pauvre type. Kamil savait que sa tristesse était sincère, même si elle n'avait rien à voir avec l'état de la voiture. Pourquoi s'en prenait-il toujours à lui ? Était-ce la faute de Kamil, si son père avait vécu les meilleures années de sa vie dans les ténèbres de la Pologne communiste ? Qu'y pouvait-il, si ça n'avait pas été l'existence qu'il aurait souhaitée ? Était-ce sa faute, s'il l'avait passée auprès d'une femme qu'il n'aimait pas et d'un enfant dont il n'avait pas voulu ? Qui est la victime ici, papa ? Tu es convaincu que c'est toi. Mais tu as sans doute tort.

3.

Étage 8, appartement 50. Le 12 octobre 2002, 16 h 20.

[sonnerie de porte]

[pas]

Femme 1 : Qui est là ?

Femme 2 : La voisine, j'habite à côté.

Femme 1 : Qu'est-ce que vous voulez ?

Femme 2 : Je voulais emprunter la clé du sous-sol.

[porte]

Femme 2 : Bonjour. En fait, déjà, je voulais me présenter, mon mari et moi avons emménagé hier. Au numéro cinquante-quatre. Nous sommes en train de ranger nos affaires, mais vous savez comment c'est. Il est difficile de faire tenir beaucoup de choses dans trente mètres carrés. Nous voulons descendre certains cartons à la cave pour qu'ils y attendent des jours meilleurs.

Femme 1 : Des jours meilleurs ?

Femme 2 : Bah oui, vous savez, c'est le genre de cartons où l'on range des choses dont on pourrait avoir besoin un jour, mais qui en réalité ne sont jamais utiles. Les garder dans l'appartement, ça ne sert à rien, mais c'est dommage de les jeter. Le bric-à-brac parfait pour une cave. Mon mari dit en riant que ces objets doivent être bien tristes.

Femme 1 : Tristes, qu'est-ce que vous racontez ?

Femme 2 : Oui, parce qu'ils sont toujours condamnés à la cave. Certains articles fanfaronnent sur les étagères, d'autres finissent à la décharge, il leur arrive au moins un truc. Et ceux-là sont toujours dans des boîtes, à la cave, dans le noir, avec des rats, brrr… Mais je vous ennuie, avec mes bêtises, je voulais simplement vous emprunter la clé de la serrure principale de la cave. Nous avons celle de notre box, mais pas celle de la grille. Vous l'auriez ?

Femme 1 : Non, désolée, je ne descends jamais au sous-sol. Quoique si, attendez, une dame très gentille m'a récemment apporté une clé. Je vais vérifier dans le tiroir.

Femme 2 : Voudriez-vous venir prendre le thé chez nous et manger un morceau de gâteau ? Ça nous ferait très plaisir, à mon mari et moi.

Femme 1 : Essayez avec cette clé. Je suis désolée, mais je ne sais pas si je vous rendrai visite. Je quitte assez rarement mon appartement, je suis âgée et ma vieillesse doit être un spectacle désagréable pour de si jeunes yeux.

Femme 2 : Ne plaisantez pas, vous avez l'air plus en forme que moi. Vous n'auriez pas besoin d'un coup de main, à l'occasion ?

Femme 1 : Non, merci. Quelqu'un s'occupe de moi. Jeune femme, suivez le conseil d'une femme âgée. Arrêtez de dire tout le temps « nous » à propos de votre mari et vous. Cela finit toujours par créer des problèmes. Ne descendez pas à la cave et prenez soin de vous. Au revoir.

Femme 2 : Euh, oui, bien sûr… Au revoir.

[porte]

4.

Kuzniecow n'avait jamais pu comprendre la vénération aveugle dont la personne de Jean-Paul II faisait l'objet en Pologne. Il réfléchissait justement à ce culte de l'individu, le seul à sa connaissance en dehors de Cuba et de la Corée du Nord, assis avec Maigrichon dans l'appartement d'Emilia Wierzbicka, un logement transformé en une sorte de musée privé de Sa Sainteté. Certains objets exposés, comme les portraits de Jean-Paul II encadrés (dans des cadres fins ou massifs), découpés dans des journaux, étaient la norme polonaise, même dans la quantité présente ici. Il y avait aussi des fanions, des casquettes en papier, des chapelets, et même des porte-clés et des stylos à son effigie qui avaient droit à une vitrine séparée – Kuzniecow avait déjà vu de telles choses dans certaines maisons de personnes âgées. Le plaid blanc et jaune sur le canapé, c'était déjà un peu trop, de même que le Saint-Père bien-aimé coulé avec de la « neige » dans une boule de verre. Kuzniecow s'émerveilla à la vue de la bibliothèque. Il n'était pas sûr d'avoir lu toute sa vie durant autant de pages que celles consacrées ici à une seule personne. Ce qui attira son attention, c'était la *Grande Encyclopédie de Jean-Paul II*. Elle était effectivement grande : trente-six (oui : trente-six) minces volumes occupaient une étagère entière, et à côté se trouvait encore une édition en deux volumes, contenant probablement le même texte, mais sous une forme éditoriale différente. Quelqu'un avait fait une affaire en or. Cependant, certains objets exposés ici dépassaient largement la moyenne. Par exemple, un moulage en plâtre d'un mètre de haut représentant le Pèlerin Blanc pensif et qui, en l'occurrence, dans cette version-ci, était exceptionnellement blanc. Autour du cou de la statue, la maîtresse de maison avait accroché un scapulaire à l'effigie de Notre-Dame de Częstochowa ; elle avait aussi enroulé un chapelet autour de sa main droite. L'espace d'un instant, Kuzniecow eut envie de mettre son chapeau sur le pape. Il éclata de rire et fit part de l'idée à Maigrichon.

— On lui mettrait un trench-coat, et voilà, ça serait Humphrey Bogart tout craché, ajouta Maigrichon. Je pense que c'est le début d'une merveilleuse amitié, Jean-Paul.

Maigrichon se leva et serra la main en plâtre.

— Arrête, crétin.

— C'est toi qui as commencé.

Maigrichon voulait en dire plus, mais il s'interrompit et serra violemment la main d'Oleg.

— Oh, mon Dieu, gémit-il en bafouillant, oh, mon Dieu, nous sommes foutus, nous sommes perdus, priez pour moi, saint Christophe, mon cher saint patron. Il est venu pour nous, le monstre extraterrestre, celui du film avec Sigourney Weaver en petite culotte.

Maigrichon semblait réellement terrifié.

— Là, chuchota-t-il en pointant sa main vers le mur derrière Kuzniecow. Regarde là...

Oleg se retourna et dut presser son poing contre sa bouche pour ne pas éclater de rire. À côté de lui, satisfait de sa blague, Maigrichon ricanait en douce en tremblotant. Sur le mur derrière Oleg, entre une photo de Karol Wojtyła datant de sa première communion et un avis impersonnel, mais encadré, indiquant que la chancellerie du Vatican remerciait pour une lettre, se trouvait le portrait d'un Alien.

— Je vois que vous admirez ma modeste collection, dit la maîtresse de maison en entrant dans la pièce chargée d'un plateau de tasses de thé et de sucre en morceaux. Je suis désolée de vous avoir fait attendre si longtemps, messieurs, mais il a fallu que je change d'abord la couche de ma mère.

Sensible aux cinglés, Maigrichon la contempla avec méfiance.

— J'espère que vous n'êtes pas offensé par mon franc-parler. J'aime être directe et je pense qu'on ne devrait pas avoir honte d'avoir une mère malade. N'êtes-vous pas d'accord avec moi ?

Maigrichon resta silencieux et Oleg soupira en réalisant qu'il allait devoir réorienter cette conversation. Il regarda attentivement son interlocutrice qui plaçait des verres de thé devant eux. Elle devait avoir la cinquantaine, peut-être un peu plus, mais son style ascétique la faisait paraître vieille. Ou était-elle vraiment plus âgée ? Cheveux mal teints attachés en chignon, lunettes simples, pas de maquillage, pull violet duquel sortait le col d'un chemisier blanc boutonné jusqu'au cou. Croix en argent modélisée d'après une férule papale, naturellement, bien en évidence sur le dessus. Jupe beige, collant épais… et un seul accessoire fantaisie : des pantoufles avec un lapin. Manifestement, il n'y avait pas de pantoufles à l'effigie du pape en stock ; quelle lacune inacceptable sur le marché !

— Vous aimez quelque chose en particulier ? demanda-t-elle, déjà assise sur une chaise.

Elle se tenait raide et lissa sa jupe. Oleg n'y tint pas.

— Oui, notre attention a été attirée par cette œuvre d'art d'avant-garde, déclara-t-il en indiquant l'Alien.

— N'est-ce pas original ? Il n'existe que deux sculptures de ce type en Pologne. Celle-ci a été fabriquée spécialement pour moi par mon beau-frère. Il est sellier et fabrique des articles en cuir. D'ordinaire, il sculpte dans le cuir des motifs floraux et des saintes vierges, mais pour moi, il a fait un pape. Je trouve que le résultat est magnifique.

Kuzniecow acquiesça par politesse. En hochant la tête avec respect, il admettait, au fond de lui, qu'il était difficile de détourner le regard de cette œuvre. Fait de cuir, le visage du pape émergeait de son cadre, de cuir lui aussi, comme l'extraterrestre du ventre de sa victime, dans le film. Le plus impressionnant, c'était le sourire du Saint-Père. L'artiste fou avait décidé de le représenter la bouche ouverte, en conséquence de quoi un trou béait au milieu de la sculpture, un trou hérissé de bouts de cuir : les dents. Oleg ne croyait pas aux forces surnaturelles, mais il aurait eu peur d'y mettre la main.

— Et voyez comme il sourit joliment ! Mon beau-frère a beaucoup de talent. Mais vous n'êtes pas venus ici pour parler d'art, n'est-ce pas ?

— En effet. Racontez-nous ce qu'il s'est passé hier soir.

— Je serai brève, car je ne veux pas revenir sur ce cauchemar. Je revenais de la messe du soir. J'habite au quatrième étage, et d'ordinaire je monte l'escalier à pied. C'est bon pour la santé. En passant devant la porte du premier, j'ai entendu des bruits.

— Des cris ?

— Non, ce n'était pas fort du tout, c'était un son étouffé, comme s'il venait de très loin. Mais c'était un son inquiétant. J'ai d'abord pensé qu'il s'agissait d'un oiseau égaré qu'il fallait aider. J'ai donc regardé. J'ai regardé et, au début, je ne savais pas ce que je voyais. Le palier était sombre et la lumière ne provenait que de la cabine de l'ascenseur.

Emilia fit une pause pour réfléchir et les policiers ne rompirent pas le silence.

— Je regardais et je ne comprenais pas ce que je voyais. L'ascenseur se trouvait entre deux étages et ce gentil garçon du septième se débattait à l'intérieur. Honnêtement, il a dû devenir fou parce qu'il a sorti la tête par la vitre de la porte de la cabine. Il poussait des cris terribles et essayait de s'extirper par cette ouverture étroite. Je voulais lui dire que c'était impossible, mais l'ascenseur s'est remis en marche. Il savait ce qui allait arriver, je le voyais dans ses yeux, mais il n'a pas tenté de retirer sa tête, il poussait au contraire de plus en plus vers l'avant. Puis sa tête a roulé vers moi et j'ai commencé à crier. C'est tout. Je n'ai jamais rien vécu d'aussi épouvantable.

Elle prit une gorgée de thé, pensive.

— Alors, du coup, il hurlait, ou pas ? demanda Oleg.

— Il hurlait, mais je n'entendais rien. Je pouvais clairement voir sa bouche ouverte et son visage rougi à force de crier. Il criait certainement, il hurlait, même, mais je devais être en état de choc parce que je n'entendais rien.

— Peut-être l'avez-vous entendu crier plus tôt ou briser la vitre de l'ascenseur ? Vous n'étiez pas loin, à ce moment-là, et vous ne pouviez pas être déjà en état de choc.

— Oui, vous avez raison. Mais je ne vais pas inventer des choses pour faire plaisir à ces messieurs, n'est-ce pas ? dit-elle, et Oleg se sentit bête. Je raconte simplement ce qu'il s'est passé. C'est tout. Je n'ai pas entendu de cris ni de bruits de verre brisé. Je n'ai même pas entendu qu'on lui coupait la tête, et pourtant, ça doit faire un bruit, ça, vous comprenez, non ?

Les deux hommes échangèrent un regard.

— Vous avez raison, madame. Nous n'allons pas vous tourmenter davantage. Appelez-nous si vous vous souvenez de quoi que ce soit ou si…

Oleg hésita et jeta un coup d'œil à son ami qui acquiesça.

— … ou si vous remarquez quelque chose d'inhabituel.

— Comme le comportement inhabituel de quelqu'un, par exemple, dit-elle.

— Comme le comportement inhabituel de quelqu'un, par exemple, confirma-t-il. Autre chose… Vous n'utilisez donc jamais cet ascenseur ?

— Bien sûr que si, je l'utilise quand je porte des courses lourdes ou quand je suis fatiguée.

— Vous est-il arrivé quelque chose là-dedans, un événement étrange, ou une rencontre bizarre… avec quelqu'un qui n'aurait pas dû y être ?

— Non, je suis désolée. Ma seule expérience avec ces ascenseurs, c'est que j'appuie sur le bouton et que je monte. Je ne me souviens même pas être restée bloquée entre les étages un jour.

— Merci, ça sera tout. Nous vous harcèlerons peut-être de nouveau dans un avenir proche, mais pour aujourd'hui, c'est fini.

— Oh, mais n'hésitez surtout pas, je serai toujours heureuse de répondre à vos questions.

Elle se leva pour les raccompagner à la porte.

— D'ailleurs, j'ai moi aussi une question à vous poser, monsieur l'agent, dit-elle en s'adressant à Kuzniecow.

— Je vous écoute.

— Une question personnelle.

— Je vous écoute.

— Vous avez un nom qui ne sonne pas polonais. Êtes-vous catholique ?

— Non. Je suis né en Pologne, mais mes parents sont ukrainiens. Des orthodoxes. Et ils m'ont élevé dans cette foi. Manifestement, ce n'était pas très efficace parce que, maintenant, je me définirais comme athée.

— Je voudrais que vous sachiez, dit Emilia Wierzbicka presque solennellement, que cela ne me dérange pas, que vous soyez un schismatique, et que je vous tolère, comme nous l'enseigne notre pape Jean-Paul II.

Oleg ne savait pas comment réagir.

— Merci, c'est très gentil de votre part, répondit-il avec gravité.

5.

Il coupa l'eau chaude et s'assit au fond du bac de douche. Il ouvrit la bouche et laissa le jet glacé couler dans sa gorge.

Le liquide avait un goût immonde, mais il n'avait pas envie d'aller acheter de l'eau minérale au magasin. De toute façon, il était fauché. Mardi, il avait vidé son compte, c'est-à-dire qu'il avait retiré cent quarante-quatre pauvres złotys pour clôturer celui-ci. À présent, il lui restait à peine plus de dix złotys en poche.

— Tu es un miséreux, Wiktor, se dit-il tout haut.

Puis il partit d'un éclat de rire.

— Je suis un miséreuuuuuux ! chanta-t-il, parodiant une chanson autrefois populaire d'Edyta Górniak, et il rit encore plus fort.

Il coupa l'eau et sortit frigorifié de la douche. Tout puait affreusement. La serviette dans laquelle il s'était enveloppé empestait l'humidité et la pourriture ; elle semblait glissante à cause de cette odeur. La puanteur provenait aussi des vêtements crasseux abandonnés près de la baignoire, mais c'étaient surtout les toilettes qui empestaient. Wiktor ne se souvenait pas de la dernière fois qu'il avait lavé la cuvette, mais cela devait faire plusieurs semaines. Une pestilence douceâtre semblait s'en échapper sous la forme d'une fumée verdâtre, comme dans les dessins animés pour enfants. Wiktor repoussa le couvercle avec son pied, et son premier réflexe fut de nettoyer, mais il se souvint qu'il venait de sortir de la douche. Tant pis, il le ferait le soir. Pour se donner bonne conscience, il décida de jeter au moins le linge sale dans la machine à laver, mais constata qu'il n'avait plus de lessive.

— Cas de force majeure, soupira-t-il, je dois remettre le nettoyage à demain.

La chambre n'était guère mieux. Il regarda la pièce crasseuse comme si elle ne lui appartenait pas. Était-il possible qu'il vive ici ? Les fenêtres étaient hermétiquement fermées, l'un des rideaux à moitié arraché, la moquette pleine de taches de liquides non identifiés, décorée près du lit d'une galette facilement reconnaissable de vomi séché. La table garnie de bouteilles (où étaient les verres ?) était toute poisseuse d'un truc qui avait été renversé dessus il y avait des siècles et qui ressemblait à présent à une nouvelle couche de vernis. Le pire, c'était le lit, avec des draps en pagaille, marron par endroits. Se pouvait-il qu'il ait fait ses besoins sous la couette ? Se faufilant entre les taches, il s'approcha du matelas et ramassa du bout des doigts un livre qui traînait au sol.

— Allez, mon petit, au moins, toi, on va te sauver, murmura-t-il.

Il s'avéra qu'il était en train de lire *Terres perdues*, de Stephen King.

En dépit de ce qu'il avait dit, il passa les cinq heures suivantes à faire le ménage. Il ouvrit une fenêtre pour aérer, jeta les poubelles, enfonça tout le linge sale dans une vieille housse de couette, lava les meubles, passa l'aspirateur – se disant qu'un équipement comme celui-ci devait valoir un peu d'argent et pouvait être vendu à l'occasion –, il raccommoda même le rideau. Il s'enroula un vieux T-shirt autour du visage et, luttant contre les haut-le-cœur, il nettoya la cuvette des toilettes. À la fin, il était tellement sale qu'il dut reprendre une douche. Deux fois.

Maintenant, il était assis tout nu dans un fauteuil et il pleurait. Il pleurait et dessinait dans l'air avec son doigt les formes qui manquaient. D'abord les meubles – le fauteuil Ikea classique, blanc, qu'il avait acheté pour Weronika – dans le coin près de la fenêtre. Une grande lampe sur pied avec un abat-jour blanc qu'on allumait avec le pied – entre la fenêtre et le fauteuil. La grande boîte des jouets en bois qui ne rentrait pas dans la chambre microscopique de Matylda – à côté de la porte. Une petite cuisinière en plastique, d'un jaune et d'un rose incroyablement vifs – jouxtant la boîte précédente.

Ensuite, les personnes. Weronika assise dans un fauteuil, lisant un livre, une jambe recroquevillée, l'autre qui se balance dans les airs. Une tasse de thé fumant est posée à côté du fauteuil. « Je me trompe, ou tu avais dit que tu te ferais à dîner, dit-elle sans lever la tête. Si c'est le cas, fais-moi un sandwich aussi. – Je vais t'en faire un ! s'écrie Matylda qui se lève de sa cuisinière et accourt, une assiette jaune et vide à la main. Le genre de sandwich que tu aimes, avec du jambon très bon et du fromage », dit-elle. Weronika fait semblant de mordre le sandwich et prend la parole la bouche pleine : « Donnes-en un à papa aussi, parce qu'apparemment, il ne compte pas manger aujourd'hui. »

La forme indistincte de Matylda court vers la cuisinière et revient avec une autre assiette et deux tasses.

« Voilà, pour papa, un délicieux sandwich au salami et une bière avec de la mousse. Les enfants ne peuvent pas boire de bière, n'est-ce pas, papa, mais je me suis fait un thé, un merveilleux thé à la framboise avec de vrais fruits. Tu veux goûter ? »

— Hmm, comme c'est bon, dit Wiktor à voix haute, se recroquevillant dans son fauteuil, et les larmes coulent les unes après les autres. À moins que tu ne veuilles goûter ma bière ?

« T'es bête, papa, les enfants ne boivent pas de bière. Je pense que je vais le taper, hein, maman ? – Tape-le, tape-le, il a besoin d'une bonne fessée. »

La forme monte sur ses genoux et le frappe à la tête avec son poing. Wiktor fait un mouvement des bras comme s'il voulait étreindre cette forme, mais il ne fait que s'étreindre lui-même. Il se balance encore un peu sur la chaise, se lève brusquement et se dirige vers le téléphone. Il ne faut plus vivre comme ça, pense-t-il, il faut se ressaisir et revenir dans le monde des vivants. Maintenant, tout de suite, immédiatement. Allez.

Il composa le numéro de Tom, son meilleur ami et rédacteur important au *Kurier*, le plus grand journal de la capitale.

— Bonjour, c'est Wiktor, tu peux parler ?

— Bien sûr, t'en es où ?

— Plutôt en haut en ce moment. Mais je ne sais pas combien de temps ça va durer. Tu peux m'aider ? Je crois que cette fois, ça va marcher.

Il y eut un silence à l'autre bout du fil. Tom réfléchissait. Wiktor transpirait. À quoi pense Tom à cet instant ? Peut-être se souvient-il du nombre de fois où il a déjà eu une telle conversation. Il se demande sans doute si cela a un sens. Ou il se demande si cette amitié ne lui coûte pas trop cher. Wiktor n'y tint plus.

— J'ai eu un tournant, dit-il tout bas. Vraiment. Les autres fois, quand je disais ça, je n'avais pas cette conviction, mais là, c'est différent. Je le sens de tout mon être, c'est maintenant ou jamais. Je t'en supplie, une dernière fois. Si ça marche, tout ira bien. Si ça ne marche pas, je perdrai tant que tu n'entendras plus jamais parler de moi.

La voix calme de son ami interrompit ses palabres.

— Arrête de dramatiser. Pour le moment, je ne vais pas te commander un texte normal parce que je ne sais pas dans quel état tu es ni si on peut t'envoyer chez des gens. Écris-moi n'importe quoi pour lundi. Si ça tient la route, et si tu es en état de répondre au téléphone, on en reparlera.

— Doux Jésus, je ne sais pas comment te remercier.

— Ne m'appelle pas « Jésus », espèce d'impie. L'entretien d'hier, on évite le sujet ?

— En quelque sorte.

— D'accord, j'attends jusqu'à lundi.

— Attends, il y a encore un truc...

— Je vire deux cents balles sur ton compte. Pas de problème. Mais n'oublie pas qu'il s'agit d'une avance, pas d'un don. Wiktor...

— Hmm ?
— Je croise les doigts. Vraiment.
— Arrête, ou je vais me mettre à chialer. À lundi.
— À plus.

6.

Robert appuya le lourd carton contre la balustrade verte, juste à côté de la porte de la cave. Agnieszka se débattait avec le cadenas.

— Peux-tu me dire pourquoi nous avons emporté ce machin, à la base ? dit-il en haletant. Pourquoi avons-nous besoin de couverts en argent pour trente personnes et d'un service de vaisselle pour vingt-cinq ? On ne s'en servira jamais ! Et puis, il y a trop de couverts.

Agnieszka secoua la main, ses doigts s'étaient engourdis à force de tourner la clé.

— Ou pas assez de vaisselle, dit-elle. Si tu te plains tant, fallait dire à ta mamie au mariage que nous ne voulions pas de cadeau de sa part. Dois-je te rappeler comment tu l'as remerciée pour ce merveilleux présent ? Il a fallu t'arracher de force des bras de cette pauvre grand-mère. Et maintenant, tu es là et tu joues au grand lésé parce qu'on t'oblige à porter un carton. Estime-toi heureux qu'il s'agisse de porcelaine et d'argent, et non de grès et d'acier.

Elle s'accroupit et tenta une nouvelle fois de tourner la clé.

— Je crois que notre voisine, cette « si gentille dame », s'est emmêlé les pinceaux, marmonna-t-elle, parce que cette clé ne semble pas correspondre. Ou bien je n'ai pas assez de force. Essaie, toi.

Robert laissa à sa femme le soin de garder le carton en équilibre et introduisit la clé. Il la tourna sans effort et le cadenas s'ouvrit. Il s'était tellement apprêté à lutter contre la serrure qu'il n'eut pas le temps de l'attraper, et le cadenas tomba sur les marches dans un grand fracas avant de rouler dans la cave. Agnieszka se mit à rire.

— Il faut que tu apprennes à maîtriser ta force, mon cher, sinon tu m'étoufferas un beau matin en voulant me faire un câlin.

— De la technique, de la technique et encore une fois de la technique, répondit-il sur le ton qu'il imaginait convenir à un maître serrurier, puis il saisit le carton. Et maintenant, mesdames et messieurs, l'incroyable Robert Łazarek, avec l'aide de son assistante, combinant une force surhumaine avec une technique digne d'une machine de précision, va accomplir une chose qu'aucun homme n'a jamais tentée.

Il gémit en soulevant le carton de la balustrade.

— En l'occurrence, Robert Łazarek, sans l'aide d'aucun appareil, va porter un carton jusqu'à la cave !

Il termina d'un ton triomphal et, titubant, commença à descendre les marches.

Agnieszka alluma la lumière. L'interrupteur était très ancien. Au lieu d'un bouton blanc, il fallait tourner une petite barre noire en ébonite. Une ampoule dans un boîtier en fil de fer éclaira le couloir.

— Oh, la vache ! s'écria Robert en posant la boîte sur une chape de ciment humide. C'est quoi, ces cachots de donjon ? Des catacombes ?

Il s'attendait à une cave, à un sous-sol d'immeuble normal, construit dans les années 1970 : des murs en béton armé, un plafond plat, des traces de coffrage et, tous les deux mètres, la porte d'une pièce de stockage. Il pouvait aussi y avoir une chaufferie, un séchoir et un couloir latéral. Tandis que là, on aurait dit les entrailles d'une usine d'armement nazie.

Agnieszka se souvint des paroles de sa voisine : « Ne descendez pas à la cave et prenez soin de vous. »

Ils se trouvaient dans un couloir qui, à la rigueur, pouvait encore ressembler à celui d'une cave d'immeuble, à ceci près qu'il n'avait pas de portes. Devant eux cependant, l'allée souterraine s'étendait sur une bonne vingtaine de mètres avant de disparaître dans la pénombre, la lumière de l'unique ampoule qui se balançait tristement au-dessus de leurs têtes n'atteignant plus cette zone. Dans leur dos, là où aurait dû se trouver un mur, le couloir se rétrécissait et se terminait par un escalier qui descendait. Robert se demanda où se rendre pour éviter de trimballer ce fichu carton dans tous les recoins du sous-sol pendant des heures.

— Faisons comme suit, dit-il. Tu vas attendre avec la boîte près de l'interrupteur, car la lumière pourrait avoir une minuterie, et je vais descendre et tenter de trouver notre emplacement.

Avant qu'elle ait le temps de répondre, il s'orienta vers l'escalier et descendit un étage plus bas. Les marches se terminaient ici. Et tant mieux ! pensa-t-il, il ne manquerait plus qu'il soit obligé de fouiller plusieurs niveaux de ces corridors. Le couloir était à présent plus bas et plus étroit, Robert dut même pencher légèrement la tête pour avancer. Il passa sa main sur le mur humide à la recherche d'un interrupteur. Certes, il y avait un peu de lumière qui lui parvenait d'en haut, mais pas assez pour qu'il puisse voir ce qu'il y avait plus loin. Il s'enfonça de quelques pas dans le boyau et rien, juste un mur, pas de portes, pas de câbles, et encore moins d'interrupteurs. Quel endroit !

— Et alors, tu as trouvé ?

Il entendit cet appel étouffé venant d'en haut.

— Je ne pense pas qu'il y ait de lumière ! Apporte la lampe torche, veux-tu ? Elle devrait être dans la boîte, sur le dessus.

Au final, ça a été un éclair de génie que de la prendre, se félicita-t-il. L'instant d'après, il entendit des pas et vit le halo tremblant d'une lampe torche. Le disque de lumière descendit l'escalier, rampa vers lui et se posa en plein sur son visage.

— Nom de famille ! grogna une voix derrière la lumière.

— Łazarek, je l'ai dit tant de fois. À part ça, je ne sais rien, madame le colonel, ne me frappez pas, s'il vous plaît, ma femme m'attend à la maison…

— On s'est déjà occupés de votre femme, Łazarek. Et il y a du boulot pour vous. Vous devez féconder cent mille filles des jeunesses communistes. D'ici à dimanche ! Et il vaut mieux que ce soit des fils, Łazarek, parce que sinon…

Ils éclatèrent tous deux de rire. Robert embrassa sa femme sur le nez, lui prit la torche des mains et éclaira le couloir en profondeur. Il s'avéra que l'interrupteur était à peine quelques centimètres plus loin que l'endroit où il avait cessé de le chercher à tâtons sur le mur. Il l'activa.

— Eh bien voilà, on a trouvé la cave, commenta Agnieszka.

En effet, le niveau inférieur ressemblait davantage au sous-sol traditionnel d'une barre d'habitation. Des portes en bois étaient visibles de part et d'autre et, tous les dix mètres environ, le couloir principal en croisait un autre, transversal.

— En plus des clés, ils devraient fournir un plan de ce labyrinthe. Faut trouver celle qui est à nous, maintenant, dit Robert en marchant le long des box. Il n'y a aucune logique là-dedans. Le quinze à gauche, le quatre-vingt-quatre à droite, le soixante-dix à gauche, le trente-trois à droite. Va comprendre.

En éclairant chaque porte et en lisant attentivement les numéros, il arriva à l'intersection et dirigea sa torche vers la gauche : le couloir se terminait en cul-de-sac. Sur la droite, néanmoins, les portes s'alignaient normalement. Robert avança un peu, mais la numérotation des caves était tout aussi absurde. Il trouva le quarante-trois, mais leur numéro manquait à l'appel. Il y avait en revanche un deuxième soixante-dix. Quel bordel.

La lumière s'éteignit.

— Allume ! cria-t-il en se retournant vers Agnieszka.

Pas de réponse.

— T'es là ?

Silence.

— Eh ben merde alors, c'est maintenant que tu veux jouer ? Je ne vais pas poireauter ici toute la journée. Allume cette putain de lumière ! hurla-t-il.

Agnieszka ne répondant toujours pas, il fit demi-tour en jurant dans sa barbe. Il fit deux pas et faillit s'écraser le nez contre un mur. Attends un peu, se dit-il, où est l'intersection ? Il balaya l'espace autour de lui avec sa lampe torche et fronça les sourcils. Où est-ce que j'ai tourné ? À sa droite, au lieu des briques, il y avait de la terre ordinaire, comme si les bâtisseurs avaient manqué de matériau. À hauteur de sa tête, une racine blanche ressemblant à un morceau d'os sortait de la paroi. Sur sa gauche, plusieurs portes en bois les unes à côté des autres portaient des chiffres bas. Trois, cinq, six, dix. Sans aucune logique, bien sûr. Robert remarqua que ces portes étaient plus petites que les précédentes. Quelle connerie, pensa-t-il. C'est quoi, l'idée ? Ceux du rez-de-chaussée ont les caves les plus petites et ceux du dixième étage les plus grandes ? Il fit deux pas de plus et heurta à sa grande surprise le dos d'Agnieszka.

Elle cria.

— T'es dingue ? Tu joues à me faire peur ici, dans un tel endroit ?

— Qui ? Moi ? Je t'appelle depuis cinq minutes ! Si tu veux te marrer, fais-le sans moi !

— Va te faire foutre ! Je reste plantée là, tu disparais je ne sais où, puis tu me sautes dessus par-derrière, et c'est toi qui m'en veux ?

— Tu ne m'as vraiment pas entendu crier ?

— Vraiment pas !

Il la regarda. Elle semblait effrayée et ne mentait visiblement pas.

— Désolé, j'ai tourné dans un couloir latéral et je me suis fait peur moi-même. Montons, notre cave n'est pas là.

Robert avait raison. Il s'était avéré que les caves des locataires se trouvaient finalement plus haut, au détour du couloir principal. Elles étaient numérotées logiquement et assez bien entretenues, sèches. Heureusement, l'ancien propriétaire avait vidé ses bricoles et Robert put facilement installer tant le carton des couverts que quelques autres ustensiles qu'ils avaient rapportés de leurs maisons familiales respectives, se berçant de l'illusion que trente-trois mètres carrés et trois dixièmes, c'était en réalité beaucoup plus que ce qu'il n'y paraissait.

À la fin, Robert descendit à la cave son chevalet, ses châssis et sa boîte de peintures. À contrecœur.

— Tu te rends compte que, si je mets ça en bas, je ne peindrai rien jusqu'à ce qu'on déménage dans un appartement plus grand, se plaignit-il. Or, je devrais m'exercer.

— Tu peux très bien t'exercer au fusain sur la table. Tu sais qu'on n'a pas la place pour tout ton bazar. Et puis, ça serait pareil qu'à Olecko. Tu resterais assis pendant des heures, tu tremperais tes pinceaux dans la térébenthine et tu te plaindrais de ne pas avoir d'idées. Ici, on va faire ainsi : tu proposes une idée, madame Agnieszka la considérera et, si elle l'apprécie, nous monterons le bazar dans l'appart. Ça marche ?

— Non, ça ne marche pas. Tu veux un mari artiste, ou un fonctionnaire ? demanda-t-il, furieux.

— Je veux un mari sage, bon et aimant. Qu'il peigne, compte les budgets ou balaie les rues est très secondaire, voire tertiaire, pour moi. Tu comprends ?

Robert sentit ses entrailles bouillir.

— Et ce qui me rend heureux, ça a quel degré de priorité ?

Elle le regarda avec étonnement.

— Tu plaisantes, non ? L'important, c'est ce que nous faisons pour notre relation afin d'être heureux ensemble. Car après tout, nous nous aimons, n'est-ce pas ? Et c'est à ça qu'on tient.

— Bien sûr, mais on se soucie aussi de nous-mêmes. Tu as certainement entendu dire que, plus les éléments d'un système sont robustes, plus le système entier est robuste. On ne peut le renforcer autrement.

— Qu'est-ce que tu veux dire par là ?

— Ce que je veux dire, c'est que la seule façon pour nous de vivre une vie agréable est de nous développer. Un peu ensemble et un peu séparément. Par exemple, je peindrai et toi non. Tu iras à la philharmonie et moi non. Et ainsi de suite. Chacun de nous se développera et de cette façon, on sera mieux ensemble. On sera plus riches, on aura plus de valeur et on pourra s'offrir davantage l'un à l'autre.

Il l'observa et ne comprenait pas pourquoi, à chaque mot qui sortait de sa bouche, elle devenait de plus en plus triste.

— Mais je ne veux pas faire de choses sans toi, vraiment pas, gémit-elle. Est-ce que c'est obligatoire, de faire des trucs seul ? Faisons comme ça : toi, tu feras des trucs de ton côté, et moi juste avec toi. Qu'est-ce que tu en dis ?

Robert se passa la main sur le visage en signe de résignation.

Il soupira, enlaça Agnieszka et dit :

— Tu sais quoi, ma plus belle et plus douce ?

— Quoi ?

— Sortons de cette cave avant de nous disputer pour de bon.

7.

Étage 4, couloir. Le 12 octobre 2002, à 18 h 30.

[rires]

Homme 1 : Incroyable, c'est la première fois que je vois ça. Alors dans notre pays aussi, on a mis en œuvre l'idée d'une unité d'habitation ?

Homme 2 : De quoi tu parles ?

Homme 1 : D'un espace de socialisation accessible à tous, réunissant les locataires des grands ensembles d'habitation. Lorsque Le Corbusier a conçu son projet de barre d'immeubles, qu'il appelait « unité d'habitation », il y a mis non seulement des appartements pour un millier et demi de personnes, mais aussi des commerces, des services, des lieux de divertissement et une école primaire. Et, à chaque étage, il y avait une sorte de hall communautaire, avec fauteuils, tables, jeux d'échecs, cendriers, ce genre de choses. Les locataires pouvaient s'y rencontrer et se faire des amis.

Homme 2 : Mais là, il n'y a que deux chaises de jardin cassées et un couvercle de pot de confiture en guise de cendrier.

Homme 1 : Bon sang, ton sens de l'humour est digne de celui du flic des blagues sur la police. C'est ce que je te dis, c'est ça, la chute ! Tu l'aurais comprise si je ne devais pas d'abord te faire un cours général sur l'histoire de l'architecture. Dis-moi plutôt ce que tu penses de la bonne femme.

Homme 2 : D'abord, ne me prends pas de haut, Maigrichon, parce que c'est moi le plus gradé ici. Et ensuite, je pense que c'est une dévote débile et excentrique.

Homme 1 : Mais pour le hurlement... C'est étrange, non ? N'oublie pas que personne d'autre n'a entendu de cris. L'unique hurlement qu'ils nous ont tous raconté, c'est celui d'Anna Maria Emilia. Or, ce pauvre type a dû brailler comme pas permis.

Homme 2 : Elle montait l'escalier, enivrée par ses propres délires sur le pape qui la recevrait en audience privée. C'est dans cet état d'extase qu'elle a déboulé au premier étage et a vu la tête du type s'envoler. Qui sait, elle a peut-être même pensé que c'était saint Jean Baptiste et qu'elle était Salomé, et qu'elle recevait là sa tête qui hurlait en silence ou ce qu'on en dit dans les églises. Laisse-moi tranquille, Maigrichon. On en grille une ?

Homme 1 : Pourquoi pas. En tout cas, il y a quelque chose qui cloche, dans cette histoire [briquet], et ce n'est pas seulement le truc de la tête qui crie. Je suis passé ce matin au commissariat du quartier, j'ai parlé à l'officier en charge du district Chodecka. Tu ne vas pas croire ce que j'ai trouvé.

Homme 2 : Dis toujours.

Homme 1 : Ce n'est pas le premier accident d'ascenseur dans cet immeuble.

Homme 2 : Balance.

[bruissement de papier]

Homme 1 : février 2000, jour de la Saint-Valentin. Roman Gąsienica…

Homme 2 : Un montagnard ? Il a un nom de montagnard.

Homme 1 : Qu'est-ce que j'en sais ? Quoique si, attends, tu as raison, il est né à Nowy Targ en 1968. Un jeune, somme toute. Il vivait avec sa femme au dixième étage. Le soir, il est allé au vide-ordures et, comme il y avait des mauvaises odeurs à son niveau, il est descendu au neuvième. Il a jeté ses détritus et a eu l'idée de remonter en ascenseur. Il a ouvert la porte, il a fait un pas et est tombé trente mètres plus bas. À l'arrivée, c'était de la bouillie.

Homme 2 : Ça arrive, et plus souvent que tu ne le crois. Pourquoi penses-tu que, dans les pays civilisés, il y a des panneaux « Vérifiez s'il y a un ascenseur » sur tous les paliers ?

Homme 1 : Tu as raison, ça arrive. Mais pourquoi personne ne nous en a parlé ? Mine de rien, c'est arrivé il n'y a pas si longtemps.

Homme 2 : Tu suggères qu'on a là une conspiration de locataires meurtriers qui tuent quelqu'un tous les deux ans à l'aide d'un ascenseur ? Épargne-moi ce délire, Maigrichon. Autre chose ?

Homme 1 : août 1997, un incendie se déclare au cinquième étage à l'appartement numéro trente-cinq. Une certaine Jadwiga Stańczyk y vivait seule, professeure de philologie polonaise, c'est-à-dire une femme sensée, éduquée, qui aurait eu soixante ans un mois plus tard. Elle attendait de l'aide sur son balcon, puis, n'y tenant plus, elle a sauté sur le trottoir. Elle a survécu à la chute, mais est morte à l'hôpital deux jours plus tard.

Homme 2 : C'est dommage, mais tu paniquerais aussi si les flammes te léchaient le dos et que tu avais le choix entre sauter ou être rôti vivant.

Homme 1 : C'est ça, le problème. Il n'y avait aucune flamme. Les gens qui se tenaient sur le trottoir lui criaient de ne pas sauter. La femme se débattait sur le balcon et flippait, quelque chose fumait derrière elle, mais il n'y avait pas de feu en vue. Une demi-douzaine de pompiers se sont ensuite rués dans l'appartement, et qu'est-ce qu'ils ont trouvé ? Il y avait une tonne de fumée, certes, car le revêtement en plastique derrière la cuisinière était en train de se consumer. Mais c'est tout. Elle aurait même pu survivre si elle avait fermé la porte de la cuisine et s'était assise dans son salon devant la télé.

Homme 2 : Tu t'excites pour rien. Tu crois qu'une professeure ne peut pas se mettre à paniquer ? Et puis, qu'est-ce que tu essaies de prouver ? Qu'un psychopathe pousse les résidents à se comporter en psychopathes et à se suicider ? Comment ? En les persuadant qu'ils n'ont plus de raison de vivre parce que le vide-ordures de leur étage ne fonctionne pas bien ? En criant dans un mégaphone « Attention, vos collants sont déjà en feu, sautez » ? Ou alors en planquant dans le compartiment à marchandises d'un ascenseur un cafard en caoutchouc de deux mètres de long ?

Homme 1 : De l'hypnose ?

Homme 2 : Maigrichon, pitié. Arrête de lire des romans, commence à lire des journaux. Ou alors, cours secourir madame Emilia. Peut-être qu'une voix au téléphone vient de lui annoncer que le pape n'aime pas son portrait en cuir et qu'elle a déjà ouvert le gaz. File, il n'est peut-être pas trop tard.

Homme 1 : Je compte fouiller un peu cette histoire.

Homme 2 : Fouille. Si ça finit par passer à la télé, je veux apparaître dans la bande-annonce. Comme Hitchcock dans ses films. Allez, on y va. [ascenseur] Ton Le Corbusier, là, il a fini par la construire, son unité d'habitation ?

Homme 1 : Après la guerre, on en a construit une à Marseille. Ça a fait toute une affaire, l'architecte a été accusé d'avoir créé une « machine à habiter » à laquelle il fallait assujettir les gens, et que le fait d'enfermer autant de personnes dans un petit espace les rendrait fous. Ils ne pouvaient sans doute pas imaginer que, trente ans plus tard, la moitié de l'Europe de l'Est vivrait dans de tels lieux, ou plutôt dans des mutations tordues de l'idée de départ. Car la seule chose que nos immeubles ont en commun avec celui de Marseille, c'est qu'ils sont grands, exigus et déshumanisants. Le reste du concept est parti en couille.

Homme 2 : Et qu'est-il arrivé au bâtiment de Marseille ?

Homme 1 : À ton avis ? C'est devenu un bidonville. Une barre d'immeubles reste une barre d'immeubles.

Chapitre 3

Désolé. La vie que vous avez demandée n'est pas disponible pour le moment. Veuillez réessayer ultérieurement.

Varsovie, quartier Praga-Nord. Écrit au feutre sous le porche d'un bâtiment, rue Okrzei, à côté d'un salon de coiffure de la chaîne Idea.

1.

Il lut le texte une nouvelle fois du début jusqu'à la fin et estima que, même s'il ne s'agissait pas de sa meilleure œuvre, il n'avait pas à en rougir. L'idée de la chronique, ou plutôt, dès l'origine, d'une série de chroniques, lui était venue à l'esprit quinze jours plus tôt, après qu'il eut fini de parler à Tom. Ou, pour le dire autrement, elle lui était venue il y avait des années, ils en avaient discuté avec Weronika lorsqu'elle était enceinte. D'ailleurs, ils avaient failli se disputer à cette occasion.

« Donc c'est une bonne idée, oui ou non ? avait-elle demandé.

— Disons que c'est plutôt pas mal, avait-il répondu en fronçant les sourcils. Les bonnes idées, n'importe quel idiot peut en avoir, tu le sais aussi bien que moi. Mais pour les mener à bien, il faut du savoir, du métier et de l'acharnement. Il faut être quelqu'un, pas un micro-reporter à la mords-moi-le-nœud.

— Essaie, lui avait-elle dit. On verra comment tu t'en sors. Si c'est mauvais, ton opinion de toi-même sera confirmée et je serai admirative de ta lucidité à ton propre égard. Mais si ça se passe bien… ça sera positif, non ? Quoi qu'il arrive, tu seras gagnant. »

Bien sûr, elle avait raison. Il avait promis d'essayer, puis ils s'étaient déconcentrés en vérifiant s'ils pouvaient déjà sentir les mouvements du bébé. Weronika jurait que, si elle gardait les mains sur son ventre, elle en aurait des bleus à cause des coups de pied ; lui en revanche soutenait que des gargouillis dans les intestins n'étaient pas encore la preuve des mouvements du bébé ; et ils se taquinaient ainsi pendant des heures, cherchant simultanément le meilleur prénom pour un garçon et pour une fille. C'est probablement sur le prénom Iwo qu'ils s'étaient le plus disputés.

Mais c'était de l'histoire ancienne.

L'idée qu'ils avaient alors analysée et qui lui permettait à présent de revenir dans le monde des vivants était simple dans sa formule mais difficile à réaliser. Elle consistait à écrire des chroniques cycliques, dont chacune commencerait par ces mots : « Sous les fenêtres de mon immeuble… » Cette phrase devait être suivie d'une description de la situation, de préférence une qu'on pouvait réellement apercevoir depuis les fenêtres, puis d'une généralisation et d'une chute. Il était crucial que le langage fût aussi simple que possible, dépourvu de comparaisons baroques incongrues, de jugements à l'emporte-pièce et des fioritures usuelles des chroniqueurs.

Wiktor voulait écrire avec simplicité : phrases courtes, pensées courtes, conclusions limpides. Il voulait faire depuis la fenêtre de son immeuble un zoom arrière – d'abord un gros plan, puis une vue plus large. Certes les événements décrits devaient être en grande partie inventés, mais la forme de la chronique le permettait.

Wiktor était sûr de deux choses, et c'était pour cela qu'il n'avait pas pu s'atteler à son projet pendant tant d'années. D'une part, la langue d'un tel texte devait être irréprochable, et d'autre part, il fallait avoir quelque chose à dire. Wiktor avait peur que, une fois qu'il aurait commencé, deux défauts n'apparaissent clairement : qu'il ne savait pas écrire et qu'il n'arrivait pas à y mettre du sens. C'est pourquoi il ne s'était jamais lancé. Mais dans les présentes circonstances, il se disait qu'il n'avait de toute façon plus rien à perdre, alors il avait défini les grandes lignes de la série, rédigé le premier texte et l'avait envoyé à Tom le lundi d'avant. Comme convenu.

Comptant exactement quatre mille cent vingt-huit signes (espaces compris), l'article débutait comme suit : « Par les fenêtres de mon immeuble, on voit les fenêtres de l'immeuble d'en face. » Et il semblait à Wiktor que ce n'était pas un mauvais début. Ensuite, par des phrases brèves, il énumérait ce que l'on pouvait voir à ces fenêtres, créant ainsi une sorte de litanie d'un quartier d'habitation. Par exemple : « Au premier étage, à la deuxième fenêtre en partant de la droite, vit un menuisier. Lorsque ses rideaux sont écartés, on peut constater que tout chez lui est fait de bois, même l'abat-jour de la lampe suspendue au plafond – il l'a fabriqué à partir d'un mince contreplaqué. Ce menuisier n'a jamais eu d'enfants et sa femme est soit morte, soit elle l'a quitté, car on ne la voit plus depuis longtemps. À une certaine époque, il sculptait une poupée en bois qui ressemblait à Pinocchio, mais il ne le fait plus désormais. »

Wiktor aimait ce style et espérait qu'un jour il serait capable de se rapprocher au moins un peu de ce que Hrabal ou Hemingway étaient capables de faire avec des phrases simples. Un peu, c'est-à-dire à quelques millions d'années-lumière.

La chute était la suivante : « La fenêtre située juste en face de la mienne n'a ni rideaux, ni voilage, ni stores. Quelqu'un a appliqué un film réfléchissant dessus et la vitre s'est transformée en miroir. Si vous regardez vers cette fenêtre, vous pouvez voir à la fois tout l'immeuble d'en face et mon immeuble aussi. Et dans mon immeuble, un étage au-dessus de moi, un voisin a également collé un film similaire qui réfléchit l'immeuble d'en face. Si vous vous positionnez bien, vous pouvez voir dans ces deux fenêtres des immeubles de plus en plus petits qui se multiplient à l'infini. Et c'est bien ainsi que le monde est fait. »

En le relisant maintenant, il se dit que la chute aurait pu être meilleure. Mais il ne trouvait rien de convenable. « Et cette vue était superbe » ? C'était ringard et bateau. « Et on pourrait même se perdre dans ce tunnel » ? Wiktor grimaça et ajouta « pourrait même » à la liste des expressions à ne pas utiliser. Il avait toujours une feuille de papier avec cette liste à portée de main et vérifiait ses textes avec. Il remarqua ensuite qu'il était impossible d'obtenir l'effet « tunnel de reflets » dans deux petits miroirs aussi éloignés l'un de l'autre. Finalement, il décida qu'il était temps d'envoyer le texte, sinon il arriverait vite à la conclusion que celui-ci n'était constitué que d'erreurs logiques et stylistiques, et ça le déprimerait.

Il l'avait envoyé lundi, Tom avait rappelé dans la soirée, disant qu'il l'aimait bien, qu'il le montrerait à son chef, et demandait à Wiktor de tenir le coup d'ici là. Il avait promis de le rappeler avant mercredi et déclaré qu'il suffisait que Wiktor ne picole pas pour que tout aille bien. Il avait rappelé comme convenu et lui avait dit de passer les voir jeudi. Wiktor s'était donc rendu au siège du journal.

La rencontre avec le patron avait été brève. Ils n'avaient pas parlé de ce que Wiktor avait écrit par le passé ni de la raison pour laquelle il avait ensuite disparu de la circulation. Le chef avait simplement remarqué que le sujet était à la mode, que ça faisait hip-hop comme dans *Cześć Tereska*, le film à succès du moment, ou comme dans les écrits de la jeune prodige littéraire Dorota Masłowska. Il avait également affirmé que son style était attrayant, que si Wiktor maintenait le niveau, ils le publieraient régulièrement, à commencer par ce texte-ci dès le jeudi de la semaine prochaine – à condition que Wiktor en remette deux autres d'ici à mercredi, et il valait mieux qu'ils soient bons.

Et ça avait été tout. Le mardi, Wiktor avait remis deux autres textes (le premier sur un parking communal gardé par des invalides, le second sur un terrain de jeux abandonné), et il avait attendu. Le jeudi, il était descendu tranquillement faire ses courses, avait acheté du pain, demandé le journal, l'avait mis sous son bras et était retourné chez lui. Dès l'ascenseur, il avait jeté un œil à la première page. C'était là ! « *Le Lapidarium des quartiers*, par Wiktor Sukiennik – nouvelle chronique page 9 ». Pour la première fois depuis des années, il était rentré à la maison heureux. En tournant la clé, il avait ressenti non pas de la tristesse et de la résignation, comme à son habitude, mais de la joie. Il avait fait tomber une pile de vieux journaux de la table et y avait déplié le *Kurier* du jeudi. À droite de la neuvième colonne, dans la section « Commentaires et opinions », se trouvait son texte.

Ça avait marché, il était sur la bonne voie. Il fallait continuer à écrire.

À présent, il se tenait devant la fenêtre, fumait et cherchait l'inspiration.

Le téléphone ne sonnait pas. Wiktor espérait qu'elle le lirait et qu'elle serait la première à appeler.

2.

La vendeuse regarda le billet de cinquante złotys d'un air hostile.

— Vous n'avez rien de plus petit ?

— Désolé, je viens de le retirer au distributeur.

— Mais je n'ai pas de quoi vous rendre la monnaie, dit la vendeuse sans la moindre trace de regret dans la voix.

Les clients qui se tenaient derrière Agnieszka dans la file d'attente l'observaient avec un air impatient. Elle se sentit rougir. Elle n'avait jamais su se comporter dans ce genre de situations. Que fallait-il faire ? Se disputer ? Renoncer à ses courses ? Patienter poliment sur le côté jusqu'à ce qu'il y ait assez d'argent dans la caisse pour qu'elle puisse obtenir son dû ? D'ailleurs, elle était sûre que cette bonne femme aurait trouvé l'argent, si elle l'avait voulu. Mais pourquoi se serait-elle fatiguée ? La caissière était vieille, laide, bossue, enflée, agressive ; elle attendait probablement toute la journée son heure de gloire, et celle-ci venait d'arriver. Agnieszka fouilla ses poches et son sac à main à la recherche de pièces. Elle réunit un peu plus de quatre złotys.

— Revenez plus tard pour le café. Là, vous avez assez pour le reste, lui conseilla la mégère tandis qu'un sourire malicieux s'inscrivait sur ses lèvres orangées et informes.

— Si je n'avais pas besoin de café, je ne l'aurais pas pris sur l'étagère, répondit Agnieszka pendant que des murmures s'élevaient dans la file d'attente.

Elle se résigna.

— D'accord, enlevez le café.

Elle détestait les supérettes de quartier. Et dire que toute cette populace osait se plaindre que les supermarchés leur piquaient leur travail ! Une commission d'État devrait faire le tour de ces enseignes et mettre au chômage punitif la majorité de ces horribles bonnes femmes. C'était une honte, de voir cette harpie dicter sa loi, alors que des gens bien comme il faut n'arrivaient pas à trouver de boulot.

— Et soyez gentille de remettre le café à sa place. C'est une caisse enregistreuse, ici, pas un dépôt, lança la femme en ramassant la monnaie de ses gros doigts.

— Va te faire foutre, pauvre conne, grogna Agnieszka avant de sortir dans la soirée poisseuse d'octobre.

Elle voulut inspirer à pleins poumons, mais l'air semblait suspendu, comme si la boue qui jonchait le sol s'était soulevée et avait créé un brouillard gris et sale qui empêchait de respirer et de bien voir. Elle avança lentement en direction de l'entrée de leur immeuble. Elle se moucha à plusieurs reprises. Son rhume ne passait pas depuis quinze jours, depuis leur emménagement. Elle avait dû prendre froid lors de cette « nuit pleine de surprises », comme la nommait Robert, et jusqu'à présent, elle n'arrivait pas à guérir.

Était-ce à cause de son travail ? Ce jour-là, elle avait failli pleurer en transcrivant pour la deuxième fois le compte rendu de la réunion du conseil d'administration. Elle l'avait déjà tapé la veille, s'efforçant de déchiffrer les corrections apportées par son chef, mais manifestement, elle avait oublié de sauvegarder les changements avant d'éteindre son ordinateur et, ce matin, elle avait dû tout recommencer depuis le début, avec le double de réprimandes à la clé, sans parler de ses maux de tête ni de son nez qui coulait. Elle avait dû travailler sans pause huit heures d'affilée. Ce n'était pas ainsi qu'elle avait imaginé sa vie d'adulte. Parfois, elle aurait aimé retourner à Olecko, dire à sa mère qu'elle n'irait pas à l'école aujourd'hui et s'enfouir sous la couette un livre à la main, attendant que sa maman lui apporte du bouillon chaud ou un thé au citron.

Elle se moucha de nouveau. Elle se sentait très mal. Espérons que ça n'évolue pas en bronchite, pensa-t-elle avec effroi. Après l'échec de sa sauvegarde, si elle appelait en plus pour dire qu'elle était malade et qu'elle ne reviendrait au bureau que dans une semaine, cela pourrait être la fin de sa courte et guère brillante carrière. Pour Robert non plus, les choses n'allaient pas fort. Il avait un caractère difficile et ne parvenait pas à s'adapter. Il répétait sans cesse qu'il méritait mieux et que son poste n'était que temporaire, qu'il n'allait pas vendre son âme à une entreprise qui l'obligeait à rouler de magasin en magasin pour deux mille złotys par mois – brut, qui plus est. Il avait probablement raison, mais il y en avait beaucoup qui auraient vendu leur âme, et celle de leur famille en prime, pour un salaire encore plus bas. Et Robert aurait mieux fait de le comprendre avant que quelque chose de grave ne leur arrive.

Elle fit une pause devant les ascenseurs et remarqua qu'elle haletait. Pouvait-elle être fatiguée à ce point ? Après tout, elle n'avait parcouru qu'un petit tronçon de trottoir depuis la supérette. Elle jeta un coup d'œil découragé à la porte qui menait à la cage d'escalier. Depuis qu'ils vivaient ici, elle montait toujours à pied, ne faisant pas confiance aux ascenseurs – de plus, elle ne faisait pas assez de sport. Mais à ce moment précis, elle n'avait pas le courage de monter les marches deux par deux ni même de se traîner d'un étage à l'autre. Il n'y avait pas moyen. Elle pénétra dans l'appareil et appuya sur la touche numéro huit.

La cabine ne remua pas d'un pouce. Agnieszka poussa la porte et attendit qu'elle se referme, puis appuya de nouveau. Toujours rien.

Elle jura et donna un coup dans la paroi. Elle n'avait pas la moindre envie de prendre la seconde cabine, celle où ÇA s'était passé, mais là, elle était prête à tout, pourvu qu'elle n'eût pas à monter jusqu'au huitième étage à pied. Elle ressortit sur le palier. D'abord, elle ouvrit légèrement la porte du second ascenseur et jeta un coup d'œil à l'intérieur, sans y mettre la tête. Elle s'accroupit pour vérifier s'il y avait des taches de sang au plafond. Il n'y en avait pas. Un solide cadenas gris bloquait la porte intérieure, identique à celui de la grille du sous-sol. Je me demande s'il fonctionne avec la même clé, pensa Agnieszka.

Au lieu d'entrer, elle referma la porte et demeura indécise. Il faut peut-être que j'attende quelqu'un ? se demanda-t-elle. C'était un grand bâtiment, à cette heure-ci, il aurait dû y avoir autant d'allées et venues qu'en plein centre-ville. Mais bien sûr, il n'y avait personne. Quelle poisse !

— Ne te plains pas de ta poisse et ne sois pas bête non plus, se harangua-t-elle à voix haute.

Elle monta dans l'ascenseur et appuya sur le numéro de son étage. L'appareil démarra. Quand elle se rendit compte qu'elle avait les poings serrés et qu'elle retenait son souffle, elle se mit à rire. Mon Dieu, même dans les films d'horreur de série B, rien ne se passe deux fois au même endroit. Agnieszka se souvint aussitôt de l'ascenseur sinistre et bruyant qui descendait en grinçant dans l'hôtel où se déroulait le film *Shining*.

Deuxième étage.

Mais justement : il le faisait en grinçant. Or ici, quelque chose ne tournait pas rond ; cet ascenseur était parfaitement silencieux. Agnieszka s'arrêta de respirer un instant pour entendre des sons : le moteur qui ronronnerait tout en haut, de plus en plus fort à mesure que la cabine montait les étages, le grincement de la ferraille, des portes d'appartement qui racleraient le sol, le grésillement d'une lampe halogène. Elle n'entendit rien. Un silence complet régnait dans la cabine.

Troisième étage.

Ça ne devrait pas être possible ? Elle se racla la gorge pour voir s'il ne s'agissait pas d'un problème d'oreille. Elle était peut-être devenue sourde à cause de son nez bouché ? Non, elle entendait ; le bruit émis par sa gorge sonna comme un coup de tonnerre.

Quatrième étage.

Seulement le quatrième ? Bon sang, il aurait mieux valu prendre l'escalier, ça aurait été plus rapide. Elle se mit à fredonner et à froisser son filet à provisions pour briser le silence.

Derrière la vitre de la porte du quatrième étage s'étendait une obscurité parfaite, comme si quelqu'un avait scellé le hublot avec du ruban adhésif noir. Le cadenas de la porte du compartiment à marchandises vibra et émit un cliquetis métallique.

Alors Agnieszka ressentit des fourmis traverser tout son corps. C'est donc à ça que ça ressemble, lorsqu'on a les cheveux qui se dressent sur la tête ? se dit-elle. Cessant de fredonner, elle serra le filet contre ses jambes et recula jusqu'à la porte d'entrée, sans pouvoir détacher son regard du cadenas. Elle sentait son manteau frotter contre la porte, mais elle ne l'entendait pas. Tout ce qu'elle entendait, c'était le tintement du cadenas. Ding, ding – comme une petite cloche.

Cinquième étage.

J'ai dû le remuer par accident. Mais cette pensée semblait désespérément peu convaincante, à l'instar des paroles d'un enfant qui, tête basse, murmure que « ça s'est cassé tout seul ». Et tel un enfant ne croyant pas ce qu'il dit, ni que quiconque accordera du crédit à son histoire, elle n'y croyait pas non plus. Elle savait qu'elle n'était pas seule dans cet espace. Elle savait que, qui que fût son compagnon – ou quoi qu'il fût –, il n'était certainement pas bienveillant. Elle savait que ça se rapprochait, que ça avançait inéluctablement vers l'étroite fente entre les deux battants. Elle voulut détourner la tête, mais n'y parvint pas. Elle sentit une force maléfique lui maintenir le crâne et la contraindre à garder les paupières ouvertes pour qu'elle observe. Pour qu'elle ne puisse pas se dérober.

Sixième étage.

Elle aurait pu descendre ici ! Il suffisait d'appuyer sur « Stop » ! Sans quitter des yeux la porte au fond de la cabine, elle pressa le bouton rouge. Trois fois, encore et encore. L'ascenseur continua à monter sans un bruit. Les yeux d'Agnieszka – qu'elle ne pouvait fermer et avec lesquels elle ne pouvait plus cligner – laissèrent s'échapper deux larmes d'impuissance.

Quelque chose remua dans la soute. Elle ne pouvait pas encore voir quoi, mais elle avait clairement entendu un mouvement. Mon Dieu, faites que ce soit une illusion, pensa-t-elle, une hallucination, que ce soit la pire des maladies, mais que ça cesse ! Que ça ne soit pas réel ! Que ça demeure dans sa cachette juste un instant de plus, juste un étage supplémentaire ! Que ça s'endorme, je vous en supplie !

Septième étage.

La chose à l'intérieur s'appuya contre la porte. Les deux battants commencèrent à s'écarter, l'espace entre les cornières métalliques qui protégeaient les bords s'élargit de quelques centimètres. Le cadenas sonna bruyamment. Agnieszka plissa les paupières pour ne pas voir ce qu'il y avait derrière, mais ne parvint pas à les fermer. Ce n'est qu'une hallucination, se dit-elle, ce n'est qu'une hallucination, l'effet du traumatisme d'il y a quinze jours, calme-toi, ce n'est qu'une hallucination, respire profondément et calme-toi tout de suite. Une hallucination, une hallucination, une hallucination… Dans sa tête, elle répétait de plus en plus vite les mots de son interminable litanie.

— Calme-toi tout de suite, tu comprends ? cria-t-elle tout haut.

La porte recula. Quoi qu'il y eût à l'intérieur, la chose avait cessé de pousser.

L'ascenseur montait au huitième étage. Lentement. Très lentement. Trop lentement. Agnieszka sentit une odeur de brûlé. Des hallucinations olfactives ? Était-ce seulement possible ? L'odeur lui donna la nausée. Une fois, adolescente, elle avait tenté d'allumer une cigarette avec une gazinière et avait mis le feu à sa frange. C'était la même odeur, la même puanteur : celle de cheveux qui se consument et de peau brûlée.

Encore un demi-mètre. Plus vite, plus vite.

Au fond de la cabine, derrière la porte, un petit enfant gémit. Une petite fille. Agnieszka sentit la panique l'envahir, elle entendit son propre pouls, effréné et dément, battre à ses oreilles. Elle aurait fait n'importe quoi pour sortir d'ici, pour ne plus avoir peur (n'importe quoi ? comme ce garçon le premier jour ?). Les sanglots discrets étaient aussi clairs que si la fillette avait été assise sur ses épaules. Agnieszka plaqua son dos à la porte qui montait toujours. Quelque chose remuait toujours d'en dedans. Ça devait être fort, car elle vit l'anneau du cadenas se plier. L'enfant pleurait doucement.

La cabine s'immobilisa enfin. Agnieszka poussa du dos contre la porte qui refusait de s'ouvrir. Les doigts d'un petit Noir apparurent sur la lisière métallique des battants. Agnieszka se mit à crier. Ce n'était pas un Noir. C'était les doigts d'un enfant, carbonisés par endroits, brûlés jusqu'à la chair, avec des bouts d'os qui pointaient. Les petites mains saisirent les bords et commencèrent à les écarter. Le bois s'effritait dans les mains de cette fillette qui sanglotait, une fissure apparut sur l'anneau du cadenas. Agnieszka savait que, quoi que ce fût, cela fondrait dans un instant sur son cou.

Elle ne pouvait toujours pas fermer les yeux.

Les portes de l'ascenseur s'ouvrirent soudain et Agnieszka tomba directement dans les bras de Robert.

— Bah dis donc, depuis quand tu montes en ascenseur ? Tu ne te soucies plus de ta ligne... Doux Jésus, qu'est-ce qui t'arrive ?

— Tu ne m'as pas entendu hurler ?

— Quoi ? Je suis sorti pour jeter les poubelles et je t'ai vue plantée dans l'ascenseur, alors j'ai ouvert la porte. Tu n'es pas malade, au moins ? On ne peut même plus dire que tu sois pâle, tu es translucide.

Agnieszka tremblait de tout son corps. Ses mains tressautaient.

— Tu sens cette odeur de brûlé ?

— Non, pourquoi ? Qu'est-ce qui crame ?

— Apporte la clé de la cave. Immédiatement !

Robert lui saisit les mains et contempla avec inquiétude le visage de sa femme.

— Chérie, regarde-moi dans les yeux, dit-il calmement. Qu'est-ce qui ne va pas ? Il s'est passé quelque chose de grave ? Dis-moi.

Elle respirait profondément. Seconde après seconde, elle s'apaisait.

— J'étais dans l'ascenseur et… commença-t-elle, mais hésita. Et j'ai vécu quelque chose d'étrange, comme une hallucination. C'est sans doute parce que je suis fatiguée, et à cause de ce qu'il s'est passé ici l'autre jour, je ne sais pas. Rends-moi service. Je vais tenir la porte pendant que tu vérifies s'il y a quelque chose là-dedans. Là, à l'intérieur.

— Mais il y a un cadenas.

— Essaie avec la clé du sous-sol, elle conviendra peut-être.

3.

Robert sortit son trousseau de clés de sa poche – il y avait là les clés de l'appartement, mais aussi celle de la cave dont ils venaient de faire un double. D'abord, il secoua le cadenas à plusieurs reprises et regarda par la fente dans le compartiment à marchandises. Celui-ci semblait vide, mais on ne voyait pas grand-chose, dans le noir. Il renifla : aucune odeur de brûlé, juste celle, agressive, des désinfectants. Après l'autre accident, l'immeuble disposait probablement de l'ascenseur le plus propre de Pologne.

— Fais gaffe, entendit-il dire Agnieszka, derrière lui.

Celle-ci était réellement effrayée. C'est quoi, cette histoire ? se demanda-t-il. Il sentit l'anxiété de son épouse le contaminer.

Effectivement, la clé correspondait. Robert retira le cadenas, retint son souffle et ouvrit la porte d'un mouvement sec. Derrière, il y avait le compartiment à marchandises le plus propre de l'ascenseur le plus propre du pays.

— La zone est dégagée, capitaine, scanda-t-il. Les extraterrestres ont dû se retirer au niveau inférieur.

Il referma le cadenas et ressortit.

— Tu peux libérer la porte, n'oublie pas que tu ne vis pas seule, ici. D'autres personnes attendent au rez-de-chaussée et elles ont payé cher leur billet pour l'ascenseur fantôme, la plus grande attraction du quartier.

— Arrête, j'ai vraiment eu peur. En fait, je n'ai jamais été aussi terrifiée de ma vie. Je n'y comprends rien. J'étais sûre qu'il y avait quelque chose là-dedans et que… tu sais… que ça me guettait. C'était… mais ne te moque pas de moi… un enfant, vraiment petit, quelques années à peine…

Elle raconta son histoire en secouant la tête, n'arrivant manifestement pas à croire ce qu'il venait de lui arriver. Robert l'entoura de son bras et l'orienta vers leur appartement. L'ascenseur se mit à descendre bruyamment.

— Je ne compte pas me moquer. Les films d'horreur les plus effrayants sont toujours ceux qui mettent en scène des enfants. Mais ne parlons pas d'horreurs ce soir… ni de nos carrières, ce qui revient au même. Consultons plutôt le programme télé, je me souviens qu'ils annonçaient une comédie romantique sur TVN, je crois que c'est aujourd'hui… Agnieszka ! Qu'est-ce qu'il y a encore ?

Sa femme était livide, les yeux écarquillés par la peur. D'une main, elle se couvrait la bouche, tandis qu'elle enfonçait l'autre dans son épaule au point de lui faire mal.

— Tu as entendu ?

— Quoi donc ?

— Le rire. Le rire d'une fillette et le bruit de tout petits pas. Dans la cage d'escalier. Tu as dû l'entendre, c'est obligé !

Robert la poussa dans l'appartement, claqua la porte et ferma tous les verrous.

— Non, je ne l'ai pas entendu. Ce que j'ai entendu dire, en revanche, c'est que les épouses stressées ont besoin de prendre un bain relaxant, de manger de délicieux spaghettis aux épinards et au thon, de siroter un succulent vin bulgare à six złotys quatre-vingt-dix en promo, puis de passer une bonne nuit de sommeil. C'est compris ?

Il était en train de râper du fromage pour en saupoudrer les pâtes quand Agnieszka sortit de la salle de bains dans un nuage de vapeur. Elle portait une robe de chambre bordeaux aux manches retroussées et avait l'air beaucoup plus en forme qu'une demi-heure plus tôt. Elle passait une brosse dans ses cheveux humides.

— Un homme qui fait la cuisine, c'est sûrement l'un des plus beaux spectacles qu'une femme puisse contempler après des milliers d'années d'oppression, dit-elle d'un ton moqueur avant de l'embrasser dans le cou. Peux-tu me dire pourquoi tu as remonté ton chevalet de la cave ?

Robert réfléchissait depuis plusieurs heures à la réponse qu'il allait donner à cette question – depuis qu'il était rentré du travail plus tôt que d'habitude et que, sur un coup de tête, il avait sorti son fatras de peintre de leur cagibi au sous-sol.

— J'ai eu une idée, commença-t-il en remuant la sauce. En fait, cela fait déjà quelques jours que je la mûris dans ma tête, et je ne mûrirai plus rien tant que je ne l'aurai pas testée sur une toile. Tu connais le truc, combien de temps peut-on réfléchir à quelque chose ?

Il se rendit compte qu'il se justifiait et se racla la gorge pour que sa voix devienne moins larmoyante.

— Il n'y a plus à tourner autour du pot, il faut l'essayer, conclut-il avec conviction.

— Et où dormirons-nous, mon cher créateur, si on ne peut plus déplier le lit ?

— J'ai vérifié, si je mets tout en tas, ça rentre dans la baignoire. Or, nous ne nous baignons pas la nuit. Et réjouis-toi que je ne sois pas musicien. Un piano poserait davantage de problèmes.

— D'accord, d'accord, laisse-moi goûter la sauce... Hmmm, excellente... Tu veux bien m'expliquer ton idée ?

Robert servit les pâtes dans des assiettes creuses, versa la sauce dessus et saupoudra le tout de fromage râpé. Il demanda à Agnieszka de porter les assiettes et les couverts pendant qu'il ouvrait le vin. Bien sûr, il arracha la moitié du bouchon. Il ne savait pas si c'était par malchance, par manque d'habileté ou si le tire-bouchon était nul. Finalement, il dut enfoncer le reste du liège dans la bouteille et transvaser le vin dans les verres à travers une passoire.

— L'idée est de peindre l'agressivité, dit-il en enroulant ses spaghettis sur une fourchette.

— Un autoportrait, alors ?

— Très drôle. L'idée m'est venue en pensant à Marek.

— Lequel ? Mon frère ?

— Oui, ton frère. Ce n'est pas que je veuille le peindre, mais c'est sur lui qu'on le voit le mieux. Dis-moi comment il est.

— Il est, je ne sais pas, moi, renfermé, comme eux tous, je dirais. Il aimerait bien un truc... Idéalement, il voudrait qu'on le lui donne... il aimerait avoir des vêtements, une voiture, beaucoup d'argent et pas grand-chose à faire. Tes pâtes sont délicieuses.

— Merci. Jusque-là, on est tous pareils. Mais plus profondément, si tu devais me dire quel genre d'âme il a.

— T'en as, des envies... Bon, laisse-moi réfléchir. Je dirais qu'il est en quelque sorte vulnérable, surpris que le reste du monde ne soit pas aussi sensible que lui, peut-être même craintif.

— C'est tout lui, ça ! s'esclaffa Robert.

— Non, attends, je n'ai pas fini. Ce n'est pas parce qu'il est comme ça qu'il se balance d'avant en arrière dans son coin sans piper mot. Il est aussi tel que les gens le perçoivent, un garçon souriant et brillant, vif, un brin...

— Eh bien... ?

— Agressif.

Robert repoussa son assiette et commença à gesticuler si violemment qu'elle attrapa au dernier moment son verre de vin.

— Voilà. Il y a deux personnes en lui, tu le dis toi-même. L'une est sensible, profonde, émotionnelle, c'est comme le cœur de l'âme humaine, son essence. Malheureusement, cette essence est faible et passive, comme une limace sur la promenade de Łeba. Et cette limace possède son soldat, son garde du corps, c'est-à-dire l'autre personne. La seconde est forte, agressive, énergique, elle pousse son *alter ego* malingre, le fait avancer. Sans le soldat, notre côté sensible resterait assis dans un coin, ne verrait pas le monde et n'aurait pas la nourriture nécessaire pour devenir sage et tendre. Le soldat, en revanche, sans son collègue fluet, serait comme une locomotive qui avance, mais sans savoir pourquoi.

— Oui, mais qui est le patron ?

— Toi.

— Moi ?

— Bien sûr. Chacun doit apprendre à vivre de manière à ce que les deux natures soient en relative harmonie, différemment exposées selon les besoins du moment et les circonstances. N'oublie pas qu'aucune de ces natures ne peut exister sans l'autre, même si quelqu'un donne l'impression du contraire. Combien connais-tu de personnes qui ne soient que des soldats sans cervelle, dépourvus de sentiments normaux, de compassion ou d'empathie, et combien qui soient complètement retirées du monde ? Je pense que les personnes qui ont trouvé cette harmonie, c'est-à-dire qui ne prétendent pas n'avoir qu'une seule facette et qui ne passent pas de l'une à l'autre en panique, croyant bêtement qu'elles doivent en choisir une, sont sacrément heureuses.

— Je suis d'accord sur le principe. Mais qu'est-ce que tu veux peindre, au juste ? Et comment ?

Robert ne dit rien pendant un moment. Puis il se mit un doigt dans le nez sans le remarquer.

— Arrête, je suis encore en train de manger !

— Excuse. Comment dire, je veux peindre ces deux natures dans un état d'équilibre, de tranquillité, peut-être pas en humbles serviteurs, mais en amis…

— Des gays ?

— J'arrête de parler avec toi.

— Je sais que c'est important pour toi, mais est-ce que ça doit tout de suite être si sérieux ? Bon, allez, deux amis, et ensuite ? Comment veux-tu les peindre ?

— Je ne sais pas. À vrai dire, chaque idée me semble stupide et fausse, c'est pourquoi j'ai sorti mon chevalet. Peut-être que si j'entame un truc, juste comme ça, en dessinant un trait, la forme va se clarifier. L'agressivité, en particulier, ne me laisse pas en paix. Comment peindre la force motrice qui nous permet de manger, de parler, de faire l'amour ?

— De faire l'amour, dis-tu ? Hmm, ça sonne bien… Et toi aussi, tu possèdes ces deux natures ? Et une force motrice ?

Agnieszka s'écarta de la table et posa les pieds sur la chaise de Robert. Elle noua ses doigts sur sa nuque, sous ses cheveux, et s'étira – son peignoir glissa de ses cuisses et dévoila une partie de ses seins.

D'autres femmes lui plaisaient, mais aucune ne lui faisait autant d'effet que sa propre épouse. Peut-être était-ce parce qu'aucune autre ne sortait de sa salle de bains débordante de sex-appeal, aucune autre n'écartait les jambes devant lui telle une reine de la luxure ni ne pointait vers lui ses tétons rouges sous sa robe de chambre.

Après tout, j'ai encore tout mon avenir devant moi, pensa-t-il, et il glissa de sa chaise entre les plus belles cuisses du monde.

4.

Étage 5, appartement 32. Le 24 octobre 2002, à 18 heures.

Femme : Il vaudrait mieux que tu le demandes à ton père. Vraiment.

Homme 1 : Mais il n'est pas là ! Et je ne suis pas un demi-orphelin. Je pense que tu peux prendre une décision sans demander la permission à papa. Il est déjà assez malsain qu'un adulte doive confesser à ses parents ses moindres faits et gestes. Et maintenant, il s'avère en plus qu'il faut se confesser seulement devant la plus haute instance ! Ça suffit !

Femme : Tu exagères, Kamil. Attends simplement une demi-heure. Et puis, tu aurais pu le lui demander hier… Et tu n'es pas aussi adulte que tu le crois.

Homme 1 : Ça fait deux putains de semaines que je ne suis pas sorti d'ici !

Femme : Rappelle-toi pourquoi. Tu as amoché la voiture et c'est la punition dont nous sommes convenus ensemble. Et nous nous sommes mis d'accord non pas sur deux semaines, mais sur un mois. Aucune sortie, puis un temps de travail au bureau de ton père pour gagner l'argent des réparations.

Homme 1 : Pitié, pas besoin de me le rappeler. Si je publiais mes mémoires, tous les autres écrivains seraient réconciliés avec leur père.

Femme : Il sera bientôt là et vous pourrez parler. Personnellement, ça ne me dérange pas de te laisser sortir aujourd'hui.

Homme 1 : Tu n'as rien contre, mais tu dois demander la permission, et si ça se passe mal, tu ne feras rien pour m'aider. Franchement, les bras m'en tombent.

Femme : Des mots, des mots, rien que des mots… Si tu es si adulte, sors, et c'est tout.

Homme 1 : Je peux sortir, et après ? Ce psychopathe ne me laissera plus rentrer à la maison, il arrêtera de payer l'école, les cours d'anglais et les cours particuliers. Dans six mois, je serai un vagabond sans bac ou avec le bac, mais sans argent pour payer l'université privée, parce que je ne pourrai jamais entrer dans une université publique sans les cours particuliers.

Femme : Merci de nous permettre de subvenir à tes besoins. C'est fort aimable de ta part. On te donne le gîte, le couvert et l'éducation, et tu nous offres en échange de la colère et du mépris. C'est un troc très équitable.

[interphone]

Femme : Allez, va ouvrir à ton père.

Homme 1 : Allô ? Allô ? Allô ! On n'entend rien, juste des grésillements.

Femme : Et encore, ce n'est rien. La dernière fois, j'ai entendu…

Homme 1 : Qu'est-ce que tu as entendu ?

Femme : Euh, peu importe… Ouvre simplement cette porte.

[buzzer]

[casseroles]

[gaz]

[porte]

Homme 2 : Bonjour, la fine équipe ! Qu'est-ce qu'on mange, aujourd'hui ?

Femme : La même chose qu'hier, mais avec du riz. Je viens de le mettre à cuire. As-tu passé une bonne journée ?

Homme 2 : Et une binouze pour aller avec le match, on a ça ?

Femme : On trouvera bien.

Homme 2 : Dis donc, fiston, on regarde ensemble le Legia se qualifier en coupe ?

Femme : Il veut te dire quelque chose.

Homme 2 : Hmm ?

Homme 1 : J'ai une demande à te faire, papa, une petite demande de rien du tout… Je sais que je suis privé de sorties, mais est-ce que je ne pourrais pas obtenir un laissez-passer aujourd'hui, exceptionnellement…

Homme 2 : Tu veux sortir ? Il n'en est pas question, nous nous sommes mis d'accord, et tous ensemble. Il te reste deux semaines.

Homme 1 : Aujourd'hui, c'est l'anniversaire de Renata.

Homme 2 : Oui… je comprends. Quand tu n'as rien à faire d'autre que regarder la télé, la punition te convient et il n'y a aucun problème. Mais quand une belle fête se profile, tout à coup la punition ne te va plus, c'est ça ?

Homme 1 : Ce n'est pas n'importe quelle fiesta. Il y a eu beaucoup de fêtes où je voulais aller et je ne les ai même pas mentionnées. Mais je préférerais être présent chez Renata, tu vois ?

Homme 2 : Je vois. En fait, toute la punition pour la douleur que tu nous as infligée devrait se résumer à cette soirée précise. Ce n'est qu'aujourd'hui que tu en ressens la pénibilité. Ce n'est qu'aujourd'hui que tu prends conscience que tu as été puni. Si je te laissais sortir maintenant, ce serait comme si nous considérions que rien ne s'était passé. Or, il s'est passé quelque chose de grave. Et Renata, si elle t'aime tant, sera certainement heureuse de te retrouver dans quinze jours. Ça sera même mieux, car sans les autres invités.

Homme 1 : Et donc, y a pas moyen ?

Homme 2 : Non. Notre décision, celle de ta mère et la mienne, est irrévocable. D'ailleurs, c'était aussi ta décision. Tu l'as acceptée. Si tu t'étais souvenu de son anniversaire à l'époque, tu aurais peut-être proposé autre chose. Mais tu n'es manifestement pas très engagé.

Homme 1 : Mais c'est quoi cette histoire, putain ? Quel est ton but, à m'interdire d'aller voir une nana qui… qui m'est proche ? Qu'est-ce que tu y gagnes ?

Homme 2 : Moi ? Rien. Au contraire, je pourrais avoir la paix, alors que là, te voilà en train de gémir à mon oreille. Encore un peu, et tu commenceras à chialer, ce qui achèvera de me gâcher la soirée. C'est toi qui y gagnes quelque chose, et tu ne sais même pas à quel point. Je vais prendre soin de noter cette dispute dans mon agenda pour pouvoir te le montrer le jour où tu viendras me voir avec des fleurs pour me remercier.

Homme 1 : Tu es un malade. Je dégage d'ici.

Homme 2 : Si tu « dégages » d'ici, tu n'auras pas d'endroit où revenir, je te préviens.

Homme 1 : Oh, ne t'inquiète pas, je ne vais pas sortir…

Homme 2 : Ne t'inquiète pas non plus, mon fils. Un jour, nous mourrons sûrement, ta mère et moi, nous te laisserons alors tranquille et tu pourras vraiment faire ce que tu veux.

5.

Anna Maria Emilia s'installa sur son canapé avec son thé et s'apprêtait à allumer la télévision lorsqu'elle se rappela qu'elle n'avait pas encore prié le chapelet à la Divine Miséricorde. Elle jeta un coup d'œil à sa montre. La rediffusion de la série *Na dobre i na złe* commençait dans cinq minutes, elle aurait peut-être le temps si elle se dépêchait. Elle alluma une bougie devant une copie grandeur nature du tableau du *Jésus Miséricordieux* et s'agenouilla sur un coussin, un chapelet à la main.

Elle dit rapidement un *Notre-Père*, un *Je vous salue Marie* et un *Credo*, puis elle repoussa le coussin, honteuse. Sainte Faustine ne s'agenouillait certainement pas sur un coussin, ni même sur un tapis. Elle décida cependant d'allumer la télévision, sans mettre le son, bien sûr, pour que ça ne vienne pas troubler sa prière. C'était la pub.

— Père Éternel, je T'offre le Corps et le Sang, l'Âme et la Divinité de Ton Fils bien-aimé, notre Seigneur Jésus-Christ, en réparation de nos péchés et de ceux du monde entier, dit-elle à haute voix, puis, plus bas, en déplaçant le chapelet entre ses doigts.

Elle récitait à la va-vite en avalant les syllabes :

— … par sa douloureuse Passion, sois miséricordieux pour nous et pour le monde entier.

À chaque perle, cette phrase devait être répétée dix fois – en réalité une fois, mais Anna Maria avait rehaussé la norme pour que la prière ait un meilleur effet.

Elle récita le *Père éternel…* sur les grosses perles, mais une seule fois, heureusement. Déjà plus de la moitié derrière elle. Elle se raidit lorsque la toux de sa mère retentit au fond de l'appartement. Dieu miséricordieux, pensa Emilia, pourvu qu'elle ne se réveille pas maintenant en ayant fait dans sa couche.

— … sois miséricordieux pour nous et pour le monde entier par sa douloureuse Passion sois miséricordieux pour nous et pour le monde entier par sa douloureuse Passion sois miséricordieux pour nous et pour le monde entier…

— Eeemmiijjjaaa ?

La séquence publicitaire était terminée, celle des sponsors était encore à venir, puis ça allait commencer.

— Pas maintenant, maman. Dors. Tu me déranges dans ma prière.

— Eeemmiijjjaaa !

L'aphasie. Elle avait découvert ce mot lors de l'exposé donné par la médecin à l'hôpital après le premier accident vasculaire cérébral de sa mère. Ce n'avait pas été un exposé très long. Il avait été donné en plein couloir ; sa mère était assise dans son fauteuil roulant, silencieuse, comme si elle n'arrivait toujours pas à croire ce qu'il venait de lui arriver, avec une parésie du côté droit de son corps, tandis que la médecin, qui était très pressée, leur expliquait ce qu'était l'aphasie. Elle disait que maman aurait des difficultés à prononcer certains mots, qu'elle pourrait ne pas en comprendre d'autres, que sa capacité à communiquer se détériorerait avec le temps. L'aphasie.

C'était il y a longtemps, après son premier AVC. Cette période difficile semblait aujourd'hui à Emilia une idylle. Ces derniers temps, après la deuxième hémorragie, alors que sa mère ne sortait plus du lit, qu'elle avait besoin d'être lavée, nourrie et changée, l'aphasie faisait qu'elle ne pouvait même plus prononcer correctement son prénom. Et elle, en petite fille chérie, ne pouvait plus prier ou dégager une heure pour regarder sa série télévisée préférée.

— Mon pouzzzzzin !

Mon Dieu, quel gémissement ! Si elle n'était pas en mesure de prononcer correctement ce mot, qu'elle ne le prononce pas du tout ! Pourquoi piaillait-elle comme ça ? Pourquoi ne pouvait-elle pas la laisser tranquille ?

La télé diffusa l'introduction de la série. Anna Maria Emilia répéta rapidement trois fois la fin du chapelet : « Dieu saint, Dieu fort, Dieu éternel, prends pitié de nous et du monde entier », et elle remit le son. Dans le dernier épisode, la relation de Tomasz avait failli capoter à cause de l'autre folle, la fille de Bruno. Et d'ailleurs qui sait, elle avait peut-être capoté – Emilia était sur le point de l'apprendre. Et puis, elle se demanda quelle serait la maladie dans cet épisode-ci. Quelqu'un allait-il mourir ? Cela faisait longtemps qu'Emilia avait remarqué que presque personne ne mourait dans *Na dobre i na złe*, et si jamais ça arrivait, c'étaient des personnages de quatrième ordre. Il y avait beaucoup de mourants, c'est vrai, mais ils ne faisaient que mener en bateau le téléspectateur et la larmoyante équipe hospitalière de Leśna Góra le temps de quelques épisodes, et ils finissaient toujours par se rétablir. Pourquoi la Sainte Vierge ne ferait-elle pas en sorte que cela se produise aussi dans la vraie vie ? Sans quitter la télévision des yeux, le regard d'Emilia se posa sur une image de sainte Marie glissée dans le cadre d'un portrait de Jean-Paul II. Sainte Mère de Dieu, faites que j'aie la paix pendant une heure, répéta-t-elle trois fois dans sa tête.

— Aaaaaaaaaaaa !

Emilia ne broncha pas. Elle n'a rien, pensa-t-elle, elle a senti que je voulais être tranquille, donc elle hurle, sale vieille peau. Hors de question, je ne me lève pas, pas avant une heure. Je viens de la faire boire et de changer sa couche, elle peut tenir le coup un moment.

Emilia tenait en permanence la télécommande et le chapelet à la main. Elle augmenta le volume de trois barres. La voix du docteur Burski tonnait à présent encore plus que d'habitude. Où était-elle, Emilia, quand les docteurs Burski et autres docteurs Walicki cherchaient la femme de leur vie ? Comment ça, où était-elle ? Avec sa maman chérie, bien sûr ! Et maintenant ? Cela aurait-il encore un sens, de chercher un partenaire ? Elle en rit presque à gorge déployée. Que pourrait-elle dire au nouvel homme de sa vie ? « Mais oui, naturellement, nous pouvons emménager chez moi, mon lapin, je te déplierai un lit de camp à côté de maman. Elle pue terriblement et n'arrête pas de hurler, mais ça ne gênera pas notre amour, n'est-ce pas ? » Ça n'avait ni queue ni tête.

Il valait mieux se consacrer à Dieu et à la prière, au moins elle gagnerait une vie heureuse au paradis, ça serait sa récompense puisque rien de bon ne lui était arrivé ici-bas.

En dépit du son de la télévision, elle entendait encore sa mère. Celle-ci ne hurlait plus, mais émettait une plainte prolongée, vibrante, comme si Satan lui-même parlait à travers elle ! Qui sait, c'était peut-être le cas, peut-être que Dieu la mettait ainsi à l'épreuve ? Il voulait savoir si elle était capable de chasser le Malin de sa propre mère. Mais comment y parvenir ? Comment faire ?

Elle renifla, habituée à toutes les odeurs physiologiques qu'émettait un malade. Elle l'avait nourrie, c'est vrai, et avait changé sa couche pleine d'urine avant ça. Et le matin ? Le matin, un peu de nourriture, les escarres et la couche gorgée de pipi. Bah voilà, c'était ça, il était grand temps de faire caca. Des selles rares, ignobles et puantes qui s'écoulaient dans tous les recoins. L'œuvre du diable. Et c'était pour cela qu'il fallait y faire face. Dès la fin de l'épisode.

Elle augmenta le volume de trois barres supplémentaires.

6.

Depuis que Weronika était partie en emmenant Matylda, Wiktor n'avait rien changé dans la chambre de la petite. Le lit d'enfant couvert d'autocollants tirés de divers paquets de chips – le plus grand trésor d'une enfant de cinq ans – était toujours là, tout comme une minuscule table jaune maculée de traces de crayons de couleur, quelques jouets (il se demandait s'ils lui manquaient) et un tas de dessins sur les murs. La plupart étaient de Matylda, mais il y en avait aussi quelques-uns dont Weronika ou lui étaient les auteurs. Le dessin préféré de Wiktor était celui que la petite avait peint lorsqu'elle avait un peu plus de trois ans. On y voyait une grosse tête, plutôt souriante, avec quatre cheveux épais qui se dressaient joyeusement dessus. Sous le visage, il y avait une robe dessinée de travers, avec des bras et des jambes qui en dépassaient. La robe était forcément très petite, car une fois la tête dessinée, il n'y avait plus eu de place pour quoi que ce soit d'autre.

Il se souvenait que Matylda lui avait apporté le dessin, l'avait posé sur ses genoux et était partie sans un mot, le visage triste. Il l'avait rattrapée dans sa chambre.

« Hé, la jeune, qu'est-ce qu'il y a, pourquoi tu es si triste ?

— Parce que j'ai raté mon dessin pour toi, avait-elle marmonné de manière infantile avant de baisser la tête si bas que sa frange sombre avait touché ses genoux.

— Tu plaisantes, il est sensationnel ! Qu'est-ce qu'il représente ?

— Bah tu vois bien !

— Je vois, une fillette, avait-il répondu, se demandant ce que Matylda avait en tête.

— Oui, c'est moi, mais un peu bizarre.

— Pourquoi bizarre ? l'avait-il interrogée en se retenant difficilement de rire.

— Parce que différente de moi dans le miroir. »

Depuis ce jour-là, l'expression « c'est moi, mais un peu bizarre » était restée dans leur famille et était invoquée chaque fois que quelque chose se passait bien pour quelqu'un, mais pas aussi parfaitement que la personne l'aurait souhaitée.

Il n'arrivait pas à croire que cette vie n'existât plus. Disparue, depuis un an. Voire plus. Il n'y avait plus de Weronika, plus de Matylda, plus de dessins communs ni plus de discussions enflammées sur la nécessité de regarder un match de football alors que le dessin animé du soir était sur le point de commencer. Il n'en restait plus que quelques jouets et des dessins sur un mur.

Comment cela était-il possible ? Pourquoi tout cela avait-il disparu ? Wiktor se frotta les tempes avec les doigts. Une fois de plus, il ressentit une immense lassitude. Maintenant qu'il ne buvait plus, il dormait seize heures par jour. Tout valait mieux que de se souvenir. Sa troisième chronique venait d'être publiée ce jour-là. Impossible qu'elle ne l'ait pas lue, impossible qu'elle ne sache pas qu'il était redevenu un auteur normal, et qu'il écrivait des textes plutôt bons, au demeurant. Pourquoi n'appelait-elle pas ? Matylda et elle étaient peut-être parties en vacances quelque part. Pour trois semaines ? Impossible. Elle ne lisait peut-être pas les journaux ? C'était pareillement impossible, elle travaillait elle-même dans un journal, elle devait donc lire ceux des autres même si elle n'en avait pas envie. Or, ses articles étaient toujours annoncés en première page, et celui d'aujourd'hui était même agrémenté d'une photo. Tom disait que les lecteurs réagissaient assez vivement à ce qu'il écrivait et que cela valait la peine de lui donner un petit coup de pouce.

Le téléphone sonna. Il s'empara du combiné à toute vitesse.

— Salut, tu décroches vite, dis donc. Tu tenais le téléphone sur tes genoux ?

— Salut, Tom. J'étais à côté. Je ne vis pas dans un manoir de mille pièces, tu t'en souviens sans doute.

— T'inquiète. Les choses vont changer. Tu deviendras un chroniqueur célèbre, puis un écrivain célèbre, je deviendrai ton éditeur, et nous nous construirons de grandes demeures avec piscines et palmiers. Quoique, non, je serai le seul à m'en construire une parce que je t'arnaquerai et je te plumerai, comme n'importe quel éditeur.

— Des palmiers ? Avec ce climat ? Tu es fou. C'est déjà un miracle que des sapins arrivent à pousser par ici.

— Mais tu n'as rien compris. Les résidences secondaires, il faut les construire au bord de l'Adriatique, pas de la Baltique.

Et là-bas, des palmiers vont pousser devant ta porte, je veux dire ma porte, que tu le veuilles ou non. Écoute, je t'appelle pour te dire que ton dernier article, celui sur le terrain de jeux, a été très apprécié. On a déjà reçu plus d'une centaine de mails disant que tu avais raison, que devant chez moi aussi, il y a ces tuyaux rouillés et tordus, qu'il faut que ça change. Nous avons également reçu un appel de ton syndic nous informant que l'aire de jeux est sur la liste des rénovations prévues et qu'elle sera certainement modernisée cette année. Tu as du pouvoir, mon garçon.

— Impec. Dans ce cas, j'écrirai le prochain sur la caissière de ma supérette. Quelqu'un va peut-être enfin la licencier.

— Et moi qui te pensais socialiste. Demande-toi si tu n'aurais pas envie de faire le tour des gens et d'écrire un texte plus large sur la psychologie des quartiers. Le sujet est très à la mode, ces temps-ci. À mi-chemin entre journalisme et reportage. Vingt, vingt-cinq mille signes environ.

— Pour quand ? demanda Wiktor.

Il l'avait demandé calmement, comme s'il recevait des offres similaires deux fois par jour, mais à l'intérieur, il tremblait tout entier. Oui, oui, il avait réussi ! Il était revenu dans le métier, il écrivait, on lui commandait des textes, et il ne buvait plus. Il était une personne normale. Hourra !

— Tu arriverais à le faire pour dans trois semaines ? J'aimerais le publier avant Noël.

— Ça marche.

— Super. Encore une question : tu bois ?

— Pas une goutte.

— Dans ce cas, tu es plus coriace que ce que je pensais. Tu pourrais peut-être passer nous voir samedi prochain ? Monika ressent le besoin de te féliciter en personne et de te réconforter aussi. Je ne sais vraiment pas quoi en penser.

— Je ne sais pas trop... répliqua Wiktor.

Il n'avait nulle envie de rendre visite à quiconque, mais il fallait peut-être se forcer à reconstruire une vie sociale.

— … je te rappelle dans la semaine pour te dire, proposa-t-il donc.

— Tu connais mon numéro. À plus.

Tom raccrocha. Wiktor tint le combiné encore quelques secondes et le reposa solennellement sur la fourche. Ou plutôt sur une espèce de bouton en plastique, la fourche étant préhistorique.

Eh bien, décida-t-il, il n'y a plus à attendre. Si elle ne veut pas appeler, alors c'est à toi de le faire. Le moment est judicieux. Il reprit le téléphone, tapa les trois premiers chiffres du numéro de son ex-femme et raccrocha. Sa bouche était si sèche qu'il n'arrivait pas à avaler sa salive.

Rien ne presse… se dit-il. J'étais censé prendre un thé.

Mais à mi-chemin de la cuisine, il fit demi-tour et composa le numéro complet. Qu'entendrait-il ? Un signal rapide comme son pouls, indiquant qu'elle était déjà en ligne, peut-être même avec quelqu'un qui ne lui était pas indifférent ? Peut-être qu'ils riaient et s'assuraient mutuellement de leur amour ? Ou alors un signal long, ponctué de blancs, lui indiquant qu'elle était sur le point de décrocher ? À moins qu'elle n'ait éteint son téléphone et qu'il n'entende sa voix l'invitant à laisser un message ? Ça serait probablement le mieux.

Avant qu'une tonalité quelconque ne soit émise, il y eut un clic dans l'écouteur et une voix féminine déclara : « Votre correspondant est actuellement injoignable, veuillez réessayer ultérieurement… »

Wiktor raccrocha. D'accord, se dit-il, ce n'est rien, il est possible que sa batterie soit morte ou qu'elle traverse un tunnel, ou qu'elle ait changé de numéro.

Il téléphona de nouveau mais fut accueilli par le même message impersonnel. Pas le choix, il fallait appeler au bureau. Ne se souvenant plus du numéro de son poste, il composa celui de l'accueil.

— La *Gazeta*, j'écoute.

— Bonjour, je voudrais parler avec l'astreinte pour la capitale, s'il vous plaît.

Voilà, sa voix n'allait pas si mal, mais il se racla malgré tout la gorge, au cas où.

— Veuillez patienter, je vous mets en relation…

— La *Gazeta*, nouvelles de la capitale, Amelia Ślubowska, j'écoute.

Il ne la connaissait pas.

— Bonjour, je cherche Weronika Sukiennik.

Il était persuadé qu'une fois le téléphone raccroché, l'empreinte de ses doigts resterait gravée dessus tant il le serrait fort. Il sentait la sueur couler sur son front et espérait qu'à l'autre bout du fil on n'entendait pas à quel point sa respiration était peu profonde et nerveuse. Il avait du mal à remplir ses poumons.

— Je suis désolée, mais elle ne travaille plus ici, je veux dire, moi, je ne suis là que depuis juillet et quand je suis arrivée, elle était déjà partie, mais je peux peut-être vous passer quelqu'un qui est en poste depuis plus longtemps, d'accord ?

— Oui, bien sûr, merci beaucoup.

Il se sentait à la fois soulagé et déçu. Il attendit que ce « quelqu'un » s'approche et écouta l'agitation qui régnait à la rédaction. Ça aussi, ça lui manquait. L'écouteur bruissa.

— Oui, je vous écoute, en quoi puis-je vous aider ? demanda une voix féminine familière.

— Marta ?

— Oui, et qui est à l'appareil, si je peux me permettre ?

Marta, une amie de longue date de Weronika, avait toujours été très directe.

— Salut, c'est moi, Wiktor, je cherche Weronika…

— Wiktor ?

Il savait déjà ce qui allait suivre. La voix de son amie s'était transformée en un morceau de glace pointu qui s'était violemment enfoncé dans son oreille.

— Je n'ai que deux choses à te dire : va te faire foutre, connard !

— Marta, s'il te plaît...

— Ne me demande rien ! cria-t-elle si fort que toute la rédaction devait déjà se rassembler pour le spectacle. Ne me demande rien parce que, même si je le voulais, je ne te dirais rien, de toute façon. Tu sais pourquoi ? Parce que je ne sais rien ! Parce qu'il y a six mois, elle a démissionné et a disparu, et elle ne m'a rien dit, et c'est ta faute, alors crève !

Sa voix devenait de plus en plus forte.

— Je ne sais pas où elle est, je ne sais pas ce qu'elle fait, je ne sais rien, tu comprends ? Je ne sais rien, et c'est à cause de toi...

Puis elle se mit à chuchoter :

— J'espère que tu souffriras éternellement. Dégage, fit-elle, et elle raccrocha.

Il tremblait tout entier. Ses mains frémissaient tant qu'il n'arrivait pas à reposer le combiné. Il le jeta par terre et se mit à marcher rapidement dans la pièce, essayant de reprendre son souffle. Elle exagère, elle exagère parce qu'elle n'y comprend rien, se répétait-il fébrilement dans sa tête. Après tout, Weronika n'est pas obligée de tout lui expliquer. Elle a décidé de changer de travail, de s'affranchir de ses anciens amis, de changer d'environnement, grand bien lui fasse. Et cette conne est déçue de ne plus être la meilleure amie de quelqu'un. Bon, elle n'a probablement pas beaucoup de proches, alors on peut la comprendre, même si ça ne l'excuse pas, bien sûr.

Comment osait-elle ? Oui, il y avait une part de sa responsabilité à lui dans leur séparation, mais en fin de compte, qui avait laissé qui ? Qui lui avait pris sa fille, la seule chose qui comptait dans sa vie ?

— Eh bien qui ?! hurla-t-il en se jetant sur le lit.

Il enfouit sa tête sous son oreiller et se mit à crier comme un dingue pour étouffer sa douleur.

Ça l'aida un peu.

Il sortit de sous l'oreiller haletant, le visage rouge et en sueur. Il devait encore passer un coup de fil : aux parents de Weronika. Là, l'accueil serait certainement encore pire qu'avec Marta, mais il n'avait pas le choix.

Il ramassa le combiné, appuya plusieurs fois sur le bouton. Rien, du silence. Il retira la fiche de la prise, la réinséra et essaya de nouveau. Du silence encore.

— Rien à secouer, j'appellerai quand même, marmonna-t-il dans sa barbe.

Il prit son portefeuille et, sans enfiler sa veste, descendit l'escalier en courant car, près du magasin d'alcools, juste à côté de l'entrée de leur immeuble, il y avait une cabine téléphonique.

Il glissa la carte et tapa le numéro. En attendant le signal, il se dit que c'était Matylda qui pourrait décrocher. Que lui dirait-il, alors ? « Bonjour, c'est papa ? » Et si Weronika lui avait dit que son père était mort ? Que se passerait-il ? Non, elle n'avait pas pu lui dire ça, impossible. Tant pis, si c'était Matylda qui répondait au téléphone, il raccrocherait – au moins, il saurait qu'elles étaient là-bas.

Les bips signalant la sélection du numéro s'arrêtèrent. Une voix féminine retentit : « Le numéro composé n'est plus attribué, le numéro composé n'est plus attribué, le numéro composé n'est plus attribué… » Wiktor lâcha le combiné et glissa au sol. C'était fini. Il regarda la vitrine du magasin Le Réconfort ; il avait lui-même suggéré ce nom à monsieur Jacek quand il avait ouvert son enseigne. La bière Tatra était en promotion. Au fond, pourquoi pas, se dit-il, quelle importance ? Tu sais déjà que tu peux arrêter de boire n'importe quand si tu le souhaites, tu gagnes de nouveau de l'argent, donc tu auras quoi qu'il arrive de quoi rembourser Tom, et aujourd'hui, tu mérites bien de boire un coup. Il est temps de s'accorder une journée de congé. Et demain, tu te remettras à chercher les filles. Après tout, elles n'ont pas pu se volatiliser.

Deux heures plus tard, il était déjà ivre et se demandait pourquoi on en faisait tout un plat. Cette pauvre Marta est hystérique, les téléphones tombent en panne, ça arrive. Il devrait juste passer quelques coups de fil, fouiller peut-être un peu sur Internet et voilà, le tour serait joué. Si tout se passait bien, ils seraient réconciliés avec Weronika dès demain, il reverrait probablement Matylda dimanche, et tout rentrerait dans l'ordre. La vie n'était-elle pas belle ? Il suffisait d'un peu de bonne volonté et d'efforts pour que tout se passe à merveille.

Se réjouissant à l'idée d'un week-end en famille, il trotta vers la salle de bains. Il urina sur le mur près de la cuvette des toilettes, essayant de rincer un cafard qui se promenait sur les carreaux et qui, effrayé par la lumière, cherchait éperdument une cachette.

— Dégage, mec, lui dit Wiktor. Il n'y a pas de place pour les cafards dans une maison où revient une fillette.

7.

C'était censé être une surprise. Agnieszka avait fait exprès de rentrer à la maison plus tôt pour préparer une mini-fête pour Robert – une fête sans réelle occasion, conçue simplement pour être agréable. Au bureau, Agnieszka vivait une période sereine ; quoi qu'elle accomplît, elle était félicitée ;

même son rhume avait cessé de l'importuner du jour au lendemain. Elle se rendait compte qu'elle ne faisait pas une carrière vertigineuse, mais un emploi tranquille dans une équipe sympathique était sans doute un bon début et lui permettait d'acquérir de l'expérience. Si seulement c'était aussi le cas chez Robert, ils n'auraient pas à s'inquiéter. Mais chez lui, les choses allaient de mal en pis. Chaque jour, elle devait écouter une litanie de lamentations au sujet de son travail. Il soutenait que ses tâches étaient ennuyeuses et abrutissantes, qu'il détestait ça, qu'il fréquentait des débiles méprisables et qu'il devait se reprendre en main. Il se comportait de manière si étrange et agressive qu'Agnieszka préférait acquiescer plutôt que de risquer une dispute. En fait, elle espérait au moins que Robert se contrôlât encore assez au bureau pour ne pas montrer à ses collègues à quel point il se fichait d'eux. À cause du boulot de Robert, ils n'étaient pas allés à Olecko pour la Toussaint, et maintenant Agnieszka était tourmentée par le remords.

Ce jour-là, elle avait donc décidé d'anticiper les plaintes de Robert et de lui préparer une surprise : un bon repas suivi d'une bonne partie de jambes en l'air.

Elle glissa la clé dans la serrure, mais celle-ci ne tourna pas. Robert aurait-il oublié de fermer en partant ? Dans ce quartier, c'était une façon idéale de perdre le travail de toute une vie. Elle appuya sur la poignée et gémit. Robert était déjà à la maison. Comment se faisait-il qu'il ait fini si tôt ?

Son mari peignait et écoutait de la musique à travers un casque. Il était tellement absorbé par ce qu'il faisait qu'il ne remarqua pas l'entrée d'Agnieszka. Elle posa son sac à main par terre, dans le vestibule, et s'approcha de lui sans faire de bruit. Le chevalet était adossé au mur et Robert peignait à même le sol, sur un morceau de papier kraft étalé sur des journaux, assis sur ses talons comme les enfants de petite section. D'ailleurs, il était aussi barbouillé qu'un gamin de quatre ans. Il peignait à l'aquarelle – il essayait toujours une idée de cette manière avant de commencer à recouvrir la toile de peinture à l'huile. Les journaux autour de la feuille étaient imbibés d'eau sale, tout comme son pantalon et son T-shirt, sur lesquels il s'essuyait apparemment les mains. Ce qui ne servait manifestement pas à grand-chose, vu qu'il avait de la peinture jusqu'aux coudes. Une douzaine de feuilles de papier peintes gisaient autour de lui, signe indéniable que l'œuvre naissait dans la douleur et que les esquisses successives étaient rejetées par le maître. Agnieszka sourit, se demandant si c'était une bonne chose que son mari possédât une telle passion. Cela signifiait-il qu'elle était mariée à un type exceptionnel et qu'elle avait de la chance ? À moins qu'elle ne fût toujours condamnée à être la numéro deux... au rôle de celle faisant agréablement la jonction entre deux toiles ?

Chaque fois qu'il peignait, et même pendant un certain temps après avoir fini, il était si absent qu'il lui semblait étranger. Cela avait déjà été le cas à plusieurs reprises à Olecko. Lorsque Robert se mettait à table le soir après avoir créé toute la journée, il restait silencieux ou disait quelque chose sans y penser, avant de s'interrompre au milieu de la phrase et de s'écrier : « Quel idiot ! Il suffisait de peindre le fond en travers pour que l'effet soit complètement différent. Désolé, je reviens tout de suite, je dois au moins faire un croquis. » Elle se sentait alors repoussée comme quelqu'un qui se serait retrouvé à ses côtés par hasard, juste parce que Monsieur l'Artiste n'aimait pas dormir seul. Quel putain d'égoïste ! Plus d'une fois elle l'avait vu se forcer à poser ses pinceaux, à se laver les mains et à passer un peu de temps avec elle. Dans ces moments-là, elle se sentait terroriste, elle en avait même honte, mais ne pouvait pas faire autrement. Devait-elle attendre patiemment que le maître trouve le temps de faire une pause dans ses activités ? Une fois, il lui avait carrément crié qu'il était anormal qu'elle soit jalouse de ses pinceaux. Avait-il raison ? Un peu, oui, elle était en effet jalouse qu'il accorde plus d'attention à ses fantasmes idiots qu'à son épouse. Mais était-ce si étrange ?

Elle s'approcha sur la pointe des pieds pour voir ce qu'il peignait, car en dépit de tout cela, elle aimait bien le regarder travailler. Sur l'un des morceaux de carton jetés, celui qui se trouvait en haut de la pile, Robert avait peint une route bordée d'arbres. Bien que la route se rétrécît selon les lois de la perspective, elle ne disparaissait pas derrière l'horizon, mais s'arrachait du milieu des arbres, s'enroulait vers le haut et retournait en direction du spectateur. Un homme seul se tenait debout (marchait-il ?) entre les troncs, tandis qu'un grand nombre de personnes erraient sur le chemin du haut, non pas à l'envers, mais comme si elles se trouvaient de l'autre côté de la route. Cette image évoqua à Agnieszka les juifs marchant vers le ghetto. Peut-être était-ce à cause de la tonalité du dessin – « aqueux-froid », comme le qualifiait Robert – tout en bleus dilués et diverses teintes de gris ? Tout cela était livide et triste.

Elle lui tapota l'épaule. Il poussa un cri de surprise et se leva d'un bond, comme s'il s'était ébouillanté.

— Mais quelle folle ! Tu veux qu'une veine pète dans mon cerveau, ou quoi ? dit-il en retirant ses écouteurs. Qu'est-ce que tu fais là à cette heure ?

— Je vérifie que tu n'es pas en train de t'envoyer en l'air avec une blondasse.

— N'importe quoi, je devrais être au boulot, en ce moment. Et puis, tu es ma seule blondasse.

— Épargne-moi tes boniments et dis-moi plutôt pourquoi tu n'es pas au travail.

— Et toi ?

— J'ai eu droit à un après-midi de libre pour avoir exécuté mes tâches de façon exemplaire : sourire au quotidien, camaraderie sexuelle et exposition des plus beaux seins de l'étage, dit-elle en battant des cils.

— Je crains que tout cela ne soit vrai. Pour ma part, ma caisse est tombée en panne et monseigneur Jurek a gracieusement décidé que je n'avais pas à faire le tour des magasins en tram. Tu ne trouves pas que c'est adorable de sa part ? Soit dit en passant, je ne le pensais pas capable d'un tel raisonnement logique, dit-il, du sarcasme dans la voix. Je m'étais même déjà acheté un billet journalier pour les transports.

— Eh bien, qu'allons-nous faire d'une journée si bien commencée ? demanda Agnieszka, désireuse de changer de sujet.

Robert semblait de très bonne humeur. La déception d'Agnieszka était donc peut-être prématurée et cette soirée au champagne pouvait encore être organisée, même sans la surprise ?

— Pour le moment, je suis en train de peindre, on verra après.

— D'accord, en attendant, je vais cuisiner quelque chose, dit Agnieszka en essayant de ne pas se montrer affectée. Et quand est-ce que tu auras fini ?

— J'aurai fini quand j'aurai fini, grogna-t-il, irrité. Je n'en ai pas la moindre idée. Tu veux que je te dise dix-sept heures cinq et que je pose les pinceaux pile à cette heure-là ?

— Non, mais...

— Alors ne me pose pas de questions bêtes. Quand j'aurai terminé, tu seras la première à l'apprendre, promis.

Il l'embrassa à la va-vite pour l'amadouer, remit ses écouteurs et s'agenouilla au milieu des peintures.

Elle regarda le dessin sur lequel il travaillait et un frisson lui parcourut l'échine. Elle n'avait vu cet endroit qu'une seule fois, mais elle l'aurait reconnu entre mille. La cave, ces étranges cachots où ils avaient failli se perdre. C'était curieux, d'ailleurs, que Robert n'ait pas eu peur d'y descendre pour aller chercher son chevalet.

Cette fois, on ne pouvait pas lui reprocher d'avoir utilisé des couleurs blafardes. La feuille bouillonnait de orange, jaune et rouge – tout le couloir donnait l'impression que de la lave entrait en fusion derrière ses murs. Des faisceaux de lumière vive jaillissaient des fissures des portes. Plus on s'éloignait, plus le couloir devenait lumineux, comme si Robert avait saisi le moment où une bombe de grande puissance avait explosé à son extrémité. Elle avait déjà explosé, son éclair était arrivé aux spectateurs, mais l'onde de choc pas encore. C'était le tableau le plus dérangeant qu'elle ait jamais vu ; il déclenchait chez elle une peur animale et Agnieszka aurait préféré déménager plutôt que d'accepter de vivre avec cette toile non seulement sur leur mur, mais même dans leur immeuble.

Une autre chose ne faisait guère de doute : c'était de loin la meilleure peinture que Robert ait jamais réalisée. Elle était si réelle dans sa manière de terrifier ! Agnieszka décida de ne pas l'avouer à son mari ; il avait encore le temps de trouver un style qui ne rendait pas les jambes flageolantes et la bouche pâteuse.

Soudain, l'interphone joua la mélodie de l'émission « Les Estivales à la radio ». Lorsqu'ils avaient choisi cette sonnerie, cela lui avait semblé être une idée merveilleuse ; à présent, Agnieszka aurait simplement préféré un truc qui fasse « ding-dong ».

— Allô ?

Personne ne parlait.

— Allô ? fit-elle un peu plus sèchement.

Elle détestait les blagues stupides. Toujours rien. Elle s'apprêtait à raccrocher quand elle entendit un murmure à l'arrière-plan. Elle se couvrit l'autre oreille et écouta les bruits de la cour. De la cour ? Elle percevait des chuchotements, des pas rapides, un chien qui hurlait au loin. En plus de ces bruits, elle distingua clairement un bris de verre. Un premier, puis un autre. Quelqu'un jura. Le murmure s'intensifia, comme si les événements qu'elle épiait se frayaient un chemin jusqu'à elle à travers le câble. L'impression n'était pas agréable, mais Agnieszka était trop curieuse de savoir ce qui allait se passer pour détacher le combiné de son oreille.

— Là, à droite ! Ne la laissez pas s'échapper ! hurla une voix masculine.

Des pas grondaient. Que se passait-il en bas ? Est-ce qu'ils tournaient un film ?

— Robert, regarde par le balcon ! cria-t-elle assez fort, mais il ne broncha pas.

Le fil était trop court pour s'approcher de la fenêtre. Agnieszka accrocha le récepteur au portemanteau à côté de sa veste et courut jusqu'à la porte du balcon. Dehors, tout était calme. Elle retourna rapidement à l'interphone et porta le récepteur à son oreille.

— Oui ! On y va ! Elle le mérite ! criaient des gens.

En guise de réponse, un gémissement retentit dans l'écouteur, si discret et pourtant si clair, si rempli de douleur et de résignation que les genoux d'Agnieszka se dérobèrent sous elle. Elle appuya son dos contre le mur. Par tous les diables, qu'est-ce qui se passait là-dedans, lui diffusait-on un spectacle d'épouvante par l'interphone ?

— Que la volonté de Dieu soit faite, au nom du Père, du Fils et du Saint-Esprit. Amen, déclara une voix masculine.

Un silence complet se fit. Cependant, Agnieszka sentit que ce n'était pas la fin, que l'étrange transmission se poursuivrait. Elle perçut à l'oreille le subtil crépitement du feu. Un instant plus tard, les flammes se mirent à rugir comme un immense feu de joie de montagnards. La foule soupira bruyamment.

Que se passait-il là-bas ?

C'est alors qu'un cri vibrant et féminin surpassa les bruits de l'incendie et la clameur des gens. Au début, la jeune fille ne criait pas très fort, comme si elle essayait jusqu'au bout de masquer sa faiblesse, mais peu à peu, son appel se transforma en un rugissement de douleur, en un long hurlement ininterrompu qui faisait douter de sa propre réalité, qui s'enfonçait dans le cerveau comme une barre de fer chauffée à blanc. Avec lui, la chaleur du feu qui torturait et tuait la femme fonça vers Agnieszka. Serrant fermement le combiné, Agnieszka se força à le décoller de son oreille et à le mettre à bout de bras, le plus loin possible. C'était certainement une hallucination, mais elle vit le haut-parleur cracher des langues de feu miniatures, puis tout devint silencieux. Elle raccrocha et resta là à regarder l'interphone comme s'il s'agissait d'une arme chargée, à manipuler avec une extrême précaution.

Lorsque « Les Estivales à la radio » retentirent de nouveau à côté d'elle, elle bondit en arrière. Je vais passer un scanner lundi, décida-t-elle, ça ne peut plus durer. Elle souleva délicatement l'écouteur et, le tenant à quelques centimètres de son visage, demanda doucement :

— Allô ?

— Bonjour, je m'appelle Oleg Kuzniecow, je suis de la police, nous nous sommes déjà vus. Pouvons-nous vous parler un instant ?

— Oui, bien sûr, répondit-elle avec un soulagement manifeste.

8.

L'appartement de Janusz Stopa, spécialiste en psychologie du marketing formé outre-Atlantique et de sa femme Iwona, directrice des ressources humaines de la succursale polonaise d'une très grande entreprise française (actuellement en formation pour deux mois à l'étranger), était l'appartement le plus remarquable qui ait jamais été aménagé dans une tour d'habitation en béton armé – tous ceux qui l'avaient déjà visité en convenaient. En réalité, il s'agissait de trois appartements réunis. Le premier, qui leur avait été offert par les parents d'Iwona lorsqu'elle faisait encore ses études tandis qu'il gagnait très mal sa vie en tant que psychothérapeute idéaliste, mesurait près de soixante mètres carrés, se composait de trois pièces et, au moment de l'achat, tous ses murs étaient recouverts de boiseries. Ils l'avaient rénové du mieux qu'ils pouvaient avec le maigre salaire de Janusz, c'est-à-dire qu'ils s'étaient contentés d'arracher les lambris, d'éliminer les cafards qui vivaient en dessous et de peindre les murs avec la peinture émulsion la moins chère qui fût. C'était en l'an 1989, il avait trente ans, elle en avait cinq de moins, ils étaient heureux et pensaient que le manque d'argent était en quelque sorte la condition inhérente d'un honnête homme. Il en avait été ainsi dans leurs familles depuis des générations. Pourtant, la nouvelle Pologne était arrivée et beaucoup de choses avaient changé. Plusieurs de leurs connaissances, jusque-là tout aussi pauvres qu'eux, étaient devenues des Crésus. Ils venaient boire un kawa à la maison dans de nouvelles fringues, parlaient de leurs vacances en Grèce et du café fort, sucré et épais comme du Nutella qu'on y servait dans de petites tasses en céramique. « Je vous promets, c'est seulement là-bas que j'ai découvert le goût véritable du café. Vous devez essayer », s'exclamait une amie exaltée, et ils lui souriaient, admiratifs, en disant qu'ils essaieraient certainement. À l'inverse de la période communiste, ils avaient obtenu des passeports, ils savaient qu'ils pouvaient voyager n'importe où, mais n'avaient pas les moyens de partir en week-end à Cracovie.

À l'époque, cela ne les dérangeait pas encore, leurs amis sortaient de chez eux et ils riaient de leurs histoires en batifolant sous les draps. À quoi bon la Grèce quand on est là l'un pour l'autre ? Ils voulaient avoir un enfant, mais malgré de nombreuses tentatives, Iwona n'arrivait pas à tomber enceinte. Après plusieurs mois de mensonges disant que « tout allait bien » et « qu'un jour ça marcherait », après des flots de larmes d'Iwona à chacune de ses règles, ils avaient décidé de passer des examens médicaux. Sa femme s'était révélée stérile. À ce moment-là, ils ne savaient plus quoi faire de leur vie. Devaient-ils adopter un enfant, ou non ? La décision était trop difficile à prendre.

Après avoir obtenu son diplôme, Iwona avait alors commencé un stage dans une entreprise occidentale. De nombreuses sociétés de ce type ouvraient des succursales en Pologne et elles embauchaient toute personne moyennement dégourdie qui parlait une langue étrangère. Ne sachant plus comment orienter son existence après le verdict médical, Iwona s'était jetée à corps perdu dans son travail et fut promue à la tête de la succursale en l'espace de deux ans, en conséquence de quoi leur couple s'était soudainement retrouvé très fortuné – toutes proportions gardées et selon les critères nationaux. De grand terrier fait de dalles de béton, leur appartement s'était alors mué en une illustration de catalogue d'architecture d'intérieur. Surfaces blanches, bois foncé, éléments métalliques. Leur cuisine avait fait la couverture d'un magazine de maison et décoration. Bien sûr, ils auraient pu acheter un appartement quelque part dans le centre-ville, dans un bel immeuble, mais ils avaient de l'affection pour ce quartier.

Iwona avait persuadé Janusz de faire un MBA. Elle lui assurait que seuls le marketing et le management comptaient, que c'étaient des métiers d'avenir. Il avait accepté non pas parce qu'il y croyait, mais parce que cela l'ennuyait de vivre aux crochets de sa femme. Elle l'avait aidé à partir aux États-Unis, il avait donc repris des études à Boston, et c'était là-bas qu'il avait découvert les possibilités offertes par la combinaison du commerce et de la psychologie. Après quoi il n'eut plus besoin de personne pour dénicher des cours qui enseignaient la manipulation des clients. À son retour, Iwona et lui s'étaient penchés pendant plusieurs jours sur la rédaction d'une offre et il avait fini par proposer à une douzaine d'entreprises une formation non conventionnelle sur les mécanismes de la psychologie du commerce. Bien entendu, plusieurs de ces mécanismes avaient été utilisés dans l'offre. L'ampleur de la réponse les avait surpris. Au bout d'un mois, le calendrier de la formation pour l'année à venir était complet et monsieur et madame Janusz et Iwona Stopa étaient devenus non plus aisés, mais très riches.

C'est alors qu'ils avaient acheté deux appartements, l'un juste à côté du leur (logement numéro cinquante-six), d'un peu moins de quarante mètres carrés, et l'autre, identique au premier, mais un étage au-dessus (logement numéro soixante et un). Ils avaient ensuite appelé leur architecte pour qu'il en fasse une merveille. Et Nakata (l'architecte, bien que né en Pologne, était d'origine japonaise) avait accompli ce miracle. L'idée la plus audacieuse avait consisté à percer un trou de quatre mètres de diamètre dans le plafond, un trou dont les bords étaient soutenus par des colonnes en acier inoxydable – une opération rendue possible par le fait qu'au dernier étage la perforation du plafond ne pouvait plus nuire à la structure du bâtiment. À l'étage supérieur, l'ouverture avait été entourée d'une balustrade. Plusieurs autres trous plus petits avaient été percés dans le plafond et recouverts de verre trempé. Ces fenêtres entre les étages avaient été le théâtre de nombreuses scènes torrides à l'époque où Iwona et lui étaient fascinés par leur propre sexualité et par celle de leurs amis, dont le nombre croissait proportionnellement à l'état de leur compte en banque.

Ils n'y avaient jamais réfléchi, mais depuis qu'ils étaient devenus riches, ils ne parlaient plus d'adoption, ce qui pouvait paraître étrange, dans la mesure où ils disposaient désormais de meilleures conditions pour accueillir un enfant abandonné, voire deux.

En tout état de cause, pensa Janusz, il est peut-être temps d'enfin vendre cet appartement et de s'installer en périphérie de la ville. Il en avait assez, de ces putains de dalles en béton, des voisins crève-misère, de leur mentalité de paysans et de l'éternelle puanteur dans la cage d'escalier. Et puis, il y avait aussi eu le type qui s'était fait décapiter. Janusz détestait les suicides – il trouvait immonde que l'on puisse épater les gens avec sa propre mort sans même contempler l'effet de cet acte. Selon Stopa, les suicidés étaient des perdants, des lâches et des idiots barbants qui parvenaient à étirer leur caractère ennuyeux au-delà de la mort. Même à l'époque où il dirigeait des thérapies, il avait la nausée chaque fois qu'un énième pauvre type se mettait à lui dire d'une voix tremblante qu'il pensait « à en finir avec tout cela, vous comprenez... ».

Janusz s'assit dans son fauteuil, un dépliant de MediaMarkt à la main. Il arracha immédiatement les pages consacrées à l'électroménager – les réfrigérateurs ne l'intéressaient pas du tout – et commença à étudier les appareils de home cinema. Sony ou Philips ? DVD, DTS, RDS, MPEG, VCD... La moitié de ces abréviations ne lui disaient rien. Il aurait pu tenter de les déchiffrer sur Internet, mais il avait acquis un savoir simple qui lui suffisait amplement : plus il y avait d'abréviations et plus le prix était élevé, meilleur était le produit. L'expérience de ses dernières années de consumérisme lui avait enseigné qu'il n'existait pas d'équipement à la fois « performant et bon marché » – c'était un bel oxymore conçu pour inciter les pauvres à casser leur tirelire pour des trucs dont ils n'avaient pas besoin, en croyant que même eux pouvaient posséder quelque chose de « qualité ». Quelle pitoyable naïveté !

Janusz décida d'acheter le système le plus cher et, avec le sentiment du devoir accompli, commanda une pizza par téléphone. Il prit une douche, et la pensée de sa femme absente depuis plusieurs semaines lui donna envie de faire l'amour. Pourquoi ne pas commander une demoiselle aussi ? se demanda-t-il. Après tout, beaucoup d'hommes le faisaient. Pas une amie, pas une collègue de travail, pas une maîtresse avec ses attentes – juste une prostituée qui débarquait fraîchement lavée, baisait joyeusement et disparaissait sans faire de bruit. Pourquoi pas ? Il ouvrit le journal à la page des annonces d'escortes. « Le plus grand choix de Varsovie ». Il composa le numéro, ravalant sa salive avec nervosité ; il n'avait jamais fait cela auparavant.

— Agence Septième Ciel, en quoi puis-je vous aider ?

— Bonjour, je voudrais faire venir une fille, déclara Janusz en grimaçant.

Je parle comme si je commandais une autre pizza, songea-t-il.

— Brune, blonde, rousse, petite poitrine, grosse, jeune, plus âgée ?

— Euh… autour de la trentaine, pas trop grande, bonnet C de préférence, mais peut-être pourriez-vous me suggérer quelqu'un ?

— Prenez Ewa. Sa poitrine est certes un peu plus petite, bonnet B, mais vous ne le regretterez pas. C'est la rouquine la plus ardente de toute la capitale, et elle est libre en ce moment. Pour une heure ?

— Oui, ça suffira.

Il se sentait de plus en plus bête. Il se dit qu'il devrait peut-être raccrocher.

— Et pourquoi pas deux ? La troisième est gratuite. Qu'en pensez-vous ?

— Je pense que vous me surestimez.

Elle était folle. Qu'est-ce qu'il ferait avec cette Ewa trois heures durant ? Lui parler de sa femme ?

À la requête de la fille du « centre d'appels », il indiqua son adresse.

— D'accord. La fille viendra avec un garde du corps dans une heure, vous lui paierez cent cinquante złotys. Ensuite, le garde du corps partira et reviendra chercher la fille. Je vous préviens que si votre logement ne convient pas à Zygfryd, il n'y aura pas de rencard.

— Zygfryd ?

— Oui, le garde du corps.

— Compris.

— Alors amusez-vous bien, et merci d'avoir choisi notre agence. Vous ne le regretterez certainement pas.

— Merci. Au revoir, répondit-il par réflexe.

Mon Dieu, il n'avait pas imaginé qu'une telle cordialité régnait dans ce secteur. Il pensait qu'il s'agissait d'un monde glauque et souterrain, or on ne l'avait pas mieux traité chez Pizza Hut.

L'interphone sonna.

Il s'extirpa de son fauteuil et se dirigea vers la porte. Malheureusement, l'interphone était l'une des rares choses dans cet appartement qui ne fonctionnait pas avec une télécommande.

— Oui ?

— Une pizza pour vous.

9.

Oleg et Maigrichon se tenaient de nouveau devant les ascenseurs du premier étage, comme s'ils croyaient que c'était là que la solution de l'énigme leur viendrait. Ou peut-être étaient-ils simplement attirés par un lieu, où quelque chose d'incroyable s'était produit.

Ils fumaient en silence.

— Je commence à me sentir comme l'agent Scully, dit Maigrichon, revenant du vide-ordures où il avait écrasé sa clope. Personne n'a rien vu, des choses étranges ont lieu, et rien de tout cela n'est drôle.

— C'est vrai, répondit Oleg. La question est de savoir si c'est une affaire pour nous. Voilà un endroit où des accidents arrivent, c'est tout. Personne n'assassine personne, pire, il n'y a même pas d'agressions. Il y a des victimes, pas de criminels. La police n'est d'aucun secours, ici.

Maigrichon s'assit contre le mur et sortit une nouvelle cigarette. Il s'apprêtait à l'allumer lorsqu'il comprit qu'il était assis à l'endroit précis où avait roulé la tête. Il glissa un peu en direction de la fenêtre.

— Seulement pour le moment, sans doute, déclara-t-il.

— Quoi « seulement pour le moment » ? demanda Oleg en haussant les sourcils.

— Peut-être que quelqu'un finira par buter quelqu'un.

— Et pour quelle raison ? Parce que le pourcentage de toqués est plus élevé ici qu'ailleurs ? Arrête un peu. Autant coffrer tous les types qui travaillent chez le garagiste qui répare ma Punto. Ça, c'est une belle brochette de barjos…

Oleg jura à la seule évocation de ses mécaniciens.

— Je te le dis, on n'a rien à faire là. On se promène, on tourne en rond, on cherche une logique dans un accident banal… peut-être pas si banal, d'accord… mais on le fait avec un entêtement digne d'une meilleure cause, et d'autres boulots sont remis à plus tard.

— Et qu'est-ce que tu dis des news du syndic ? demanda Maigrichon.

— Que quoi ? Que la moitié des appartements sont vides ? Cela ne me surprend pas outre mesure. Les gens fuient ce genre d'immeubles. Ceux qui ont les moyens d'acheter un appartement préfèrent prendre un crédit et déménager. Perso, même moi je ne voudrais pas habiter ici. D'ailleurs, si jamais tu as raison et qu'il s'agit bien d'un immeuble « hanté », alors qu'est-ce qui t'étonne ? Il n'y a pas preneur et ça reste vide. Laissons tomber et plongeons-nous dans l'affaire de Łomianki.

Maigrichon ne répliqua rien.

— Qu'est-ce que tu veux qu'on fasse ? reprit Oleg d'une voix plus forte cette fois. Tu veux qu'on fasse du porte-à-porte en disant « Excusez-moi, il y a des accidents étranges dans cette tour, ne feriez-vous mieux pas de déménager ? ».

— Je ne sais pas, répondit Maigrichon au bout d'un moment. Tu as remarqué que nous sommes les seuls à constater quelque chose ? Ceux qui vivent dans l'immeuble ne sont pas tant détendus qu'inconscients. On dirait qu'ils sont drogués. Je ne comprends rien à tout ça et je sais que tu as raison, mais je sens qu'on n'en a pas fini, que si on laisse tomber maintenant, on devra revenir bientôt pour étudier un autre cadavre. Puis encore un autre. Et s'il s'avère un jour que ce n'étaient pas des accidents ? Que quelqu'un a tout manigancé ? Qu'il y a un coupable ? Comment on se sentira alors ?

— Tu deviens fou, mec. Tu es attiré dans ce rade parce que tu bouquines trop. La vieille a sauté par la fenêtre, les témoins confirment qu'elle l'a fait toute seule. Le mec aussi était seul dans l'ascenseur. Pourquoi ne pas croire madame Emilia ? Le type qui est tombé dans la cage d'ascenseur, là d'accord, il a peut-être été poussé, mais on n'a pas l'ombre d'un indice. On n'a que dalle !

Mais Maigrichon n'abandonnait pas facilement :

— Et qu'est-ce que tu penses du dessin de ce jeune gars, Łazarek, et de ce qu'ils disaient, lui et sa femme ?

— Là, tu pousses le bouchon trop loin, Dieu m'est témoin, dit Oleg en s'asseyant lui aussi lourdement contre le mur en signe de résignation. Le mec gribouille des horreurs, c'est son droit. Sa femme fait une crise de panique dans un ascenseur où quelqu'un a perdu sa tête. C'est son droit aussi, ça ne me surprend pas plus que ça. Du reste, elle souffre peut-être de schizophrénie, d'un cancer du cerveau ou d'une névrose sévère. Ça ne m'intéresse pas et ça ne devrait pas t'intéresser non plus.

Oleg sortit de sa poche une flasque de cognac ukrainien et ils en descendirent une gorgée chacun. Ils demeurèrent silencieux un moment, sans se regarder. Puis, comme au son d'un ordre, ils se levèrent, descendirent au rez-de-chaussée et avancèrent vers la sortie.

Maigrichon soupira.

— Très bien, tu as gagné. J'aimerais seulement aller voir cette cave, et on file.

— D'accord, mais pas aujourd'hui. On peut passer la semaine prochaine, à mon retour de vacances.

— Ça marche. J'aurai beaucoup de boulot d'ici là, de toute façon.

Dehors, il faisait déjà nuit et ils pouvaient voir distinctement leurs reflets et celui de la cage d'escalier vide derrière eux dans la vitre. L'un des halogènes clignotait et bourdonnait nerveusement, comme s'il les pressait. Ils restèrent cependant plantés là, se demandant pourquoi ils avaient l'impression d'avoir oublié quelque chose.

La porte s'ouvrit brusquement, bien qu'aucun d'eux n'ait posé la main sur la poignée. Les deux hommes pouffèrent de rire et sortirent sans refermer derrière eux.

La porte se referma toute seule.

10.

Que peut faire une célibataire de vingt-neuf ans un vendredi soir, jour de son anniversaire ? Faire la fête, aller au cinéma, rencontrer des amis en ville, regarder un film avec Meg Ryan, il y avait des possibilités par milliers. Pourtant, Rachela Michalak se rendait à une réunion de travail et le faisait avec joie. Organiser la rencontre trimestrielle des chefs de départements un vendredi soir était pour elle le plus beau des cadeaux. D'autant plus que, pour la première fois depuis qu'elle travaillait pour cette compagnie, c'était elle qui devait présider la réunion.

Enfin, présider, c'est beaucoup dire, pensa-t-elle en ajustant pour la centième fois sa tenue devant le miroir. Cette fois-ci, il lui semblait – si c'était possible – que le collant était de travers et laissait apparaître une ombre. Elle le replaça avec soin pour ne pas faire de trou, mais le résultat lui parut encore pire. Elle l'enleva et le remit, lentement et avec une grande minutie. Pendant un moment, elle chercha le fil de ses pensées perdues. Minute, qu'est-ce que je... ? Ah oui, présider, c'était beaucoup dire, elle était seulement censée faire fonctionner le rétroprojecteur à partir duquel les diapositives présentant la situation de l'entreprise, commentées par son patron, allaient pleuvoir sur l'écran blanc. D'aucuns estimeraient qu'il s'agissait d'une tâche pour une secrétaire, une tâche plutôt idiote et indigne de la responsable junior du département corporatif qu'était Rachela. Elle pensait le contraire. Plus d'une fois elle avait constaté qu'une mauvaise façon de changer les diapositives – trop lente ou trop rapide – forçait le directeur général à intervenir. Pas plus tard qu'il y avait six mois, elle aurait voulu se consumer de honte lorsque l'une de ses subordonnées avait accidentellement éteint l'ordinateur, obligeant son patron à interrompre sa présentation et à faire une remarque cinglante : « Apparemment, nous ne consacrons toujours pas assez d'argent à la formation en outils informatiques du personnel. »

Ce soir, elle le ferait elle-même et tout serait PARFAIT. Elle quitta l'appartement du troisième étage et descendit l'escalier d'un pas rapide. Au rez-de-chaussée, devant la porte donnant sur l'extérieur, elle s'arrêta pour jeter un dernier coup d'œil à son reflet dans la vitre. Elle corrigea le décolleté de son chemisier. Était-il trop profond ? Elle craignit que quelqu'un ne le remarque et voulut remonter chez elle, mais il était trop tard. Le taxi l'attendait, elle devait être au bureau dans un quart d'heure. Bien entendu, une fois arrivée, elle vérifierait tout de nouveau. Avec une mission d'une telle importance, il n'y avait pas de place pour les faux pas.

Elle poussa la porte, mais celle-ci ne bougea pas d'un pouce. Elle la secoua plusieurs fois. Rien. C'était bloqué. Quel crétin verrouillait la porte d'entrée d'un immeuble ? Elle sortit les clés de son sac à main, mit la bonne dans la serrure et essaya de la tourner. Elle utilisa toute sa force, en vain, et finit par faire un levier avec la longue clé plate de son appartement, elle appuya – il y eut un craquement et la clé se brisa, laissant sa plus grande partie dans la serrure.

Rachela hurla de rage. Que faire, que faire ? pensait-elle frénétiquement. Comment sortir d'ici pour ne pas être en retard ? Peut-être par les fenêtres des voisins du rez-de-chaussée ? Ils avaient des barreaux aux fenêtres, mais certaines grilles devaient certainement s'ouvrir. Elle courut jusqu'à la porte qui séparait la cage d'escalier du couloir et se mit à enfoncer toutes les sonnettes.

Personne ne vint.

Elle appuya sur chacune d'entre elles à plusieurs reprises. Toujours rien.

— Par pitié, non ! s'écria-t-elle, les larmes aux yeux. Vous ne pouviez pas choisir un autre soir pour sortir ?

Mon Dieu, mon Dieu, se disait-elle, je suis finie, ma carrière est finie, mon poste est fini. FINI. Minute, minute, on pouvait passer du couloir du premier étage sur le toit de l'entrée et de là se laisser glisser au sol ou sauter. Voilà ! Elle courut vers l'escalier. La porte était fermée. Elle s'éloigna de la poignée, perplexe. Comment ça ? C'était impossible, elle venait de descendre par là et le battant était ouvert. La porte s'était-elle coincée ? Quand ? Elle secoua la poignée. Le morceau de métal lui resta dans la main et, de l'autre côté de la porte, un claquement métallique se fit entendre. C'était le pompon !

Les ascenseurs !

Aucun des deux n'attendait en bas. Elle appuya sur le bouton et patienta. Ils devaient être tout en haut, car aucun n'arrivait. Elle enfonça le bouton. La loupiotte s'alluma en vert, mais rien d'autre ne se passa. Aucun mouvement. Aucun câble se déplaçant derrière la vitre – signes avant-coureurs de l'arrivée imminente de la cabine. Rien.

Elle se pétrifia et se sentit anxieuse. Elle se souvint de ce qu'il s'était passé ici récemment. Soudain, elle ne se souciait plus tant d'arriver à la réunion. Elle souhaita ardemment que quelqu'un se présente dans le couloir. N'importe qui. C'était vendredi soir, il y avait plein de gens qui traînaient, quelqu'un allait sûrement arriver d'ici peu et ils allaient trouver une solution, appeler un serrurier par exemple, ou un agent d'entretien. Dommage qu'elle ait laissé son portable au travail. Sans cela, elle aurait pu appeler elle-même.

Sans croire à un quelconque résultat, elle recommença à appuyer sur le bouton. Elle patientait, tambourinant de ses doigts contre sa cuisse. Le tube halogène clignotant au-dessus de sa tête bourdonna bruyamment et éclata, la saupoudrant d'étincelles. Rachela cria et se précipita vers la porte d'entrée. Elle sentit quelque chose lui peser sur le sternum, un fourmillement dans ses mains et le sang battre à ses tempes. Elle avait peur et ne pouvait rien y faire. La peur se répandait dans son corps comme de l'alcool un jour de grand froid. Elle se mit à frapper la porte, appela à l'aide. Puis elle appuya sa tête contre la vitre et entoura son visage de ses mains pour voir si quelqu'un passait dans la rue. Mais elle aurait tout aussi bien pu tenter d'apercevoir quelque chose derrière le miroir de sa salle de bains. Alors qu'elle forçait sa vue en vain, elle entendit l'ascenseur s'immobiliser derrière elle.

Elle fit deux pas dans sa direction et soupira de soulagement. Mais l'ascenseur n'était pas vide. Quelque chose bougeait à l'intérieur. Elle pouvait le voir, bien qu'elle se tînt encore loin. Et ce n'était pas une personne, ni un chien, on aurait plutôt dit que toute la cabine grouillait de cafards. Rachel entendait clairement le cliquetis de carapaces chitineuses qui se frottaient les unes contre les autres.

Elle se mit à hurler aussi fort que possible. Elle sentait la douleur lui déchirer le larynx, elle avait un goût de sang dans la bouche, mais elle s'en fichait, elle se fichait de savoir si ses cordes vocales allaient rompre ou si elle pourrait encore utiliser sa voix un jour, du moment qu'elle criait fort, sur des notes de plus en plus aiguës, pour que quelqu'un l'entende.

Alors, à cause de sa voix peut-être, la vitre de la porte de l'ascenseur se fissura. Rachela vit les premiers insectes sortir par la fente. Sans cesser de crier, elle se mit à frapper de ses mains, de ses coudes et des genoux la vitre de la porte d'entrée pour la briser. Les insectes avaient atteint les marches. Quand le premier fut près de sa chaussure, elle tourna le dos à la porte et remarqua un morceau de terrazzo qui gisait sous les boîtes aux lettres. Elle bondit dessus, ses talons glissant sur les cafards, elle le ramassa et le lança de toutes ses forces sur la vitre sombre. Cependant, au lieu de cogner la plus grande des fenêtres, le terrazzo toucha l'étroite vitre sur le côté par laquelle unc jeune femme n'aurait de toute façon pas pu sortir.

Le verre se cassa en plusieurs morceaux et Rachela Michalak, avant de mourir, put encore voir qu'il n'y avait rien derrière la fenêtre, seulement un noir absolu, et que les morceaux de verre, au lieu de tomber avec la pierre dans la cour, volaient à l'intérieur du bâtiment à grande vitesse, comme si quelqu'un avait lancé le projectile du dehors. L'un des morceaux, aussi long et fin qu'une dague d'assassin, vola vers elle et transperça sa gorge fatiguée par les cris.

La jeune fille s'effondra sur les marches. Elle n'avait plus peur. Sa dernière pensée fut qu'il n'y avait pas d'insectes dans ce couloir et qu'il était idiot d'organiser des réunions de travail un vendredi soir.

11.

Rez-de-chaussée, entrée. Le 8 novembre 2002, à 21 h 30.

Femme : C'est là ?

Homme : Oui. Je t'attendrai en bas, alors si tu as fini plus tôt, descends. Tu dois danser à Mokotów dans une heure et demie.

Femme : Sans baiser ?

Homme : Des minots organisent un enterrement de vie de garçon. Ils ont aussi payé pour que tu baises le futur époux, mais tu sais comment c'est… Ils vont te mater ivres morts et ça sera terminé.

Femme : Tu doutes de moi ?

[rires]

Homme : Bien au contraire. Mais on peut parier. Tu paries ?

Femme : Que je vais le baiser ? D'accord. Si je n'y arrive pas, je te donne ma part, si j'y arrive, tu me donnes le double.

Homme : Ça marche. Mais d'abord ici, chez un certain monsieur Kowalski, hé, hé… On y va. Attends, je le préviens par interphone. On a un faux nom, mais il a donné son numéro d'appartement.

[interphone]

[silence]

Femme : Il s'est peut-être déjà endormi. Tu as son numéro ?

Homme : Oui, attends, je l'appelle.

[silence]

Homme : Il ne répond pas. Essaie de frapper. Sonne chez les voisins. Chez tous, de préférence, ça leur fera des ragots.

[interphone]

[silence]

Femme : Fais chier, cent cinquante balles à la trappe.

Homme : Si tu te démènes à Mokotów, tu vas retrouver ton dû. On y va ou tu veux encore essayer ?

Femme : On y va, ce n'est pas la peine. Cet endroit ne me plaît pas.

Chapitre 4

Il est difficile de donner du sens à un ordre
qui va à l'encontre de la raison.
Varsovie, quartier Bródno.
Inscription sur le mur du cimetière de la rue Odrowąża.

1.

Agnieszka fut réveillée par la chaleur. Le soleil, inhabituellement fort pour un mois de novembre, entrait par la fenêtre fermée et réchauffait ses draps bleu marine. Encore à moitié endormie, la jeune femme les dégagea d'un coup de pied et ouvrit un œil pour regarder les chiffres rouges du radio-réveil : 11 : 11.

Oh, mon Dieu, se dit-elle, quand est-ce que j'ai dormi comme ça pour la dernière fois ? Probablement quand j'étais encore chez mes parents. Le soir, elle avait perdu connaissance plus qu'elle ne s'était endormie, en essayant de lire quelques pages du *Faucon maltais*. Et cette fois, rien n'était venu troubler son repos. Depuis qu'ils avaient emménagé dans cet appartement, le moindre bruit suffisait à interrompre son sommeil et à la faire s'agiter dans son lit jusqu'à l'aube, incapable de dormir. Tôt ou tard, elle commençait à ressentir une peur irrationnelle qui la poussait à allumer la lampe et à lire pour échapper à son imagination. Cela se produisait surtout lorsqu'elle était hantée par un cauchemar – toujours le même, toujours interrompu avant la fin, toujours aussi terrifiant. Elle craignait de le rêver un jour jusqu'à son terme.

Mais ce jour-là, ç'avait été différent. Elle se sentait fraîche et reposée comme jamais. Elle était calme. Elle mit le CD des plus grands tubes de Rod Stewart, ouvrit la fenêtre et respira plusieurs fois à pleine poitrine. Elle regarda derrière le rideau qui séparait le canapé du reste de la pièce (créant ainsi un pathétique substitut de chambre à coucher). Robert était assis par terre, le dos appuyé contre le mur. Entre ses jambes, il y avait un carton maculé. Son homme mordait l'extrémité d'un pinceau et regardait par la fenêtre. Il n'avait même pas remarqué qu'elle s'était levée.

— Qu'allons-nous faire de cette journée si bien commencée ? se demanda-t-elle tout bas.

Elle enfonça les oreillers dans le compartiment de rangement de leur clic-clac tout en se déhanchant au son de « Rhythm of My Heart ». Je vais d'abord boire un café, se dit-elle, puis aller chercher quelque chose pour le petit déjeuner. Robert se laissera certainement emmener en promenade dans l'après-midi. Le soir, un bon dîner… Hmm, la vie savait être belle, après tout. Agnieszka voulait que cette journée soit exceptionnellement réussie et que Robert soit heureux et détendu, prêt à entendre la meilleure nouvelle depuis leur rencontre. Mais pour l'instant, laissons-le peindre, pensait-elle. Ses esquisses d'hier étaient certes effrayantes, mais elles étaient aussi sensationnelles. Éveiller une telle angoisse à l'aide d'un simple pinceau, c'était un exploit. Qui sait, peut-être que, d'ici peu, son souci à elle serait de savoir comment s'habiller aux vernissages du Centre d'art moderne Ujazdów, que celui de Robert serait de répondre aux interviews, tandis que leur problème commun serait de décider s'il faisait trop chaud en République dominicaine en juin et s'il ne valait pas mieux s'y rendre en octobre et utiliser les week-ends de juin pour visiter Stockholm.

Elle afficha un sourire radieux. La vie était belle et allait le devenir encore plus.

2.

Agenouillé, il fixait le carton sur lequel il avait tracé la veille quelques lignes au crayon, tard dans la nuit. Pour la énième fois, il se répétait que c'était impossible et improbable. Bien sûr, oui, il pouvait se déconnecter en dessinant, tomber dans un état proche de la transe narcotique, mais il ne lui était encore jamais arrivé de voir son dessin le lendemain et d'estimer que ce n'était pas lui qui l'avait exécuté. Ça n'avait ni queue ni tête. À moins bien évidemment que ce truc ne fût si profondément ancré en lui que, de même qu'il apparaissait dans ses rêves sans qu'il le veuille consciemment, il fût également capable de surgir sur une feuille de papier sans le concours de sa conscience. Cette théorie lui semblait-elle plausible ? Pas le moins du monde.

Hier encore, il avait tenté de s'atteler à l'esquisse de ses deux forces, l'agressivité et la sensibilité. Une fois de plus, il n'était arrivé à rien. Il avait tracé des lignes qui n'aboutissaient à rien, dessiné des figures et des formes qui ne voulaient rien dire. De temps en temps, le résultat était différent – ses croquis d'une cave, par exemple –, quelque chose qui devait apparemment quitter son âme, mais c'était encore des digressions, loin de ce qu'il voulait accomplir. Il ne s'approchait même pas d'un demi-trait de son but.

Et maintenant ceci.

D'abord, il avait fait un étrange cauchemar. Il retournait chez lui, dans sa famille, ou plutôt chez sa mère, en Mazurie. Il ne ressentait nulle angoisse, nulle peur. Il marchait, sautant de pierre en pierre, comme il le faisait après une bonne journée d'école. Il s'écartait de la route principale, traversait une petite forêt et arrivait dans le champ où se trouvait leur « tanière ». Ils l'appelaient ainsi, mais on ne trouvait aucune maison semblable dans aucun village. Lorsque sa mère avait décidé de quitter Varsovie après une déception amoureuse, Robert ayant alors cinq ans, elle avait acheté une banale maison de campagne : deux pièces, un poêle à charbon, le tout en mauvais état. Il avait fallu deux ans pour la remettre dans un état minimal d'utilisation avec les maigres sommes que sa mère gagnait en vendant des peintures et en illustrant des livres, ainsi qu'en dessinant (comme Robert l'avait appris bien plus tard) des bandes dessinées porno qui circulaient sur le marché clandestin. Lorsqu'il faisait chaud, ils dormaient dans une grande tente militaire plantée dans un champ derrière la maison, et en hiver, dans une des pièces dont le toit avait été suffisamment réparé pour ne pas fuir. En réalité, il gardait d'assez bons souvenirs de cette période de nomadisme. Sa mère se souciait beaucoup de lui, essayait de le dédommager des difficultés d'une telle vie, du changement de lieu d'habitation, du nouveau jardin d'enfants où il avait d'abord été rejeté comme un « étranger », qui plus est « de Varsovie ».

Au bout du compte, la construction s'était achevée, ils n'avaient laissé la tente au grenier qu'en guise de souvenir et avaient emménagé dans la maison qui s'était enrichie d'une pièce. En fait, cette pièce était deux fois plus grande que le reste. Ils l'appelèrent « la Salle ». La Salle avait une superficie de soixante-dix mètres carrés et une hauteur de plus de sept mètres à son point le plus haut. Tous les chevrons, les poutres et les planches du toit se trouvaient au-dessus de leurs têtes ; l'absence de plafond et de cloisons donnait à la Salle davantage de volume. La nuit, lorsque l'unique source de lumière était l'énorme cheminée en briques, les ombres noires projetées par les imposantes contrefiches et les chevrons dansaient dans la lumière rouge, et le sommet de la Salle se perdait dans une pénombre d'un noir si goudronneux qu'il était effrayant d'y jeter un œil. Robert préférait souvent dormir dans la Salle plutôt que dans sa chambre et, avant de s'endormir, il fixait l'obscurité, fasciné. Il avait l'impression que cet espace n'était pas vide, qu'un sombre néant y bouillonnait. Il s'imaginait que, lorsque la lumière baissait, le noir descendait en épaisses gouttelettes huileuses, essayant de tomber sur son lit – et se rétractait dès qu'une étincelle jaillissait du feu ou que sa mère allumait une nouvelle bougie. Robert s'allongeait et tentait de s'endormir, savourant la beauté du spectacle, tandis que sa mère, assise dans le coin de la Salle où elle avait son atelier, faisait apparaître sur la toile, par de courts coups de pinceau ou par un jeu de points (il semblait qu'elle n'eût jamais fait une ligne de plus de quelques centimètres de long), un monde de couleurs et de formes qui n'existait pas. L'odeur de la Salle – celle de la térébenthine, des peintures à l'huile, du bois en train de brûler et de la stéarine en train de fondre – était l'odeur de son enfance. Une enfance qui était magique et merveilleuse alors et qui, lorsque sa mère était devenue bizarre, s'était transformée en… Peu importe. C'était de l'histoire ancienne. Il n'y avait pas lieu de raviver de vieilles blessures. Heureusement qu'il s'était débarrassé de cette femme, qu'il était parti à trois cents kilomètres d'elle – à présent, il était libre.

Oui, c'était facile de dire « il n'y avait pas lieu de raviver… ». Et son rêve ? Dedans, il arrivait devant la maison et tout allait encore bien. Il longeait une rangée de tournesols, caressant leurs grosses têtes, et ce n'était qu'à ce moment-là que quelque chose le troublait. Il levait la tête et voyait qu'une épaisse fumée noire s'échappait de la cheminée, celle du foyer de la Salle, on aurait dit que quelqu'un y brûlait des pneus. Il y en avait beaucoup. Elle s'échappait aussi en minces filets par l'interstice sous la porte et s'étalait par terre, insensible aux rafales du vent, entourant les tiges des tournesols et les pieds de Robert.

Il ouvrait la porte, craignant de ne trouver là que des flammes et de la fumée, mais non, le brouillard noir y régnait aussi, flottant sur le plancher, peut-être un peu plus haut que dehors, jusqu'aux genoux. Il criait : « Maman, tu es là ? — Oui, oui, je travaille dans la Salle ! », s'exclamait-elle. Cela le calmait un peu. C'était peut-être normal, pour de la fumée, de serpenter ainsi ?

Il entrait dans la Salle. Les fenêtres étaient fermées. Il n'y avait pas de feu dans la cheminée, mais de nombreuses braises qui jetaient une lueur écarlate et faisaient vibrer l'air. Il faisait si chaud qu'il était à peine possible de respirer. Sa mère peignait en lui tournant le dos, à la lueur d'une bougie. Il remarquait que la source de la fumée n'était pas la cheminée. C'étaient des bougies noires ; elles brûlaient avec une flamme d'un blanc pur et ce « quelque chose » d'obscur descendait en larges panaches et s'accumulait aux pieds de sa mère. Il s'approchait pour regarder le tableau. Celui-ci était étrange. Il représentait un mur sombre, couvert de fenêtres – un peu comme les murs des grands immeubles de la ville voisine de Suwałki. La lumière était allumée à certaines fenêtres, créant l'image lumineuse du visage du *Cri* de Munch. Ce n'était qu'une toile, mais elle était si effrayante que Robert voulait s'enfuir. Bien sûr, il ne pouvait plus faire un geste, comme c'est parfois le cas dans un rêve. En revanche, il s'approchait encore, malgré lui.

Les cheveux blancs de sa mère, toujours longs et bouclés, couvraient son visage. « Viens un instant, je veux te montrer un truc très chouette, disait-elle doucement, sans se retourner. Je suis arrivée à la conclusion qu'il était grand temps de faire un autoportrait. Dommage que je ne l'aie pas fait quand j'étais jeune », ajoutait-elle en ricanant. — Arrête, tu es toujours jeune, affirmait-il, mais sa propre voix lui parvenait comme à travers un mur. — Non, non, je ne suis pas jeune, au contraire, je suis déjà très vieille, si vieille que je devrais être morte depuis de nombreuses années. » Ce n'était qu'à ce moment-là qu'il regardait la main qui tenait le pinceau. Elle était d'une maigreur effrayante, et la peau ridée qui enveloppait les os ressemblait à la surface d'une pomme cuite. Les ongles étaient longs et recourbés, ils s'enfonçaient dans la chair près des pouces. C'était dégoûtant et horrible. Robert voulait crier, mais n'y parvenait pas. Il faisait un autre pas en avant ; alors sa mère remettait le pinceau dont émanait le néant dans le bocal et se tournait vers lui. Il ne voulait pas voir son visage mais ne pouvait pas détourner le regard. Il ne pouvait pas fermer les yeux ni lever la main pour se les arracher. Il aurait fait n'importe quoi pour ne pas la voir. Mais il la voyait. Elle avait le visage d'un cadavre dont les yeux brûlaient d'une lumière blanche.

C'était alors qu'il s'était réveillé.

Il fut tiré de sa rêverie par le bourdonnement de la bouilloire électrique. Il put entendre Agnieszka siffloter une mélodie et le tintement de la cuillère contre les parois de la tasse. Il n'avait même pas remarqué qu'elle s'était levée.

Sa femme s'approcha de lui, une tasse de café à la main. Elle était déjà habillée.

— Bonjour, mon chéri, que veux-tu pour ton petit déjeuner ?

— Et qu'est-ce qu'on a ?

Il était presque midi et il ne s'était même pas rendu compte qu'il avait faim.

— Ce que tu veux. Je file faire les courses à Carrefour, alors tu peux même exiger des calmars marinés si ça te chante. Il suffit de le dire.

Elle semblait d'excellente humeur. Rien d'étonnant, elle n'était probablement pas en proie à des cauchemars.

Et quand, en plus, on dort douze heures d'affilée ! Il se sentit en colère. Pourquoi avait-il tant de mal à accomplir quoi que ce soit ? Pourquoi ne s'épuisait-elle pas autant que lui par ici ? Ne voyait-elle pas à quel point tout cela lui coûtait ? Le travail, la vie de couple, la peinture et dernièrement même le sommeil ? Véritable égoïste, sale truie de campagne ! Elle lui présente son joli minois, mais en réalité, elle le démolit, elle en veut le plus possible pour elle. Pourvu qu'elle soit prise d'une nouvelle attaque dans l'ascenseur, foutue mythomane !

Il s'aperçut que, de rage, il avait serré les mains de toutes ses forces sur ses genoux. Cela lui fit mal. Il regarda ses doigts comme s'ils appartenaient à quelqu'un d'autre. Était-ce lui qui les avait serrés ? N'avait-il pas songé à l'instant à sa femme comme à une étrangère ? Bon sang, il devait être éreinté.

— Quoi ? À Carrefour ? Parfait.

Super, elle serait partie pendant au moins une heure. Il allait prendre une douche et se détendre un peu. Après quoi il serait sans doute pertinent d'aller boire une bière ou de regarder un film au cinéma. Il avait besoin de se changer les idées.

— Achète quelque chose à mettre sur du pain grillé, hein ? On pourrait s'en faire au thon et aux tomates, par exemple. Achète aussi du basilic frais, s'il y en a. Ça fera un brunch léger, idéal. Ensuite, on se fera peut-être une sortie ?

Elle s'approcha de lui et l'embrassa sur les lèvres.

— Volontiers ! Avec grand plaisir. Je reviens dès que possible.

Elle regarda la feuille.

— Tu peins dès le réveil ? Fais voir... Mais c'est la Salle ! Et là, dans le coin, c'est ta mère en train de peindre. Sauf qu'elle n'a pas les cheveux si longs, je crois, si ? C'est pas mal. Et tu as fait vite ! Hier, je ne l'avais pas encore vu.

C'était le bon moment pour tout lui raconter : lui avouer qu'il ne se souvenait pas d'avoir dessiné ça, qu'il avait fait un rêve horrible, qu'il se sentait bizarre, qu'il s'était fait licencier la veille. Lui dire qu'à ce moment précis, il n'était pas bien, qu'il était triste et ne voulait pas qu'elle parte. Il voulait qu'ils s'allongent, qu'elle le prenne dans ses bras et lui répète qu'elle l'aimait et que tout irait bien. Il avait besoin de cela. Il en avait besoin plus que tout – quelque part au fond de lui, il en avait conscience, et ce sentiment refaisait irrésistiblement surface. Il ouvrit la bouche pour tout lui avouer.

— Oh, ce n'est qu'une petite esquisse, une étude, je l'ai commencée hier pendant la journée, c'est juste qu'elle était sous les autres papiers. N'oublie pas les poivrons, d'accord ? J'ai fini les derniers hier.

— D'accord. Pas de problème, répondit-elle.

Il attendait qu'elle lui demande s'il y avait autre chose ou s'il allait bien. Mais elle retourna en cuisine pour poser sa tasse.

— Oh, chérie, encore une chose ! fit-il.

— Oui ?

Il prit une grande inspiration. C'était maintenant ou jamais.

— Fais-moi un café pendant que tu y es, s'il te plaît. J'en veux bien une tasse.

3.

Il avait soif. Non, il n'avait pas soif. Il mourait de soif. Il était incapable de bouger la langue ou d'ouvrir la bouche, il n'avait pas de salive à avaler. Quelqu'un d'autre aurait pu penser que c'était là le symptôme d'une maladie grave, un autre que lui aurait pu paniquer. Mais Wiktor savait qu'il avait simplement une monstrueuse gueule de bois. Il se leva lentement, sans ouvrir les yeux, se dirigea vers le réfrigérateur et en sortit une bouteille d'eau plate.

Il en but la moitié et ce fut qu'à ce moment précis qu'il fut tenté d'ouvrir les paupières. Quelque chose lui fendit le crâne depuis l'intérieur. Il ferma les yeux et retourna au lit, à tâtons, en pressant le récipient en plastique contre sa poitrine.

Il espérait se rendormir.

Pas moyen.

Il s'agita un peu dans son lit, essayant de trouver une bonne position. Une position dans laquelle le sommeil le reprendrait. Cependant, plus il se tortillait, plus il était réveillé, alors il abandonna et décida de se lever. Il s'assit prudemment au bord du lit et se versa le reste de l'eau dans le gosier. Ça allait mieux.

Le temps écoulé depuis l'après-midi de la veille était un trou noir. Il se souvenait seulement d'avoir acheté une bouteille et d'être rentré à la maison avec. Après cela, tout s'était probablement passé comme d'habitude. Il jeta un coup d'œil à la pièce pour évaluer les dégâts de sa nuit perdue. Ce n'était pas pire, ni même aussi mal que ça ne l'avait parfois été. Une bouteille roula sur la moquette, complètement vide, ce qui lui évitait d'être tenté par une nouvelle gorgée. Il ne voyait de vomi nulle part, ni d'excréments dans le lit, donc globalement, la catastrophe avait été évitée.

Il ouvrit la fenêtre. Le soleil, qui ne fut soudain plus filtré par les vitres crasseuses, éclaira directement ses yeux et il faillit en tomber raide mort. Il gémit bruyamment et détourna la tête.

— Douche, café, sandwich, marmonna-t-il en se dirigeant vers la salle de bains.

Tu parles, je me sentais un peu trop bien pour ne pas avoir vomi, pensa-t-il en s'immobilisant devant les toilettes maculées. Il essuya le bord de la cuvette avec du papier hygiénique et tira la chasse d'eau. Comme il s'agissait d'un vieux modèle – avec un plateau –, les toilettes empestaient terriblement ; il ouvrit la porte en grand pour laisser au moins un peu d'air s'échapper avant de se mettre à nettoyer. Il laissa choir ses vêtements au sol, près de la machine à laver, et ouvrit les robinets.

De l'eau s'écoula, suivie par un liquide brun et rouillé, le robinet pouffa plusieurs fois, expectora le reste de son eau, et ce fut tout.

— Assez ! s'écria Wiktor. Vous ne pouviez pas choisir un autre jour pour couper l'eau, bande de rejetons illégitimes de vos mères dévergondées ?

Il tapa de toutes ses forces sur le tuyau. Il vissa et dévissa les robinets à plusieurs reprises, ce qui ne donna évidemment rien. Ne pouvant pas se laver, il se sentit encore plus sale que l'instant d'avant. Il eut l'impression d'être poisseux, malodorant, et fut persuadé que la seule chose qui lui manquait pour atteindre le confort, c'était un peu d'eau.

Rien ne coulait non plus dans la cuisine, mais le robinet y joua sa mélodie sautillante un chouïa plus longtemps. Par chance, le frigo contenait encore deux bouteilles d'eau minérale. Wiktor s'en empara et tenta d'imaginer une manière de se laver avec trois litres d'eau. Finalement, lâchant un grand soupir, il entra dans la baignoire avec ses deux bouteilles. D'abord, il mouilla une serviette et s'essuya le corps, puis il se savonna, avant de se rincer de la même manière, c'est-à-dire qu'il ôta la mousse savonneuse avec sa serviette plutôt que de la rincer. Le reste de son eau glacée, il se la versa sur la tête. Avec une deuxième serviette, il se sécha, tout en lançant les pires jurons qui lui venaient à l'esprit.

« La douche », c'était fait. Maintenant, le petit déjeuner. Il mit du café instantané dans une tasse, retira la bouilloire de la cuisinière et la plaça sous le robinet. Il resta ainsi un moment avant de comprendre qu'il n'y avait pas d'eau non plus au robinet et qu'il avait utilisé le reste de celle en bouteille pour se rincer les pieds, et il commença à rire si fort qu'il dut s'asseoir. Espérant un miracle, il regarda de nouveau dans le réfrigérateur (peut-être existait-il des frigos à remplissage automatique, comme une corne d'abondance ?), mais en termes de liquides, il ne possédait plus que deux briques de jus d'orange. En revanche, il y avait un conteneur à glaçons dans le congélateur. Il arracha patiemment la glace du récipient, la brisa et l'enfonça dans la bouilloire par le bec verseur. Au bout d'un moment, très fier de lui, il mit enfin de l'eau à chauffer.

Quelques minutes plus tard, il était assis à son bureau avec deux sandwichs au fromage et une tasse de café. Il alluma son ordinateur.

Massacré par l'alcool, son estomac réagit brutalement au traitement infligé par le café fort. Wiktor se précipita aux toilettes et, cette fois, se souvenant qu'il était privé d'eau, il fut très loin d'en rire. Cependant, il fut aussi plus prompt à imaginer ce qu'il fallait faire. Il versa ses deux litres de jus d'orange dans une bassine et en rinça la cuvette.

— Voilà ! dit-il en abaissant le couvercle avec fracas. Une véritable école de survie, putain ! Rien de tel que de vivre dans une grande agglomération et de profiter au quotidien des bienfaits de la civilisation.

Il termina son petit déjeuner et ouvrit un nouveau document sur son ordinateur. Il voulait faire un plan pour son texte sur les cités en béton avant de collecter les témoignages. L'ordinateur indiqua onze heures moins le quart. C'est parfait, pensa-t-il, je vais travailler jusqu'à deux heures, puis j'irai chercher quelque chose pour le déjeuner et j'achèterai une réserve d'eau. Fabuleux.

Une demi-heure s'était écoulée et l'écran était toujours aussi blanc, seul le cendrier à côté du clavier s'était rempli.

Eh bien, monsieur Sukiennik, espèce de sale paresseux, écris n'importe quoi, mais arrête de fixer cet écran. Tu sais qu'une fois que tu seras lancé, le reste coulera de source.

Il pianota :

N'importe quoi

Il tambourina un instant des doigts sur le plateau du bureau, puis continua à tapoter :

Bah voilà tu vois c'est du joli n'importe quoi, allez vas-y enchaîne, hip hip hip houra, tralala, on écrit Wiktor sans s'arrêter sinon on n'écrira rien, bla bla bla, la moustache du chat, riki tiki bara bara, la salope de vodka, il n'y a rien qui me vient à l'esprit, bloqué, bloqué, bloqué, porcinet et kéké, vas-y quoi, voulez-vous coucher avec moi

Il s'interrompit. Cette méthode fonctionnait parfois, mais pas toujours. Néanmoins, il continua :

à moins qu'il ne faille commencer avec plus de sens, réfléchis à la manière d'écrire sur les immeubles d'habitation pour que ce soit frais, pour ne pas faire parler un psychologue, ni du hip-hop, ni des zonards, ni des ivrognes, parce que tout cela a été traité sur des millions de pages, pour ne pas parler des pathologies, mais d'un quotidien ordinaire, de l'enfermement, des aliénations et du fait que comment est-il possible qu'il y ait tant d'espace dans le monde et qu'ici, où que l'on regarde, il y a quelqu'un derrière le mur ?

Il marqua une nouvelle pause. Cela commençait à prendre forme. Il effaça tout ce qu'il venait d'écrire et dressa une liste en plusieurs points :

1. *imagine un immeuble dont les murs et les plafonds sont en verre*
2. *montre des exemples réels de gens vivant dans un tel bâtiment, ça peut être le tien, mais pas nécessairement*
3. *les déclarations des sages ennuyeux (sociologue, psychologue, éducateur, prêtre, policier) à encadrer ; toi, concentre-toi sur les histoires*
4.

Aucun quatre ne lui venait. Au lieu de cela, il lui vint à l'esprit de vérifier son courrier.

Oulà, oulà, monsieur Sukiennik, vous étiez censé travailler jusqu'à quatorze heures, et il n'est même pas encore midi !

Bon d'accord, mais ça ne prend qu'une minute, se dédouana-t-il avant de se connecter à Internet. Il n'y avait rien dans sa boîte mail, si ce n'est un message indésirable lui suggérant de voir comment une mère s'amusait avec sa fille. Il le supprima. Il décida qu'il travaillerait jusqu'à deux heures dix pour compenser, mais qu'il regarderait avant – vu qu'il était de toute façon connecté – s'il y avait des nouveautés dans la librairie en ligne Czarnoksiężnik. Lorsque les premiers éléments du site apparurent, il cliqua sur « Stop ».

Pourquoi n'y avait-il pas pensé plus tôt ? Weronika, où qu'elle travaille, avait sans doute une adresse électronique, contribuait comme d'habitude aux groupes de discussion, aux forums, peut-être que certaines de ses publications apparaîtraient aussi. C'était le moyen le plus simple de la retrouver !

Il tapa « Weronika Sukiennik Barbarska » dans le champ de recherche (il n'était pas exclu qu'elle utilise son nom de jeune fille). Il ajouta « veraikon », un pseudo qu'elle choisissait souvent.

Il appuya sur la touche « Entrée ».

« Impossible d'ouvrir la page demandée… »

Il jura. Quelle journée ! Qu'est-ce qui va encore se passer ? Il cliqua sur « Retour », mais le même message apparut. Il ne pouvait charger aucune page. Il jeta un coup d'œil au coin de l'écran. Pas étonnant qu'il n'y arrive pas, puisqu'il avait été déconnecté. Lorsque « la connexion à l'ordinateur distant » échoua à plusieurs reprises, il laissa tomber, considérant qu'Internet avait planté. Dieu soit loué, cela n'arrivait plus aussi souvent qu'avant, mais l'accès n'était toujours pas sensationnel.

Pour s'en assurer, il décrocha son téléphone. La ligne était silencieuse. Il rappuya plusieurs fois sur la touche. Rien.

Il se leva de son bureau et s'effondra sur son lit. Il avait l'impression d'avoir transporté une tonne de charbon sur le dos.

Récapitulons, se dit-il. Pas d'eau, pas de nourriture, pas de boisson, la ligne téléphonique est morte. Pas de bonnes idées non plus, mais tu as toujours mal à la tête. Tu étais censé travailler jusqu'à deux heures (ou même deux heures dix), mais il faut être flexible. Maintenant, tu vas te promener, faire quelques courses, te dégourdir les jambes et t'aérer la tête, mais tu vas travailler ce soir à la place. D'accord ?

Wiktor fut volontiers d'accord avec lui-même, s'habilla et partit.

4.

Depuis quelques semaines, Kamil profitait de sa privation de sortie pour se dérober à son devoir de corvées. Il pratiquait une sorte de grève à l'italienne. Il estimait tout bonnement que cette interdiction était absolue.

Il ne sortait pas les poubelles, ne faisait pas les courses, ne faisait pas « un saut pour acheter une binouze » quand son père oubliait d'en rapporter. Quand ses vieux se montraient insistants, il répondait : « OK, j'y vais, mais je vais aussi faire un tour à la librairie en passant. » Cela provoquait aussitôt un esclandre (« Comment ça, à la librairie ? Tu as oublié notre accord ?! » Bla, bla, bla...), et il finissait par avoir gain de cause. S'ils la jouaient ainsi, il allait faire pareil. C'était un peu puéril, mais par moments, cette guerre de tranchées était son seul divertissement, alors il la savourait, inventant sans cesse de nouveaux motifs de conflit.

Mais ce jour-là, il en avait assez. Le temps était splendide : on assistait à une curieuse percée du soleil dans la muraille grise qui recouvrait d'ordinaire la Pologne d'octobre à avril. Debout sur le balcon, appuyé à la balustrade, il avait l'impression que le monde entier avait quitté ses appartements lugubres aux plafonds trop bas. Certes, le lendemain était le dernier jour de sa punition, alors le lundi, il ne reviendrait certainement pas à la maison avant minuit, mais le lundi pourrait être gris, humide et automnal à la mazovienne, comme chaque année pour la Fête de l'indépendance.

Alors, il fit les cent pas dans la cuisine, se plaignant de ce qui manquait pour le petit déjeuner ou de ce qui manquait en général, demandant pourquoi ils devraient manger du pain de la veille (qui était donc en réalité de l'avant-veille) s'ils pouvaient en manger du frais, pourquoi il n'y avait pas de tomates pour les sandwichs, on aurait des hémorroïdes à cause du manque de vitamines, et ainsi de suite. Finalement, sa mère, exaspérée, lui cria de la laisser tranquille, d'aller chercher du pain et des tomates lui-même s'il les voulait tant et, de préférence, de ne pas revenir avant une bonne heure.

Elle n'eut pas le temps d'achever sa phrase et son père, qui se brossait les dents dans la salle de bains, n'eut pas le temps de protester que Kamil était déjà dans le couloir. Il ouvrit la grille et descendit l'escalier en sautillant.

5.

Dans un instant, Agnieszka, Kamil et Wiktor – les principaux protagonistes des événements qui se sont déroulés au cours des jours suivants (ou plutôt, les principaux protagonistes positifs) – se retrouveraient en bas devant une porte fermée. À cette époque, je ne connaissais personnellement aucun d'entre eux, mais j'ai senti que le moment où quelqu'un allait frapper à ma porte et me lancer : « Qu'est-ce qui se passe ici, bordel ? » n'arriverait pas dans des mois, ni même des jours, mais dans quelques heures. C'était inévitable. Je me demandais ce que j'allais leur dire. Étaient-ils prêts à entendre la vérité ? Voudraient-ils l'écouter ?

J'ai longtemps hésité, jusqu'à ce que je me rende compte que nous avions été conduits par des mensonges et des sous-entendus dans un endroit trop sombre pour nous permettre de mentir encore. Seule la vérité pouvait apporter la libération à ceux qui la désiraient vraiment. Et ceux-là – du moins le croyais-je – étaient majoritaires, d'un côté comme de l'autre.

6.

La voisine du huitième des Łazarek, celle qui avait prêté à Agnieszka la clé de la cave, était assise immobile dans un profond fauteuil près de la fenêtre. Elle avait l'impression de n'avoir jamais été aussi liée à une personne vivante qu'à ce meuble. Les accoudoirs recouverts de mousse lui semblaient des prothèses de ses bras et l'appui-tête son meilleur ami, un ami qui lui caressait affectueusement le crâne. Les années de solitude l'avaient rendue bizarre, et elle ne se sentait en sécurité nulle part en dehors de son fauteuil. Chaque fois qu'elle quittait l'espace où régnait la tapisserie vermillon, ses mains tremblaient, ses jambes se ramollissaient et son cœur battait la chamade. Elle se disait « c'est la vieillesse », mais c'était autre chose.

C'était dans ce fauteuil qu'elle s'asseyait sur les genoux de sa mère, à une époque où personne n'avait encore entendu parler d'endroits où les gens vivaient en dessous de vous, au-dessus de vous et à côté de vous. C'était près de ce meuble qu'elle s'agenouillait aux pieds de sa grand-mère, regardant ses mains tricoter des pulls, des écharpes et des bonnets de laine. C'était sur ce fauteuil que son père blessé s'était écroulé, et elle se souvenait que, incapable de prononcer un mot, il s'était alors contenté de la regarder avec amour avant de mourir l'instant d'après. Elle-même y buvait du thé lorsqu'elle avait perdu les eaux, et c'était encore là qu'elle était assise quand son mari fut terrassé par un infarctus dans la cuisine. Parfois, elle pensait que ce meuble se souvenait de trop d'émotions et qu'elle lui appartenait plus qu'il ne lui appartenait. Elle aurait dû s'en débarrasser depuis longtemps, il y avait des décennies, mais elle ne le souhaitait pas – et elle ne voulait pas admettre qu'elle était sa prisonnière.

À présent, cela faisait des heures, certainement depuis la veille au soir, qu'elle était assise dedans, immobile, sans avoir fermé l'œil, et qu'elle écoutait. Lorsqu'une voix joyeuse se fit entendre dans le couloir en lançant : « Bon, à plus ! Je reviens dans une heure », suivi d'un claquement de porte et du bruit de jeunes pieds dévalant l'escalier, elle poussa un soupir de soulagement. Le dénouement approchait et – qui sait – peut-être même qu'elle parviendrait à se libérer enfin de la tapisserie couleur vermillon.

Jarek Kwaśniewski, un habitant âgé de vingt-huit ans et vivant à l'étage le plus élevé, c'est-à-dire le dixième, fixait la ligne d'horizon du quartier Bródno et se réjouissait de pouvoir enfin mener à bien son expérience. Il avait accumulé des provisions pour cinq jours ou plus. La veille, il avait jeté dans le vide-ordures les câbles de son téléphone, de sa télévision et de son ordinateur. Il avait envoyé un jeu de clés par coursier à un de ses meilleurs amis, en précisant bien que le colis ne devait pas être livré avant mercredi, puis il avait verrouillé toutes les serrures de sa porte d'entrée avec le deuxième jeu, avant de détruire les clés à l'aide d'une lime métallique.

Il ne pourrait sortir d'ici avant mercredi, il ne pourrait ni téléphoner, ni envoyer de mail, ni avoir un quelconque contact avec le monde extérieur. Cinq jours entiers pour méditer, travailler sur lui-même et faire la confession d'une vie. Soit il deviendrait fou, soit il renaîtrait. Il espérait sincèrement que ça serait la deuxième possibilité.

Paulina, mère célibataire d'une fille de sept ans, vivant au sixième étage, se débattait avec le robinet de la baignoire. Le vieux machin avait la désagréable habitude de lancer des jets d'eau glacée ou bouillante, mais tout ce qu'il y avait entre les deux, pas forcément. Lorsque Paulina réussit à le convaincre de sa vision de la température idéale, elle versa un peu de liquide pour le bain pour enfant dans la baignoire (la bouteille avait la forme d'un bonhomme de neige) et appela Anna. La petite se précipita dans la salle de bains avec une brassée de jouets et sauta dans l'eau.

— Tu vas rester avec moi ? demanda-t-elle.

— Je ne peux pas, il faut que j'appelle quelqu'un, répondit Paulina en voyant la déception de sa fille.

— Alors apporte-moi au moins la radio pour que je puisse écouter de la musique.

— OK, qu'est-ce que tu veux ?

— De la disco...

— Hors de question.

— Le Porcelet, alors...

Elle vérifia de nouveau la température de l'eau et apporta une petite radio-CD rose. Elle la brancha dans la prise près du miroir, appuya sur « Play », lança à Anna un regard signifiant « Pas de folies, chérie », et quitta la salle de bains. Le poste diffusa une chanson qui assurait qu'il suffisait de « quelques amis et d'un ou deux bâtons » pour construire une maison. Dommage que les choses ne soient pas si simples, pensa Paulina en allumant une cigarette avant de prendre le téléphone pour entamer une nouvelle négociation avec son ex-mari.

C'était occupé.

Elle entendit des éclaboussures. Que fichait donc cette enfant ? Elle coupa le son de la télévision (un des cuisiniers star de la nation animait son programme depuis la Jamaïque – ça, c'était une vie !) pour mieux entendre les bruits qui venaient de la salle de bains.

Elle composa une nouvelle fois le numéro.

Elle entendit d'autres éclaboussures, Anna poussa un cri bref, la télévision et la lumière s'éteignirent, l'air se chargea d'une odeur d'ozone. Paulina se retrouva instantanément dans une salle de bains sombre. La radio pour enfants flottait à la surface de l'eau et projetait des étincelles. Paulina se sentit mourir. Elle eut peur de plonger les bras dans l'eau, peur de tirer de là le cadavre de sa fille. Elle cria lorsqu'une chose mouillée saisit sa main.

— Maman…

Anna se tenait à côté d'elle, dégoulinante, un ourson en caoutchouc à la main.

— Maman, ce n'est pas ma faute, je te jure. Je suis sortie du bain parce que Nounours était tombé, et ce n'est pas drôle sans lui, et je voulais y retourner quand j'ai vu cette radio basculer, mais je ne l'ai vraiment pas touchée, maman, je te le jure. Tu crois qu'elle est cassée, maintenant ?

Marianna et Witold Dobrzyński étaient allongés côte à côte dans leur lit en se tenant par la main. Ils avaient vécu ensemble plus de choses que quiconque aurait souhaité en vivre. Ils ne le disaient pas à haute voix, mais le seul sentiment qu'ils n'avaient pas partagé était celui de la mort. Ils l'avaient déjà attendue pendant de nombreuses années, devenant encore plus inséparables. Ils craignaient qu'elle ne les rattrape lorsqu'ils seraient seuls. Mais la mort ne venait pas. Ils ne le disaient pas à haute voix, mais ils craignaient que la Faucheuse n'attende délibérément le moment où ils seraient séparés, alors ils s'accrochaient encore plus fort l'un à l'autre. À présent, allongés côte à côte, ils n'avaient plus besoin de dire quoi que ce soit à haute voix, car ils le sentaient parfaitement : la mort était proche, il suffisait de ne pas se lâcher la main.

Ce samedi-là, les appartements vacants – et ils étaient nombreux dans cet immeuble – étaient devenus encore plus vides et plus froids que d'habitude. Dans un deux pièces du rez-de-chaussée, les tuyaux de l'évier jouèrent une sorte de mélodie, le robinet en plastique standard tremblait comme un homme essayant en vain de vomir, avant de finalement laisser échapper de son trou un flot de fumée noire et épaisse. Celle-ci était en tout point identique à celle qui, dans le rêve de Robert, s'échappait des bougies noires qui éclairaient l'atelier de sa mère. Cette chair parfaitement noire avala la lumière de l'appartement abandonné, couvrit le sol et grimpa sur les murs, nappant en peu de temps le plafond et les fenêtres de ténèbres. Ensuite, elle se mit à la recherche de fissures, de tuyaux, de câbles ou de bouches d'aération pour errer plus loin.

7.

Tous deux observaient la jeune femme tenter pour la énième fois de bouger la porte, cette fois en tirant simultanément la poignée vers le bas et en la poussant avec son épaule. Dans sa férocité, elle était exquise – Wiktor pensa involontairement qu'il n'avait pas eu de femme depuis sa séparation avec Weronika. Et jusqu'à ce jour-là, avant de voir cette jolie blonde en pull moulant se débattre avec la porte, il n'en avait pas ressenti le besoin.

— Ma chère, commença-t-il calmement, la porte est cassée et le reste de la clé qui la fermait est coincé dans la serrure. Vous ne l'ouvrirez pas.

— Qu'est-ce que vous en savez ? rétorqua-t-elle en haletant. Vous avez essayé de l'enlever de ses gonds ?

Wiktor soupira bruyamment et leva les yeux vers le plafond sale.

— Pendant un quart d'heure avant que vous n'arriviez. Kamil et moi avons en quelque sorte tout essayé, dit-il en regardant le garçon qui se tenait à côté de lui pour lui signifier de se joindre à la conversation.

— Ouais, absolument tout, confirma Kamil avec empressement. Ça ne sert à rien.

— La morale de cette histoire, dit-elle en lâchant enfin la porte, c'est que vous êtes des bras cassés et pas des serruriers. Demandez au concierge d'ouvrir et, moi, je vais sortir par la fenêtre du premier étage.

Elle prit son sac à main et se précipita vers l'escalier.

Kamil se dirigea vers la porte et appuya son front contre la vitre en signe de résignation.

— C'est tout bonnement pas croyable, dit-il à la vitre. Je peux enfin aller quelque part, juste comme ça, tout seul, sans mon paternel dans la voiture, et quoi ? c'est fermé.

— Qu'est-ce que tu veux dire par « sans mon paternel dans la voiture » ? Quand tu veux traverser la rue, tu attends qu'un adulte passe ? le taquina Wiktor, incapable retenir sa remarque caustique.

— Je ne suis pas obligé de te répondre, mec, parce que je vois bien que t'as mangé du clown au p'tit déj, mais je vais quand même le faire. Je suis privé de sortie depuis un mois, je ne vais qu'au bahut où mon père m'emmène et dont il me ramène. En dehors de ça, je ne sors que pour aller travailler au bureau de mon père, et là aussi, c'est lui qui me conduit. Pigé ?

— Tu n'es pas un peu trop vieux, pour ce genre de petits jeux ?

— Putain, mec. Et toi, tu n'es pas trop vieux, pour gerber dans les couloirs, pour te balader dans un futal trempé de pisse et pour puer dans l'ascenseur comme de la merde de chien ?

Wiktor ouvrit la bouche pour une nouvelle réplique mais entendit les chaussures d'Agnieszka qui tapaient les marches et décida qu'il valait mieux en rester là.

— D'accord, un partout, balle au centre, marmonna-t-il simplement.

La jeune femme émergea de la cage d'escalier, manifestement déroutée.

— Je n'y comprends rien, dit-elle, on ne peut pas non plus ouvrir la fenêtre du premier. Je ne sais pas, je suis peut-être trop faible…

— Je vais essayer, déclara Kamil, et il fila en courant vers les étages tandis qu'Agnieszka restait près de Wiktor.

Elle alluma une cigarette et regarda avec envie le monde éclairé par un soleil automnal derrière la fenêtre.

— Une chose est sûre. Je déménage d'ici au plus vite.

— C'est-à-dire dès qu'on aura pu sortir ?

— Très drôle. Il se passe trop de choses bizarres, dans cette tour. Robert, mon mari, avait raison lorsqu'il disait que cet appartement était étrangement bon marché. Peut-être que si j'étais originaire de Varsovie et que je lisais les journaux locaux, j'aurais su qu'il fallait garder ses distances.

— Si ça peut vous consoler…

— Agnieszka. On peut se tutoyer.

— Wiktor. Si ça peut te consoler, je suis originaire de Varsovie, je lis régulièrement les journaux locaux et je n'ai pas vu passer d'articles choquants sur un immeuble hanté.

Même si, il faut l'admettre, on pourrait en écrire plus d'un. Ce dernier incident n'est pas le premier.

Agnieszka se tourna brusquement vers lui.

— Il y a eu un incendie ? Quelqu'un a brûlé ?

— Euh, non... du moins pas à ma connaissance. Il y a certes eu un incendie, un petit, la locataire a paniqué et a sauté du balcon. Mais personne n'a brûlé. Et d'où t'est venue une idée pareille ?

Elle tira une bouffée de sa cigarette et chercha un cendrier, avant de laisser tomber le mégot par terre et de le piétiner. Wiktor ne manqua pas de remarquer que sa cuisse se tendait joliment dans son legging.

— J'ai eu d'étranges visions, avoua-t-elle à contrecœur. J'ai aussi fait des cauchemars, je ne veux pas en parler... Qu'est-ce qui t'arrive ?

Wiktor sentit le sang quitter son visage et sa nuque se durcir tel un bloc de béton armé. Ses mains s'engourdirent et sa gorge devint sèche. Il eut du mal à se maîtriser.

— Ce n'est rien, c'est juste que je n'aime pas quand on parle de mauvais rêves, je ne dors pas bien moi-même.

Pendant un moment, ils ne dirent rien, se contentant de se regarder dans les yeux, unis par le souvenir de leurs visions nocturnes, chacun les siennes, et le sentiment soudain que quelque chose pourrait vraiment ne pas tourner rond dans cette tour. Wiktor pensa aussi que ce Robert était un veinard. La jeune femme n'était pas d'une beauté sculpturale, mais elle avait un petit truc. Et ces lèvres – un peu trop grandes par rapport au reste de son visage – très sexy. Je me demande ce qu'elle voit, elle, se dit-il. Le visage abîmé d'un homme de quinze ans son aîné ? Des poches d'alcoolique sous les yeux ? Des cheveux mal coupés et encore sales parce qu'il avait manqué d'eau pour bien les laver ? Malgré tout, il sentit que le courant était passé entre eux. Ou alors, serait-il arrivé à un âge où on ressent du « courant » à côté de chaque corps ferme ?

Ce moment vaguement intime fut interrompu par Kamil.

— C'est mort, c'est vraiment impossible à ouvrir. Vous savez où habite le concierge ? Je ne suis jamais allé chez lui.

Agnieszka secoua la tête et quitta Wiktor des yeux.

— Moi encore moins. Je vous laisse, messieurs, et je remonte chez moi. J'ai juste une requête, frappez à notre appart, au cinquante-quatre, quand ça sera ouvert, OK ?

Tu ferais mieux de frapper à ma porte, pensa Wiktor, il n'y a aucun Robert chez moi. Mais à haute voix, il dit :

— OK. On va venir toquer. Le concierge habite quelque part au rez-de-chaussée, au numéro cinq ou au six. C'est marqué sur la porte à l'extérieur, dit-il en riant, et il fit un signe de tête à Kamil. Allez, petit, viens, je comprends que tu ne veuilles pas remonter chez toi.

— Eh bien non, en effet, et d'ailleurs, il faudrait engueuler ce concierge. Je pensais qu'ils avaient nettoyé ce hall mieux que ça, dit-il en désignant une partie du sol sous les boîtes aux lettres où l'on voyait un filet de sang séché.

Agnieszka se précipita vers les étages.

8.

Rez-de-chaussée, appartement 5. Le 9 novembre 2002, à 12 h 30.

[sonnerie]

[sonnerie]

Homme 1 : Peut-être que ça ne marche pas, frappe.

[tapotement]

[tapotement]

Homme 2 : Qui est là ?

Homme 3 : Wiktor Sukiennik, du sixième, nous avons un problème avec la porte d'entrée. Quelqu'un l'a fermée et a cassé la clé dedans. Impossible de l'ouvrir.

[porte]

Homme 2 : Laquelle ?

Homme 3 : Bah je viens vous le dire, celle de l'entrée.

Homme 2 : Ça sera réparé lundi.

Homme 3 : Vous avez perdu la tête ? Vous voulez qu'on reste enfermés tout le week-end ? Et si quelqu'un a une crise cardiaque, que direz-vous ? Que l'ambulance revienne le lundi ? En plus, ce lundi est férié. On ne pourra acheter ni du pain, ni un journal, ni une bouteille…

Homme 2 : Aaaah, voilà. C'est là que le bât blesse.

Homme 3 : Écoute-moi bien, cerbère, fais en sorte que cette porte s'ouvre, ou je vais en casser les vitres avec ta sale caboche, pigé ?

Homme 2 : Calmez-vous, monsieur. Où est-ce que je vais vous trouver quelqu'un du syndic un samedi ?

Homme 1 : Vous pouvez le faire à titre privé, il y a des entreprises qui ouvrent tout.

Homme 2 : Si vous êtes si malin, jeune homme, vous allez les payer de votre poche ? Vous croyez que c'est gratuit, ce genre de services ? Cent balles au bas mot, et moi, je touche sept cents net par mois. Qui va me rembourser par la suite, hein ?

Homme 3 : Alors qu'allez-vous faire ?

Homme 2 : Tout d'abord, je vais m'y mettre sans nervosité inutile. Il y a des astreintes au syndic, quelqu'un viendra, mais ne me dites pas « pour tout de suite » et ne me dites pas « et que ça saute ». D'ici à ce soir, ce sera fait.

Homme 1 : Fabuleux, tout simplement fabuleux…

Homme 3 : D'accord, vous avez en quelque sorte jusqu'à dix-sept heures. Après quoi, je viens vous rendre visite.

Homme 2 : Mais oui, mais oui, je tremble de peur. Et c'est surtout ce « en quelque sorte » qui me terrifie. À quoi bon tout ce cirque, d'abord ? C'est le week-end, il faut rester à la maison, se détendre un peu. Małysz va concourir pour une médaille dans une minute. Et il fait un froid glacial dehors, même s'il fait sec, pour citer un classique, et les nuages seront de retour dans un instant. Un chez-soi, ça sert à rester dedans. Si vous n'aimez pas, allez vivre à la campagne, si la ville vous rebute, je n'y vois pas d'inconvénient. Sortir et rentrer, en voilà, des voyageurs… qu'ils fassent une émission télé sur vous, les globe-trotters…

Homme 3 : D'accord, c'est bon, là, c'est fini ? On peut sortir par la fenêtre, chez vous ?

Homme 2 : Non, il y a des barreaux.

Homme 1 : Les grilles ne s'ouvrent pas ?

Homme 2 : Eh bien non, c'est soudé à mort. Du coup, je vous dis au revoir, messieurs.

Homme 3 : On se voit à cinq heures, rappelez-vous.

[porte]

Homme 1 : Incroyable.

Homme 3 : Incroyable. Tu as un ordinateur avec une imprimante ?

Homme 1 : Bien sûr.

Homme 3 : Écris qu'il y a une panne et que la porte sera ouverte à dix-sept heures au plus tard pour que les gens ne pètent pas un câble, d'accord ?

Homme 1 : Ouais.

Homme 3 : Je vais essayer de sauter d'un balcon du rez-de-chaussée ou du premier, je n'ai pas l'intention de rester coincé ici comme un con.

Homme 1 : Je pense qu'il y a des barreaux partout.

Homme 3 : Au premier étage aussi ? Qu'est-ce qu'ils ont, ces gens, ils ont perdu les pédales ?

Homme 1 : Eh bien non, c'est même logique. Comme ceux du rez-de-chaussée ont foutu des grilles, il est facile de les escalader, donc ceux du premier en ont mis aussi. D'ailleurs, presque tous ceux du deuxième étage en ont, et même un gars du troisième. Ça fait flipper, hein ?

Homme 3 : Je vais quand même y aller. Peut-être qu'elles s'ouvrent chez quelqu'un au premier.

Homme 1 : Bonne chance, si tu y arrives, passe me voir. Au trente-deux.

Homme 3 : Ça marche.

9.

Il mit de côté tous les croquis, les études, les travaux hors sujet, ainsi que ce foutu dessin de la Salle qui n'avait pas été fait de sa main, et les recouvrit de journaux. Il étala du papier d'emballage neuf au sol et une feuille de carton propre par-dessus. Il s'agenouilla, appuya son front sur le papier et ferma les yeux. Il respira profondément à plusieurs reprises.

Les émotions, se dit-il, n'oublie pas que la vérité se trouve dans les émotions. Ne cherche pas de solutions raisonnées, n'essaie pas de composer ton idée comme un puzzle, la vérité n'est pas un Rubik's Cube. Tu as une image – une fenêtre sur la vérité –, et dans la fenêtre, tu vois deux éléments qui forment une seule force. Ou une seule faiblesse. Mais ils devraient constituer une force. L'agression devrait-elle être une sorte de protection ? Non, ça n'a aucun sens, la force motrice ne peut pas être passive. D'ailleurs, tu étais censé ne pas trop cogiter. D'abord, l'agressivité – elle est si juteuse. Réfléchis à ce qui te fout vraiment en rogne, à ce que tu détestes le plus.

Agnieszka.

Non, c'est absurde, c'est la plus adorable des créatures de ce monde, et en plus, elle a ces lèvres…

Elle te perturbe, tu le sais bien, aucune idée ne te vient en tête parce qu'elle aspire tes émotions, elle fait de toi un eunuque affectif, elle te castre avec ses lèvres charnues. C'est à cause d'elle que tu es aussi vide qu'une casserole trouée.

Robert redressa la tête et se leva. Il prit une gorgée d'eau et commença à faire les cent pas pour se calmer. Une fois de plus, un truc lui écrasait la poitrine. Peut-être que les choses marchaient moyennement entre eux, ces derniers temps, certainement beaucoup moins bien qu'avant leur départ d'Olecko, mais ce n'était pas encore une raison pour faire d'elle à la fois un bouc émissaire et un bourreau.

Essaie.

En fait, pourquoi pas ? Imaginer n'est pas pécher, on peut penser à tout – c'est ce que sa mère lui disait toujours. C'est à cela que sert la tête, à pouvoir réfléchir à ce que l'on veut. Ce n'est pas parce que tu imagines la mort de quelqu'un que tu es un meurtrier. Il s'accroupit devant le papier à dessin, esquissa rapidement l'ovale du visage d'Agnieszka, ses cheveux, sa grande bouche légèrement entrouverte, provocante.

Prête à t'aspirer.

Il s'empara des tubes de peinture. Il peignit les yeux : grands, noirs, sans pupilles, deux petits tonneaux de goudron, zyeutant de façon inquiétante sous les paupières. Et la bouche. Rouge, beaucoup de rouge foncé, comme si elle avait bu du sang trop avidement – le rouge déborde autour de ses lèvres et coule le long de la feuille pour former une petite flaque sur le papier brun, les coins de sa bouche se soulèvent légèrement en une grimace qui ressemble à peine à un sourire.

On voit enfin son vrai visage, hein ?

Il venait de peindre un démon. Il jeta le pinceau avec dégoût et regarda le portrait de la sorcière. Non, non, non, ce n'est pas la bonne direction, ce n'est pas ça, ce n'est pas l'objectif !

Qu'est-ce que ça peut te faire ? Ce n'est qu'un dessin, allez, peins !

— Ne me donne pas d'ordres ! cria-t-il à la voix dans sa tête au moment où il entendit le grincement de la serrure.

Il froissa vigoureusement le morceau de papier et le balança dans le coin des poubelles.

Tu étais censée disparaître de ma vue pendant une heure.

— Qu'est-ce qui se passe ? Tu étais censée faire des courses.

Agnieszka laissa choir son sac à main et, sans enlever ses chaussures, traversa le tapis de papiers pour s'asseoir sur le canapé.

— Tu ne vas pas y croire. On ne peut pas quitter ce satané immeuble.

— Que... Quoi ?

— La porte d'entrée est fermée et ne s'ouvre plus. J'ai voulu sortir par la fenêtre à l'étage, mais elle est fermée aussi. C'est fou. Les voisins doivent s'arranger avec le concierge pour qu'il ouvre cette foutue porte.

— Quelqu'un a-t-il tenté de briser une vitre ?

— Non, mais relax, on peut rester chez nous quelques heures, on n'est pas tout de suite obligés de démolir les parties communes. En plus, une fenêtre est déjà cassée, mais trop petite pour sortir par là, malheureusement.

Maintenant, elle va te tenir la jambe, elle l'a fait exprès.

— Tu ne peux donc pas aller faire tes courses ? demanda lentement Robert.

— Bingo, tu es un génie. Le brunch somptueux tombe à l'eau, mais je peux te préparer des sandwichs.

Elle enleva son pull en le passant par-dessus sa tête et le jeta dans l'armoire avant d'aller dans la cuisine.

— Et tu ne pourrais pas aller te promener ?

Le fredonnement se tut. Agnieszka sortit la tête de la cuisine et le regarda comme un veau à deux têtes.

— Et où pourrais-je aller me promener, d'après toi ? Du côté du vide-ordures ou dans l'escalier, à moins qu'il ne me faille faire des allers-retours en ascenseur ? T'es dingue, ou quoi ?

Elle se moque de toi.

— Ne t'énerve pas. Je pensais que je pourrais peindre tranquillement pendant un moment, dit Robert, et dès la moitié de sa phrase, il vit que ce n'avait pas été une bonne idée.

Sa femme devint toute rouge

comme tu l'as peinte

et elle fondit sur lui, lèvres scellées.

— Cher ami, articula-t-elle très lentement, si tu es un si grand artiste, si tu as tant besoin de liberté, de temps et d'espace, je vais te donner un bon conseil. Aie les couilles de travailler la nuit, gagne de l'argent, loue un atelier et peins-y autant que ça te chante. Gagne de l'argent, tu comprends ce concept ? Attends, je vais te l'épeler : d-e-l-a-r-g-e-n-t. Apparemment, les hommes savent faire ça.

Il se leva d'un bond.

— T'es mal avec moi ? C'est maintenant que tu t'aperçois que je ne suis pas plein aux as ? Tu aurais dû épouser le jeune Polkowicz. Tu baisais avec lui dans les fêtes, tu aurais dû aller deux mouvements de hanches plus loin. Aujourd'hui, tu donnerais naissance à des bébés rentiers à vie et tu conduirais une Benz.

Elle s'approcha de lui, les poings serrés et les yeux brillants de colère.

— Comment peux-tu dire des choses pareilles ? Comment peux-tu être aussi vil et aussi con ? Comment oses-tu me faire la leçon ? Et toi, quoi ? Tu étais puceau, quand on s'est rencontrés ? Le premier puceau d'Olecko qui attend sa vierge ? Espèce de trou du cul ! Tu sais très bien que ce n'est pas une question d'argent !

— Ce n'est pas une question d'argent ? Alors pourquoi me parler d'en gagner ? Tu savais bien qui tu épousais. J'étais fauché, je suis fauché et je serai probablement toujours fauché. Et tu sais quoi ? s'écria-t-il en levant le doigt en l'air pour reprendre son souffle, même si au fond de lui, il savait que ce n'était pas le meilleur moment. Je vais être encore plus fauché parce que je me suis fait virer de mon boulot hier.

— Comment ça, virer ?

La rage l'avait quittée en un claquement de doigts. Elle s'appuya contre le chambranle de la porte et ouvrit grand les yeux.

— Ben, viré. Ils m'ont dit que je pourrais m'appliquer plus. Conversation sérieuse, monsieur Robert, asseyez-vous…

Il s'emportait de plus en plus au souvenir de cette humiliation.

— … comprenez-moi bien, l'attitude envers les clients fonde la bonne réputation de l'entreprise, vous ne pouvez pas être désobligeant, bla, bla, bla, reprenez-vous, s'il vous plaît…

— Attends, ce n'est pas encore un licenciement.

— Tu as raison, ils m'ont jeté dehors trois secondes plus tard.

— Pourquoi ? Qu'est-ce que tu leur as dit ?

— J'ai demandé si ces perceuses de poche dont la vente nécessite tant de révérences sont capables de trouver le point G masculin. Car si c'est le cas, je leur suggère de se les enfoncer dans le cul jusqu'à la prise, de trouver le leur et de s'offrir… j'ai essayé de sourire tout en restant aimable en disant ça… le plus grand plaisir de leur vie de commerçant !

À sa femme il cria ces derniers mots le visage déformé, en agitant les bras, mais des larmes lui montaient aux yeux. Comment avait-il pu faire une chose pareille,

tu vaux mieux que ça

une chose si inimaginablement stupide, si puérile, en ayant tort, qui plus est ? Agnieszka s'adossa au placard, les bras le long du corps, elle inclina la tête dans un geste de résignation. Ses cheveux recouvrirent son visage.

— Mon Dieu, dit-elle tout bas, comment allons-nous nous en sortir, maintenant ? Avec ces nouvelles dépenses, en plus...

— Quelles nouvelles dépenses ? demanda-t-il, hargneux.

— Je ne pense pas que ce soit le bon moment... commença-t-elle lentement.

Elle réprima un sanglot et termina malgré tout :

— Je suis enceinte.

— Qu'est-ce que j'en ai à foutre, de ta putain de grossesse ? grogna-t-il, et il sentit quelque chose se briser et mourir en lui.

Pourquoi n'avait-il pas hésité ne serait-ce qu'un instant, une fraction de seconde, une demi-fraction ? Pourquoi ? Pourquoi avait-il tout changé de manière irréversible en une seule phrase ? Ou peut-être réversible ? Peut-être qu'elle n'avait pas entendu ? Peut-être qu'il pourrait dire une blague, relâcher la tension ? Mine de rien, elle savait que ce n'était pas vrai, qu'il ne le pensait pas. Elle savait qu'il voulait atteindre la vieillesse à ses côtés, entouré de leurs petits-enfants au coin du feu dans leur petite maison à la montagne.

Le silence dura indéfiniment. Il eut peur de bouger. Il voulait qu'elle fasse l'impossible et renverse l'irréversible. Mais elle se contenta de prendre son pull, de le regarder et de lui dire :

— Ce n'est pas seulement ma putain de grossesse.

Et elle partit.

C'est bien, qu'elle retourne chez papa. Tant mieux.

Une nouvelle feuille de papier à dessin flotta du dessus de l'armoire et vint se poser aux pieds de Robert.

10.

Sur les six appartements du rez-de-chaussée, seuls le concierge (avec des grilles soudées) et ses voisins, un jeune couple, étaient chez eux, mais ils avaient également des barreaux aux fenêtres. Quoique, dans leur cas, le mot « barreaux » était un euphémisme : il s'agissait de monstrueuses barres d'armature. Il aurait été plus facile de faire un trou dans le mur avec une cuillère que de scier ces poteaux. Enfin, il y avait aussi eu une vieille femme un peu folle qui l'avait d'abord traité de colporteur, puis de pervers et de violeur, ce qui avait fini par le faire rire aux éclats. Il riait encore en appuyant sur les sonnettes du premier étage au niveau de la grille qui séparait le couloir de la cage d'escalier. Il crut qu'il n'y avait personne, puis la porte du bout s'ouvrit.

— Qu'est-ce que c'est ? demanda une voix loin d'être chaleureuse.

— Bonjour, je suis un voisin, j'habite quelques étages plus haut. Avez-vous des barreaux sur votre balcon ? demanda Wiktor.

— Oui, pourquoi ? grogna la voix.

— Et ils s'ouvrent ?

— C'est-à-dire ?

— Eh bien… ont-ils un cadenas ?

— Oui. Un gros cadenas en fer qui pèse environ un demi-kilo. Impossible à crocheter et impossible à scier. Je l'ai payé presque cent balles, dit la voix qui s'anima et dont Wiktor ne pouvait toujours pas voir le propriétaire, bien qu'il eût collé son visage à la grille et tenté de percevoir le fond du couloir.

— Super, parce que vous voyez, la porte du rez-de-chaussée est cassée et il n'y a pas moyen de sortir, or il faut absolument que je fasse un tour, expliqua Wiktor. Est-ce que vous auriez la gentillesse d'ouvrir la grille et de me laisser sauter dehors ?

Silence. Après un long moment, la voix demanda :

— Est-ce que vous auriez perdu la tête, par hasard ?

Wiktor soupira.

— Allez-y, descendez et vérifiez, vous verrez bien. Pourquoi j'en serais venu à inventer des histoires pareilles ?

— Je ne sais pas, moi, peut-être parce qu'il vous manque une case ? répondit la voix avant que son propriétaire ne s'approche enfin de la grille.

C'était le type même du Polonais en week-end. Pantoufles de montagnard usées, survêtement et pull gris. Plus ou moins cinquante ans, un début de calvitie, du bide et une barbe de trois jours. Il rappelait à Wiktor son professeur d'éducation physique de l'école primaire.

— Je vous connais, dit le prof de sport. Vous êtes le journaliste, l'ivrogne du sixième étage. Votre femme vous rend-elle encore visite de temps en temps ?

Wiktor ravala un juron. Et on dit que dans ces immeubles en béton armé, personne ne sait rien sur personne, pensa-t-il.

— En quelque sorte, oui, parfois, plutôt assez souvent, ces derniers temps, je pense même que les choses vont s'arranger entre nous, mentit-il facilement, y croyant presque lui-même, ce qui le mit de meilleure humeur. C'est pour ça qu'il faut que je sorte d'ici. Vous allez m'aider ?

Le prof d'EPS sentit qu'il avait du pouvoir. Il se balançait d'avant en arrière – espèce de cow-boy solitaire – et, ce faisant, ses pantoufles émettaient un bruit flasque.

— Eh bien, je ne sais pas, moi, je ne sais pas… dit-il sur le ton d'un policier de la circulation suggérant un pot-de-vin.

Wiktor fut certain qu'il était sur le point de dire : « Et qu'est-ce que j'y gagne ? » Il se trompait.

— D'accord, entrez.

Le voisin, devenu soudainement énergique, chercha la clé dans sa poche et ouvrit la grille.

— Vous avez un regard franc. Or, on peut dire de moi ce qu'on veut, mais je suis un bon juge de caractères. Après tant d'années passées à l'école, vous comprenez. Chaque jour, ces gamins essayaient de me faire croire leurs bobards.

Wiktor serra la main tendue de son voisin et s'apprêtait à lui demander ce qu'il enseignait, mais ils entrèrent dans son appartement, tout décoré de fanions, de médailles, de diplômes et d'affiches de compétitions sportives, et ce ne fut plus nécessaire. Une grande photo était accrochée à une place d'honneur, un cliché sur lequel le voisin se tenait entouré de belles lycéennes. La légende proclamait : « Merci, monsieur l'Entraîneur – les filles du Lycée XIII, 3e place au championnat régional de handball ».

Le voisin fit un signe de tête vers la photo.

— Jolies filles, et déjà majeures, dit-il en se léchant les lèvres de manière vicieuse.

Puis il regarda Wiktor et se mit à rire de manière peu franche.

— Je blague, je blague, voisin. Mais bon, c'est pour ce genre de blagues que je me suis fait virer. Plus personne n'a le sens de l'humour, en ces temps moroses. Mais je vois que vous ne riez pas non plus, alors je crois que je vais vous laisser partir.

— Merci beaucoup, merci beaucoup, dit Wiktor en regardant le prof d'EPS sortir une clé dorée d'un tiroir et s'approcher de la fenêtre.

Le cœur de Wiktor voulut s'envoler de sa poitrine. Encore un instant à errer dans ces lugubres couloirs, et il aurait commencé à avoir des hallucinations. Et là, voilà : bientôt libre ! Il ne reviendrait pas avant le soir, quand ce concierge à la petite semelle aurait enfin ouvert la porte.

Le voisin sortit sur le balcon et déverouilla la grille.

— Je vous en prie, dit-il avec courtoisie. C'est à peine plus haut que le record du saut en hauteur. Au pire, vous pourriez atterrir et rouler, mais je pense qu'il vaut mieux descendre par la grille du voisin du rez-de-chaussée. À quoi bon courir le risque ? Comme je le disais toujours en classe, à trop vouloir faire la belle, on finit en cloque.

Sur quoi, il partit d'un gros rire.

Wiktor s'approcha de la balustrade, la saisit à deux mains et passa une jambe par-dessus pour s'asseoir à califourchon.

— Merci beaucoup, je vous dois une bonne bouteille, dit-il à son voisin en passant la deuxième jambe de l'autre côté.

Mais il se retrouva de nouveau sur le balcon. Il regarda autour de lui, confus.

— Quoi, vous avez pris peur ? Vous êtes un piètre alpiniste, ricana le professeur d'éducation physique.

Wiktor ne répondit pas. Il passa encore une jambe par-dessus la balustrade, puis passa l'autre et se retrouva de nouveau sur le balcon.

— La troisième fois est la bonne, champion ! Je peux vous tenir par la main, si vous voulez ? s'esclaffa le gros lourdaud, n'en pouvant plus de rire.

Les mains de Wiktor tremblaient. Tout cela n'avait ni queue ni tête. Il était peut-être schizophrène ? Peut-être que sa seconde personnalité prenait le dessus et lui ordonnait de revenir en arrière ? Peut-être était-ce l'un des symptômes de l'alcoolisme ?

— Euh... désolé, vous ne voudriez pas essayer, vous ? demanda-t-il.

— Vous êtes fou ? Je suis en week-end, on ne me traînera pas dehors par la force. Et puis, pourquoi diable irais-je faire des acrobaties sur des balcons ?

— Dites-moi, je sais que cela peut vous paraître étrange... prévint Wiktor, mais qu'est-ce que vous voyez, quand je fais ça ?

Le voisin fit une moue impatiente.

— Je vous vois vous asseoir, passer un pied, puis vouloir passer l'autre, mais là, vous prenez tellement peur que le second fait un tour complet et pouf, voilà que vous êtes sur le carrelage sécurisé de ma loggia. Maintenant, décidez-vous, s'il vous plaît. Soit vous descendez, soit vous retournez chez vous.

Wiktor regarda la balustrade et s'en éloigna comme si elle était ardente.

— Dans ce cas, je crois que je vais y aller... en quelque sorte... dit-il d'un ton incertain. Je suis vraiment désolé pour le dérangement, vraiment, vraiment désolé.

Sans attendre le bavardage de son voisin, il s'élança dans le couloir et monta rapidement l'escalier jusqu'à son étage. La première chose qu'il fit fut de vérifier la bouteille de la veille. Elle était aussi sèche que le Sahara. Dans son minibar : rien. Dans la cuisine : rien. Sous le lit : rien.

Du calme, se répétait-il, du calme. Tu descendras à dix-sept heures, la porte sera ouverte, tout ira bien. Maintenant, dors un peu.

Il tira les rideaux, s'allongea sur son lit sans enlever ses chaussures, se couvrit la tête d'un oreiller et tenta en vain de trouver le sommeil. Son cœur s'emballait de nouveau, cette fois de terreur.

11.

À cinq heures cinq, Wiktor enfila sa veste et descendit l'escalier jusqu'au rez-de-chaussée, espérant que la porte serait déjà réparée. Dès le palier du premier étage, il entendit un brouhaha de voix – donc, c'était fichu. Une quinzaine de personnes s'étaient rassemblées dans le vestibule. Il reconnut Agnieszka – elle se tenait seule, blottie dans un coin près des ascenseurs, et elle avait l'air très effrayée, ou très triste, ou les deux à la fois. Il y avait un tel vide dans ses yeux que Wiktor eut pitié et se dirigea immédiatement vers elle.

Sur le chemin, il dépassa Kamil, qui était venu avec ses parents. La femme, grise à l'extrême, tête basse, était sans doute possible sa mère – ils se ressemblaient beaucoup. L'homme droit, aux sourcils froncés et au visage de militaire féroce, devait être son père. Wiktor fit un clin d'œil au garçon et s'adossa au mur à côté d'Agnieszka.

— Tu n'as pas l'air bien, commença-t-il. L'enfermement te gêne-t-il à ce point ?

Elle tourna son visage vers lui et Wiktor frissonna. Il connaissait cette expression de tristesse et de douleur.

— Je me suis disputée avec mon mari, dit-elle sur un ton morne.

— Là maintenant ?

— Non, en début d'aprèm, juste après qu'on s'est quittés.

Du côté de la porte, la voix dure d'une jeune femme tenant la main de sa fille âgée de quelques années se fit entendre :

— Appelez le concierge, on ne va pas rester ici indéfiniment !

Kamil se retourna et appuya sur la sonnette, sans la lâcher.

— Ça suffit, grogna son père. Tu as des raisons de croire qu'il est sourd ?

Le garçon lança à Wiktor un regard voulant dire « Qu'est-ce que je t'avais dit » et lâcha le bouton.

— Ma pauvre, tu n'as même pas pu sortir d'ici, dit Wiktor à voix basse, voyant le père de Kamil pencher légèrement la tête dans leur direction.

— Je suis restée assise dans l'escalier, répondit Agnieszka de la même voix morne.

Wiktor s'apprêtait à lui dire que, la prochaine fois, elle pourrait venir chez lui, mais la porte de l'appartement s'ouvrit et le concierge s'avança vers les personnes rassemblées.

— C'est pas trop tôt, fit remarquer la jeune femme, un sourire en coin.

Le gardien ignora la pique, tira sur sa ceinture et balaya les habitants du regard, savourant manifestement le moment.

— Bonsoir, mesdames et messieurs, commença-t-il. Nous avons comme qui dirait un petit problème de porte. Je suppose que vous savez qu'il m'a été signalé ce midi par deux locataires fort aimables.

Il regarda Wiktor d'un air qui disait qu'il pensait en réalité « deux connards ».

— J'ai appelé le syndic, mais le téléphone ne fonctionne pas. Ayant votre bien-être à l'esprit, j'ai fait l'effort de me rendre chez plusieurs autres locataires, mais leurs lignes étaient également en dérangement.

— Pourquoi n'avez-vous pas appelé avec votre portable ? demanda hargneusement un voisin ventru en costume, en sortant d'une poche un mobile rutilant. Donnez-moi le numéro.

— Et vous avez essayé d'appeler quelqu'un aujourd'hui avec votre téléphone portable ? répliqua le concierge d'une voix douce. Car si l'honorable monsieur Stopa avait essayé, il aurait su qu'aucun de ces gadgets scintillants ne capte dans notre immeuble, aujourd'hui.

Stopa haussa un sourcil, appuya sur une touche et porta l'appareil à son oreille. Il le rempocha immédiatement.

— Peut-être que le réseau Plus est en panne. L'un d'entre vous aurait-il un abonnement chez un autre fournisseur ? lança-t-il vers la foule.

Les gens s'emparèrent de leurs portables. Au bout de quelques instants, ils les rangeaient en secouant la tête et en disant à tour de rôle : « Ça ne marche pas », « Le mien non plus », « Ni le mien ».

— Vous pouvez le constater par vous-même, poursuivit le concierge. Et puisqu'il est impossible de passer un coup de fil, il faut recourir à la force.

Ayant dit cela, il plongea dans son appartement, prit une perceuse et se dirigea vers la porte d'entrée.

— Nous allons crocheter la serrure, et puis c'est tout.

— Vous n'auriez pas pu le faire dès le début ? s'exclama avec dépit quelqu'un dans l'assemblée.

Le concierge ne répondit pas. Il s'agenouilla près de la porte, approcha la pointe de la serrure et mit la machine en marche. Des étincelles et des éclats de métal en jaillirent et tombèrent au sol. Au bout de quelques secondes, il changea de foret et recommença à percer. Il se leva et pesa de tout son poids ; le gémissement strident monta d'une octave et la pointe passa à travers la serrure.

— Et voilà ! Une minute de travail, et c'est réglé.

Le concierge s'essuya les mains sur son pantalon, tira un coup fort sur la poignée et ouvrit la porte derrière laquelle il n'y avait que l'obscurité d'un soir de novembre.

— Chers messieurs dames, je vous invite à sortir.

— Imbécile ! lança la jeune mère dans un sifflement rageur. J'aurais pu partir d'ici il y a cinq heures. Viens, chérie…

Sa fille et elle franchirent le seuil… et se retrouvèrent de nouveau à l'intérieur.

Wiktor relâcha ses poings serrés et laissa échapper l'air de ses poumons. Alors, c'est réel, se dit-il. Contrairement aux autres, il n'était pas surpris.

12.

Le matin, quand l'ouverture de la porte signifiait pour lui une heure de liberté, Kamil était impatient que l'opération réussisse, mais à présent, il regardait la scène avec indifférence. Si ça marchait, il irait avec ses parents rendre visite à l'excentrique tante Cecylia. Dans le cas contraire, il retournerait à l'appartement en leur compagnie. Là-haut, il avait sa musique, ses livres et la télévision ; chez sa tante, il n'avait que sa tante.

Lorsque la porte s'ouvrit, il haussa les épaules et se dirigea vers la sortie, observant par réflexe la jeune femme suivie d'une fillette. Il vit le dos mince disparaître dans la pénombre et, au même moment, le visage déconcerté de la jeune femme. L'homme qui marchait derrière elle un téléphone portable à la main se figea brusquement.

— Vous sortez, oui ou non ?

— Je sors, bien sûr, confirma Paulina. Je veux dire, excusez-moi, je ne sais plus moi-même, je crois que je sors, oui, oui, je sors, mais… mais peut-être devriez-vous passer en premier.

Elle s'écarta et laissa passer Stopa. L'homme avança d'un pas alerte et revint tout aussi vite à l'intérieur, manquant de renverser une vieille dame avec un épagneul dans les bras et un béret poilu sur la tête.

— Seigneur Dieu Tout-Puissant ! s'écria la vieille femme. Vous voulez nous écraser, ou quoi ?

Les résidents qui s'étaient précipités en dernier vers la porte, y compris les parents de Kamil, commencèrent à crier à ceux qui se trouvaient devant d'avancer un peu plus vivement parce qu'ils n'avaient pas que ça à faire. Kamil se retira en haut des quelques marches et, de là, il assista à l'événement le plus bizarre qu'il lui ait été donné de voir. Les gens, les uns après les autres, sortaient et revenaient aussitôt avec des airs idiots, les personnes suivantes les écartaient alors avec impatience et la situation se répétait. En fin de compte, l'embouteillage le plus étrange du monde se forma. Ceux qui VOULAIENT SORTIR bloquaient ceux qui VOULAIT AUSSI SORTIR. Deux personnes furent poussées par l'assemblée dans la porte – et donc poussées à l'intérieur. Plus on les expulsait, plus ils étaient poussés dedans.

Kamil observa leurs visages cramoisis et craignit de voir se produire la catastrophe du piétinement par la foule connue des stades de sport et des concerts de rock. Les individus poussés avaient dû penser la même chose, car ils se mirent à crier, et c'est alors que la voix de Wiktor retentit :

— Calmez-vous ! Tout de suite ! Calmez-vous ! Que tout le monde s'éloigne de cette porte.

Les gens s'écartèrent et se tournèrent vers Wiktor.

— Sinon quoi ? demanda le concierge, hargneux. C'est vous qui commandez, maintenant ?

— Ferme-la, boulet, lui lança un homme que Kamil ne connaissait pas.

— Non, je ne commande pas, rétorqua Wiktor avec calme. Je veux juste comprendre ce qui se passe, probablement autant que vous. Ça ne sert à rien de nous pousser les uns les autres si nous ne pouvons pas partir.

Il se dirigea vers la porte, les autres l'entourèrent en demi-cercle pour voir ce qu'il allait faire. Il se tint sur le seuil et tendit la main jusqu'à l'épaule dans l'obscurité.

— Il n'y a pas de barrière, dit-il. Je vois le trottoir, les parterres de fleurs, l'aire de jeux et l'immeuble d'en face. Je vois aussi clairement ma main. La voyez-vous ?

Un murmure d'acquiescement lui répondit.

— Et maintenant, je vais essayer de sortir. Regardez-moi bien, dit-il en faisant un pas en avant, qui fut aussi un pas à l'intérieur.

Les gens s'écartèrent. L'une des femmes fit le signe de la croix et porta à ses lèvres le médaillon qu'elle portait au cou.

— Cela m'est déjà arrivé une fois aujourd'hui, déclara Wiktor. Je voulais absolument sortir et j'ai demandé à un voisin du premier de me laisser utiliser son balcon. Quand j'ai essayé de passer par-dessus la balustrade, il s'est passé exactement la même chose. J'ai eu peur et j'ai pensé que quelque chose clochait chez moi, mais je vois que je ne suis pas le seul à avoir ce problème. Faisons une autre petite expérience…

Il prit le sac à main d'Agnieszka et le petit épagneul de la vieille dame qui protestait.

— Voyons si cela ne s'applique qu'aux humains.

Il prit de l'élan et lança le sac, qui revint à l'intérieur et tomba à deux bons mètres de la porte, comme si quelqu'un l'avait balancé depuis l'autre côté. Puis il poussa légèrement le chien dehors. Au même moment, l'épagneul se précipita dedans et sauta dans les bras de sa maîtresse.

— Tortionnaire, gémit la vieille femme.

— Il semble que nous ne puissions pas sortir d'ici, déclara Wiktor d'un ton morose. Ni nous, ni rien d'autre.

— Allons bon. C'est impossible, grommela Stopa.

— En théorie, vous avez raison. Je pense que ceux d'entre vous qui veulent s'en assurer, ou refaire l'expérience, devraient essayer maintenant. Mais sans s'entasser.

Stopa et plusieurs personnes, dont la femme au médaillon qui marmonnait une prière, tentèrent leur chance. En vain.

— Et maintenant, mon pote ? demanda Kamil en fixant Wiktor.

— Nous ne pouvons pas sortir, mais nous arriverons peut-être à communiquer avec l'extérieur. Attendons que quelqu'un passe.

— Mes parents seront là dans une minute, déclara Paulina. Je m'apprêtais à sortir pour leur acheter un gâteau.

— D'accord, on attend, dit Wiktor.

Tout le monde resta silencieux, fixant la cour avec anxiété. Bientôt, ils virent arriver un cycliste.

— Hé, hé ! cria Stopa si fort que tout sursautèrent. Toi, sur le vélo ! Hé, hé ! Viens par ici, là, l'entrée en face, toi, sur le vélo, hé, hé !

Il s'époumona jusqu'à ce que le jeune homme disparaisse au coin de la rue sans avoir réagi.

À présent, ils patientaient dans un silence encore plus grand. Lorsqu'ils entendirent un bruit dans l'une des armoires de services collées au mur, ils regardèrent simultanément dans cette direction. Wiktor s'approcha des portes en fer-blanc, écouta et s'arrêta devant l'une d'entre elles qui était fermée par un petit cadenas.

— Qu'est-ce qu'il y a là-dedans ? demanda-t-il au gardien.

— Une colonne sèche. Une bouche d'incendie vide à laquelle on peut raccorder de l'eau si le feu se déclare. Il y a un robinet et une vanne à chaque étage.

— Et pourquoi ça fait du bruit ?

— Qu'est-ce que j'en sais ? Ça devrait être au sec. Une minute, je vais l'ouvrir.

Il sortit un trousseau de clés de sa poche, trouva la bonne et déverrouilla le cadenas. Un tuyau épais avec un bouchon de bouche d'incendie rouge leur apparut. Maintenant, ils pouvaient entendre clairement.

— S'il y a de l'eau à l'intérieur et que je dévisse, il se passe quoi ? lança Wiktor au concierge.

— Si vous desserrez un peu, ça va se mettre à goutter, mais si vous dévissez complètement, le hall va se transformer en piscine. Personnellement, je déconseille, répondit-il en s'éloignant à bonne distance.

Wiktor se plaça sur le côté du tuyau, posa la main sur la vanne et la tourna légèrement. Ça siffla. Il retira brusquement sa main et regarda Kamil qui s'approcha. D'épaisses gouttes de sueur brillaient sur le front de Wiktor.

— On essaie ensemble ? marmonna Kamil en mettant la main sur l'écrou.

D'un commun effort, ils le tournèrent d'un quart de tour… rien… puis de moitié… la femme qui se tenait le plus près d'eux se mit alors à crier très fort et recula vers les ascenseurs. Kamil regarda la valve et cria lui aussi. Sous le bouchon pendait une énorme boule de quelque chose qui ressemblait à de la noirceur liquide. C'était dégoûtant. C'était gras, lourd et parfaitement opaque – ça ne reflétait aucune lumière, c'était un point de néant suspendu dans l'espace. Et le pire, c'est que c'était vivant. La gouttelette se gonfla et s'agita comme si elle cherchait quelque chose.

— Fermez-le, fermez-le immédiatement ! crièrent les gens.

Kamil jeta un coup d'œil à Wiktor. Celui-ci était comme hypnotisé, il fixait la goutte d'un œil terne. Kamil se sentit également attiré dans cette direction, ce truc l'appelait. Il s'obligea à détourner le regard, serra les paupières et, sentant une résistance nette, il tourna la vanne. Elle siffla de nouveau. Il entendit un bruit flasque. C'était la goutte qui s'était détachée du tuyau et était tombée au sol. Il s'éloigna d'un bond. Wiktor, d'une pâleur cadavérique, était toujours bloqué au même endroit, la main sur la valve, fixant non plus la goutte, mais la tache noire qui tressaillait par terre.

— C'est Satan ! hurla la femme au médaillon avant de tomber à genoux. Sauvez-nous, Saint Père, Satan est venu pour nous emmener, sauvez-nous, ô Christ !

Même si la tache était bien Satan, elle ne craignait pas le nom de Dieu. Elle rampa vers la femme hystérique. Les autres gémirent bruyamment et se tassèrent contre les murs. La tache coula encore un peu vers la femme dévote, mais changea d'avis et commença à se déplacer vers Kamil qui – bloqué dans un coin de la pièce – n'avait nulle part où s'enfuir.

Il ne savait pas non plus quoi faire. Il se racla la gorge, regarda la tache, grogna un « Casse-toi » et cracha en direction de l'obscurité condensée. Il manqua son coup, mais la tache s'arrêta. Pendant un moment – Kamil l'aurait juré –, elle hésita sur la marche à suivre, jusqu'à ce qu'elle ruisselle rapidement vers le mur où un tuyau de gaz dépassait du sol et, dans un sifflement discret, elle s'écoula vers la cave.

Avant que quiconque ait pu reprendre son souffle, Paulina s'écria joyeusement :

— Les voilà ! Mes parents sont là.

13.

Agnieszka ne ressentait rien. La dispute avec Robert l'avait fait sombrer au plus profond d'elle-même, ne laissant rien à la surface qui pût encore être blessé. Elle ne sentait pas, elle ne pensait pas, elle était limitée aux fonctions les plus basiques de son organisme. L'affaire autour de la porte ne l'impressionna guère, elle ne cligna même pas des yeux en regardant la tache de néant glisser au sol. À présent, elle regardait aussi sans la moindre émotion l'agitation provoquée par l'arrivée des parents de Paulina. Elle savait ce qui allait se passer. Rien.

Avant même que le couple de personnes âgées n'arrivât à la porte de l'immeuble, Paulina, debout sur le seuil, leur criait et leur faisait des signes, mais en pure perte. Ils ne la remarquaient pas. Arrivés à l'entrée, ils s'arrêtèrent brusquement alors qu'à l'intérieur les voisins s'agglutinaient autour de Paulina en criant des « Bonjour ! », des « Coucou ! » et des « Par ici, monsieur dame ! ». Tout en restant à l'écart de l'assemblée, Agnieszka observait le couple derrière la porte qui, manifestement, n'apercevait pas la foule excitée à cinquante centimètres d'eux.

— Silence ! s'écria Paulina. Ils disent quelque chose.

Les voisins se turent et même Agnieszka put entendre clairement l'échange qui suivit.

— Tu sais quoi, chérie, j'ai tout le temps l'impression d'avoir oublié quelque chose, déclara l'homme.

— Oui, je sais, un truc me tracasse aussi depuis que nous sommes descendus du tram. As-tu fermé la porte à clé ? demanda-t-elle.

— Comme toujours, oui.

— Et le gaz ?

— Comme toujours, oui.

— Tu en es sûr ?

— Comme toujours, non.

Ils en rirent tous les deux.

— Eh bien, je suppose que nous pouvons aller nous promener, n'est-ce pas, mon cher époux ? dit-elle en se blottissant contre lui tandis qu'il l'entourait de son bras.

— C'est exactement ça, mon amie, et nous n'allons nous soucier de rien d'autre que de profiter de l'air vivifiant de l'automne.

— Ne m'appelle pas « mon amie », gémit-elle avec une colère feinte. Je n'ai pas encore quatre-vingts ans et nous ne sommes pas des bourgeois du début du siècle.

— Mais bien sûr, mon amie. Et à quel siècle songes-tu exactement ?

Ils rirent, il l'embrassa sur le bonnet, ils se retournèrent et s'éloignèrent vers la rue.

— Maman, papa ! rugit Paulina. Vous êtes venus me rendre visite ! À moi et à Anna, vous vous souvenez ? Nous vivons à cette adresse ! Maman, reviens ! Je t'en prie !

Ses parents continuèrent à marcher, satisfaits, comme s'ils n'avaient rien à faire à cet endroit. La petite Anna fondit en larmes et se serra contre les jambes de sa mère.

— Maman, demanda-t-elle, pourquoi mamie ne veut pas nous rendre visite ?

Paulina essuya ses yeux baignés de larmes et prit la fillette dans ses bras avec un sourire trop radieux pour être sincère.

— Ne t'inquiète pas. Mamie et papi se sont souvenus d'une chose importante et ont dû rentrer à toute vitesse chez eux. Mais dès qu'ils auront fait cette chose importante, ils viendront nous voir. Et qui sait… dit-elle avant de suspendre théâtralement la voix… ils t'emmèneront peut-être même chez eux pour que tu y passes la nuit. Qu'est-ce que tu en penses, hmmm ?

La suite de leur conversation fut étouffée par la voix de Wiktor qui s'était remis de l'incident de la tache.

— Nous n'apprendrons probablement plus rien aujourd'hui. On ne peut pas sortir, on ne peut rien jeter dehors, on ne peut communiquer avec personne et, apparemment, personne ne veut entrer chez nous. En plus, il y a cette… dit-il en montrant la bouche d'incendie avec dégoût… cette chose dont je ne veux pas me rappeler. Ça ne sert à rien de rester là, d'alimenter nos peurs mutuelles, d'attiser la panique. Il s'agit peut-être d'une hallucination, d'une sorte de suggestion collective. Dormons un peu, reposons-nous, et demain nous verrons ce qui se passe. À midi, nous verrons si les choses ont changé. Espérons-le ! Et si ce n'est pas le cas, nous commencerons par organiser une réunion des occupants. Êtes-vous d'accord avec ça ?

Il y eut un murmure d'approbation et, comme au son d'un ordre, tout le monde se dirigea vers les ascenseurs, hormis ceux qui vivaient aux étages du bas, qui s'orientèrent vers l'escalier.

Agnieszka n'arrivait pas à croire que Wiktor ait dit cela. Au lieu de mobiliser les voisins pour qu'ils tentent de sortir par tous les moyens disponibles, il leur proposait de se disperser, chacun chez soi. Et c'est ce qu'ils firent ! Au lieu de casser des vitres, de crier, de brûler des torches et d'écrire « Au secours ! » aux fenêtres, ces gens rentraient tête basse dans leurs appartements transformés – pour on ne savait combien de temps – en cellules de prison. Et elle ? Elle non plus ne se précipitait pas pour tenter des actions spectaculaires. Elle restait plantée là comme un piquet, à ceci près que, depuis la dispute, elle n'avait pas vraiment d'endroit où retourner. C'était peut-être pour cela qu'elle pensait qu'ils devraient se battre, alors qu'en fait, Wiktor avait raison. Il suffisait d'attendre, de passer une bonne nuit de sommeil.

Elle alluma une cigarette.

Nous pourrions essayer de sortir sur le toit – l'idée lui avait traversé l'esprit, mais elle ne put se résoudre à l'évoquer à voix haute.

Elle voulait encore échanger un mot avec Wiktor, faire quelque chose pour les obliger à agir, quand Robert se présenta sur le seuil du hall. Il était essoufflé, barbouillé de peinture, mais son visage n'exprimait plus la même haine qu'à midi. Agnieszka recula lorsqu'il tenta de la prendre par la main.

— Il est peut-être trop tard, murmura-t-il, mais je t'en prie, reviens.

— Non.

— Je t'en supplie. Je sais que par cette seule phrase, j'ai démoli notre maison à la montagne, mais ses fondations sont toujours là. Je la reconstruirai, je te le promets. Pardonne-moi. Je ne sais pas… je ne sais pas pourquoi c'est arrivé.

— Je ne veux pas que tu m'adresses la parole ni que tu dormes à côté de moi, répondit-elle après un moment de silence.

— Tout ce que tu voudras, répliqua-t-il rapidement.

— Et tu ne peins rien pendant que je suis dans l'appart.

Une ombre passa sur son visage, mais Robert n'hésita pas.

— D'accord.

Agnieszka observa encore le hall d'entrée et croisa le regard attentif de Wiktor. Elle haussa légèrement un sourcil et il hocha la tête comme pour dire : « Quand tu veux. » Mon Dieu, pourquoi Robert ne possède-t-il pas un tel calme ? pensa-t-elle. Pourquoi les hommes naissent-ils avant d'avoir trente ans ?

14.

Les derniers à être restés en bas étaient Wiktor et Kamil avec ses parents. Wiktor n'était pas monté parce qu'il ne le voulait pas, les trois autres parce qu'il n'y avait plus de place dans l'ascenseur. Personne ne prit la parole. Lorsqu'une des cabines revint au rez-de-chaussée après avoir déposé les voisins, Wiktor demanda :

— Kamil, peux-tu rester une minute ?

Son père ouvrait déjà la bouche pour protester, mais il regarda le placard de la colonne sèche et lança à son fils :

— Un quart d'heure, pas plus. Tu comprends ? Un quart d'heure.

Après quoi il monta dans l'ascenseur avec sa femme et partit.

Kamil descendit les quelques marches et s'assit en face de la porte d'entrée de l'immeuble.

— Même le vent n'a pas l'air de souffler de là, tu ne trouves pas ? dit-il en remplissant ses poumons. Tu crois qu'on respire toujours le même air et qu'on va finir par suffoquer ?

— Allez savoir… un immeuble comme celui-ci a un volume assez important, dit Wiktor en s'asseyant à côté de lui. Ça suffira peut-être encore pour quelques… Minute, laisse-moi compter… dix étages multipliés par le nombre de mètres cubes divisés par la consommation d'oxygène d'un adulte par jour… ça fait… Oh putain !

— Qu'est-ce qu'il y a ?

— Mon résultat est qu'il ne nous reste plus qu'une demi-heure à vivre !

Ils se mirent à rire comme des fous.

— Merci beaucoup. Tu as été génial, dit Wiktor à Kamil lorsqu'ils se furent calmés. Tu as de bons réflexes.

Et beaucoup de sang-froid coule dans tes veines, petit. Tu deviendras peut-être un pilote de rallye, un jour.

Kamil ricana et observa attentivement son nouveau pote plus âgé.

— Qu'est-ce qui t'est arrivé ? Ce n'était pas que de la flippe, n'est-ce pas ?

Wiktor resta assis, silencieux, puis finit par dire :

— Tu as raison, ce n'était pas de la peur. C'était un souvenir. J'ai vu quelque chose de ce genre, une fois, je veux dire, pas sous la forme d'une goutte ou d'une tache, mais j'ai vu ce phénomène. Quelque chose de si noir que ça ne pouvait pas être réel. Ce n'était pas noir comme du charbon ou du basalte. C'était noir comme…

— Comme rien ?

— Oui, comme rien. Comme un rien noir condensé. L'essence de la nuit. Un dévoreur de lumière.

— Où ?

— Je l'ai vu…

Wiktor avala sa salive et aspira l'air dans un souffle.

— … je l'ai vu dans les yeux d'une fille. Des pupilles noires sans iris et aucun reflet de lumière. Juste de l'obscurité.

Kamil regarda Wiktor avec inquiétude.

— Va pas t'évanouir, mec. Du calme, de la maîtrise de soi, un grand « Ommm » comme chez les bouddhistes… Ce sont des choses qui arrivent. La vie est pleine d'emmerdes, j'en aurais moi-même de belles à te raconter.

— Un minot tel que toi ? Ne me fais pas rire, gamin.

— Je ne plaisante pas. Je parie que certains de mes cauchemars t'empêcheraient de dormir. Faudrait que tu pionces la lumière allumée.

Wiktor éclata de nouveau de rire. C'était une soirée fort joyeuse.

— J'accepte le pari. Dans ce domaine, tu ne pourras pas me surprendre avec quoi que ce soit. Hier, j'ai dormi deux heures, et seulement parce que je me suis mis une mine à en perdre conscience. Aujourd'hui, il va falloir que je mette des allumettes sous mes paupières pour rester éveillé.

— Parce que tu fais deux pas de plus chaque nuit et que tu préfères n'importe quelle solution plutôt que de rêver ton cauchemar jusqu'au bout ?

— Comment tu le sais ?

— De quoi rêves-tu ? De l'autre nana ? demanda Kamil en ignorant la question de Wiktor.

— Il faudrait que je sois fou pour te le dire.

— Tu n'auras peut-être pas le choix.

— T'es dingue.

— Tu y as pensé tout haut. Tu vois un lien entre tes cauchemars et ce qui se passe. Je vois un lien avec les miens. On devrait peut-être se les raconter.

En disant cela, Kamil eut un rictus plein de malice avant d'ajouter :

— J'aimerais bien entendre des histoires à glacer le sang. Et puis, c'est sans doute mieux ainsi, si nous devons devenir des Aurors.

— Des Aurors ? Des traqueurs de sorciers ? Je ne pensais pas qu'un grand garçon comme toi lisait *Harry Potter*. Et d'où te viennent des répliques aussi savantes ? Qu'est-ce que tu vas me demander ensuite ? Qu'est-ce que vous ressentez, monsieur ? Et qu'en pensez-vous, mon cher ? Épargne-moi ce tralala.

— Premièrement, je ne suis pas un vieil homme comme toi pour ne lire que des encyclopédies médicales. Deuxièmement, j'ai eu une tante thérapeute et un oncle curé… à moins que ça ne soit l'inverse… et troisièmement, d'ici à quelques jours, nous pourrions être prêts à tout essayer. Ça ne va pas ?

Wiktor soupira. Il aimait bien ce garçon et, qui sait, celui-ci avait peut-être raison. De son rêve – et de sa peur – il n'avait parlé à personne, pas même à Weronika. Il avait tout étouffé en lui, ce qui l'avait mené au bord de la psychose, sans même évoquer son alcoolisme.

Mais en réalité, il ne pensait pas qu'ils passeraient quelques jours enfermés. Il était persuadé que ce serait fini dès le lendemain.

— Je ne te promets rien. Dis, est-ce que tu pourrais voler une bouteille à ton paternel pour que je puisse passer la nuit ?

Kamil rit.

— Je suis obligé ? Je peux t'en apporter une à moi. Mais si tu insistes pour un vol...

— D'accord, d'accord. Autour de quarante degrés.

— Cela va sans dire, cher monsieur. Délai de livraison de trente minutes maximum, le coursier aura dix złotys sur lui pour faire la monnaie.

Chapitre 5

Seigneur, que ta volonté soit faite, pas celle des dévotes.
Varsovie, centre-ville. Dessin sur un porche
de la rue Nowy Świat, près de la rue Warecka.

1.

Étage 4, appartement 28. Le 10 novembre 2002, à 0 h 30.

[silence, tic-tac de l'horloge, bruissement des draps, bruit de l'eau dans les canalisations, klaxon lointain]

[silence]

[soupir, gémissement silencieux]

Femme 1 : Hmmm… oui… hmmm, non… je ne sais pas… je ne veux pas, je ne les dirai pas.

[silence]

[respiration rapide]

Femme 1 : Oui… Je sais… Je sais que je devrais… mais c'est tout… vraiment… Je ne m'en souviens pas d'autres… Je ne mens pas… Je suis sincère, je le jure devant Dieu… Je les ai tous confessés… ne me tourmentez pas… s'il vous plaît… Quelles pensées ?… Non, je n'ai pas de telles pensées, je n'en ai jamais eu… Comment osez-vous, mon père ? Pourquoi ne me croyez-vous pas ? Oui, je sais, peut-être un peu, parfois, j'ai pensé… à qui ?… Je ne crois pas que ce soit important… c'est important ?… Mais je ne veux pas… je suis obligée ?... Oui, oui, je veux être purifiée, je veux mériter l'eucharistie, bien sûr... alors j'avoue... j'ai rêvé... rêvé... rêvé... imaginé...

[respiration très rapide]

Femme 1 : J'ai rêvé que je le faisais avec un prêtre... ouf, quel soulagement... Comment ? J'étais à la confession, comme maintenant... Je ne me souviens pas des péchés que je confessais... mais le prêtre est sorti du confessionnal et a dit que quiconque n'avait pas touché terre une seule fois ne pourrait monter au ciel... et j'ai commencé à pleurer, j'avais peur de l'enfer... oui, le prêtre est sorti, comme vous maintenant, il s'est penché sur moi, comme vous maintenant... Si je voudrais faire quoi ?... Oui, je peux le rejouer, bien volontiers, je désire pécher... oh, comme je désire pécher !... Hi, hi, combien de boutons a cette soutane ?

[gémissements forts]

Femme 1 : Silence... J'entends quelque chose... Laissez-moi tranquille, mon père... entendez-vous des pas ?... Je les entends, moi... laissez-moi tranquille !... Des pas, quelqu'un arrive... J'ai peur... Mon père, s'il vous plaît, regardez... Oh, mon Dieu, noooon... Nooooon !

Femme 2 : Emijja !

[bruit, respiration bruyante]

Femme 1 : Quoi ? Je vous en supplie, non ! Où suis-je ? Au nom du Père, du Fils et du Saint-Esprit, amen ! C'est un rêve, ce n'est qu'un rêve, ce n'est pas ta faute, calme-toi, Emilia, calme-toi tout de suite ! C'était juste un rêve, un mauvais rêve...

Femme 2 : Emmmiijja !

Femme 1 : Oui, maman, j'arrive, j'arrive.

[bruissement, bruits de pas]

Femme 1 : Qu'est-ce qui ne va pas, maman ? Quelque chose te fait mal ? Tu as fait... Tu as fait un mauvais rêve ?

Femme 2 : Jjje vouljjais t-t-t te réveijjer…

Femme 1 : Tu voulais me réveiller, maman ? Oh, merci, merci, tu ne sais même pas à quel point je te suis redevable, maman. Je t'aime, maman. Dors, je vais te tenir par la main, d'accord ? Moi, je ne veux plus dormir cette nuit.

Étage 8, appartement 54. Le 10 novembre 2002, à 0 h 50.

[murmure des coups de pinceau, clapotis silencieux de l'eau]

Homme : Ouais, ouais, c'est mieux, beaucoup mieux, encore là, c'est presque bien, et voilà ! C'est pas mal… C'est pas mal, mais il manque toujours quelque chose…

[un cri]

Femme : Nooooon !

[des pas]

Homme : Qu'est-ce qui ne va pas, mon amour ? Un mauvais rêve ?

Femme : Ne me touche pas !

Homme : Désolé, j'ai eu peur. De quoi as-tu rêvé ?

Femme : Non, pas question, je n'ai pas envie de te le raconter…

Homme : Allez, vas-y, balance, tu te sentiras mieux après.

Femme : D'accord, tu as peut-être raison… J'ai rêvé… J'ai rêvé que je dormais ici, comme d'hab, dans notre lit, mais je voyais la scène comme d'en haut, comme c'est parfois le cas dans les rêves, tu vois ? Soudain, je me suis réveillée et je me suis levée, et à partir de là, j'ai continué à tout voir de mes propres yeux, puis j'ai senti une odeur bizarre, le genre d'odeur qu'on sent quand quelqu'un laisse brûler quelque chose au four… de la viande, tu comprends ? Mais je n'avais pas peur, j'étais en colère contre moi-même d'avoir oublié de l'éteindre. Je me suis levée, j'ai mis mes tongs et je suis allée à la cuisine. Il faisait nuit, la seule lumière provenait de l'ampoule du four. Je me suis approchée de la cuisinière d'un pas rapide et j'ai senti l'odeur encore plus et...

[silence]

Homme : Et ?

Femme : C'était l'odeur que j'ai sentie dans l'ascenseur... Une odeur de chair calcinée et de cheveux brûlés, je l'ai sentie juste avant de voir ces petites mains par le hublot. Et c'est là que j'ai paniqué. Je voulais m'enfuir, ne pas m'approcher, ne pas regarder dedans... Oh, mon Dieu...

Homme : Là, c'est bon, c'est bon... ça n'existe plus.

Femme : Mais je n'ai pas pu. Je n'ai pas pu quitter la cuisine, quelque chose m'a attrapé la tête, m'a tenu les paupières pour que je ne puisse pas les fermer, et m'a traînée vers la porte du four. Pour que je voie. Je penchais la tête, j'essayais de rouler des yeux pour voir flou... J'avais tellement peur. C'est là que, malgré ma vision embrumée, j'ai remarqué un mouvement à l'intérieur. Alors j'ai commencé à crier aussi fort que possible pour me réveiller...

Homme : Et ça a marché.

Femme : J'ai eu si peur. J'avais l'impression que j'allais perdre la raison. Je ne le supporterai pas une nouvelle fois...

Homme : Tu as déjà rêvé de ça ?

Femme : Souvent. Sans arrêt depuis que nous avons emménagé ici. Et chaque fois, je me rapproche un peu plus, et je sais qu'un jour je ne pourrai pas me réveiller. Il faudra que je voie ce qu'il y a à l'intérieur. J'ai si peur de m'endormir.

Homme : Alors reste éveillée. Je vais te faire du thé.

Femme : Oui, merci. Qu'est-ce que tu fais ?

Homme : Je dessine.

[silence]

Femme : Je croyais que nous avions un accord ?

L'homme : Oui, mais tu étais endormie. Quand on dort, c'est comme si on n'était pas là.

Femme : Maintenant, je suis réveillée.

Homme : C'est pourquoi je ne dessine plus.

[silence]

Femme : Tu sais que c'est fini entre nous.

Homme : Ce n'est pas fini.

Femme : Pourquoi tu dis ça ?

Homme : Tu es à moi. Tu l'as juré devant Dieu.

[rires]

Femme : J'ai juré de t'aimer, pas d'être à toi. Ne sois pas idiot.

[des pas]

Femme : Mon Dieu ! Qu'est-ce que c'est que ça ?

Homme : Quoi ? Le dessin ?

Femme : Non, ce truc dans le bocal !

Homme : Ça ? C'est l'eau sale des pinceaux. Effectivement, il est grand temps de la changer.

Femme : Mais l'eau ne ressemble pas à ça ! Ce truc, c'est une sorte de... de goudron... une sorte de trou noir en pot !

Homme : Calme-toi, allez. Je vais tout nettoyer dans une seconde. Je vais tout enlever. Il n'y aura plus aucune trace de peinture, d'accord ?

Étage 9, appartement 55. Le 10 novembre 2002, à 1 h 10.

[ronflements]

[raclement de gorge]

Homme : Chérie, tu es de retour ? Tu étais censée être partie plus longtemps... Oh, super, tu as quelque chose pour moi !... Que, quoi... une surprise ?... Dis-moi...

[raclement de gorge]

Homme : Comment ça ?... Comment ça, un enfant ?... Mais nous ne pouvons pas avoir d'enfants... Tu en as adopté un et tu l'as ramené en Pologne ?... Et c'est légal, ça ?... Non, mais si, bien sûr, que je suis heureux... Où est-il ?... Dans le coffre ?... Quel coffre ? Tu es folle ?... Dans ce coffre ?... Mais on ne garde pas un enfant dans un coffre, voyons, c'est absurde !... Comment ça, dangereux ?... Quoi ? Eh bien oui, je crois que oui... Je crois qu'il m'aimera bien... mais laisse-le sortir de cette malle, pour l'amour de Dieu !... Voilà... Et où... Oh, mon Dieu... c'est... c'est impossible... ça ne peut pas être vrai... Ce... Non !... Non !... Éloigne ça de moi !... Je ne suis pas père !... Et ce n'est pas mon enfant !... Ce n'est même pas un enfant !... À l'aide !... Non !

Étage 5, appartement 32. Le 10 novembre 2002, à 1 h 20.

[radio, musique douce]

Homme 1 : Maman ! Maman ! Non !

[on se débat]

[des pas, lumière]

Femme : Tout va bien, mon fils, je suis là, réveille-toi. Tout va bien.

Homme 1 : Maman ? Est-ce que c'est la réalité ? Là, c'est la réalité ? Oui ?

Femme : Tu as fait un mauvais rêve. Mais c'est fini, n'aie pas peur.

Homme 1 : Quel cauchemar. Putain de merde.

Homme 2 : Ce n'est pas une raison pour jurer en présence de ta mère, fils.

Homme 1 : Tu n'aurais pas sommeil, toi, par hasard ?

Femme : Kamil...

Homme 2 : Non. C'est ma maison et j'y dors quand bon me semble. Et à ce moment précis, je n'en ai pas envie. Tu as fait un cauchemar, apparemment, raconte-nous.

Homme 1 : Oh, je meurs d'envie de t'en parler. Dans mon rêve, j'ai vu mon quotidien ici et je n'ai pas pu le supporter.

Homme 2 : Qu'est-ce que tu veux dire par là ?

Homme 1 : Je veux dire que mon plus grand cauchemar, c'est vous !

Homme 2 : Ouh là, tu es tellement barbant, mon fils. Si tu n'as rien, je pense qu'on peut aller se coucher, maintenant ?

Homme 1 : De préférence pour toujours.

Homme 2 : Oh, c'est mignon, je crois que notre bébé est en train de grandir, pour être si désagréable. Tu ne crois pas, Krysia ? Vérifie si on a un peu de mélisse dans la boîte à pharmacie, un calmant lui ferait le plus grand bien.

Homme 1 : Je te hais.

[silence]

Homme 2 : Tu sais quoi, fiston ? Je ne t'aime pas beaucoup non plus.

Femme : Tadeusz !

Homme 2 : Bah quoi ? Il est adulte, je n'ai plus à faire semblant devant lui. La vérité, c'est que je n'ai jamais voulu avoir d'enfants, encore moins d'un fiston à sa maman pourri-gâté ni d'un chouineur tel que toi...

Femme : Comment oses-tu ?

Homme 2 : Je me défonce au travail nuit et jour pour nourrir ta sale tronche et subvenir aux besoins de ta mère qui s'est transformée en femme au foyer à cause de toi. Je paie tes cours de soutien parce qu'il n'y en a pas assez à l'école pour un crétin dans ton genre. Mais ça, encore, je l'aurais supporté de bonne grâce. Ce que je déteste par-dessus tout, ce sont tes perpétuelles pleurnicheries de gonzesse. Toutes ces rancœurs enfantines, tous ces cris et ces humeurs. Chaque jour, tu détestes quelque chose d'autre. Tu ne sais pas quel sport tu aimes, mais tu sais exactement quel sport tu méprises. Tu n'écoutes aucune musique, mais tu es toujours prompt à raconter ce que les pédés et les *losers* écoutent. Tu es comme les nouilles que ta mère fait notoirement trop cuire. Je suis dégoûté à l'idée de te toucher parce que j'ai peur de me retrouver avec de la pâte chaude, collante et trop cuite sur les doigts !

Femme : S'il te plaît...

Homme 2 : Tu es tellement dépourvu de couilles que tu insultes tous les hommes qui ont jamais foulé cette terre.

Homme 1 : Je vais te tuer.

Homme 2 : Bien sûr. À condition que ta maman t'apporte un couteau, te le mette dans la main, puis te conduise jusqu'à moi et me tranche la gorge avec ta douce patte toute molle. Ne me fais pas rire. Grandis et casse-toi.

[porte]

Femme : Oh, Kamil, ne fais pas attention à ce qu'il dit. Tu sais bien qu'il traverse une mauvaise passe, sans parler de cette voiture que tu as cassée et tout...

Étage 6, appartement 40. Le 10 novembre 2002, à 6 heures.

[gazouillis]

Homme : Très bien, mon petit, très bien, gazouille fort et longtemps pour garder ton ami Wiktor éveillé...

[un hoquet]

Homme : Je vais te parler, mon petit oiseau doré, sinon je vais m'endormir, et ça, malheureusement, ça ne peut pas m'arriver, oh non, pas question, parce que si je m'endors, je vais encore en rêver, et si j'en rêve, ton ami Wiktor... qui sait... il pourrait même se faire sauter le caisson. Tu comprends ce que ça veut dire, « se faire sauter le caisson » ? Et d'ailleurs, de quelle race es-tu, l'oiseau ? Tu n'es pas un corbeau parce qu'un corbeau fait « croa », tu n'es pas un hibou parce qu'un hibou fait « ouh, ouh ». Alors peut-être n'es-tu qu'une simple volaille capricieuse qui fait « cri, cri ».

[rire]

Homme : Volaille capricieuse, c'est bon, ça, oiseau, et ton nom de famille, c'est probablement Piafinski. D'où viens-tu, mon petit ? Oh, oui, je me souviens, maintenant, Matylda a forcé ses grands-parents à lui acheter cette horrible... aïe, pardon... cette magnifique pendule-oiseau pour son anniversaire. Tu te souviens de Matylda, le piaf ? Une petite fille aux cheveux noirs, qui vivait ici avec sa mère et ce type. Qu'est-ce que tu dis ? Non, non, ce n'était pas moi, ce type était complètement différent, sérieux, c'était un mec sympa, mais il ne vit plus ici. Eh bien, il ne vit plus ici et c'est tout, il a déménagé avec ses filles, il ne pourrait pas vivre sans elles, il se serait certainement buté, sinon. Tu comprends, le piaf ? Je sais, je sais, ce n'est pas facile, de se tuer, peut-être que tu as raison. Peut-être qu'il ne se serait pas tué, peut-être qu'il serait resté ici, assis comme moi, et qu'il aurait attendu que la vie le quitte. Il aurait attendu et rien ne serait arrivé parce que l'homme est… tu dois le savoir, mon piaf… une bête coriace. Pas comme toi, cervelle de moineau. Pour tuer un homme, il faut… ouh là… il faut se triturer les méninges. Ou le laisser seul avec lui-même et attendre qu'il devienne fou. Chaque homme a quelque chose dans la tête qui le rend fou. Les oiseaux aussi ? Ben voilà, ça ne m'étonne pas. Une peur, une culpabilité, une négligence, voire un rêve… Oui, un rêve peut aussi faire perdre la raison. Les gens confondent la réalité et l'imagination. Ils ont honte de ce qu'ils ont pensé, sont fiers de ce qu'ils n'ont pas fait, aiment ceux qu'ils ne connaissent pas et détestent ceux dont ils ont seulement entendu parler. Si tu te regardes sous cet angle, oiseau, tu verras que tu possèdes ta forêt, et si tu me regardes, tu verras que je possède sans doute une maison, un travail, des amis, une maîtresse, peut-être ? Un enfant… des parents… Est-ce que ça fait beaucoup, tout ce que j'ai ? Moi, un être humain ? Ça ne fait pas grand-chose, je pourrais tout énumérer sur une feuille de papier. Tu en possèdes sûrement bien plus dans ta forêt. Mais le truc, c'est que j'ai énormément de choses dans ma tête, j'y ai tout, chaque demi-pensée, chaque quart de fantasme, chaque fraction de rêve. J'ai un trillion de maîtresses, un millier de paires de parents, un million de métiers et trois milliards d'aventures.

Il m'arrive d'être une victime et un bourreau, un violeur et un violé, un meurtrier et un saint. J'ai tout cela dans la tête, mon doux oiseau. Et c'est pourquoi je n'arrive pas à dormir cette nuit parce que c'est parti en vrille et j'ai perdu le contrôle sur toute cette multitude. J'ai peur de prendre une pensée rebelle et insolente pour la réalité et de rester coincé dedans. Et ça, mon piaf, ça pourrait être une telle abomination qu'il vaudrait probablement mieux clamser que de la voir. Mais, comme je te l'ai dit, l'homme est une bête coriace.

[silence]

Homme : Oh, mon Dieu, j'ai failli m'endormir. Tenir encore un instant. Encore un instant et ce sera l'aube, parle, parle et fais-toi un café. Avec quoi, bonne question, puisqu'il n'y a pas d'eau. Qui va me donner de l'eau à cette heure ? Je vais peut-être faire le tour des étages. Quelqu'un doit bien avoir une réserve d'eau minérale. Ce n'est pas une mauvaise idée, ça. Si je me promène, je ne m'endormirai pas. Mais si je rencontre l'autre machin ? Non, il ne vaut mieux pas, il vaut mieux rester ici. Je parlerai aux oiseaux, à condition que je parle fort et sans arrêt. Tout est bon pour ne pas s'endormir.

2.

Comme par malice, le dimanche matin était encore plus beau que la matinée de la veille. Deux jours pareils à la suite ? À cette époque de l'année ? Kamil était certes jeune, mais il ne se souvenait pas d'une telle anomalie. Le temps aurait dû être gris, morose et déprimant. Or, le soleil entrait sans encombre – pas un nuage ! – et illuminait le terrazzo gris du couloir de leur immeuble. De joyeux reflets scintillaient sur cette pierre artificielle qui ornait les cages d'escalier et les cimetières de toute la Pologne. Au rez-de-chaussée, il n'y avait personne. Kamil avait été persuadé que, dès l'aurore, tout le monde se précipiterait au rez-de-chaussée. Ou peut-être s'y étaient-ils déjà précipités et étaient sortis depuis belle lurette ? Son cœur battit plus vite.

Il se tint près de la porte ouverte et inspira profondément l'air – sentirait-il la brise fraîche du jour qui se levait ? En aucun cas. Il n'y avait que ce fond d'odeur aigre des produits de nettoyage et de l'humidité chaude de la cave, toujours perceptible au rez-de-chaussée. Il s'approcha de la porte et passa la main de l'autre côté, comme Wiktor l'avait fait la veille. Pour l'instant, tout va bien, se dit-il. Il fit un pas en avant – et marcha droit dans le hall. Il regarda autour de lui, résigné. Deux filles se promenaient sur le trottoir, dont l'une avec qui il avait été en classe à l'école primaire.

— Hé ! Karolina, tu m'entends ? cria-t-il à plusieurs reprises, sans attendre de réponse.

Et à juste titre. Les filles s'éloignèrent.

Il essaya malgré tout de jeter sa chaussure à l'extérieur. Il la lança si fort que, lorsqu'elle revint, elle le frappa douloureusement à la cuisse avant qu'il ne puisse l'esquiver. Il jura, remit sa chaussure et boitilla jusqu'à chez Wiktor, au sixième étage.

Soudain, il fut douloureusement aveuglé par un rayon de soleil reflété par une fenêtre de l'immeuble d'en face. Il fit la grimace et se frotta les yeux. Après une nuit blanche, il avait l'impression d'avoir des grains de sable sous les paupières. Il aurait accepté un mois de punition supplémentaire en échange d'un bol d'eau dans lequel se tremper le visage, de deux litres du liquide le plus basique parcourant les canalisations de la ville. Mais il n'y avait plus d'eau dans les tuyaux depuis la veille au soir. Et lui non plus n'était pas pressé d'ouvrir les robinets, se souvenant de l'incident avec la goutte noire.

— Je vois à ta tête que tu es déjà passé en bas, entendit-il dès qu'il eut franchi le seuil de l'appartement de Wiktor.

— Et toi ?

— Moi ? Comment dire… je n'étais pas pressé d'avoir un tête-à-tête avec les bouches d'incendie, dit Wiktor en souriant de travers.

Son visage fripé n'était pas beau à voir. Si la veille il faisait encore son âge, ce jour-là il ressemblait davantage à son propre grand-oncle. Il donnait l'impression d'être vieux, malade et épuisé.

— J'ai lutté toute la nuit contre le sommeil, dit-il comme pour répondre au regard de Kamil. Ça n'a pas été facile, mais je me suis amusé à parler avec mon petit oiseau.

Kamil haussa les sourcils.

— Non, non, pas avec ce petit oiseau-là ! fit Wiktor en riant. Avec celui-ci.

Il désigna l'horloge accrochée au mur. À côté des heures, il y avait des dessins de différents volatiles. Kamil ne sut en reconnaître aucun.

— Ne crois pas que je devienne fou, c'est juste que j'étais tellement paniqué à l'idée de m'endormir que je me suis accroché aux branches.

— Alors qu'est-ce qu'on fait, patron ? demanda Kamil en interrompant ces explications.

Sans qu'il sache pourquoi, il avait décidé de ne pas parler, du moins pas pour le moment, de ses cauchemars et de sa nuit blanche à lui.

— On va faire le tour des appartements, on dira aux gens que la situation n'a pas évolué…

— Ils voudront vérifier par eux-mêmes.

— Je sais, surtout ceux qui n'ont pas ressenti le besoin de sortir hier et qui apprendront la situation de notre bouche.

Quoi qu'il en soit, nous convoquerons une réunion à dix-huit heures en bas.

— Pourquoi si tard ? fit Kamil, surpris. Réunissons-nous dès maintenant, réfléchissons à la manière de dégager d'ici et cassons-nous.

— Parce que je continue à espérer que quelque chose va changer. Donnons à cette « chose » un peu de temps. Par précaution, on se rendra en bas toutes les heures et on dira à tout le monde d'essayer de passer des coups de fil réguliers à partir des téléphones fixes et des téléphones portables. Quelqu'un dispose peut-être d'une radio CB ?

— Comment on se partage les tâches ? demanda Kamil, lâchant rapidement prise.

Il ne savait pas pourquoi, mais il en fut immédiatement soulagé.

Wiktor réfléchit un instant.

— Tu prends d'en bas jusqu'au cinquième, je vais faire le tour des étages supérieurs. Demande à chacun s'il lui est arrivé quelque chose d'étrange et ne t'énerve pas si les gens deviennent agressifs. Ce n'est déjà pas facile à la base, et maintenant tout le monde doit être encore plus à cran.

Kamil chercha dans l'appartement la bouteille d'alcool qu'il avait apportée la veille. La liqueur d'œufs était posée sur la table. Vide.

— Ça n'a pas dû être simple, de siffler une bouteille et de rester éveillé, commenta-t-il.

— En effet, mais c'était l'unique solution. Ce qui était le plus épuisant, c'est le goût de cette merde sucrée. Comment peux-tu boire cette cochonnerie, gamin ? Ta copine l'a laissée chez toi ?

Kamil jura dans sa tête.

— Je bois ce qui me plaît, balbutia-t-il. Et va te faire foutre. En plus, tu aurais dû en garder pour plus tard. Je n'ai plus rien, moi. Et j'ai aussi vérifié auprès de monsieur mon donneur de sperme, son bar est à sec lui aussi.

Il vit les pupilles de Wiktor se dilater dans un accès de crainte. Putain d'alcoolique. Comment ce type pouvait-il être encore vivant ? Je me demande s'il va commencer à mendier d'un appartement à l'autre pour qu'on lui cède de la gnôle pour la soirée. Il emportera peut-être un bocal pour des dons liquides ? Kamil sentait qu'il s'irritait et se mettait en colère inutilement, mais la remarque sur l'alcool de gonzesse, qui rappelait les éternels reproches de son propre père, lui avait fait mal. Ne pouvait-il vraiment pas boire ce qu'il appréciait ? Devait-il obligatoirement s'enfiler de la vodka au goulot pour qu'on ne se moque pas de lui ?

— Eh bien, tant pis, marmonna Wiktor. Je me débrouillerai. Allez, file. On se voit chez moi dans deux heures.

Kamil lança un « À plus » bref et il descendit en courant au rez-de-chaussée où il n'y avait toujours personne, avant d'entamer son pèlerinage entre les appartements.

Dès le deuxième étage, il fut bouche bée d'étonnement. La réaction des gens à sa visite était pour le moins étrange. La plupart – et ils n'étaient pas nombreux, c'était fou, de voir le nombre d'appartements vides – se contentaient de hocher la tête et de lui claquer la porte au nez. Quelqu'un lança un « D'accord », un autre confirma d'un « À dix-huit heures en bas » laconique. Même le concierge, le boute-en-train de l'assemblée pas plus tard que la veille, leva à peine vers lui ses yeux injectés de sang par l'insomnie et marmonna : « OK, mais je m'en fous, en fait. » Ils étaient tous l'ombre d'eux-mêmes, ressemblant aux images d'un vieux rétroprojecteur dont l'ampoule serait en fin de vie. Ils étaient gris, délavés, enfoncés en eux-mêmes. Dans deux des appartements, Kamil entendit des murmures et frappa à la porte pendant un bon moment, mais personne ne vint lui ouvrir. Il frémit à l'idée que ces murmures n'impliquaient pas nécessairement une présence humaine. Il imagina l'appartement rempli de ce néant, de ce noir qui les avait effrayés la veille, car, à bien y réfléchir, cette colonne sèche traversait tout l'immeuble. Dans quelle direction ce truc, ou plutôt ce rien, pouvait-il s'écouler ? Ruissellerait-il jusqu'à chez lui ? Et quand ? Parviendraient-ils à sortir d'ici avant que cela n'arrive ?

Perdu dans ses pensées, il appuya sur le bouton de la sonnette située près de la porte au bout du couloir du cinquième étage – le dernier étage dont il devait avertir les habitants. Son propre appartement se trouvait à l'autre extrémité du palier. C'était drôle, mais il n'avait jamais vu le voisin (la voisine ? les voisins ?) qui vivait là. Cet appartement était donc certainement vide lui aussi. Il perçut un bruissement, mais personne n'ouvrit. Il appuya de nouveau sur la sonnette, tint bon. La plaque du judas qui, sans qu'il sache pourquoi, se trouvait à hauteur de son nombril, claqua.

— Qui est là ? demanda une voix masculine.

— Bonjour, Kamil Źródlaniec, nous sommes voisins. C'est au sujet de notre situation.

Le loquet céda et la porte s'ouvrit. De surprise, Kamil recula d'un pas.

3.

Depuis le matin, je me sentais comme un acteur le jour de la grande première. J'étais sûr qu'aujourd'hui, l'un d'entre eux frapperait à ma porte. Mais qui ? Quand j'ai entendu que c'était Kamil, j'ai eu un doute. Wiktor était un homme mûr et adulte, tandis que Kamil était un adolescent en colère. Comment parler à quelqu'un tel que lui ? Crispé, j'attendais que la sonnette retentisse. Je roulais en alternance jusqu'à la porte, puis à la chambre et de nouveau vers l'entrée.

Je me faisais du thé, mais je buvais de l'eau. J'avais beau me répéter que Kamil ne savait rien, cela ne me rassurait guère. Je me demandais si je devais faire semblant d'être absent. Je me suis réprimandé pour cette idée stupide ; après tout, j'attendais cette visite avec autant d'impatience que d'appréhension. Je vivais dans l'espoir qu'une seule entrevue suffirait. Je leur dirais que je m'en fichais – vu que j'étais de toute façon cloué dans un fauteuil roulant – et j'espérais qu'ils me laisseraient alors en paix. Ce serait le mieux, mais ça n'avait aucune chance d'arriver. Quelqu'un finirait par le leur dire et ils viendraient toquer une seconde fois. Ils frapperaient, puis enfonceraient la porte, exigeraient des explications.

Lorsque la cloche finit par résonner, je me trouvais aux toilettes – comme par hasard ! Paniqué, j'ai commencé à me rhabiller à la hâte et à me hisser maladroitement sur mon fauteuil roulant, comme si j'étais paralysé depuis la veille et non depuis des décennies.

Lorsque je suis enfin sorti de la salle de bains, l'appartement vibrait du rugissement de la sonnette. J'ai imaginé que ce n'était pas la cloche, mais Kamil qui m'engueulait furieux à travers le trou de la serrure parce qu'il avait deviné la vérité. Juste au cas où, j'ai regardé par le judas – il ne m'engueulait pas. Il se tenait de travers, l'air las, et arrêta d'appuyer sur le bouton quand il comprit qu'on venait.

J'ai demandé « Qui est là ? » pour entendre sa voix, puis j'ai ouvert. Eh bien, le moins que l'on puisse dire, c'est qu'il n'était pas préparé pour ce spectacle. Personne dans l'immeuble ne savait que quelqu'un comme moi vivait dans un deux pièces au cinquième étage, au numéro trente-six, derrière une porte sans plaque.

C'est drôle, mais je l'avais imaginé différemment. Je le visualisais plutôt petit, rondouillard, imberbe, un peu efféminé, avec un regard flou – c'est dire à quel point les remarques de son père m'avaient marqué. Or, en face de moi se tenait un grand garçon, ou plutôt un homme bien bâti, aux cheveux courts, mais aux favoris taillés avec fantaisie. Ses yeux gris me fixaient d'en dessous de ses sourcils épais avec étonnement, mais sans crainte, et avec curiosité. Il n'avait pas l'air de quelqu'un dont la voix tremble lorsqu'il s'adresse à ses parents. Et pourtant.

— Oui, qu'y a-t-il ? demandai-je.

— Je ne vous ai jamais vu, répondit-il. Vous habitez ici depuis longtemps ?

— Depuis plus longtemps que vous n'êtes sur cette terre, jeune homme. Qu'est-ce qui vous amène ?

Je ne sais pas pourquoi je me ridiculisai ainsi. Mine de rien, après ce qu'il m'avait dit à travers la porte, j'aurais au moins dû être curieux de la situation qu'il évoquait.

Il me raconta assez fidèlement les événements de la veille. Je fus déçu par la brièveté de ce récit impersonnel. J'eus l'impression qu'il ne s'agissait pas d'une histoire racontée par une personne vivante, mais d'une citation tirée d'un communiqué de presse rédigé par un journaliste analphabète.

Quand il eut terminé, je récitai la phrase que je répétais dans ma tête depuis le matin :

— Eh bien, comme vous pouvez le constater, dis-je en montrant mes jambes inertes, l'emprisonnement n'est pas un état nouveau, dans mon cas. Au contraire, il est plus naturel pour moi que pour vous le fait de marcher. Bien sûr, cela m'inquiète que mon aide-soignante ne puisse me rendre visite et m'apporter ma nourriture, mais j'ai encore des provisions pour une semaine. Je pense que la situation se sera éclaircie d'ici là. Je n'ai donc aucune raison de venir à la réunion.

Il écouta mon discours mielleux et me demanda :

— Vous n'êtes pas surpris par mon récit ?

Mince. Je voulais éviter cette conversation, surtout à ce moment précis. Malheureusement, je me ridiculisai encore plus :

— Non, cela ne me surprend pas, répondis-je. Je suis peut-être handicapé physiquement, mais la nature m'a récompensé en me dotant d'une sorte de sixième sens. Je sais mieux que les autres ce qui se passe autour de moi, et puis, comme je reste parfois assis en silence, j'entends ce que disent les voisins dans le couloir…

J'hésitai, mais je terminai :

— … ou même chez eux.

— Vous avez une si bonne ouïe ? Ou vous collez un stéthoscope aux murs ?

Ce fichu gamin se moquait de moi.

— Non, j'ai câblé le bâtiment avec un réseau de micros-espions ! lançai-je, furieux.

Je voulais qu'il s'en aille. Mais il restait planté là, les mains dans les poches, la tête légèrement penchée en avant, et il me fixait.

— Mec, dit-il, j'ai fait le tour des apparts et raconté cette histoire à des gens qui ne la connaissaient pas, et personne ne l'a encore écoutée jusqu'au bout. Tout le monde a l'air d'un spectre, on m'interrompt au milieu de la phrase, on n'est curieux de rien, et l'information de la réunion, j'ai dû la crier plusieurs fois à travers des portes closes. À vous, je vous ai tout dit et, d'abord, vous n'êtes pas surpris, et ensuite, vous me parlez d'un sixième sens. J'ai donc une petite question : qu'est-ce que vous savez, putain ?

— Rien, répondis-je rapidement.

Trop rapidement.

— Bah voyons. Pourquoi ne pas m'inviter à entrer, alors ? On va papoter. Je suis sûr que vous vous ennuyez, tout seul.

Je transpirais comme une limace.

— Au contraire.

J'essayais, sans grand résultat, de rendre ma voix aussi calme que possible.

— Je m'apprêtais justement à jouer au solitaire. Je le fais tous les jours à cette heure précise et je déteste changer mes rituels.

Il se mit à rire. Quel morveux insolent.

— Je n'en doute pas. Je passerai ce soir, je vous expliquerai comment s'est déroulée la réunion, je tomberai peut-être pile entre deux rituels, et nous discuterons un peu. Qu'en pensez-vous ?

— Ça ne sera pas nécessaire, balbutiai-je. J'entendrai tout grâce à mes micros-espions.

Et je fermai la porte au nez de ce sale mioche.

4.

C'était insupportable. Il aurait été plus facile de parler à un parfait inconnu qu'à son propre mari. Ils s'étaient attablés et buvaient du thé, en essayant de ne pas se regarder dans les yeux. C'était le quatrième thé de l'après-midi. À un moment donné, l'un d'entre eux n'en pouvait plus et demandait « Tu veux du thé ? », ce à quoi l'autre répondait « Oui, oui, volontiers ». Elle avait la bouche pâteuse à force d'ingurgiter ces tanins – par ailleurs, ils auraient dû économiser l'eau minérale. Il ne leur en restait plus beaucoup et tous les robinets étaient aussi secs que des bouteilles dans l'appartement d'un alcoolique.

Ils avaient essayé de parler de sujets neutres, mais rien n'en émergeait. D'un autre côté, ni l'un ni l'autre ne voulait aborder le plus important – leur sujet – de peur d'aggraver la situation.

À condition que la situation puisse vraiment empirer, pensa Agnieszka.

Discrètement, elle observait toujours Robert. Il se comportait bizarrement. Soit il la fixait avec des yeux de chien battu prêt à tout endurer pour que sa maîtresse le caresse, soit il se redressait et lui adressait un regard plein de mépris et de haine, le visage traversé par une ombre… soit il jetait un coup d'œil envieux en direction de ses pinceaux. Agnieszka ne savait qu'en penser. Elle était convaincue que les choses ne seraient plus jamais comme avant entre eux, mais elle refusait d'admettre qu'elles pourraient ne plus l'être du tout. Hier, lorsqu'il était descendu la voir si contrit, elle s'était réjouie ; avant cela, elle avait arpenté les couloirs, persuadée que leur relation avait pris fin de manière abrupte et définitive.

Mais à présent, alors qu'elle constatait ces éclairs de colère et qu'elle se souvenait de ce « Tu es à moi » débile lancé durant la nuit, elle sentit un frisson de peur lui parcourir l'échine. Était-ce le même homme qui, à Olecko, la portait sur son dos pour traverser la rivière afin qu'elle ne se mouille pas les pieds ? Le même qui était toujours prêt à blaguer, à railler, à tourner chaque situation en dérision ?

Celui-là même qui lui avait crié : « Qu'est-ce que j'en ai à foutre, de ta putain de grossesse ? »

C'est ce satané immeuble, pensa-t-elle. C'est cette tour. Tout avait commencé quand ils avaient emménagé ici. D'abord le cadavre, puis la cave, puis l'incident dans l'ascenseur, le fait de peindre ces horribles tableaux, les problèmes au travail, l'enfermement et la terrible dispute de la veille…

— Je vais aller me promener, déclara-t-elle.

Il haussa un sourcil, ne sachant quoi répondre.

— Ne t'inquiète pas, ce n'est pas une provocation. Je vois que tu as du mal à te retenir de peindre. Vas-y, fais-le, je vais voir ce que fichent Wiktor et Kamil. Ils cherchent probablement un moyen de déverrouiller le bâtiment.

Robert remua sur sa chaise.

— Mais il vient à peine de passer, ce Wiktor. Il a dit que la réunion n'aurait lieu que le soir. Et puis, je préfère vraiment rester là avec toi plutôt que de peindre.

Cela lui fit de la peine. Elle aurait préféré qu'il soit honnête. Jusque-là, c'était ce qu'il avait l'habitude de faire.

— Je te le redemande. Je peux rester ici à boire du thé jusqu'à ce qu'on pète un câble, ou je peux aller… me promener, disons… et tu pourras dessiner. Qu'est-ce que tu veux vraiment ?

— Je ne vais pas te retenir par la force…

Elle eut du mal à freiner ses larmes. Elle lança un autre joyeux « Alors à plus, on se voit au dîner », et s'en alla.

À présent, elle savait que c'était fini.

Elle ne pleura qu'une fois dans l'escalier. Tout ce qui s'était accumulé en elle depuis la veille lâcha d'un coup. Elle sanglota, sanglota, mais quand elle se calma, elle se sentit beaucoup mieux. Ne t'inquiète pas, ma petite. On va trouver un mec bien et on vivra comme des reines.

Elle descendit trois étages et frappa à la porte de Wiktor. Lorsqu'il ouvrit, elle ne put s'empêcher de s'écrier :

— Mon Dieu, c'est quoi, cette tête ?

— J'imagine celle de mon oncle le lendemain du jour de la paie, répondit-il en souriant avec aigreur. J'ai lutté toute la nuit contre le sommeil. Et j'ai gagné.

— Félicitations. Je me suis endormie deux heures. Et c'était une erreur. Je me suis réveillée à la dernière minute, deux pas plus près du final. Il est hors de question que j'aille au bout. Cette nuit, je ferai moi aussi mon possible pour rester éveillée.

Elle entra. Kamil était attablé et la salua d'un mouvement de la main sans se lever. Elle balaya du regard l'appartement encrassé et fut surprise de voir des dessins d'enfant accrochés aux murs.

— Je croyais que tu étais célibataire, dit-elle à Wiktor.

— Et non, tu vois, je ne le suis pas, répondit-il sans s'étendre sur la question.

— Ça fait longtemps ? l'interrogea-t-elle.

— En quelque sorte. Dans dix-huit jours, ça fera un an.

Elle voulut demander ce que ça faisait de se séparer de quelqu'un qu'on avait aimé pendant des années, mais se retint. Ils se regardèrent quelques secondes, puis elle jeta son sac par terre et s'assit à table. Elle alluma une cigarette, mais l'éteignit au bout d'un moment.

— Quelles sont les nouvelles du front ? lança-t-elle.

— Rien de nouveau, déclara Kamil. J'ai essayé de franchir cette porte tant de fois que ça ne m'émeut plus. Par ailleurs, on a accroché une affiche...

Plusieurs feuilles de papier collées ensemble avec une grande inscription « AU SECOURS ! » bouchaient l'une des fenêtres de Wiktor.

— ... mais à mon avis, mon trou du cul aura plus tôt fait d'échanger sa place avec mon nombril avant que ça donne un résultat. Et puis, j'ai rencontré un alien, le huitième passager de notre belle villa.

— C'est-à-dire ?

— Un barjo chauve et paralysé vit au cinquième étage. C'était la première fois que je le voyais. Et j'habite au même étage que lui, dix mètres plus loin. Tu le connais ? demanda-t-il à Wiktor.

— Pas le moins du monde. De quoi il a l'air ?

— Eh bien, je te l'ai dit, d'un extraterrestre. Il est monstrueusement maigre, mais il a de grosses paluches et des bras musclés. C'est sûrement à force de se déplacer en fauteuil. Il est pâle, mais pas blanc, juste d'un gris maladif, complètement chauve, sans cils ni sourcils, et son crâne... Comment le décrire ? Il est déformé vers l'arrière... ce qui le fait ressembler à un lézard. Un lézard gris et glabre. Je vous le dis, ça m'a rebuté.

— Mais il se déplace dans ce fauteuil roulant ? s'enquit Agnieszka.

— Ouais.

— Alors pourquoi il ne quitte jamais son appart ?

— Va savoir. Demande-le-lui si ça te chante. Peut-être qu'il fait des expériences sur des cerveaux de chiens et qu'il ne peut pas les quitter une seconde parce qu'il doit surveiller le voltage dans les électrodes ? Il avait l'air cinglé.

Wiktor se joignit à la conversation :

— J'en ai également rencontré un au dernier étage, un hippie qui m'a d'abord dit qu'il m'aimait de tout son être, puis qu'il ne pouvait pas sortir ni me laisser entrer parce qu'il avait détruit ses clés, mais qu'il serait ravi de m'accueillir mercredi prochain.

Il fit des cercles du bout de son index au niveau de sa tempe pour montrer ce qu'il pensait de ce voisin.

Ils parlèrent de différents habitants, de leurs comportements, de leurs bizarreries et du fait que les occupants de l'immeuble avaient l'air renfermés et craintifs – et que ce jour-là en particulier ils avaient l'air de manquer de sommeil. Wiktor amusa ses compagnons avec l'histoire du prof de sport du premier étage. Le sujet de la tache noire était en suspens, mais personne ne voulait l'aborder. Il y avait aussi un second tabou que Kamil brisa :

— C'est quoi, le truc avec ces rêves ? Pourquoi on fait tous des cauchemars ?

Il y eut un silence pesant. Agnieszka et Wiktor fixaient le vide, Kamil observait avec curiosité tantôt l'un, tantôt l'autre. Agnieszka finit par relever la tête.

— Ce ne sont pas des cauchemars, déclara-t-elle. Ce sont plutôt des visions, quelque chose de si réel que je me fige rien qu'à l'idée d'y songer. Je ne dormirai certainement pas cette nuit. Je préférerais me couper les veines plutôt que de revivre ça. C'est…

Sa voix se brisa.

— ... c'est la pire chose qui me soit arrivée. Et ce n'est pas un rêve ! C'est aussi réel que la réalité la plus vraie. J'y suis pleinement consciente. Il n'y a pas de sauts dans le temps ou dans l'espace, aucune absurdité ou incohérence onirique. C'est un monde qui se base sur une peur qui enfle dès les premiers instants de la vision. C'est comme si quelqu'un avait sorti votre pire crainte de votre tête, puis vous avait plongé dedans, et non seulement il ne vous laisse pas vous en échapper, mais il vous tient bien la tête pour que vous n'en ratiez pas une miette. Rien que d'y penser, j'en ai la chair de poule. J'ai peur de me rappeler que ça va être l'heure quand je m'endors, j'ai peur... Hé, Wiktor, qu'est-ce qu'il y a ?

D'une pâleur mortelle, Wiktor porta la main sur son sternum et glissa de sa chaise jusqu'au sol.

— Je meurs... balbutia-t-il. Arrête, n'en dis pas plus, je t'en supplie, ça me tue. Je... je crois que c'est une crise cardiaque... Je ne peux plus respirer... aidez-moi...

— De la vodka ! s'écria Kamil.

— Quoi ?

— De la vodka ! Est-ce que tu as de l'alcool chez toi ? Vodka, whisky, bière, vin, peu importe...

— Non, je ne crois pas... Attends, oui ! J'ai de la Becherovka !

— Apporte-la vite. C'est un alcoolique, ta liqueur va le remettre sur pied. Cours !

Kamil se mit à dire quelque chose à Wiktor d'une voix rassurante, mais Agnieszka ne l'écoutait plus, elle courut jusqu'au huitième, se rua dans l'appartement sans rien expliquer à Robert, s'empara de la bouteille à moitié vide produite à Karlovy Vary et se précipita en bas.

Wiktor n'était plus pâle, il était devenu violacé et essayait en vain de respirer. Kamil le serrait contre sa poitrine comme un petit enfant, en fredonnant une mélodie dans sa barbe.

Agnieszka versa un peu de Becherovka dans un verre et le porta aux lèvres de Wiktor. Une odeur sucrée d'herbes se répandit dans l'appartement.

— Encore, chuchota-t-il en attrapant la bouteille.

Il la porta à ses lèvres, la vida d'un trait et la reposa. Il inspira à fond. Après quelques secondes, la pâleur mortelle quitta son visage.

— Eh bien, mon vieux, commenta Kamil, après une telle dose de cochonnerie dans tes boyaux, tu gagneras à coup sûr le concours du dégueulis.

— Il a raison, ajouta Agnieszka, il ne faut pas exagérer, avec ce truc.

Wiktor les regarda comme un couple de tantes chaperonnes qui interdirait le pelotage lors d'un rendez-vous galant.

— Premièrement, ne vous inquiétez pas pour moi, dit-il. Deuxièmement, merci beaucoup. Il y a une minute, j'ai cru mourir. La perspective de vomir équivaut pour moi à un billet pour Tenerife. Je peux tout au plus sauter de joie.

Ils restèrent attablés devant la bouteille vide. Agnieszka se dit qu'elle aimerait bien se mettre minable elle aussi, se fracasser tellement la tête qu'aucun rêve n'aurait une chance d'être clair. Elle interrogea Wiktor à ce sujet.

— Ça ne sert à rien, répondit-il brièvement. C'est même pire parce qu'il est plus dur de s'en remettre au réveil si tu es assommé. Ma méthode consiste à ne pas dormir et à boire juste assez pour ne pas paniquer en état d'éveil. Mais ce n'est pas facile. Et maintenant, ça sera même impossible…

Il montra la bouteille.

— … à moins que tu n'aies encore de l'alcool.

Elle secoua la tête.

— Voilà. Je n'en ai pas, tu n'en as pas, Kamil n'en a pas non plus, et impossible de faire un saut à la supérette.

Au fond, je n'aurais jamais cru que ma désintoxication se déroulerait dans de telles conditions.

Ils demeurèrent silencieux pendant une heure et cela ne les dérangea pas du tout. En fin de compte, Kamil brisa le tabou pour la seconde fois :

— Raconte ton rêve, demanda-t-il à Agnieszka.

Elle pouffa de rire.

— Je ne plaisante pas. Si tu ne l'as pas rêvé jusqu'au bout, jusqu'à cette fin si effrayante, et que tu es déjà si terrifiée que tu ne veux même pas en parler, alors ça n'ira jamais mieux. Je crois... Je pense que c'est ça qui nous retient ici. Nous ne sommes pas prisonniers de ces murs, mais de nos propres peurs. Tant qu'elles auront du pouvoir sur nous, nous resterons enfermés.

Wiktor se leva de table.

— Faites ce que vous voulez, déclara-t-il. Je n'y participerai pas. Il n'y a plus de picole et vous voulez quand même patauger là-dedans ? Je me casse.

— Pour aller où ? Tu vas aller faire une sieste ? ricana Kamil.

— Laisse-moi tranquille, gamin. Qu'est-ce que tu peux savoir des mauvais rêves ?

— Peut-être plus que vous ne le croyez.

Wiktor s'arrêta à la porte, la main sur la poignée.

— Quel âge as-tu ? Dix-sept ans ? Dix-huit ? Mettons dix-huit. De quoi peux-tu avoir peur ? Quels cauchemars peuvent te tourmenter ? Papa ne t'a pas laissé aller à une fête ? Maman ne t'a pas donné d'argent pour des fringues de marque trop stylisées ? Je serais très curieux de l'apprendre. Et je serais très curieux de savoir quelles horreurs peuvent hanter quelqu'un dont le seul devoir est de retrouver ses potes au lycée, quelqu'un qui peut mater MTV à longueur de journée et à qui on fournit gratos nourriture, lit, chiottes et serviettes propres. Allez vas-y...

Wiktor lâcha la poignée et revint vers la table. Il s'appuya à deux mains sur le plateau et se pencha vers Kamil, un sourire mauvais aux lèvres.

— Si tu veux jouer le putain d'analyste, si tu veux qu'on se raconte des histoires, commence.

Kamil baissa la tête et recula dans sa chaise. Il ne parla pas.

— On t'écoute.

Kamil leva les yeux, leurs regards se croisèrent. La grimace mesquine quitta le visage de Wiktor dès qu'il vit l'immense tristesse qui se cachait dans les pupilles du garçon.

— Crois-moi, mec, dit Kamil à voix basse, si nos cauchemars sont nos fautes, tu ne surenchériras jamais sur moi. Jamais. Crois-moi. Et on dit « trop stylées », pas « trop stylisées ».

Wiktor ouvrit la bouche. Agnieszka était persuadée qu'il allait dire « Raconte. Raconte et je te croirai », elle entendit l'écho de ces mots avant même que Wiktor ne parle, mais celui-ci ferma la bouche sans émettre un son.

Au lieu de cela, elle prit la parole.

— Reste, Wiktor. Reste au moins un peu. Tu sais qu'il est inutile de vous chamailler. Et moi, je sens…

Elle mit involontairement la main sur son ventre. Je me demande si cela va devenir ma nouvelle habitude, maintenant, pensa-t-elle.

— … je sens que cela pourrait être pertinent. Ne me demandez pas pourquoi, mais c'est ce que je ressens, c'est tout. Et ne vous disputez plus. Je vais commencer. Je vais vous raconter le mien.

5.

Vous pouvez imaginer la tension avec laquelle j'écoutais cette conversation. Enfin, après tant d'années, après tant de décennies d'événements et d'accidents étranges que Maigrichon n'aurait jamais résolus même s'il avait fouiné jusqu'à la fin de sa vie, quelqu'un avait trouvé ce qui était – peut-être – la clé du mystère de cet endroit. Assis avec mes écouteurs devant le magnétophone, j'avais l'impression d'assister au meilleur thriller du monde. Je fus surpris qu'Agnieszka, que je prenais pour une grue stupide, ait défendu son point de vue avec autant de fermeté. Contre toute attente, elle s'était révélée la plus forte d'eux tous. Mais ce n'était qu'un pas minuscule. C'était comme dire à un homme qui avait le vertige qu'il pouvait sauter en parachute et qu'il s'en porterait bien mieux ensuite. Pouvait-il le faire ? Bien sûr que oui. Il pourrait probablement même croire que ça l'aiderait. Mais le ferait-il ? Dans neuf cas sur dix, non. Cependant, la peur du vide ne pousse personne au suicide. En tout cas, ce n'est pas le cas ailleurs.

6.

Oleg Kuzniecow tentait de trier les papiers qui s'amoncelaient dans son micro-bureau au premier étage du quartier général de la police de la capitale, au palais Mostowski. Il ne restait plus en lui la moindre trace de l'enthousiasme qui l'avait animé le matin. Planté au milieu des piles de documents qui jonchaient le sol, il grinçait des dents et jurait. Il avait cru jeter une demi-tonne de papiers et commencer une nouvelle vie ordonnée de policier exemplaire qui n'oublie rien et ne remet jamais rien à plus tard. Ç'avait été une erreur. Après trois heures de travail, il lui apparut que tout était nécessaire, que le nombre d'affaires remises à ce plus tard indéfini était écrasant et que, en réalité, il disposait de moins de documents qu'il n'aurait dû pour les traiter réellement. Il tenta de les classer par ordre d'importance. Par ailleurs, il avait déjà dix tours de paperasse sur son bureau concernant des enquêtes qu'il aurait dû boucler depuis belle lurette. Il manquait de place pour les affaires courantes et importantes.

Lorsque Maigrichon passa la tête dans son bureau, il lui lança un regard peu amène.

— Ne m'apporte surtout pas de nouveaux dossiers ! grogna-t-il.

D'un geste théâtral, Maigrichon cacha la chemise en carton qu'il tenait derrière son dos.

— Oui, monsieur le commissaire. Je viens pour emmener monsieur le commissaire en promenade.

— Maigrichon, tu n'essaierais pas de me draguer ?

— Ne sois pas con, mais regarde par la fenêtre. La prochaine fois qu'il fera aussi beau, on sera en mai. Puisque nous sommes de toute façon coincés au taf, au lieu d'être avec nos femmes au parc Łazienki, sortons au moins un peu. Et puis, il faut qu'on parle et, chez toi, on manque de place.

Oleg balaya la pièce avec des yeux assommés et soupira. C'était vrai, il n'y avait pas de place dans son bureau.

Il enfila sa veste en cuir et ils sortirent devant le bâtiment. Maigrichon avait raison. S'il n'y avait pas eu les arbres nus et les pelouses brunes, on aurait eu du mal à croire qu'on était à la mi-novembre. Le soleil brûlait fort et il y avait dans l'air une odeur de terre mouillée et de feuilles en décomposition, mélangée à la senteur urbaine de l'asphalte et du béton. Oleg se dit que sa femme était peut-être en train de se balader seule en ce moment. Il l'avait laissée pour mettre de l'ordre dans son bureau et ça n'avait abouti à rien. C'était trop bête.

Ils s'assirent sur un banc près de la fontaine devant le cinéma Muranów. C'était drôle, de constater que ces salles obscures se trouvaient à trois minutes à pied, mais que la dernière fois qu'il les avait visitées remontait à plusieurs années. Maigrichon sortit une barre chocolatée de la poche de son manteau.

— J'aime bien cet endroit, dit-il en désignant de la main la place Bankowy.

— Pourquoi ?

— Ça fait très métropole. Il y a un gratte-ciel turquoise, l'hôtel de ville, les tramways, l'entrée du métro. Là-bas au fond, on voit les arbres du jardin des Krasiński. Et tout cet espace ! Aucune autre ville de Pologne ne dispose d'un tel panorama. Toutes ces Cracovie ou autres Gdańsk sont peut-être jolies, mais deviennent vite étouffantes. Des petites rues, des petites places, tout est petit et étriqué. Au bout d'une heure, j'y ai mal à la tête.

Oleg resta prudemment silencieux. L'amour de Maigrichon pour sa ville était aussi légendaire que proportionnel à son aversion pour la province, qui comprenait d'après lui tout ce qui se trouvait en dehors du centre-ville strict de la capitale. Un jour, ils avaient dû le défendre lorsque, devant leur patron de l'époque, qui était originaire de Cracovie, il avait déclaré que Cracovie et Łódź devraient être rayées de la carte de la Pologne, car c'était une honte pour le pays « d'emmener de tels paysans dans l'Union européenne ».

— De quoi voulais-tu me parler ?

— Tu vas te moquer de moi.

— Oh non, pas ça, Maigrichon ! Tu as vu ce qui s'empile sur mon bureau ? Ce sont des Affaires Très Urgentes que j'aurais dû régler depuis fort longtemps et dont je vais seulement m'occuper bientôt. Je ne suis pas intéressé par des fantasmes d'immeubles tueurs. Hors de question. Et puis mince, laisse-moi souffler un peu !

Oleg ferma les yeux et exposa son visage au soleil. Il sourit, écoutant les bruits de la ville : un tramway qui freinait, le bang du moteur d'une vieille Polonez, le sifflement de la porte d'un bus nouvelle génération et le signal d'une ambulance, quelque part au loin… le bruissement d'une bicyclette, le claquement rapide de talons sur le trottoir. Il ouvrit un œil pour voir la propriétaire des talons. Vraiment, ce n'était pas si mal.

Mais Maigrichon n'abandonna pas.

— S'il se passe quelque chose dans cet immeuble, tu vas te retrouver à zoner dans les couloirs du commissariat et à déverser ta rancœur sur tout le monde. Et moi, je te suivrai pas à pas en te murmurant à l'oreille : « Je te l'avais bien dit, je te l'avais bien dit… »

— Mon Dieu, comme tu es fatigant… Que devrions-nous faire, d'après toi ?

— Observer. Poster quelqu'un sur place. Laisse les garçons de la rue Chodecka monter la garde.

— Je pense que les garçons de la rue Chodecka seront enchantés par ton idée. Mais admettons. Nous posterons quelqu'un là-bas. Pour une semaine. Qu'il vérifie que rien ne se passe.

— À partir d'aujourd'hui ?

— Maigrichon ! rugit Kuzniecow. Aujourd'hui, c'est dimanche, et demain est un jour férié. T'es dingue, ou quoi ? À partir de mardi.

— Oui, oui, tu as raison, j'avais oublié, rétorqua Maigrichon en levant les mains en signe de soumission. Mais dans ce cas, je pense que je les appellerai quand même demain.

— Qui ça ? Le poste de la rue Chodecka ?

— Non, les habitants de la rue Kondratowicza, pour voir si tout va bien.

— Seigneur Dieu, protège-moi des dingues de Varsovie, dit Oleg en bâillant.

Il aurait adoré faire une sieste sur ce banc et atténuer au moins un peu son déficit constant de sommeil.

7.

Étage 6, appartement 40. Le 10 novembre 2002, à 16 h 50.

Homme 1 : Et ensuite ?

Femme : Ensuite ? Rien. C'est fini. C'est à ce moment-là que je me suis réveillée, Dieu merci.

Homme 1 : Ouais, sans blague... Mais il faut t'imaginer le rêve jusqu'au bout. Tout ça, c'est dans ta tête. S'il y a un début, il y a aussi une fin. Si tu ne connaissais pas la fin, tu ne serais pas aussi terrifiée. La peur de l'inconnu, c'est de la broutille, comparée à l'immense masse de nos projections les plus sales.

Homme 2 : Mais arrête, tu t'es gavé de manuels psy, ma parole ! *La Psychanalyse pour les nuls* ? Cesse de tourmenter notre amie.

Femme : Laisse tomber, Wiktor. Il a raison.

Homme 2 : Mon cul, oui, qu'il a raison. Mais faites comme vous voulez.

[silence]

Homme 1 : Essaie. Libère-toi. Penses-y. Qu'y a-t-il derrière la vitre de ce four ?

Femme : Non. Je ne peux pas.

Homme 1 : Un enfant ?

Femme : Non.

Homme 1 : Quelque chose de plus petit ?

[silence]

Homme 2 : Un fœtus.

[sanglots]

Femme : Je... je suis enceinte. Je ne le sais que depuis quelques jours. Je... je ne veux pas... Je ne peux l'imaginer... J'ai peur...

[sanglots]

Femme : J'ai peur que, si je l'imagine... ça ne se produise... ça ne devienne réel... et que cet enfant qui est en moi... ça ne lui arrive à lui...

Homme 1 : Qu'est-ce qui va se passer ?

Femme : Je vous en prie, non, pas maintenant, plus tard peut-être… Que quelqu'un d'autre parle, maintenant… Laissez-moi tranquille, sérieux, laissez-moi en paix.

[silence]

Homme 2 : Alors ? C'est ton tour, petit. Nous allons voir ce que vaut ta théorie.

Homme 1 : Je ne peux pas.

[rire]

Homme 2 : C'est fabuleux, j'en étais sûr. Dis-moi, Kamil, comment ça se fait, que j'en étais sûr ?

Homme 1 : Tu ne comprends pas. Si je ne peux pas, ce n'est pas parce que je ne veux pas. Je ne peux pas parce que je ne me souviens pas de mes rêves. C'est vrai. Jusqu'à hier… du moins, c'est mon impression… jusqu'à hier je me souvenais de quelque chose. Mais aujourd'hui, rien. Rien du tout. Du vide.

Homme 2 : Tu bluffes. J'ai chaque seconde de mon cauchemar sous les yeux en permanence.

Femme : Moi aussi.

Homme 1 : Pitié, ne fais pas de moi un lâche, d'accord, Wiktor ? Qu'est-ce que ça me ferait d'en dire autant qu'Agnieszka, sans le final ? Je ne mens pas. Il faut me croire. Je ne me souviens vraiment de rien, juste de la sensation que je dormais, que je me réveillais en sursaut, terrifié, plus terrifié que je ne l'ai jamais été. Mais pas de contenu, rien. Du vide.

Homme 2 : Tu mens, gamin.

Femme : Laisse-le. Pourquoi mentirait-il ?

Homme 2 : Parce qu'il flippe. Pourquoi, sinon ?

Femme : Moi, je le crois. Et même s'il ment, tu ne le feras pas parler de force.

Homme 1 : Je dis la vérité.

[silence]

[silence]

Homme 2 : Cassez-vous, ne me regardez même pas. J'ai déjà dit ce que j'en pensais.

[silence]

Homme 2 : Dommage qu'on ne soit pas quatre. On pourrait faire une belote. Vous jouez au bridge ? Ou aux dés ? Qu'est-ce que vous en dites ? Il y aurait au moins quelque chose à faire.

[silence]

Homme 2 : D'ici là, peut-être que le gamin se souviendra...

Femme : Arrête.

[silence]

Homme 2 : Je t'ai vue fumer, hier. Tu as des cigarettes ?

Femme : Oui, j'en ai. Tu en veux une ? Je ne savais pas que tu fumais.

Homme 2 : En quelque sorte.

Femme : Comment ça, en quelque sorte ?

Homme 2 : Parfois, je ne fume pas pendant une semaine, et parfois, je fume un paquet en deux jours. Ça dépend. Quand je bois, je fume plus. Maintenant que je ne bois plus, je n'ai plus trop envie de fumer.

[briquet]

[silence]

Homme 2 : Putain de sa mère... pourquoi je fais toujours ce que je devrais, ou alors ce que je crois devoir, et jamais ce dont j'ai envie ? Je vais vous raconter l'arrière-plan, d'accord ? Les événements qui ont donné naissance à mon cauchemar. Et ensuite, on verra.

Femme : Tu feras comme tu veux.

Homme 1 : Si jamais...

Homme 2 : Tais-toi et écoute.

[silence]

Homme 2 : Ce que je vais raconter sera beaucoup plus long que l'histoire d'Agnieszka. Pour que vous compreniez bien, il faut que je revienne à une époque où j'étais un journaliste brillant, insouciant et réputé, je bossais dans un quotidien de presse écrite. Certes, je n'avais plus vingt ans, mais je me sentais toujours comme si c'était le cas et ma vie n'était qu'une suite de succès. Jusqu'à cette affaire.

8.

— Avant même ma… disons… découverte, c'était déjà le procès le plus retentissant de ces années-là, commença Wiktor, et il sourit en entendant l'écho de sa voix d'il y avait quelques semaines.

Pourtant, la situation était très différente de celle de ce jour-là. À l'époque, il avait devant lui la tronche fiévreuse d'un débile avide de détails sanglants, et à présent il faisait face à deux personnes qui lui seraient reconnaissantes de leur épargner chacune des scènes qui allaient suivre. Si l'autre gars lui avait demandé d'exhumer cette affaire pour son propre plaisir, eux se sacrifiaient parce qu'ils voulaient l'aider. Il était difficile de croire qu'il ait rencontré de tels compagnons dans cet immeuble où il n'avait jamais échangé plus de deux mots avec qui que ce soit.

— À cette époque, rien ne pouvait m'arriver de mieux qu'un procès médiatisé. Cela signifiait que je n'avais plus à me préoccuper d'aucun autre sujet pendant deux mois. Le problème habituel dans un journal, c'est qu'on arrive au travail le matin, la tête vide, et qu'on entend l'éternelle question du chef : « Alors, qu'est-ce que tu m'apportes, aujourd'hui ? » Il faut avoir une sacrée excuse pour ne pas se retrouver à écrire sur une connerie que personne d'autre ne veut toucher parce qu'il est comme par hasard trop occupé. En suivant un procès retentissant, je n'avais rien d'autre à faire. Même les jours où il n'y avait pas d'audience, je n'avais qu'à baragouiner : « Je rassemble du matériel pour Honorata, chef, vous savez, quelque chose de plus volumineux », et tout le monde me lâchait la grappe. Faut avouer que j'étais déjà bien établi à la rédaction et que je pouvais donc me permettre davantage qu'un pigiste.

— Tu étais une hyène ? lança Agnieszka.

— En quelque sorte. Non, pas en quelque sorte, j'en étais totalement une. Et j'en étais fier. Je traquais tout, dans les bureaux des procureurs et auprès des greffiers des tribunaux. Plus les affaires étaient moches, insolites, vulgaires et sanglantes, mieux c'était. Quand on me glissait un dossier sur un groupe de violeurs, je sautais de joie. Quand j'entendais parler dans les couloirs d'une mise en accusation dans un cas de matricide, j'étais au septième ciel.

— C'est écœurant. Et tu allais voir les victimes comme les journalistes de TVN ? Tu sais, pour demander : « Comment vous sentez-vous, après qu'un pétard a arraché les deux jambes de votre fils ? »

— Bien sûr. J'étais passé maître dans l'art de convaincre les proches des victimes de raconter leur histoire. Je frappais à la porte et, une fois le premier flot d'injures passé, je me composais une mine endeuillée et je parlais de ma mission sociale... La citation la plus courante étant : « Je sais que rien ne ramènera votre mari à la vie, mais nous ne pouvons pas le laisser être mort en vain. Laissez le public connaître les détails de ce crime, montrez-leur votre douleur, enseignez-leur comment le mal peut être évité et puni. » Et ainsi de suite.

— Et ils se faisaient avoir ? s'exclama Kamil.

— Chaque fois. Évidemment, ce n'était pas la seule raison pour laquelle ils s'exprimaient. Ils voulaient réellement partager leur malheur. Et enfin, *last but not least*, la plupart des gens veulent apparaître en public, voir leur nom dans un journal, leur visage à la télé. Vous pensez qu'il faut vraiment fournir un grand effort, pour dénicher tous ces barjos pour les émissions de chacals ? Au contraire, les cinglés font la queue en proposant : « Vous avez déjà parlé à des orphelins sans bras ? À moins que vous ne préfériez rencontrer des orphelins sans bras et sans jambes ? » J'étais donc une vraie hyène, et quand j'ai entendu parler pour la première fois de l'affaire Honorata, il y a donc environ sept ans, je n'ai pas du tout pensé « Pauvre fille », mais « Super, ça va faire un procès du tonnerre ».

— C'est quoi, cette histoire d'Honorata ? demanda Kamil en aiguillant Wiktor sur les rails de son histoire principale.

— Honorata, c'était une charmante jeune fille de quinze ans, élève modèle, enfant idéale, comme dans les films américains. Elle vivait avec ses parents et son jeune frère dans un immeuble de la rue Żurawia, juste à côté de la place des Trois-Croix. Au début du mois de juin, elle a été kidnappée. Kidnappée ou assassinée, personne ne le savait à l'époque. En tout cas, elle s'était volatilisée. Toute la police de la capitale était à sa recherche, les journaux ne parlaient que de ça.

— Toi aussi ?

— Non, ça a été pris en charge par des collègues des colonnes criminelles, je m'occupais alors d'un procès ennuyeux de malversations, une histoire politique et indigeste. Toute une journée au tribunal pour une note de trois cents caractères dans les dernières pages. L'horreur. Mais naturellement, je suivais l'affaire Honorata de loin, comme toute la Pologne. La police mettait la ville sens dessus dessous, toutes les cinq minutes un individu avide de célébrité se présentait en prétendant l'avoir vue sur un yacht sous le pont Grota ou ailleurs, mais on n'en trouvait jamais la trace. Elle avait quitté son école, rue Skorupki, et avait disparu corps et âme. Personne ne savait rien.

Wiktor lécha ses lèvres gercées.

— Vous n'auriez pas quelque chose de normal à boire ? fit-il. De l'eau, du jus de fruits, un Coca ?

Kamil se précipita dans le couloir et revint quelques instants plus tard avec un bidon de cinq litres d'eau minérale. Il en servit à Wiktor et à Agnieszka.

— Tu ne bois pas ? s'étonna cette dernière.

— Non, j'en ai bu ce matin, je n'ai plus trop soif pour le moment.

Wiktor reprit son récit.

— Un mois s'était écoulé depuis le jour de sa disparition quand la jeune fille a été retrouvée. Un promeneur nocturne l'a découverte allongée nue dans les buissons d'un parc. Vous savez, le petit parc derrière le Parlement. Ses veines étaient tailladées. S'il l'avait croisée un quart d'heure plus tard, elle serait morte.

Il marqua une pause.

— Eh bien, je ne vais pas vous raconter en détail l'état dans lequel elle était, car cela n'a rien à voir avec moi, et ce n'est pas non plus le sujet de mon rêve… de ma vision. Mais elle a été blessée, je pense, de toutes les manières dont on peut blesser un être humain. Elle a été battue, torturée, violée à plusieurs reprises. Avant d'être relâchée, on lui a arraché la langue pour qu'elle ne puisse pas se plaindre. Cela n'était pas nécessaire. Lorsqu'elle a été retrouvée, Honorata n'était plus une jeune fille vivante, c'était un légume. Je crois que tout le monde aurait été moins choqué si elle avait été retrouvée morte. Le fait qu'on l'ait laissée vivre a probablement été la plus grande cruauté de la part de ses tortionnaires… La recherche des auteurs a donc commencé, avec autant d'acharnement que celle de la disparue, voire plus… et avec d'aussi maigres résultats. Le déclic s'est produit lorsque les médecins acceptèrent qu'on montre à la jeune fille un album photo de criminels ou de témoins sur lesquels la police « avait quelques soupçons ». Quand Honorata est devenue hystérique à la vue de l'une des images, les enquêteurs se sont dit : Bingo ! Il s'agissait d'un jeune, une petite frappe locale, un redoublant dans la classe d'à côté de celle d'Honorata… Une confrontation a été organisée. Un certain nombre de gars physiquement similaires ont été associés au délinquant, la plupart provenant du lycée de la rue Skorupki, et ils ont été montrés à la jeune fille au poste de police de la rue Wilcza. Elle a réagi de manière épouvantable. Elle s'est dégagée des bras des policiers et s'est collée à la vitre devant l'un des gars, en poussant un cri interminable.

— Il était cuit.

— En fait, pas nécessairement, car pendant la confrontation, elle a réagi de la sorte face à un autre camarade de classe, un garçon normal, avec lequel d'après la rumeur ils avaient même flirté un moment. Interloqués, les policiers ont placé les deux garçons en garde à vue. Les interpellés n'ont pas avoué, mais à partir de témoignages résiduels, de traces olfactives et de tests au détecteur de mensonges, le procureur a réussi à monter un acte d'accusation. À vrai dire, celui-ci était bon à jeter à la poubelle, mais la pression de l'opinion publique était telle que les services étaient prêts à enfermer n'importe qui tant que les Varsoviens ne se mettaient pas à faire des manifs devant les commissariats. Outre les deux garçons, Michał T. et Edmund F., une élève d'une école hôtelière, Teresa C., plus âgée qu'eux, a été inculpée, une fille qui, selon les témoins, les avait fréquentés et avait également été reconnue par Honorata, et qui n'avait pas fait un passage brillant au détecteur. Les charges étaient les mêmes : enlèvement, tortures, viol avec cruauté et tentative d'assassinat. La peine la plus lourde encourue, emprisonnement à perpétuité.

Wiktor se versa un verre d'eau et l'avala d'un trait.

— Le procès s'est ouvert en un clin d'œil, presque dès l'inculpation, et le moins que l'on puisse dire, c'est qu'il a été un fiasco total. Les experts ont démonté les preuves olfactives et l'examen au détecteur de mensonges, et la reconnaissance par la victime s'est également effondrée. Je me souviens des sanglots incessants de la mère d'Honorata pendant que l'expert psychiatrique exposait sans passion l'irrecevabilité d'une reconnaissance effectuée par une personne dans un état catatonique. Dès le milieu du procès, il est clairement apparu que ça ne donnerait rien. Les cartes ne pouvaient être rebattues que par la déposition d'un témoin qui dirait soudainement : « Oui, je les ai vus la traîner de force », ou par la découverte par la police de l'endroit où Honorata avait été détenue. Il va sans dire qu'après l'inculpation de ces trois personnes plus rien n'a été fait dans ce sens. On évalue la police sur le nombre des interpellés, pas sur celui des condamnés.

— Et donc, ils les ont laissés partir ? l'interrogea Kamil.

— Minute. Vous saurez tout dans un instant. C'était la fin septembre, j'ai quitté le tribunal un brin décontenancé, j'avais déjà vu trop de criminels relâchés parce que les petites fonctionnaires du bureau du procureur n'étaient pas motivées pour superviser une enquête.

— Il vaut mieux libérer dix coupables que de condamner un seul innocent, déclara Agnieszka.

— En théorie, tu as raison, mais crois-moi, tu changerais rapidement d'avis après quelques procès. Quoi qu'il en soit, j'ai quitté le tribunal et j'ai commencé à me promener dans le carré des rues Krucza-Wilcza-Marszałkowska-Hoża. C'est là qu'Honorata et ses deux « camarades » allaient à l'école, c'est là que l'un d'entre eux vivait, le deuxième pas beaucoup plus loin, et Teresa C. dans le même immeuble que lui, d'ailleurs. L'école hôtelière était un peu plus excentrée, rue Poznańska. Je me promenais ainsi et je me demandais comment il était possible que personne n'ait remarqué le moment de l'enlèvement. L'une des thèses de l'acte d'accusation disait qu'Honorata s'était rendue chez Edmund F. et qu'elle y avait été agressée, assommée, etc. Mais c'était cousu de fil blanc. J'ai pensé : Peut-être qu'elle n'a jamais quitté l'école ?... Je suis resté planté devant ce bâtiment de deux étages revêtu de dalles en grès, j'observais les ouvertures sombres des fenêtres et je me demandais : Est-ce possible ? Ne serait-ce pas trop facile ? Comment aurait-on pu ne pas vérifier une chose aussi évidente ? C'était le soir, les enfants et les enseignants étaient rentrés chez eux depuis longtemps. J'ai ignoré l'inscription « INTERDIT AUX JOURNALISTES » sur le portail, je suis entré et j'ai soudoyé le concierge pour qu'il me laisse me balader dans le bâtiment... C'est un mastodonte scolaire assez typique. Deux étages, deux escaliers massifs avec des rampes rendues glissantes à force d'être descendues par les élèves. De grands couloirs, des fenêtres qui donnent sur le terrain de jeux d'un côté et des portes de salles de classe de l'autre. Derrière le grand escalier d'entrée, les ailes commencent, avec trois salles par étage. Le plan du bâtiment ressemble à deux carrés reliés par un segment. Une aile au rez-de-chaussée abrite la cantine et les cuisines, l'autre le gymnase. Classique.

— Tu n'as quand même pas cherché d'indices dans les salles de classe ?

— Tu es un petit malin, toi. J'ai immédiatement filé vers les sous-sols et j'ai entrepris de les explorer centimètre par centimètre. C'étaient des sous-sols comme les autres. Il y avait là, principalement, les casiers des différentes classes, des buanderies, la chaufferie, des vestiaires et les douches du gymnase, l'entrée du hall et le bureau des élèves. Tout ce qu'il y a de plus normal, ai-je d'abord pensé. Puis je me suis retrouvé devant une porte ornée d'une pancarte disant « STOCKAGE DE MEUBLES » (quelqu'un avait transformé « MEUBLES » en « FAIBLES »). C'était une porte massive, ignifugée, ceinte d'un cadre en acier épais, cadenassée certes, mais du trou en son milieu on pouvait déduire qu'elle avait été initialement fermée par une serrure à levier rond, du genre de celles utilisées dans les abris antiaériens. Vous voyez de quoi je parle ?

Ils acquiescèrent.

— Il m'a fallu dépenser cinquante balles de plus pour convaincre le concierge d'ôter le cadenas et d'y entrer avec moi avec une lampe torche.

— Tu as vraiment cru qu'ils l'avaient gardée dans le garde-meubles de l'école pendant un mois ?

— Pour être honnête, non, mais je ressentais une obligation journalistique de vérifier. Mes collègues photographes me détestaient pour ça. Avec moi, il y avait toujours un « Regardons encore ci, vérifions ça, interrogeons-la, attendons-le »... Je me suis donc enfoncé dans ce local de stockage. Le panneau ne mentait pas. Dans une sorte d'étroit couloir, il y avait des armoires, des bancs, des chaises cassées, un podium sportif, des reliques du passé de l'école telles que des aigles sans couronne, un buste de Lénine ou un énorme bouclier portant l'inscription « École 203 du nom de Janek Krasicki ».

— Qui était-ce ?

— Et qu'est-ce que j'en sais ? Il a été effacé des noms de nombreuses écoles après 1989. Mais on s'en fiche. J'ai continué à avancer parce que, après tout, un couloir étroit ne pouvait servir d'abri à toute l'école. Il devait y avoir une salle centrale quelque part, une salle digne de ce nom. Et en effet, il y avait deux portes de chaque côté du couloir. L'une, m'expliqua le concierge, menait au bureau des élèves, et l'autre à un endroit où il n'était jamais allé.

— Bien sûr, tu l'as obligé à l'ouvrir ?

— Bien sûr. À ce moment-là, il était déjà aussi excité que moi, il ne m'a même pas demandé d'argent pour ce service supplémentaire. Mais ça n'a rien donné. La porte n'avait pas de cadenas dont il aurait pu avoir la clé, les serrures semblaient cassées, en un mot, la porte était verrouillée à mort.

— Ou bloquée depuis l'autre côté…

— En quelque sorte. Lorsque j'ai mis mon œil sur le trou au centre de la porte, un genre de judas, et que j'ai plaqué ma torche contre le trou de la serrure, tout ce que j'ai pu voir, c'est qu'il y avait un grand espace derrière, une salle. Et, d'après ce que j'apercevais, elle était vide.

— Et qu'est-ce que tu as fait ? Tu as pu convaincre la police d'enfoncer cette porte ?

— À cet instant précis, rien d'autre ne me venait en tête. Je savais que je ne pouvais pas en faire davantage moi-même. J'ai dit au revoir au concierge, je lui ai donné cinquante balles de plus pour qu'il la boucle… vous comprenez, je ne voulais pas voir débarquer des camions de télévision devant l'école… et j'ai quitté le bâtiment avec l'intention de rendre visite aux policiers du commissariat rue Wilcza. J'y avais un bon pote. J'ai fumé une cigarette devant le lycée et j'ai regardé la gardienne de l'immeuble voisin bêcher un jardin près d'un parking. Je la regardais, je la regardais, et soudain, j'ai eu un déclic. En plein milieu de ce jardin, une sorte de champignon métallique dépassait de terre… sans aucun doute possible une ventilation pour quelque chose de souterrain. Il ne pouvait s'agir des caves des locataires, car le champignon se trouvait à une bonne dizaine de mètres du bâtiment, à un bon tiers de la distance qui le séparait de l'école… Je suis allé voir la gardienne, j'ai fait le beau, j'ai même évoqué un peu l'affaire, comme quoi c'était horrible, et que c'était dans ce quartier en plus, et est-ce qu'elle connaissait ces gens, bla, bla, bla… Je ne m'attendais pas à ce qu'elle me dise quoi que ce soit d'utile, or la voilà qui s'emballe… elle me dit que cette Teresa était une pute, une honte pour le quartier, qu'elle l'avait vue ici plus d'une fois avec des garçons, presque chaque jour avec un mec différent, parfois même, et c'est là qu'elle m'a montré la porte verte de sa cage d'escalier, « elle sortait de mon propre immeuble, imaginez ça, monsieur, elle devait avoir un jules ici aussi, cette petite garce... ». Je lui demande si elle en a parlé à la police. Elle me dit que non, que personne ne l'a jamais interrogée. Je me suis allégé d'un autre billet de banque et j'ai commencé à explorer. Cette fois, j'étais seul, alors j'ai fait un tour rapide au magasin de la rue Skorupki pour acheter une lampe torche, une grosse lanterne rouge nécessitant six piles R20... La porte du sous-sol se situait à côté de l'ascenseur. Elle était ouverte. J'allume la lumière, j'allume ma lampe torche, je prends trois inspirations profondes et je descends dans l'air vicié. N'oubliez pas que nous sommes au centre-ville. Là-bas, les caves sont des cachots en briques, pas des couloirs stériles en béton armé comme ici... C'était un endroit particulièrement immonde, plein de détours et de recoins... je vois d'emblée que ces casemates occupent plus d'espace que le bâtiment qui les surplombe. J'essaie de m'orienter de manière à marcher vers l'école. Je passe les caves des locataires et j'arrive au bout du couloir. J'ai failli en tomber à la renverse... Tout au fond se trouvait une porte identique à celle du lycée. Ici, la serrure d'origine était encore présente, mais verrouillée. J'ai dû batailler ferme pour tourner la roue et faire jouer les gonds.

— Pourquoi tu ne l'as pas fait en compagnie de la police ?

— Tu déconnes ? Pour qu'après coup, je sois obligé de me tenir parmi la foule lors des conférences de presse pour apprendre quoi que ce soit ? Bref. Derrière la porte, il y avait un autre couloir. Plus étroit et plus bas que celui des caves précédentes. Au bout se trouvait une seconde porte blindée, ouverte, et derrière elle une grande pièce carrée, bien que basse, sans aucun doute la pièce que j'avais observée à travers le trou depuis le lycée. Elle était complètement vide. Le mystère de l'impossibilité d'ouvrir la porte depuis l'école a été rapidement élucidé. De ce côté-ci, la porte était soudée au cadre. La soudure était assez mal faite et, surtout, elle était fraîche… Je regarde autour de moi. Outre la porte par laquelle j'étais entré et celle qui menait au bahut, il y avait une autre issue dans la salle, fermée par une porte hermétique similaire. Derrière elle, j'ai découvert une douzaine de pièces, peut-être que c'est là qu'étaient les dortoirs ou les postes de commandement. Je n'en sais fichtre rien, je n'y connais rien, en bunkers… Au bout, j'apercevais des douches carrelées.

Wiktor se tut. En racontant l'histoire, il n'avait pas l'impression de se remémorer des événements qui s'étaient déroulés il y avait des années. Il se faisait au contraire l'effet d'énoncer le compte rendu d'un film projeté uniquement pour lui dans une salle obscure. Chaque détail s'affichait sur grand écran, le son stéréo tonnait de l'écho de ses pas dans les cachots… les murs balayés par un faisceau de lumière, un lointain clapotis de gouttes d'eau, la brume de son souffle… Une première porte, une deuxième, une troisième, une grande salle à gauche… Puis les douches, des tuyaux d'acier fixés à un mur couvert de carrelage vert, des robinets, des grilles métalliques par terre. La porte était fermée, il la poussa pour voir les bains en détail. La lumière extirpa de la pénombre l'énormité du mal qui s'était déroulé dans cette pièce. L'opérateur arrêta le projecteur pour que l'unique spectateur de la salle puisse s'imprégner de la vision du crime.

D'un bond, il s'écarta de la table où ils étaient assis et courut vomir aux toilettes. Le regret de la Becherovka ainsi gaspillée lui traversa l'esprit. Il s'essuya la bouche à la hâte et revint. Il fit signe que tout allait bien et continua son récit.

— C'est là qu'ils l'avaient gardée. J'ai découvert une table pleine d'outils, un fauteuil fixé au sol, des menottes attachées au mur… Quelqu'un s'était donné beaucoup de mal pour installer cet attirail. Le pire, c'étaient les photos… des clichés d'amateur, en noir et blanc, probablement développées dans l'une des pièces adjacentes. Il y avait là tout ce qu'ils lui avaient fait subir et, sous chaque photo, une légende… « JOUR 1 », « JOUR 2 », « JOUR 3 »… J'ai arraché les clichés et je les ai mis dans mon sac.

— Tu voulais les publier ? demanda Agnieszka, si indignée qu'elle s'était levée en posant la question.

— Je voulais les détruire. Je savais que, si je les laissais, elles finiraient dans le dossier judiciaire et, de là, elles fuiteraient dans les médias. Personne ne devait les voir.

— Mais c'était une preuve !

— J'espérais que la police trouverait assez de preuves sans ça, surtout des empreintes. Et je ne m'étais pas trompé. D'ailleurs, aucune photo n'a été nécessaire, une fois l'endroit découvert, les accusés ont rapidement avoué leur crime. Je pense que la façon dont ils ont été interrogés y était pour beaucoup. Vous savez, les commissariats sont bien équipés en annuaires épais.

— Tu es aussitôt allé voir la police, j'imagine ?

— Oui. Je les ai obligés à ne communiquer cette information que tard dans la soirée.

— Pourquoi ?

— Pour que d'autres journaux ne la publient pas.

Wiktor sourit tristement au souvenir de la hiérarchie morale qu'il avait eu l'habitude de suivre.

— Et c'est de ça que tu rêves ? demanda Agnieszka. Je ne comprends pas… mine de rien, c'est vraiment arrivé, ça. Le souvenir est horrible, certes, le plus horrible qu'on puisse imaginer, mais pas au point de se suicider.

— Est-ce que c'est mon cauchemar ? répliqua Wiktor. Le cauchemar avec un grand C ? D'une certaine façon, oui, mais d'une certaine façon seulement. Écoutez ce qui s'est passé ensuite.

— Je crois que tu vas devoir finir à un autre moment, l'interrompit Kamil en désignant l'horloge à oiseaux accrochée au mur. Il est six heures moins cinq.

9.

Agnieszka courut néanmoins à l'étage pour traîner Robert à la réunion. Le fait qu'il ne veuille pas y aller ne la surprit guère, mais ce qu'il dit, si.

— Je ne vois pas pourquoi on en fait tout un fromage. La porte est cassée, voilà tout. Tôt ou tard, quelqu'un va la réparer, et ce sera fini.

— Robert ! s'écria-t-elle. La porte est ouverte et personne ne peut sortir ! C'est normal, à ton avis ?

— Faut croire qu'elle s'est bloquée ou un truc comme ça, je ne sais pas, moi, je ne suis pas expert en portes. En tout cas, je pense que vous semez la panique pour rien et que c'est pour ça que tu fais des cauchemars. Il est arrivé quelque chose à quelqu'un ?

— Peut-être que c'est sur le point de se produire !

— Bah voyons, ça m'étonnerait. Mais vas-y, ne sois pas en retard, tu me raconteras. Pas la peine que je vienne grossir l'assemblée.

Elle repartit bouleversée, ne sachant même pas comment interpréter les paroles de Robert. Lorsqu'elle se retrouva en bas, le hall d'entrée était rempli de gens. Ils n'avaient pas l'air terrifiés. Ils donnaient surtout l'impression d'être terriblement fatigués et de manquer de sommeil.

— Je sais que les conditions ne sont pas confortables, déclara Wiktor. Mais nous n'avons pas de salle plénière, ici.

Nous allons attendre encore un peu les retardataires, puis nous commencerons.

Agnieszka vit le concierge chuchoter quelque chose à l'oreille de Wiktor.

— Il s'avère que nous avons une meilleure option. Il y a une ancienne laverie et un séchoir en haut, il y aura plus d'espace là-bas. Montons tous au dixième étage.

Dix minutes et trois courses des deux ascenseurs plus tard, ils prenaient place dans une salle lugubre du dernier étage. Wiktor monta sur un billot de pierre afin que les gens puissent le voir. Agnieszka se faufila jusqu'à lui, essayant de compter les voisins au passage. Ils étaient au maximum une trentaine ! Même en incluant les parents de Kamil (elle ne les voyait nulle part), Robert, l'infirme en chaise roulante et l'énergumène du dixième, sans oublier la voisine absente qui lui avait prêté la clé de la cave, cela faisait tout au plus une quarantaine de personnes dans cette immense tour. Or, les appartements à eux seuls étaient au nombre de soixante !

Wiktor dut remarquer la même chose.

— Je ne pensais pas que nous étions si peu nombreux, déclara-t-il aux habitants réunis. Je sais qu'il manque quelques personnes, mais cela veut tout de même dire que la moitié des appartements au moins sont vides.

— Bordel, si j'avais su, j'aurais percé le mur chez mon voisin, déclara un homme en veste en cuir.

Un murmure discret lui répondit. Les gens tenaient à peine debout et personne n'avait la force ou l'envie de rire des plaisanteries. Tout le monde avait l'air de ne pas avoir dormi depuis au moins deux nuits : poches sous les yeux, blancs injectés de sang, regards apathiques et distraits, mouvements mous, mains frottant sans cesse les visages. Même pour l'homme à la veste en cuir, sa blague semblait le dernier effort dont il serait capable ce jour-là.

Wiktor résuma les tentatives infructueuses pour sortir du bâtiment ou pour établir une communication avec le monde extérieur. Les gens hochaient la tête et firent part de leurs initiatives. Il s'était avéré qu'un habitant possédait réellement une radio CB, mais celle-ci était aussi muette que les téléphones. Quelqu'un avait essayé de jouer avec le reflet lumineux d'un miroir et de transmettre ainsi un message en morse. Plusieurs personnes avaient eu la même idée que Wiktor et avaient collé des affiches aux fenêtres. Paulina, la mère de la petite fille, raconta qu'elle avait tenté de briser une fenêtre en désespoir de cause, mais que tous les morceaux de verre étaient retombés à l'intérieur. D'autres locataires partagèrent leurs problèmes d'eau, absente depuis la veille, ou de nourriture, et demandaient de l'aide. La litanie des plaintes semblait sans fin. Agnieszka n'était pas surprise de constater que, même si tout le monde avait manifestement du mal à dormir, personne ne voulait l'admettre.

— Que tous ceux qui manquent d'eau ou de vivres s'inscrivent sur une liste, déclara Wiktor. Les autres les aideront dans la mesure du possible.

— C'est très intéressant, ça, dit Stopa. Et comment savez-vous combien de temps nous allons rester coincés ici ? Peut-être trois jours, ou peut-être trois mois, nul ne le sait !

Quelques-uns murmurèrent d'un air approbateur.

— Aujourd'hui, je céderai ma nourriture à ceux qui n'en ont pas, et dans une semaine, je crèverai moi-même de faim. Superbe marché, y a pas à dire !

Des voix s'élevèrent pour crier « Il a raison ! », probablement celles de ceux qui disposaient de provisions.

— Personne ne sait combien de temps nous serons enfermés ici, mais je pense que personne ne croit que cela durera des semaines. Soyons sérieux, il est impossible de ne pas remarquer la disparition d'un grand bâtiment, répondit calmement Wiktor. La solidarité humaine exige que nous nous dépannions les uns les autres.

— Qui remarquera sa disparition ? Qu'est-ce que tu racontes ! cria Stopa. Nous l'avons tous vu hier : « Mais bien sûr, mon amie, allons nous promener. » Ils voulaient venir ici et ils n'ont pas pu ! Et qui d'autre voudra nous rendre visite ? Qui, en dehors des habitants, a intérêt à venir chez nous ?

— Dans ce cas, que proposez-vous ? rétorqua Wiktor.

— Je propose, répondit l'homme, redevenu un peu plus calme, que chacun prenne soin de soi.

Un autre murmure d'approbation traversa une partie de la salle. Les autres baissèrent la tête, n'osant apparemment pas demander l'aumône. Wiktor regarda Stopa avec un dégoût manifeste.

— Je pense que vous êtes une enflure… Mais malheureusement, je ne suis pas en mesure de vous obliger à partager vos réserves. Du moins, pas pour le moment, ajouta-t-il en guise d'avertissement. Quoi qu'il en soit, dressons une liste des besoins, peut-être que tout le monde n'aura pas votre approche.

Après un bref intermède pour dresser cette liste, Paulina prit la parole.

— Cela signifie-t-il que nous allons simplement attendre ? fit-elle, la voix tremblante.

Sa fille se tenait à ses côtés et, bien que manifestement inquiète, sentant la confusion des adultes et comprenant que quelque chose n'allait pas, elle ne semblait ni effrayée ni en manque de sommeil. Les enfants ne prennent-ils pas part à ce chaos ? se demanda Agnieszka.

— Oui. Avant tout, nous allons attendre, répondit Wiktor. Mais il y a peut-être une autre solution.

Les habitants rassemblés levèrent la tête et observèrent Wiktor, tendus, dans l'attente de ce qu'il allait dire.

— Y a-t-il quelqu'un parmi nous qui ne soit pas tourmenté par des cauchemars ? lança-t-il. Ou, pour être plus précis, par des visions monstrueuses très réalistes, par des visualisations de nos pires craintes ?

Aucun ne démentit. Quelques personnes se replièrent contre les murs, de peur qu'on ne les interroge sur leurs rêves.

— Je m'en doutais. Ce que nous avons en commun, ce sont les cauchemars et le fait que nous préférons toute autre solution plutôt que d'en connaître la fin. C'est pour ça qu'on a ces têtes, c'est parce qu'on essaie de rester éveillés. N'est-ce pas ?

Les gens acquiescèrent en silence. Wiktor reprit son souffle et dit où il voulait en venir :

— Il se pourrait, mais ce n'est qu'une supposition, que celui qui trouvera en lui le courage de rêver son cauchemar jusqu'au bout, de le vivre dans son intégralité, soit libéré.

Agnieszka frémit. Les voisins fixaient Wiktor avec une horreur sans bornes dans les yeux. Plusieurs personnes sortirent de la laverie. Une femme se mit à pleurer.

— Tu... Vous... balbutia-t-elle. Vous ne diriez jamais ça si vous saviez ce que je vois. Je... je préférerais mourir plutôt que de le vivre jusqu'au bout.

Elle balaya l'assemblée d'un regard assommé.

— C'est ce que je vais faire ! s'écria le concierge, resté jusqu'alors dans son coin sans piper mot. J'aime mieux me couper les veines plutôt que de laisser ce rêve s'achever !

— Moi pareil !

— Et moi aussi !

— Et moi !

Agnieszka se glissa plus près de la porte. Elle voyait bien que la petite foule était sur le point de paniquer et elle le redoutait.

— Et comment savez-vous, demanda Wiktor sans compassion aucune, que la dernière chose que vous vivrez au moment de tomber dans l'abîme ne sera pas cette même vision ? Or, en mourant, vous aurez encore moins de force que d'habitude pour la repousser. Et vous n'aurez plus, pour ainsi dire, le choix. Vous la verrez dans tous ses détails, du début jusqu'à la fin.

— Arrête ! Mais arrête, salaud ! rugit le gardien. Arrête de me torturer ! Je ne veux plus de solution pour vivre. Je veux découvrir une façon de mourir. Je voudrais disparaître pour ne pas voir ce truc. Je veux clamser vite ! Me tirer une balle dans la tête, par exemple. Mon Dieu, pourquoi je n'ai pas de flingue, pourquoi ?

La voix de Stopa tonna par-dessus les lamentations et les pleurs :

— Eh, dites donc ! s'exclama-t-il en s'adressant à Wiktor. Quelles études vous avez faites ?

— Philologie polonaise, répondit celui-ci.

— Et moi, la psychologie. Et je dois dire que, des nombreuses théories fumeuses que j'ai apprises au cours de mes études et de ma pratique ultérieure, et il y en a eu des centaines, la vôtre est de loin la plus stupide, la plus superficielle et la plus absurde.

Les gens se taisaient et buvaient les paroles de Stopa comme le plus doux des nectars.

— Et quelle est la vôtre ? répliqua Wiktor.

— Le calme. Nous sommes tous hystériques, nous ne pensons plus logiquement, nous avons peur de nos propres peurs. C'est anormal ! Et vous demandez aux gens de traîner ces peurs à la lumière du jour et de s'y complaire ! Ça, ce n'est pas seulement anormal, c'est aussi cruel ! Il faut se calmer, ne plus y penser. Au lieu de les faire remonter à la surface, il faut les enfoncer le plus profondément possible.

C'est ma méthode. Une méthode qui a permis à des millions de patients dans le monde de ne pas sombrer dans la folie.

— Lâche…

Le murmure méprisant de Kamil, à l'écart dans un coin, parvint aux oreilles d'Agnieszka. Mais les autres écoutaient Stopa comme un prophète.

— C'est vrai, c'est vrai, acquiesçaient-ils. Il faut se calmer, attendre que ça passe. Et ça passera. Le docteur a raison.

— Je le répète, il nous faut du calme, du calme et toujours du calme. De la relaxation. Mes amis, retournez chez vous, respirez profondément, pensez à des choses agréables et positives, je vous garantis que vous dormirez comme des bébés, et demain, vous vous lèverez le matin et vous irez travailler. Le soir, vous rirez avec vos amis de ce qui vous est arrivé ici.

Agnieszka sentit la fausseté dans sa voix, mais elle fut aussi tentée de croire à cette théorie simple. Peut-être que Stopa avait raison ? Peut-être que son propre stress, ainsi que les émotions des autres s'étaient en quelque sorte agglutinés et faisaient maintenant partie d'une hystérie collective qui se renforçait ? Il lui suffisait de rentrer chez elle, de s'allonger près de Robert, de se blottir contre son dos chaud et de tenter d'oublier. Il ne fallait plus penser aux cauchemars, aux relations difficiles, aux conflits et aux problèmes professionnels. Au lieu de cela, il suffisait d'évoquer les images d'une maison familiale, de la cheminée dans un chalet, d'une promenade à la montagne, d'une petite fille qui tendait les bras vers elle depuis son profond landau. Agnieszka sourit à ses propres pensées. Et il n'y avait pas qu'elle, les autres se détendaient aussi, ayant probablement sous les yeux les images des meilleurs moments de leur vie. Même la laverie lugubre était devenue plus claire, plus gaie, plus lumineuse.

Les gens regardaient Stopa comme s'il était un sauveur. Ce petit homme chauve et bedonnant se tenait au milieu de la pièce, la tête fièrement levée, entouré d'une guirlande d'admirateurs qui voulaient qu'il ait raison. Plus personne ne prêtait attention à Wiktor.

— Savez-vous combien de psychologues il faut, pour changer une ampoule ? demanda pourtant ce dernier d'une voix forte.

— Non, je ne sais pas, répondit Stopa. Mais je suis sûr que la réponse est très drôle.

— Zéro. L'ampoule se changera elle-même lorsqu'elle sera prête à le faire.

Personne ne rit. Stopa sourit de travers.

— J'avais tort, déclara-t-il. La réponse n'était pas drôle du tout. Vous feriez peut-être mieux de dire franchement ce qui vous passe par la tête. Les blagues ne sont pas votre fort.

Les voisins regardèrent Wiktor avec hostilité. Ils n'appréciaient pas qu'il s'en prenne à l'homme qui leur promettait une solution facile.

— Là où je veux en venir, dit Wiktor posément, c'est que nous avons besoin d'action, or la psychologie est déconnectée de l'action. Je ne crois pas en une science qui, premièrement, s'appuie sur l'inaction et, deuxièmement, se décharge de la responsabilité des actes d'une personne en la rejetant sur l'enfance, les parents, l'école, l'environnement, etc. Peut-être, je ne veux effrayer personne et j'insiste sur le fait que ce n'est qu'une possibilité, peut-être que, si nous n'agissons pas, nous mourrons.

Les gens murmurèrent. Stopa les fit taire en levant la main.

— Vous racontez des conneries, cracha-t-il. Tout est dans notre tête. Il n'y a aucun danger ici à part nous-mêmes.

— Alors pourquoi vous ne sortez pas ? rétorqua Wiktor.

— Parce que ma tête n'est pas différente des vôtres. J'ai moi aussi succombé à cette psychose absurde. La différence, c'est que je m'en rends compte. J'ai fait le premier pas. Maintenant, je vais me détendre, réfléchir à la raison de mon comportement étrange, trouver une solution, enfiler ma veste et sortir. Et ceux qui vont persister dans la panique et les théories absurdes continueront à faire des cauchemars.

— Et vous ? demanda d'une voix stridente une vieille dame avec une croix sur la poitrine. Et vous, vous dormez bien, monsieur le psychologue ? Parce que vous n'avez pas l'air plus reposé que nous. Vous savez pourquoi ? Parce que c'est une punition divine ! Et tant que nous n'aurons pas confessé nos fautes et que nous ne nous serons pas réconciliés avec Dieu...

— Virez cette dévote d'ici, grogna Stopa. Qu'elle n'empoisonne pas nos pensées.

Le concierge et un autre homme qui se tenait à proximité prirent la femme sous les coudes et l'emmenèrent dans le couloir.

— Je vous pardonne, mes fils, dit-elle avant que la porte ne se referme sur elle.

Wiktor et Kamil échangèrent un regard de connivence.

— Écoutez, tout le monde ! s'écria le premier. Je souhaite que ce que dit monsieur Stopa soit vrai. Je le souhaite plus que tout au monde, même si je n'y crois pas vraiment. Pour l'heure, dispersons-nous et laissons chacun gérer ses propres démons de son mieux. Peut-être que demain, nous nous lèverons comme d'habitude, nous sortirons par la porte d'entrée et nous nous plaindrons d'une voiture qui ne démarre pas ou d'avoir raté le bus à une seconde près. Nous irons peut-être regarder la parade et les feux d'artifice. Peut-être que cette Fête de l'indépendance aura plus de signification pour nous que d'ordinaire. Nous verrons bien. Sinon, nous nous retrouverons ici à dix-huit heures.

— Demain, vous ferez une réunion avec vous-même, annonça le concierge hargneusement.

— Je l'espère, conclut Wiktor. J'espère que vous avez raison.

10.

Les gens quittèrent la laverie de meilleure humeur. Agnieszka s'approcha de Wiktor et de Kamil, elle leur sourit en s'excusant et leur lança que, dans ce cas, elle essaierait de trouver du réconfort dans les bras de son mari.

— Au pire, je vous dis à demain matin, lança-t-elle en partant, mais son regard indiquait que la dernière chose à laquelle elle croyait était la possibilité de ne pas se promener dans la forêt de Bródno le lendemain avant midi.

Wiktor haussa les épaules. Il avait vécu trop de choses pour accorder du crédit à une solution aussi simple, aussi aisée et aussi agréable. C'était comme si un militaire croyait gagner une guerre en dessinant une nouvelle ligne de front sur une carte.

— Et où sont tes parents ? demanda-t-il à Kamil.

— Je les ai vus ce matin. Ils sont très déprimés. Ils ont dit qu'ils ne voulaient pas rendre la situation plus difficile, qu'ils attendraient à la maison que je leur raconte comment s'est passée la réunion.

— Et depuis quand sont-ils aussi dociles ?

— Va savoir. Peut-être rêvent-ils que ma mère donne naissance à des quintuplés qui sont tous aussi pénibles que moi ? dit Kamil en ricanant de manière artificielle.

Wiktor le regarda en biais.

— C'était lequel, ton prof d'EPS ? demanda Kamil pour changer de sujet.

— Il n'était pas là. Mais c'est toi qui l'as prévenu. Il habite au premier étage, c'était ta zone.

— À quel numéro ?

— Au dix.

— Personne ne répondait.

— Déconne pas, s'inquiéta Wiktor. Tu as cogné à la porte ?

— Comme partout. J'ai d'abord sonné, puis, une fois derrière la grille, j'ai frappé et j'ai écouté.

Ils se regardèrent dans les yeux, songeant à la même chose. Sans un mot, ils prirent l'ascenseur pour descendre au premier étage. La grille entre le palier et le couloir était ouverte. Wiktor courut jusqu'à l'appartement du prof de sport, appuya sur la sonnette et la maintint avec son doigt, écoutant le son strident de l'autre côté de la paroi.

Aucune réponse.

Il commença à frapper du poing.

— Ohé, monsieur ! C'est moi, Wiktor Sukiennik. Je vous ai rendu visite hier. Vous n'avez pas besoin d'ouvrir, donnez juste un signe de vie. Ohé ! Bonjour !

Ils écoutèrent un moment, la tête appuyée contre le battant. Rien.

— Il est peut-être sorti ? hasarda Kamil.

— Ne sois pas stupide. Nous devons enfoncer cette porte.

— Comment ?

— Et qu'est-ce que j'en sais ? Comme dans les films, je suppose. D'un coup de pied ou d'épaule. Tu as une meilleure idée ?

— Tout doux, tout doux… dit Kamil avec un geste d'apaisement. Ne t'énerve pas, mec, ou tu vas péter une durite. À trois, on enfonce la porte, d'accord ?

— D'accord.

Ils se placèrent contre le mur opposé, de flanc, dos l'un à l'autre, ils mirent leurs épaules en avant et se prirent les avant-bras en les pressant contre leurs ventres. Ça ressemblait vraiment à une scène d'un film d'action.

— Et un… et deux… et… trois ! s'exclama Kamil, et ils fondirent sur la porte en même temps.

Du côté des serrures, là où avait frappé Wiktor, elle tint bon, mais de l'autre côté, les charnières furent arrachées du cadre avec de gros morceaux de bois.

Dans le vestibule, il faisait noir comme dans une tombe. Wiktor se mit à cligner des paupières pour habituer ses yeux à l'obscurité. Il renifla et sentit une légère odeur d'urine et de bière, mais rien de particulier. Il passa sa main sur le mur du couloir pour trouver un interrupteur et tressaillit lorsqu'il toucha la manche d'un survêtement de sport glissant sur un portemanteau. Enfin, il trouva le bouton. La lumière inonda la pièce.

Ils crièrent simultanément.

Toutes les coupes étaient déformées et jonchaient le sol, mélangées aux photos déchirées et aux fanions cisaillés. Les affiches sportives avaient été arrachées des murs, le verre des vitrines avait volé en éclats. Au-dessus de ce champ de bataille, accroché à une corde tissée de médailles, pendait, immobile, vêtu d'un survêtement rouge et blanc portant l'inscription « POLSKA », le cadavre du professeur de gymnastique, Michał S. Hubert, à en croire la plaque apposée sur la porte qu'ils venaient d'abîmer.

— Là ! gémit Kamil en montrant un coin de la pièce.

Wiktor regarda et recula dans le couloir. Accompagnée du faible murmure de l'eau qui s'écoule, la noirceur du néant s'échappait de la pièce. Il la vit ruisseler en un mince filet à l'angle des murs et disparaître dans le sol. Il la vit fuir par le robinet du radiateur et glisser du rebord de la fenêtre vers l'extérieur. Elle avait été là. Il ne faisait guère de doute que, jusqu'à ce qu'ils commencent à frapper, elle avait recouvert chaque centimètre carré de l'appartement. Wiktor frissonna à l'idée qu'elle nappait peut-être aussi le cadavre de monsieur Hubert.

— Nous ne pouvons pas le laisser ainsi, déclara Kamil. Nous devons le décrocher. Hé, Wiktor !

— Oui, oui, désolé. C'est ce qu'on va faire.

Il entra dans la pièce, tout tremblant et regardant autour de lui avec crainte.

— Monte sur la chaise et maintiens-le, moi, je couperai…

Il contempla le curieux nœud coulant orné de médailles multicolores.

— … et je couperai ces rubans.

Après une courte lutte avec le corps raide et lourd, ils parvinrent à allonger le professeur d'EPS sur le canapé, à lui fermer les paupières et à le recouvrir d'un drap bleu. Pendant tout ce temps, Wiktor ne cessait de détourner les yeux du visage de son voisin. Il craignait de voir la noirceur dans son regard ou qu'un filet du néant n'émerge de sa bouche et ne rampe vers lui.

— Qu'est-ce qu'il tient là ? s'enquit Kamil en essayant d'arracher un morceau de papier froissé du poing serré de monsieur Hubert.

— Laisse tomber, c'est probablement un morceau de fanion ou une partie d'une photo avec ses lycéennes. Laisse-le-lui.

— Attends, ce n'est pas une photo, c'est la page d'un carnet. Il y a quelque chose de griffonné dessus… Juste une seconde, encore un peu, j'y suis presque…

Il y eut un craquement.

— Merde, je crois que je lui ai cassé un doigt, dit Kamil.

— Je t'avais dit de laisser tomber.

— Tant pis, je ne pense pas qu'il se vexe ou me hante la nuit. Regarde ce qui est écrit sur ce papier.

— Trente-six. Rien de plus ?

— Je serais curieux de savoir ce que cela signifie, admit Kamil.

— Certainement pas son âge. Il était beaucoup plus vieux.

— Peut-être quelque chose en lien avec son rêve ?

— Peut-être. Ou peut-être le nombre de filles mineures qui ont succombé à ses avances dans les vestiaires du lycée. Ou peut-être les deux. Oublie. Sortons d'ici. Je ne veux pas rester dans cet appart une minute de plus.

— Oui, tu as raison, répondit lentement Kamil en rangeant le morceau de papier dans sa poche. Trente-six, trente-six quoi ?

Il continua un instant à marmonner ainsi dans sa barbe.

Ils ouvrirent les serrures de la porte et la refixèrent sur ses gonds du mieux qu'ils purent. Ils étaient sur le point de partir lorsque Wiktor cessa de lutter contre sa conscience et fit ce qu'il avait envie de faire depuis qu'ils s'étaient rués ici. Il se glissa dans la cuisine et fouilla les placards. C'était là, sur le dessus ! *Eurêka !* Sa préférée ! Sur le plan de travail, à côté de la machine à couper le pain, se trouvait une bouteille de vodka Żołądkowa Gorzka. Certes, elle était à moitié vide, mais pour Wiktor, elle était en ce moment à moitié pleine. Il la mit dans sa poche et sortit, aidant Kamil à refermer le plus soigneusement possible la porte arrachée.

« Michał S. Hubert », proclamait l'inscription gravée sur une plaque de laiton rectangulaire. Et, en dessous, sur une plaque similaire, ils virent le chiffre dix.

— Dix, dit Kamil d'un ton pensif. Dix. Un et zéro. Trente-six. Trois et six. Dix et trente-six. Wiktor !

— Qu'est-ce qu'il y a ?

— Ce chiffre sur la feuille, trente-six…

— Oui ?

— C'est le numéro de l'appartement de ce type louche, l'énergumène en fauteuil roulant, celui qui n'était pas du tout surpris qu'il se passe quelque chose d'anormal dans l'immeuble.

— Ah oui ? fit Wiktor. Je pense qu'il est grand temps de rendre visite à ce pauvre invalide.

11.

C'était fait. Malgré tout, j'étais surpris. Je savais qu'Hubert était le seul – du moins parmi ceux qui souhaitaient l'évoquer – à en savoir plus sur moi que les autres habitants. Je savais aussi que son psychisme était si faible et ses cauchemars si puissants qu'il ne supporterait pas longtemps de se confronter à lui-même. Mais le fait qu'il ait réussi à gribouiller ce mot ? Pour quoi faire ? Pour aider les autres ? Je ne me serais jamais attendu à un tel acte d'altruisme de la part de ce sportif de pacotille, mais que voulez-vous, il faut croire que la proximité de la mort faisait ressortir chez les gens des qualités jusque-là bien cachées.

Il ne me restait plus qu'à espérer que les deux hommes qui fondaient sur moi poseraient d'abord les questions et cogneraient ensuite. Au cas où, je chaussais mes lunettes. Ils n'allaient tout de même pas frapper un infirme binoclard ?

La sonnette retentit. Je roulai vers la porte et je l'ouvris sans un mot. Ils entrèrent et refermèrent derrière eux.

— Vous ne demandez pas qui est là ? s'étonna l'aîné.

Wiktor. C'était donc lui. Le visage gris et abîmé d'un perdant – un Polonais sur trois ressemble à cela. À vrai dire, je m'attendais à quelqu'un de moins commun. Dommage qu'Agnieszka ne fût pas avec eux.

— Non, répondis-je.

— Qui êtes-vous ? demanda encore l'enquêteur Wiktor d'une voix forte, mais les mains tremblantes comme de la gelée.

— Personne.

Kamil pouffa de rire, mais je lui ordonnai du regard de se taire. Il avait déjà fait assez de grabuge comme cela.

— Cher monsieur, commença lentement Wiktor, et sa voix résignée m'impressionna davantage que ses cris, car les gens qui parlent d'une telle voix sont capables de tout. Ce jeu du chat et de la souris m'ennuie. Ce n'est peut-être pas votre cas, mais tels sont les privilèges de la souris. Une seule chose m'intéresse, que se passe-t-il ici ?

Que faire ? Il fallait répondre à l'honnêteté par l'honnêteté.

— Je ne sais pas, répondis-je. Je veux dire, je n'en suis pas sûr, même si j'ai des suppositions.

— Présentez-les-nous, s'il vous plaît. Nous serons ravis de les entendre.

Je voyais qu'il était sur le point de m'attraper à la gorge, cependant je pris quand même le risque.

— Je vous les exposerai demain quand vous viendrez avec madame Agnieszka. Je vous dirai tout ce que je sais. Je le jure !

Je prononçai ce dernier mot en hurlant, car il avait fait deux pas vers moi et il y avait une soif de meurtre dans ses yeux.

— Comment sais-tu pour Agnieszka, si tu n'as pas bougé d'ici, sale pervers ! me cria-t-il au visage, et des gouttes de sa salive se déposèrent sur mes lunettes.

— Vous saurez tout demain. Je vous jure ! Venez tous les trois à midi, et vous saurez la vérité !

Au fond de moi, j'étais paniqué. Il était clair que des années d'absence de contact avec les gens pouvaient avoir des effets néfastes sur le psychisme.

— Je ne vois pas pourquoi je ne vous arracherais pas cette vérité ici et maintenant, par la force s'il le faut. Demain à midi, il y aura peut-être davantage de victimes que monsieur

Hubert. Et vous, vous avez encore des parties du corps qui ne sont pas paralysées et toujours sensibles à la douleur.

Il me toisa avec insistance, incarnant la thèse selon laquelle la peur était la source de l'agression.

— Demain à midi, lançai-je, haletant. Il n'y aura pas plus de victimes qu'il n'y en a aujourd'hui. Croyez-moi. Demain à midi, vous saurez tout.

Kamil s'approcha de Wiktor et lui posa une main sur l'épaule.

— Regarde-le, dit-il. C'est une épave, un demi-corps, plus un spectre qu'un homme. Tu n'apprendras rien si tu fais subir à ce reptile un interrogatoire moyenâgeux.

Il me défendait, mais je n'aimais guère ses paroles.

— Qu'est-ce que ça change ? demanda-t-il encore. Il suffit de passer la nuit.

Wiktor observa le garçon comme si c'était un visiteur venu d'une autre galaxie – et cette comparaison était tout à fait appropriée.

— Tu as perdu la tête ? fit-il. On vient de trouver un cadavre, on est prisonniers de notre propre immeuble, ce barjo sait manifestement quelque chose et on est censés s'en aller ? Dire « Dans ce cas, désolés de vous avoir importuné » et filer sagement se coucher ? Sais-tu ce qui se cache pour moi, derrière les mots « passer la nuit » ? Réveille-toi, mon garçon !

Kamil et moi échangeâmes un regard. Il était un peu paniqué, moi moins.

Je savais que, même si Wiktor avait raison et que, dans des conditions normales, il aurait eu le dernier mot, cette fois-ci, il reculerait. Tôt ou tard. C'est comme ça que ça se passait, par ici, tout le monde reculait. Tôt ou tard.

— Vous avez le choix, dis-je. Soit tenir le coup jusqu'à demain et entendre tout ce que j'aurai à vous dire de mon plein gré, soit me soutirer des bribes d'informations, ou de mensonges, par la force maintenant. Pouvez-vous voir la différence entre la vérité et un boniment inventé pour que vous me laissiez tranquille ?

— Je tenterai ma chance.

Ses yeux scintillèrent. Ce n'était pas bon.

— Wiktor, écoute-moi bien, dit Kamil précautionneusement, conscient d'avancer en terrain miné. Nous n'en saurons pas plus que ce qu'il veut bien nous dire. Tu veux tout savoir, ou juste un peu ?

— Je veux savoir pourquoi tu es de son côté, grogna-t-il en guise de réponse.

— Tu es dingue ? Tu perds la boule avec l'âge ? J'essaie juste de penser logiquement...

— Tu racontes des conneries. En quoi est-ce logique, que l'homme-tronc coupé du monde, dit-il en me pointant du doigt, veuille nous raconter des trucs demain et pas tout de suite ? Tous ses créneaux de rendez-vous sont déjà pris pour la journée ? Peut-être devrions-nous nous installer dans la salle d'attente, alors ? C'est logique, ça, d'après toi ?

Ils gardèrent le silence, se fixant l'un l'autre. Mais je sentais que Wiktor abandonnait.

— Aujourd'hui, intervins-je, je ne peux pas tout dire parce que je ne suis pas prêt. Croyez-moi, monsieur Wiktor, il n'y a pas mon côté ou votre côté. Nous sommes tous du même côté. Demain, vous le comprendrez. Mais pas aujourd'hui. Aujourd'hui, je ne peux pas, même si j'aimerais le faire. Je regrette.

— Ce n'est qu'une nuit. Quelques petites heures, dit Kamil pour me soutenir.

— Quelques petites heures. En quelque sorte... acquiesça Wiktor à contrecœur.

Et moi, j'étais prêt à parier une grosse somme d'argent que la partie non exprimée de la phrase allait comme suit : « On pourra toujours le tourmenter plus tard. »

Il me toisa de nouveau avec haine, et ils partirent. Je soufflai de soulagement et je roulai ranger mes cassettes et mes papiers pour préparer la réunion du lendemain. Une longue nuit s'annonçait.

Pour eux aussi.

Chapitre 6

Vérifiez si la sépulture de vos proches est payée.
Varsovie, quartier Bródno.
Panneau d'information à la porte du cimetière.

1.

Humiliée, Anna Maria Emilia Wierzbicka regagna son appartement du quatrième étage, récitant en chemin dans sa tête *Sous l'abri de Ta miséricorde*. Comment peuvent-ils être aussi stupides ? se demanda-t-elle. Est-il si difficile de reconnaître l'œuvre du Malin dans tout ça ? Qui leur envoie des rêves aussi horribles, qui s'empare de leur esprit, qui se révèle sous la forme de cette noirceur dégoûtante ? Elle fut certaine qu'un temps d'épreuve se profilait à l'horizon. Une épreuve dont seuls de rares élus sortiraient vainqueurs. Ceux dont le cœur était courageux, dont la conscience était pure,

Oui, je veux pécher

et les pensées immaculées. Remplissait-elle ces conditions ? Était-il possible – elle tremblait d'excitation – qu'elle soit celle que Dieu avait choisie pour sauver ces petits êtres perdus ? *A priori*, elle était la seule à avoir reconnu le véritable nom de la menace. Et elle seule – songeait-elle en regardant la collection d'ustensiles sacrés accrochés aux murs – savait comment la combattre. Au nom du Père, du Fils et du Saint-Esprit. Amen.

Pour commencer, elle ne fermerait pas l'œil de la nuit. Ce serait son offrande au Christ miséricordieux.

Est-ce bien la seule raison qui te pousse à faire cela, Emilia ?

Elle consacrerait cette nuit à la prière du Rosaire, sans omettre les nouveaux Mystères lumineux ajoutés par le Saint-Père bien-aimé. Cela suffirait-il ? Serait-elle assez pure pour résister au Mal ?

Pénitence, mon Emilia, pénitence…

Pénitence, confession, purification mystique. Comment recevrait-elle ce sacrement si elle ne pouvait pas se rendre à l'église et si elle n'avait aucun prêtre sous la main ? À qui pourrait-elle confesser ses péchés ? Elle n'en avait pas beaucoup, c'était vrai, quelques colères, des gros mots,

De mauvaises pensées…

des moments de faiblesse, quand elle n'avait pas pu s'empêcher de manger une boîte de chocolats jusqu'au bout par exemple, ou quand elle n'avait pas voulu s'occuper de sa mère. Oui, pas grand-chose en apparence, mais assez pour aller se confesser. Quelles chances avait-elle, sans le soulagement du confessionnal, d'affronter les ténèbres les plus effrayantes ? Maigres, très maigres… Dans ce cas, elle pourrait peut-être se confesser à quelqu'un d'autre. Mais à qui ? Au concierge ? À monsieur Wiktor ? À Stopa ? Cette brute qui l'avait mise à la porte ? Elle rit en pensée en les imaginant tous – ces suppôts du démon – en confesseurs. Il lui faudrait quelqu'un comme ce gentil policier, voilà à qui elle pourrait se confesser, lui si poli et si calme. Mais ce n'est qu'un hérétique, je veux dire notre frère dans la foi, se corrigea-t-elle. Et puis, il n'est pas là.

Elle ôta ses chaussures et alla voir si sa mère allait bien. Celle-ci dormait. Couvert de veines bleues, son visage gris reposait sur l'oreiller, entouré de ses longs cheveux jaunis.

Emilia avait tant de fois essayé de la convaincre qu'il serait plus confortable de les couper, mais sa mère avait refusé, bien sûr. Elle réagissait de manière si hystérique qu'Anna Maria Emilia avait fini par abandonner l'idée. Combien de plaisirs te reste-t-il à vivre, maman ? pensait-elle alors. Si ces cheveux doivent en faire partie... Pour elle, s'occuper de ces filaments était un devoir supplémentaire, un autre sacrifice fait pour la paix dans le monde, une brique de plus sur l'escalier qui la mènerait un jour au paradis.

Sa mère tressaillit dans son sommeil, un filet de salive coula de sa bouche. Emilia prit un mouchoir jetable dans une boîte en carton et essuya tendrement la joue de la vieille femme. Dans son sommeil, elle n'avait pas l'air malade, sa figure se lissait et n'était plus enlaidie par ce regard vide, tourné vers l'intérieur. Elle ressemblait à la femme qu'elle avait été et dont l'image se brouillait peu à peu dans la mémoire d'Emilia. Elle avait certainement été bonne, tendre, compréhensive,

Alors pourquoi a-t-elle détruit ta vie en ne te laissant pas partir ?

aimante. Chère maman ! Les larmes montèrent aux yeux d'Emilia. Sa seule et unique maman ! La personne la plus chère et la plus proche au monde, pour elle. Depuis combien d'années étaient-elles inséparables ? Deux étoiles qui tournaient l'une autour de l'autre dans le chaos de l'univers.

Elle caressa son visage endormi.

Une pensée soudaine la secoua tant qu'elle se leva. Non, c'est impossible, ça ne peut pas marcher, se dit-elle fébrilement, personne n'a jamais entendu parler d'une telle pratique. Et pourtant ? Sa personne la plus proche n'était-elle pas aussi la plus apte à entendre sa confession ? N'était-elle pas la plus à même d'accorder le pardon, puisque tant de péchés qu'Emilia avait commis étaient précisément faits à son encontre ? Et puis, quel autre choix avait-elle ? C'était la seule voie qui menait à la rédemption.

Emilia s'assit sur le tabouret près du lit, attendant le réveil de sa mère – qui ouvrait généralement les yeux vers minuit – et entreprit de dresser mentalement la liste de ses péchés. Il fallait commencer par le plus gros. Un jour, alors qu'elle était encore petite fille et qu'elle assistait à la messe des enfants avec sa mère, le prêtre lui avait expliqué, avant sa première communion, comment préparer une confession.

— Imaginez, chers enfants, disait-il d'une voix qui était devenue depuis lors, dans l'imagination d'Emilia, la voix du « véritable berger » et à laquelle elle comparait toutes les autres, imaginez que vous devez pousser vos péchés, votre petit troupeau de péchés, à travers une haie. Si vous commencez par la plus petite transgression, par une petite souris, une fois que vous l'aurez fait traverser, il restera un petit trou dans la haie. Lorsque vous voudrez confesser le péché suivant, un peu plus gros, aussi gros qu'un hérisson par exemple, vous aurez beaucoup de mal à le faire passer. Imaginez maintenant que vous commencez votre confession par votre plus gros péché, aussi gros qu'un cochon...

Le prêtre gonflait ses joues et les enfants assis sur les bancs riaient.

— ... vous aurez beaucoup de mal à confesser ce péché, mais il fera un si grand trou dans la haie que tous les autres petits animaux... le chat, le hérisson et la souris... passeront à travers sans effort. Comprenez-vous, chers enfants, de quoi je parle ? Si vous commencez par les péchés dont vous avez le plus honte, ce sera beaucoup, beaucoup plus facile ensuite. Maintenant, levez-vous, s'il vous plaît...

Saintes paroles, si elle pouvait se débarrasser de la plus grosse honte, elle confesserait le reste sans problème. Elle ferma les yeux et se mit à traquer ses péchés des deux dernières semaines.

Oh oui, s'il vous plaît, mon père, je veux pécher…

Elle avait regardé la télévision un peu plus qu'elle n'aurait dû ; à son âge, il fallait faire attention à ses yeux et, surtout, il valait mieux lire des livres plutôt que de regarder fixement un écran. Deux fois, elle était arrivée en retard à la messe. C'était parce qu'elle s'occupait de sa mère, certes, mais si elle avait commencé plus tôt, elle serait arrivée à temps pour le début de la liturgie. Pourtant, elle se dit que, puisqu'elle y allait trois fois par semaine, elle pouvait bien être en retard une fois – mais ce n'était évidemment pas une excuse. Le jeudi, elle avait consommé l'eucharistie même si elle ne se sentait pas pure. Mais la confession est valable pendant un mois ! se justifiait-elle. Cependant, elle savait qu'elle avait mal agi. Deux fois, elle avait eu le mot « putain » à l'esprit, une fois même – Emilia soupira, mais sut qu'elle devait en passer par là – en référence à sa mère. Elle eut souvent de mauvaises pensées à son égard, elle ressentait de la colère et de la rage, et le pire avait eu lieu vendredi dernier. Emilia était au bord des larmes. Comment avait-elle pu se comporter de la sorte ? Elle avait ignoré sa mère qui gémissait et l'avait traitée de Satan pour pouvoir regarder la télévision en paix ! Oh, Sainte Mère, comment vais-je lui avouer cela ?

Et elle ? Est-elle irréprochable ?

Bien sûr, sa mère se comportait souvent de manière pénible, plus pénible que ce que son état impliquait, mais cela ne disculpait en rien Emilia. Oui, c'était probablement son pire péché, et ce serait par lui qu'elle commencerait sa confession domestique.

Hé, hé, Emilia, tu n'as rien oublié ?

Le reste lui revenait comme à travers un brouillard

Ha, ha, à travers un brouillard ? Tu te souviens de chaque détail !

elle se souvenait d'avoir rêvé de vilaines choses. Mais confesser des images oniriques ? C'était trop, même pour une fervente catholique comme elle.

Plongée dans ses pensées, elle n'avait pas remarqué que sa mère avait ouvert les yeux. Elle la fixait maintenant – elle l'aurait juré ! – avec un regard beaucoup plus lucide que d'habitude. Emilia s'agenouilla près du lit et sourit.

— Bonsoir, maman, dit-elle tout bas.

— Emillia… murmura sa mère très clairement.

— Je voudrais te demander quelque chose, déclara la fille. Tu vois, maman, il se passe beaucoup de phénomènes étranges et mauvais, dans notre tour. Je ne veux pas t'en parler pour ne pas t'inquiéter. Mais crois-moi, beaucoup de mal a pris racine dans ce bâtiment. Pour le combattre, il faut être purifiée, et moi, je ne me suis pas confessée depuis deux semaines. C'est pourquoi je me demandais si tu serais d'accord pour que je me confesse à toi. Tu comprends ce que j'ai en tête ? Tu vois ce que je te demande de faire ?

Sa mère ne répondit pas, mais dans ses yeux, Emilia vit la compréhension, l'acceptation et même une volonté d'aider.

— Oh, maman, merci, souffla-t-elle en l'embrassant fermement sur le front. Je t'avouerai tout dans un instant, mais d'abord, attends, je vais apporter quelque chose.

Elle sortit en courant de la chambre et revint au bout d'un moment, une image du Christ miséricordieux à la main. Elle la tendit à sa mère.

— Tiens, maman, que ce sacrement de réconciliation se déroule en présence de notre Seigneur Jésus-Christ.

Elle s'agenouilla sur le tapis à côté du lit, ferma les yeux, croisa les mains comme pour prier et les appuya sur les draps dans lesquels sa mère était enveloppée.

— Pardonne-moi, car j'ai péché. Je ne me suis pas confessée depuis deux semaines, dit-elle de nouveau. Je voudrais confesser mes péchés devant Dieu.

Elle se tut, attendant que le prêtre prononce la formule traditionnelle, et ne se rendit compte qu'après plusieurs secondes qu'il n'y avait pas de prêtre. Elle respira profondément et dit :

— J'ai péché contre ma mère malade dont je m'occupe…

Elle s'interrompit en entendant le bruit d'un papier déchiré.

— Maman, non ! s'écria-t-elle en voyant la vieille femme séparer lentement, mais inexorablement, l'image sainte en deux. Tu n'as pas le droit ! Rends-la-moi !

— Nnnnnon, gémit sa mère en conservant l'image entre ses doigts serrés puis en mettant l'un des morceaux dans sa bouche. Nnnnooon…

— Comment oses-tu, maman ? Comment oses-tu faire une chose pareille ! s'écria Emilia, s'efforçant sans succès d'arracher le papier couvert de salive. Comment oses-tu ? Satan doit t'avoir possédée ! Tu es aussi mauvaise que cet immeuble. Rends-la-moi ! Rends-la-moi ou je te tue, vieille sorcière !

— Hé, hé…

La vieille femme se contenta de rire, crachant des bouts de papier mouillé autour d'elle. Emilia débordait d'une rage qu'elle n'avait jamais ressentie auparavant. La flamme de la colère la brûlait de l'intérieur, ébouillantant ses poumons et son cœur. Haineuse, elle regarda dans les yeux celle qui l'avait mise au monde et y vit la même noirceur dévoreuse de lumière qui avait déjà glissé vers elle auparavant.

— Tu mérites de mourir, grogna-t-elle. Espèce de démon !

Elle retira un oreiller de sous la tête de sa mère et en couvrit son visage. Elle pressa fort.

— Tu mérites de mourir, répéta-t-elle en haletant. Tu le mérites plus que quiconque, tu devrais être morte depuis longtemps, mais tu ne vas mourir qu'aujourd'hui. Mieux vaut tard que jamais, c'est ce que tu disais toujours quand tu m'interdisais quelque chose. Et à présent, c'est moi qui te le dis, mieux vaut tard que jamais. Et ce tard, c'est maintenant.

Le corps fragile offrait de moins en moins de résistance, les membres s'immobilisaient lentement, les gémissements s'apaisaient. Le visage rouge, Emilia pressait l'oreiller de plus en plus fort, mais son regard tomba sur la croix d'argent qui tournait autour de son axe, sa propre croix qui avait toujours été accrochée à son cou et qui touchait désormais presque l'oreiller qu'elle utilisait pour assassiner sa mère.

Sans quitter des yeux la petite croix qui tournoyait, elle se releva et envoya l'oreiller au fond de la pièce. Dans un sifflement, sa mère inspira à pleins poumons, les yeux écarquillés, dirigés vers le plafond. Les restes de l'image sainte déchirée glissèrent de ses mains sur la moquette. Emilia contemplait la scène, n'arrivant pas à croire que, une seconde plus tôt, elle en faisait partie. Une seconde plus tôt, elle était une meurtrière, enfreignant trois commandements à la fois. Elle avait voulu tuer sa mère un dimanche.

— Maman, maman, je... balbutia-t-elle. Je ne sais pas ce qui m'a pris... Ce n'était pas moi. Je... je me rachèterai, je ferai mille fois pénitence, je le jure, maman. Je... je vais partir, maintenant...

2.

Après une liqueur d'œufs trop sucrée (ça n'avait sans doute pas été un advocaat original) et une Becherovka herbée à en mourir, une gorgée de Żołądkowa Gorzka agissait sur le système digestif de Wiktor comme de la ranitidine, du Spasfon et une infusion de menthe combinés. Quel soulagement, il n'était même pas nécessaire de parler à l'oiseau. Après les événements de la veille, les émotions de Wiktor étaient si stimulées que le manque de sommeil lui semblait naturel – et cela même s'il n'avait pas fermé l'œil depuis plus de cinquante heures. L'idée diabolique de Kamil, l'histoire d'Agnieszka, la sienne, la réunion à la laverie, le cadavre de monsieur Hubert et la rencontre avec le lézard chauve, tout cela défilait en alternance devant ses pupilles et chassait la fatigue. Il jeta un œil à l'horloge : trois heures le séparaient de l'aube, ça n'allait plus être très long. Il but une nouvelle gorgée et essaya de penser à des choses agréables. Peut-être que Stopa avait raison ? Peut-être fallait-il simplement se détendre ? Il pensa aux dernières vacances passées à la mer avec les filles. Le sable qui brûlait les pieds, la petite qui piaillait dans l'eau, le corps de Weronika qui embaumait la crème, la sueur et le soleil. Il sentit la félicité et la somnolence l'envahir, ses yeux fermés exigeaient qu'il ne les ouvre pas avant au moins douze heures. D'ailleurs, pourquoi pas ? se dit-il. Je suis détendu, je peux m'endormir, Stopa avait donc raison.

Le panorama ensoleillé changea, il faisait soudain plus sombre, l'obscurité n'était dissipée que par l'étroit faisceau de lumière projeté par sa lampe torche. Wiktor tenta d'écarter des paupières qui semblaient scellées, soudées comme la porte qui menait du lycée à l'abri souterrain. Il y mit toute sa volonté, il devait ouvrir les yeux – au loin, il entendit de violents coups sur la porte – et y parvint. Il cligna des yeux et grimaça, sentant le sable ramené de son rêve crisser sous ses paupières.

Les coups ne s'arrêtaient pas.

Il s'approcha du judas et regarda à travers. Kamil ? Il déverrouilla rapidement les serrures. Le garçon semblait secoué.

— Il faut que tu viennes avec moi, tout de suite ! s'exclama-t-il.

— Où ? Pour quoi faire ? D'abord, calme-toi.

— Chez moi, à l'appart, vite, mes vieux, putain ! Je crois qu'ils se sont tués, bordel, ils viennent de se tuer, gémit-il en tirant Wiktor par la manche.

Ensemble, ils coururent au cinquième ; la porte était grande ouverte, ainsi que toutes les fenêtres. Pourtant, il n'y avait pas de courant d'air. L'appartement avait un agencement typique. Tout droit, il y avait l'entrée du salon, à droite, l'étroit boyau de la cuisine, à gauche, le couloir, la porte de la salle de bains et celles des deux petites chambres. Dans le salon, qui était aussi la chambre à coucher des parents de Kamil, deux personnes étaient allongées sous une couette. Elles semblaient dormir. Leurs yeux étaient clos et un léger sourire tordait le visage de l'homme. S'il est vraiment mort, médita Wiktor, il n'a pas l'air d'avoir revu son pire cauchemar au moment de trépasser.

Il toucha leurs paumes. Eh bien oui – vivants, ils ne l'étaient certainement pas. Et ce depuis des heures. Wiktor se retourna et vit que Kamil n'était même pas entré dans l'appartement. Il se sentit étourdi et encore plus somnolent qu'un instant plus tôt.

— Tu ferais mieux de sortir ! s'écria Kamil en lui faisant un grand signe de la main. Sors vite !

— Qu'est-ce qui leur est arrivé ? demanda-t-il, une fois qu'il eut titubé hors de la pièce et retrouvé un peu d'oxygène dans l'air. Ils sont morts, c'est sûr, mais on dirait qu'ils se sont endormis. Tu n'as rien, toi ?

— Non, rien, mais il s'en est fallu de peu. À mon retour, j'étais comme un zombie, je ne me suis pas occupé de ce qui se passait dans l'appart. Je suis allé directement dans ma chambre, j'ai mis mon casque, la musique à fond, j'ai pris un livre et je me suis efforcé de ne pas dormir. Je n'ai pas parlé à mes vieux, tu sais comment ça allait entre nous. Je m'étais dit que, s'ils me voulaient quelque chose, ils viendraient d'eux-mêmes. Il était deux heures du matin quand j'ai commencé à me sentir bizarre. J'avais la tête qui tournait, envie de vomir, je voyais double. Je croyais que c'était la somnolence, mais quand j'ai enlevé mes écouteurs, j'ai entendu un sifflement. Le genre de sifflement que l'on entend quand du gaz flambe sur une cuisinière, tu piges ?

— En quelque sorte. Ou non, je ne comprends pas. Ils ont été empoisonnés au gaz ? Couchés dans leur lit ? Et tu n'as rien senti pendant cinq heures ? C'est impossible, non ?

— Si. Mais ils n'ont pas ouvert le gaz, ils ont au contraire allumé tous les brûleurs de la cuisinière et celui du four. C'est pour ça qu'il fait si chaud à l'intérieur.

— Et alors ? Ils ont transpiré à en mourir ?

— Le monoxyde de carbone. Le tueur silencieux. Ils ont collé du ruban adhésif sur les bouches d'aération et ont placé une serviette humide au pied de la porte. Les interstices de la mienne ont été scellés avec du ruban adhésif.

Wiktor n'en revenait pas. Ces gens s'étaient non seulement tués, mais ils avaient failli entraîner Kamil dans leur chute. Pourquoi ? Comment pouvait-on tuer son enfant juste comme ça ?

— Mais gamin, c'est un miracle que tu sois encore en vie ! Si tu t'étais endormi ou si tu n'étais pas allé voir ce qui se passait, aucun ruban adhésif au monde ne t'aurait sauvé. Tu serais tout aussi raide qu'eux.

Kamil ne répliqua rien, il ne quittait pas des yeux les cadavres de ses parents. Finalement, il se tourna vers Wiktor et dit :

— Tu as raison. Je serais aussi raide qu'eux. Puis-je venir chez toi ?

— Oui, bien sûr. Tu veux emporter un truc ?

— Ma chaîne stéréo. Sans musique, je m'endormirai à coup sûr...

Kamil hésita et ajouta :

— J'ai un service à te demander… Tu pourrais les couvrir ? Leur visage, je veux dire… Tu sais, comme celui de monsieur Hubert hier. Je ne crois pas pouvoir y arriver…

Wiktor se plia au désir du garçon, puis se dirigea vers sa chambre pour l'aider à déplacer la chaîne stéréo – connaissant les adolescents, elle pouvait occuper la moitié de la pièce. Il avait déjà la main sur la poignée lorsque Kamil cria depuis le couloir :

— Non ! N'entre pas ! Je m'en charge. J'ai envie de rester seul un instant. J'arrive dans une seconde, attends-moi chez toi.

Wiktor quitta l'appartement mais ne rentra pas chez lui. Il décida que, si Kamil ne sortait pas dans les cinq minutes, il irait le chercher. Certes, l'appartement était déjà un peu aéré, mais il craignait que le garçon ne fasse une bêtise, pas forcément à l'aide du monoxyde de carbone.

Pourtant, trois minutes ne s'étaient pas écoulées que Kamil émergea des profondeurs du couloir, à peine visible sous une montagne d'équipements électroniques et de câbles.

3.

À l'instar de Wiktor, Agnieszka avait cru un temps que le psychologue de l'immeuble, si inspiré par ses études, ce cher monsieur Stopa, avait raison. Et à l'instar de Wiktor, elle découvrit bien vite et dans la douleur que toutes ces balivernes sur la relaxation ou les émotions positives étaient aussi fiables que l'altruisme présumé de ce charlatan.

Allongée dans son lit, elle luttait contre le sommeil en essayant de lire. Elle avait d'abord choisi un roman policier d'Henning Mankell, pensant qu'une intrigue captivante l'empêcherait de dormir, mais l'histoire, saturée de cadavres et d'autres horreurs, lui fit encore plus peur. Alors elle essaya

Jane Austen, mais la langue du XIXe siècle l'ennuyait et les problèmes pompeux des dames de la campagne issues d'une société de classe l'agaçaient. Finalement, elle opta pour un roman d'aventures contemporain de Barbara Cartland, offert par une collègue de travail. Et ce fut un choix parfait. L'héroïne volait d'un continent à l'autre, baisait des beaux gosses basanés et bouffait du homard puis, en passant, découvrait un trésor et sauvait le monde d'une multinationale cupide. Tout cela sans se casser un ongle. Une merveille !

Le plan initial qui consistait à se blottir contre le dos chaud de Robert n'avait pas pu être réalisé. Le dos de Robert était momentanément penché sur ses croquis et demeurait donc inaccessible – depuis qu'elle était rentrée le soir, ils avaient à peine échangé quelques phrases insignifiantes. Pour avoir la paix, elle libéra Robert de sa promesse de ne pas peindre en sa présence. Quelle importance cela avait-il, à présent ? Et puis, si c'était sa façon à lui de demeurer dans l'insomnie, il aurait été cruel de l'en priver. À quatre heures, elle avait tellement envie de dormir que même madame Cartland ne parvenait plus à soulever ses paupières. Elle quitta donc son lit et s'approcha discrètement de Robert pour voir sur quoi il travaillait. Même si cela devait se terminer par une dispute gigantesque, au moins en se querellant elle ne s'endormirait plus.

Elle avança sur la pointe des pieds vers son mari, agenouillé devant le papier à dessin. C'était probablement le début d'une nouvelle esquisse. La feuille était divisée en deux champs à peu près égaux, la ligne qui les séparait étant irrégulièrement bombée de part et d'autre. Cela lui rappela les jouets de fête foraine où de l'huile et de l'eau colorée flottent dans un cadre. Ici, des figures qui volaient dans l'espace avaient été esquissées dans les deux champs. Dans l'ensemble, jugea rapidement Agnieszka, il s'agissait d'une scène banale, d'un chaos dans lequel elle n'arrivait pas à trouver du sens. Pourquoi s'entêtait-il avec son idée d'agressivité et de sensibilité ? S'il s'était mis aux paysages avec cerfs, il aurait au moins gagné de l'argent.

— Ça avance ? demanda-t-elle.

— Absolument pas, répondit-il en reposant son pinceau. Comme tu peux le constater. Parfois, j'ai la sensation…

Il suspendit sa phrase et la contempla, pas certain de poursuivre.

— … que ça se peint tout seul, en dehors de moi, pour ainsi dire. Puis je reviens à ce sujet, et c'est la merde. Pas d'idées, pas de vision. Un désert.

— C'est peut-être parce que ce dont tu parles a déjà été… comment dire… représenté graphiquement.

— C'est-à-dire ?

— Bah tu sais, le yin et le yang, les deux valeurs opposées qui forment un tout, l'harmonie. Or chez toi, ça manque d'harmonie, il y a une sorte d'incertitude, je ne sais pas, moi, mais ça ne me plaît pas.

Il la regarda avec haine.

— Ce n'est pas fait pour te plaire. Pour toi, je peux éventuellement peindre un ours en peluche. Et puis, l'essence du monde n'est pas dans l'harmonie, mais dans la lutte.

Elle haussa les épaules. Depuis un certain temps, les esclandres de Robert ne l'impressionnaient guère.

— Fais voir, tu allais peut-être dans la bonne direction sur les trucs d'avant, dit-elle en prenant au hasard un croquis dans le tas des rejetés, empilés sous la table.

Elle regarda le dessin et, de prime abord, elle ne comprit pas ce qu'elle contemplait. Elle fixait bêtement les couleurs et, lorsqu'elle réalisa ce que représentait cet enchevêtrement de lignes et de teintes, elle se couvrit la bouche pour ne pas hurler.

— Tu… tu es malade ! s'écria-t-elle. Je ne suis pas d'accord, il faut le détruire, il faut le détruire sur-le-champ !

Elle courut à la cuisine, alluma le gaz et approcha le bord de la feuille de la flamme.

La flamme s'éteignit.

Elle poussa un juron et sortit une nouvelle allumette, éparpillant les restantes. Elle dévissa les quatre brûleurs, les alluma à tour de rôle et jeta au feu la saleté qu'elle tenait à la main.

Pendant une seconde, un feu bleu apparut à travers le papier à dessin. Puis il s'éteignit.

— C'est impossible, dit-elle.

— C'est possible.

Robert s'était déjà placé à côté et fermait les brûleurs.

— Un papier épais imbibé d'eau ne crame pas si facilement. Et ne panique pas. Je n'avais pas l'intention de le montrer à qui que ce soit. Ce ne sont que des esquisses, tu comprends… une thérapie, pour ainsi dire… pour expulser la pourriture et la crasse. Je les aurais détruits de toute façon.

Il lissait les bords de la feuille qu'elle avait froissée.

Elle secoua la tête.

— Ne t'approche pas de moi. Ne me parle pas. Ne pense pas à moi. Sors de ma vie et assure-toi de ne jamais te rappeler à mon souvenir.

Il grimaça méchamment.

— Ce ne sera pas si simple.

— Ne t'inquiète pas. Nous finirons bien par sortir d'ici, dit-elle, pensant qu'il parlait de la prison où ils se trouvaient.

— Ce n'est pas ce que j'avais en tête, dit-il avec un sourire encore plus vil. Nous sommes liés par le lien sacré et indissoluble du mariage.

— Je vais te montrer à quel point il est indissoluble, pesta-t-elle.

Elle repoussa Robert et disparut dans la salle de bains en claquant la porte. Elle haletait de rage et n'avait plus besoin de Barbara Cartland pour chasser le sommeil.

Trois heures plus tard, toujours enfermée dans la salle de bains, elle entendit de l'agitation dans la cuisine et, peu après, l'odeur d'œufs brouillés en train de frire lui parvint. La bouilloire siffla et elle se souvint qu'elle n'avait rien mangé depuis la veille au matin.

— Tu veux un café ? demanda Robert à travers la porte.

— Laisse-moi tranquille ! s'exclama-t-elle après avoir brièvement combattu la partie d'elle-même qui réclamait ce petit déjeuner chaud.

Il était sept heures. En fait, elle aurait déjà pu quitter ce salaud et se rendre chez Wiktor. Elle mit des vêtements propres, regrettant de ne pas pouvoir prendre de bain, se brossa les dents, utilisant pour cela sa réserve d'eau minérale, sortit et, ignorant les odeurs appétissantes, se dirigea vers la porte.

Toutes les serrures étaient fermées. Elle soupira.

— Ne fais pas le con et donne-moi les clés, déclara-t-elle.

— Non, répond-il, très calme, en déposant les œufs brouillés sur une tranche de pain sec.

— Tu as perdu la tête ?

— Non. Mais je n'aime pas que tu te dévergondes même quand tu ne peux pas quitter le bâtiment ni que tu passes tes journées avec un autre homme. C'est un long week-end familial, la Fête de l'indépendance, tu as l'obligation de le passer avec moi et de te comporter en épouse…

Il s'interrompit avant de terminer :

— … et non comme une putain. Assieds-toi, je t'en prie. Nous prendrons le petit déjeuner ensemble.

— Je crois qu'il te manque une case, dit-elle en essayant de rendre sa voix menaçante, mais elle sentait déjà la peur gonfler son estomac vide. Tu t'imagines pouvoir m'emprisonner ici ?

— Non, dit-il joyeusement. J'imagine que nous allons passer une merveilleuse matinée. Comme mari et femme. Après quoi, mon trésor, après quoi...

Il lui lança un regard qui lui donna la nausée.

— ... après quoi nous prendrons certainement plaisir à jouer au papa et à la maman. Ou au docteur. Au mari docteur et à la femme docteur qui étudient l'aspect physiologique de leur relation. Hmmm ? Qu'est-ce que tu en penses ?

— Et si je dis non ? rétorqua-t-elle, sentant ses forces l'abandonner.

Elle était sur le point de s'évanouir.

— Si tu dis non ? répéta-t-il en mordant dans une tomate et en levant les yeux au plafond, feignant d'y chercher une réponse. Si tu dis non...

Il la regarda froidement.

— ... je vais devoir te montrer où est ta place.

Ses jambes se dérobèrent sous elle. Agnieszka glissa au sol.

— Maintenant, lève-toi, lui conseilla-t-il sur un ton amical. Viens à table et prends ton petit déjeuner avec moi, sinon je serai obligé de réduire ton visage en bouillie. Aurais-tu l'amabilité de venir ?

Il sourit et lui indiqua la chaise en face de la sienne.

Tout engourdie, elle se leva et s'assit. Elle remarqua que, à côté de l'assiette de Robert, celui-ci avait placé le couteau à viande aiguisé comme un rasoir qu'elle avait récemment acheté chez Ikea.

Il comprit son regard.

— Tu veux que je te coupe... quelque chose ? lança-t-il, et il se mit à glousser au son de sa propre plaisanterie. Elle est bien bonne, vraiment, c'est trop !

Il s'interrompit brusquement et se pencha vers elle, il se comportait comme un forcené.

— Mais si tu changes d'avis, dis-le-moi, j'ai toujours été excité par ce genre de petits jeux…

Et de nouveau, il éclata de rire.

Elle restait figée, à se demander ce qu'elle devait faire. Elle ne pouvait pas partir, elle ne pouvait pas appeler à l'aide, elle ne pouvait même pas crier et elle ne savait pas de quoi il était capable. Même si Wiktor ou Kamil s'intéressaient à son sort et venaient frapper à la porte, qu'entendraient-ils ? Il leur dirait probablement qu'elle dormait ou qu'elle était dans la salle de bains, ou allez savoir quoi d'autre. De toute façon, elle ne serait même plus capable d'émettre un son. Que faire ?

— Bouffe ! hurla Robert, répondant en quelque sorte à sa question.

Elle contempla l'assiette remplie d'œufs brouillés sans pouvoir imaginer avaler quoi que ce soit.

— Bouffe, merde ! Ce n'est pas pour mon plaisir que je me suis cassé le cul en cuisine, c'est pour toi. Alors montre-moi un peu de respect.

Refoulant ses larmes, elle se força à mâcher une bouchée du plat.

— Mon Dieu, Robert, tu me fais peur, chuchota-t-elle, la gorge serrée.

— Ferme-la. Tu aimes bien tes œufs brouillés, chérie ?

— Oui, merci, c'est délicieux.

Malgré ses tentatives pour l'arrêter, une grosse larme coula sur sa joue, mais son mari fit semblant de ne pas l'apercevoir. Il lui sourit radieusement.

— Eh bien tu vois, trésor, c'est ton nounours qui les a faits pour toi.

La pendule indiquait huit heures. Robert peignait en fredonnant tranquillement. Le couteau qu'elle était si fière d'avoir acheté scintillait à côté de lui (« Tu vois, nous avons enfin quelque chose de tranchant à la maison »). Elle s'était assise contre le mur près de la porte et réfléchissait aux mille et une façons de se sortir de cette impasse. Toutes les précédentes n'avaient servi à rien et celle-ci – subtiliser discrètement une poêle dans la cuisine et cogner Robert sur la tête – entrait dans la même catégorie. Que faire ? se répétait-elle. Je devrais peut-être le distraire, m'allonger nue sur ses peintures et, pendant qu'il lutterait contre sa braguette, fou de désir, j'attraperais le couteau et je dessinerais un deuxième sourire sur sa gorge ? La vision était aussi séduisante qu'irréaliste.

Elle sursauta lorsque le téléphone sonna. Robert s'empara momentanément du couteau et se tourna vers elle.

— Pas un mot, annonça-t-il en levant un doigt en l'air, ou tu vas le regretter.

Pourtant, elle voyait bien qu'il était lui aussi surpris. Les téléphones ne fonctionnaient plus depuis deux jours. Si cela signifiait que l'immeuble avait décidé de les laisser sortir, sa situation devenait complètement idiote. Tout le monde sortirait et elle entendrait leurs cris de joie à travers la fenêtre, sans pouvoir faire un pas.

— Allô ? fit Robert prudemment.

Quand une voix retentit à l'autre bout du fil, il fronça d'abord les sourcils, puis sourit faussement.

— Mais bonjour, monsieur le capitaine… Oui, oui, bien sûr, je me souviens de vous, vous êtes passé chez nous vendredi… Oui, monsieur le commissaire, je comprends, il n'y a pas de capitaine dans votre service… Et c'est à quel sujet ?

Ça devait être l'un des deux policiers. Kuzniecow ou l'autre, dont elle ne se rappelait plus le nom de famille. Je me demande pourquoi il appelle.

— Non, rien, absolument rien n'est arrivé… Je dirais que c'est le week-end le plus ennuyeux de ma vie, fit Robert en adressant à Agnieszka un rictus malicieux. Mais le temps était magnifique, c'était probablement la dernière fois cette année… Oui, ce n'est plus le cas aujourd'hui, mais que voulez-vous, on est en novembre… Ha, ha, vous avez raison, telles sont les éternelles lois de la nature.

À présent, c'était la voix de l'autre côté qui parlait. Robert écouta en hochant la tête. Après un moment, il dit :

— Bien sûr, capitaine. Je reste justement chez moi en… en congé, donc si jamais je remarque quelque chose d'étrange, je vous appellerai aussitôt. Mais pour l'instant, tout va bien. Pardon ? Vous avez appelé d'autres personnes et elles n'ont pas décroché ? Pas étonnant, c'est un jour férié, un long week-end, tout le monde est parti. Ma femme et moi sommes restés, par le plus grand des hasards… Eh bien, oui, je le regrette également… Puis-je aussi vous poser une question, par curiosité ? Pourquoi avez-vous décidé d'appeler, au juste ?

Nouveau murmure dans le combiné – de la pointe de son couteau, Robert dessinait des motifs au-dessus des chiffres.

— Une intuition… Je comprends, l'intuition est sans doute une chose importante dans votre métier, n'est-ce pas ? Oui, c'est ce que je pensais… la logique échoue parfois, dites-vous ? C'est vrai aussi… Oui, bien sûr… Appelez-moi quand vous voulez, je vous rappellerai aussi si quelque chose ne va pas… Je garderai les yeux ouverts, promis… Et à vous aussi, bonne journée.

Il raccrocha le combiné et éclata de rire.

— Tu le crois, ça ? Soixante appartements, des dizaines de personnes qui meurent parce qu'elles ne peuvent communiquer, et il appelle qui ? Moi ! L'unique gars qui n'en a rien à secouer ! Dis, chérie, n'est-ce pas hilarant ?

Il s'approcha d'elle, s'immobilisa, les jambes légèrement écartées, et se lécha les lèvres.

— Alors ? C'est l'heure de notre petit jeu, non ? demanda-t-il.

C'était maintenant ou jamais.

— Je choisis le docteur, dit-elle d'une voix douce en écartant les cuisses et en se caressant lentement.

— Bon choix, murmura-t-il.

Elle vit son membre gonfler dans son pantalon. Tant mieux, pensa-t-elle. Alors elle attrapa d'un coup ses parties génitales et les serra aussi fort qu'elle put. Quelque chose craqua. Sans faire d'autre bruit, Robert gémit, lâcha le couteau, agrippa son entrejambe dévasté, se figea quelques secondes et s'effondra au sol, incapable de respirer. D'un coup de pied elle éloigna le couteau le plus loin possible et exécuta le plan numéro mille deux. Elle courut prendre une poêle dans la cuisine et le cogna de toutes ses forces à la tête, comme dans un film. Le fait qu'il cessât de gémir de douleur lui indiqua qu'il avait perdu connaissance.

Elle se précipita sur le téléphone, mais l'unique tonalité au bout du fil fut – comme auraient dit Simon et Garfunkel – le son du silence. À tout hasard, elle composa le numéro d'urgence 997, en vain.

Elle trouva ses clés et se pencha sur Robert, afin de savoir si elle l'avait fracassé pour de bon. Mais il respirait. Elle sortit et verrouilla soigneusement la porte en laissant une clé de travers dans une serrure. À présent, il n'y avait plus aucun moyen d'ouvrir la porte depuis l'intérieur. Même si on possédait un double des clés.

4.

L'atmosphère n'était pas propice à la conversation. Kamil était assis, ses écouteurs sur les oreilles, et fixait d'un air morne un point indéfini sur le mur. Il avait même refusé de boire un peu de cette vodka Żołądkowa Gorzka – désormais finie –, ce dont Wiktor lui fut grandement reconnaissant. Cela faisait trois fois qu'il descendait pour vérifier la situation sur la ligne de front, mais la seule chose qui avait changé depuis la veille, c'était le temps. Un nuage humide et froid de novembre pendait devant la porte, un nuage qui, par caprice, était descendu au niveau du trottoir. Lorsqu'il réapparaissait, Kamil se contentait de hausser un sourcil et lui de secouer négativement la tête. Ils parlèrent un moment d'Agnieszka, mais conclurent qu'elle avait dû trouver du réconfort dans les bras de son mari. Ils ne revinrent pas sur l'histoire que Wiktor narrait la veille. Il était clair que ce qu'ils avaient commencé à trois devait se terminer à trois.

Wiktor s'étonnait de n'avoir rencontré personne au rez-de-chaussée. Logiquement, les gens auraient dû s'y entasser, en proie à l'hystérie, briser les fenêtres, percer les murs, hurler sans cesse à l'adresse des passants. La totale. Ils auraient dû faire leur possible pour sortir. Pourtant, ils ne faisaient rien. Ils attendaient. Et lui ? Il s'obligeait péniblement à crapahuter jusqu'en bas. En réalité, il ne faisait rien non plus. Mais n'avaient-ils pas déjà tout essayé pour sortir ou communiquer avec l'extérieur ? Pourquoi ressentait-il le besoin de se justifier auprès de lui-même ? Y avait-il autre chose à faire ? Une chose qu'ils n'auraient pas encore tentée ?

Il réfléchissait ainsi, cherchant dans sa tête la pensée qui lui échappait toujours quand, sans frapper ni sonner, Agnieszka ouvrit la porte avec fracas et déboula chez lui. Elle avait de la folie dans les yeux et un wok de cuisine chinoise dans la main.

— Vous n'allez pas croire ce qui m'est arrivé, lança-t-elle.

Ce à quoi les deux hommes répondirent par une grimace sceptique, compte tenu de leurs propres mésaventures nocturnes.

— Vous n'en reviendrez pas, répéta-t-elle.

Pendant près d'une heure, ils se racontèrent en détail ce qui leur était arrivé depuis leur séparation dans la laverie. Lorsqu'ils eurent terminé, ils se contemplèrent, n'en revenant pas de participer à cette folie sans fin.

— D'où est-ce que tu as sorti ce cinglé, d'ailleurs ? demanda Kamil à Agnieszka.

— Ce n'est pas un cinglé, bredouilla-t-elle, avant de se reprendre aussitôt. Du moins d'habitude, ce n'est pas un cinglé. Il est devenu comme ça quand nous avons emménagé ici. Mais d'un autre côté…

Elle y réfléchit un instant.

— … il a toujours été un peu différent. C'est pour ça qu'il m'a plu.

— Et lui aussi est originaire de… mince, comment s'appelle ton…

— Olecko ? Non, lui est de Varsovie. C'est une histoire assez tordue, en fait. Il est né ici, mais sa mère, peintre par ailleurs, a connu une déception amoureuse. Elle s'est même retrouvée dans un hôpital psychiatrique pendant six mois. Robert avait alors cinq ans. Puis elle est venue à Olecko avec lui. Je ne sais pas pourquoi à Olecko en particulier. Peut-être parce qu'elle n'y était jamais venue ? Je n'ai jamais posé la question, ni à elle ni à Robert. Elle voulait s'isoler, alors elle s'est isolée. Et elle a isolé Robert par la même occasion. Une mère bizarre a élevé un fils bizarre. C'est une histoire assez triste, quand on y pense. Il vivait à la campagne, et quand il est arrivé à l'école pour la première fois, il était blanc comme un linge. Il ne sortait pratiquement pas de sa maison.

— Et elle peignait bien ? s'enquit Wiktor.

— Des trucs sombres. Je ne sais pas si vous avez déjà vu ça, mais parfois, on montre à la télé le travail de patients gardés en soins psychiatriques. Couleurs grises, visages tordus, arbres sans feuilles, soleils noirs, etc. Elle peignait comme ça, mais dans de plus grandes dimensions. Ses toiles mesuraient parfois deux mètres sur deux, elle devait les monter sur une échelle spéciale. Figurez-vous le visage du *Cri* de deux mètres de haut suspendu au-dessus de votre lit. Bah voilà. Mais ses peintures se vendaient bien, les gens venaient même depuis Wrocław pour en choisir une. On a du mal à imaginer le genre de mabouls qui achetaient ces barbouillages ténébreux.

— Hmm, tu n'as pas une opinion très haute de son travail, constata Wiktor dans un raclement de gorge.

— Oh non, vraiment pas ! Et son atelier, ils l'appelaient la Salle, une pièce assez grande, deux fois la taille de cet appart à peu près, mais sans fenêtres ! Vous voyez ? Elle créait tout le temps dans l'obscurité, rien qu'à la lumière des bougies et de la cheminée. Que ce soit un soir d'hiver ou un matin d'été, il faisait toujours nuit chez la maman de Robert. Et c'est dans cette atmosphère que ce petit gars a grandi.

— Alors pourquoi diable tu l'as choisi ? demanda Kamil. Tu pensais que, serré contre ton sein chaud, il redeviendrait normal ?

Agnieszka fit un geste des mains comme si elle voulait exprimer quelque chose, mais ne savait comment.

— Tu ne me comprends pas, mais je ne l'explique pas très bien non plus. Il était différent. Quand nous étions au lycée, puis à la fac, quand nous sortions ensemble… c'était un garçon cool, drôle, intelligent. Il savait bien dessiner, mais il nous peignait des satires ou des caricatures de professeurs, pas des maisons noires qui brûlaient dans des flammes brunes. Il était tout bonnement chouette. Et il avait ce quelque chose, cette profondeur, ce mystère, cette tare, qui n'était pas commune chez les autres, qui le rendait original…

— Tu sais maintenant à quoi correspondait cette originalité.

— Ce n'est pas si dramatique, il aurait pu avoir une bite dans le dos, par exemple.

— Kamil !

— Calmos, calmos, je plaisante.

Le garçon leva les mains en l'air et regarda l'horloge sur laquelle un pic-vert tapait dix heures.

— Eh bien, monsieur le rédacteur en chef, dit-il en se tournant vers Wiktor, dans deux heures, nous avons rendez-vous avec notre python préféré. Et avant cela, nous avons encore un truc à régler.

5.

Étage 6, appartement 40. Le 11 novembre 2002, à 10 heures.

Homme 1 : Vous êtes sûrs ? À présent que monsieur le Python est sur le point de nous faire des révélations, ce n'est peut-être plus nécessaire ?

Femme : Wiktor… C'est d'autant plus nécessaire.

Homme 1 : Je ne sais pas si vous avez raison. Je pense que même toi, tu n'en es pas certaine. Mais assez cogité. On a passé un accord, je vais le respecter. Laissez-moi vous raconter ce qu'il s'est passé ensuite… Le lendemain de ma découverte, le journal a atteint un tirage record, fixant la barre à un million et demi d'exemplaires. Pour autant que je sache, personne ne s'est approché de ce chiffre jusqu'à ce jour. Je suis devenu célèbre et j'ai donné des interviews à peu près partout, et avec l'énorme prime que j'ai reçue de notre éditeur, j'ai fait un voyage de trois semaines en Espagne avec Weronika et Matylda qui était alors une petite d'un an. J'ai également reçu un prix de la part du Commissariat général de la police, mais, sous le feu des projecteurs, je l'ai consacré à des œuvres caritatives. Il faut dire qu'il ne s'agissait pas d'une somme astronomique.

Femme : Je pensais que cette découverte t'avait changé.

Homme 1 : Pour vous dire la vérité, pas particulièrement. Le choc a été immense, mais il a été de courte durée, et la célébrité a été tout aussi immense, mais plus durable et un milliard de fois plus agréable.

Homme 2 : Et tu as arrêté d'écrire sur le procès ?

Homme 1 : Tu déconnes ? Je suis parti en vacances en profitant de la suspension de séance de deux mois. Les services judiciaires devaient digérer l'amas de preuves qu'ils avaient trouvées dans ces souterrains. Je suis revenu une semaine avant la reprise. Je ne vous décrirai pas la suite des audiences, vu l'énormité des preuves… j'ai également été appelé à la barre… et avec les aveux des accusés eux-mêmes, ça n'a été qu'une formalité. Le verdict est tombé, je m'en souviens comme si c'était hier… On était le 1er juin, jour de la Fête des enfants. Il faisait chaud comme dans un four, le tribunal était plein à craquer, tout comme les couloirs d'ailleurs, même la circulation avait dû être interrompue dans l'avenue de Solidarność à cause de la foule qui s'était déplacée pour entendre la sentence. Le juge lisait ses conclusions et, par la fenêtre, on entendait les gens scander : « Monstres ! Monstres ! » Et moi, bien évidemment, j'étais au premier rang avec mon carnet de notes.

Homme 2 : Combien ils ont pris ?

Homme 1 : Les garçons vingt-cinq. Ils avaient atteint l'âge de seize ans, alors ils pouvaient être jugés en adultes. La fille en a pris pour quinze ans. Certes, elle a été désignée comme la meneuse de la bande, mais c'est aussi elle qui a commencé à balancer pendant les interrogatoires, c'est elle qui a été la plus prompte à montrer des remords, alors elle a finalement écopé de la peine la moins lourde.

Femme : Et toi, qu'est-ce que tu es devenu ?

Homme 1 : Voilà le hic. Le procès était terminé, et donc mon rôle aussi, plus personne ne voulait m'interviewer… J'ai rédigé les derniers textes et j'ai clos l'affaire, n'y voyant déjà plus qu'un point lumineux sur mon CV. Et c'est alors que la mère d'Honorata m'a appelé.

Femme : Tu ne lui avais pas parlé avant ?

Homme 1 : Non. Depuis que sa fille avait été retrouvée, elle n'avait pas adressé un mot à la presse.

Femme : Et son mari ?

Homme 1 : Il est mort avant même le début du procès. La douleur lui a été insupportable. Après coup, je me suis dit que c'était une bonne chose qu'il n'ait pas vécu pour voir ma découverte. Bien sûr, sans elle, les coupables n'auraient pas pu être condamnés, mais je pense que cela n'avait pour lui aucune importance. Vous savez, la relation entre un père et une fille est très particulière. Même si on avait condamné ce trio à mort, même s'il avait pu exécuter la sentence lui-même, cela n'aurait rien changé. Un jour, tout bonnement, il a préféré arrêter de vivre plutôt que d'imaginer ces scènes en boucle.

Femme : Cela ne vous rappelle rien ?

[silence]

Homme 1 : Cela nous rappelle beaucoup. En effet.

[soupir]

Homme 1 : Elle m'a appelé et m'a dit qu'elle aimerait que je voie Honorata à l'hôpital. J'ai accepté.

Homme 2 : Ça allait faire un sacré article.

Homme 1 : Vous allez être surpris, mais je n'ai dit à personne au journal que je m'y rendais. Seule Weronika savait. Je suis allé à l'hôpital en me sentant comme un minot à la veille du bac. Mes mains tremblaient, je suais comme une limace. J'ai tout de suite reconnu sa mère qui ne m'a dit qu'une chose : « Nous vous sommes très reconnaissants.

Nous avons parlé de vous à Honorata et elle voudrait aussi vous remercier. » J'ai paniqué. Jusqu'à ce moment-là, je pensais qu'on me la montrerait à travers une vitre, et voilà que je devais discuter dans un service surveillé avec une patiente souffrant de catatonie.

Femme : De quoi avais-tu vraiment peur ?

Homme 1 : Si j'ai besoin d'un psychanalyste, je m'adresserai à monsieur Stopa. Arrêtez de m'interrompre, si vous voulez que je finisse avant midi.

[silence]

Homme 1 : Quand je l'ai vue… c'était une personne complètement différente de celle dont le visage photographié lors d'un voyage scolaire figurait dans tous les journaux du pays.

[silence]

Homme 1 : Ça faisait mal. Très mal. J'avais simultanément sous les yeux l'image de la jeune fille souriante, sa face sur les photos que j'avais arrachées des murs de la cave et l'original : assise immobile, en T-shirt avec des ours en peluche, sur un lit d'hôpital, couverte de cicatrices. À ce moment-là… et je sais que ça va paraître étrange… j'ai regretté qu'elle soit en vie. J'ai réalisé qu'il y a des moments où la mort doit être une délivrance. C'est cette délivrance qu'avait connue son père. Alors pourquoi choisissait-elle la vie ? J'ai pensé qu'elle était sans doute trop faible pour mourir, que même ce choix lui avait été enlevé.

[silence]

Homme 1 : Sa mère s'est approchée d'elle, lui caressait la tête et lui murmurait des choses, puis elle m'a fait signe d'approcher. « Je vous en prie, parlez, elle entend tout et comprend tout. » Je me suis agenouillé devant la fille, car je trouvais étrange de parler au sommet de son crâne, et c'est alors que je l'ai vue pour la première fois. Cette noirceur. Ce néant. Des yeux sans iris, dont les pupilles noires ne reflétaient aucune lumière. Il n'y avait plus d'être humain dans ce corps. Néanmoins, j'ai dit ce que j'étais venu dire : « J'ai détruit toutes les photographies. Personne ne les a jamais vues et personne ne les verra jamais. »

[silence]

Homme 1 : Quand j'ai dit cela, ses yeux ont semblé retrouver leur éclat. Ils ont cessé d'être noirs et ternes, des iris sont même apparus l'espace de quelques instants et, dans ses pupilles, j'ai vu mon reflet. Elle a levé les yeux vers moi... Hier, je vous ai dit que ma vie n'avait pas changé avec la découverte du sous-sol, et c'était vrai. Elle a changé lors de cette visite à l'hôpital. J'ai démissionné de mon poste au journal et j'ai erré entre divers titres de presse plus bizarres les uns que les autres, les choisissant de manière à travailler peu et à gagner assez pour subvenir à mes besoins. Parmi les périodiques qui sont apparus sur mon CV, il y avait *La Revue du verre*, *La Voix du couvreur* et un titre exclusif intitulé *Piscines et Saunas*. Je partageai mon temps libre, or, après avoir travaillé dans un quotidien, il me semblait en avoir des tonnes, entre mes filles et les visites à Honorata. Mon objectif était de rallumer la lumière dans ses yeux. Je pensais que, s'il y avait un être humain quelque part dans ces profondeurs, il pouvait être ramené à la surface. Je lui lisais des livres à voix haute, je lui parlais de ma fille, je lui dessinais des bandes dessinées, je lui passais de la musique, j'ai même pris des marionnettes pour exécuter de mini-pièces de théâtre. J'ai tout testé, tentant de voir ce qui pourrait susciter une réaction.

Femme : Et alors, ça a marché ?

Homme 1 : Ça dépend. Mais ça marchait probablement le mieux avec la lecture. Je me souviens de lui avoir lu *Ronya, fille de brigand* d'Astrid Lindgren. Il y a une scène où Ronya se dispute avec son père, Mattis, et s'enfuit dans la forêt avec Birk, un garçon de son âge qui est par ailleurs le fils du chef d'une bande rivale. Son père lui manque beaucoup et un jour, alors que l'hiver approche, elle sort de la grotte pour aller chercher de l'eau et voit à l'entrée la silhouette courbée de Mattis. C'est ainsi que se termine le chapitre. J'ai fini de le lire et j'ai refermé le livre et c'est là qu'elle m'a pris par la main. Vraiment ! Ça m'a fait sursauter. Ses yeux brillaient comme ceux d'un enfant qui veut à tout prix savoir ce qui va se passer ensuite, et ils ont brillé ainsi jusqu'à ce que je finisse de lire le chapitre suivant, dans lequel Ronya et Mattis se réconcilient. Puis la noirceur est revenue, mais l'événement m'a incité à redoubler d'efforts.

Femme : Combien de temps tu as fait ça ?

Homme 1 : Deux ans. Régulièrement. Au moins une fois par semaine. Et à mon grand désarroi, elle n'a jamais repris vie aussi longtemps que lorsque je lui lisais *Ronya*. De temps en temps, de simples flashs… souvent lorsque, au lieu de chercher des divertissements alambiqués, je lui racontais simplement comment j'allais, comment je vivais, comment Matylda se débrouillait à l'école maternelle… Des choses ordinaires, quotidiennes… Mais c'est peut-être cette vie-là qui lui manquait ?

[silence]

Homme 1 : Et c'est alors que je suis parti trois semaines à l'étranger. Quand je suis revenu, Honorata était morte.

Homme 2 : Que s'est-il passé ?

Homme 1 : Sa mère m'a dit qu'elle s'était simplement éteinte, qu'elle avait cessé de vivre. Peut-être avait-elle enfin trouvé ce reste de volonté pour en finir avec elle-même ? Ou peut-être, au contraire, qu'elle avait perdu ce mince fil qui la maintenait en vie…

Femme : Tu sais que ce n'était pas ta faute.

Homme 2 : Même aujourd'hui, je n'en suis pas certain. Et donc, c'est là que j'ai craqué. J'ai essayé la thérapie, mais ça n'a fait qu'empirer les choses. J'ai cherché un moyen de noyer la douleur et la culpabilité, et j'en ai trouvé un.

Homme 2 : Madame la vodka.

Homme 1 : En quelque sorte.

Homme 2 : C'est quoi, ce tic avec ce « en quelque sorte » ? Tu ne peux pas dire « oui » ou « non » comme tout le monde ?

Femme : Kamil !

Homme 2 : Oui, madame la vodka. Carrément, oui, et pas en quelque sorte… L'amante la plus fidèle de chaque homme. Je me soûlais tellement que j'ai même été viré du magazine sur les baignoires. J'ai essayé de gagner ma vie en faisant des piges, mais je merdais tellement qu'en peu de temps plus personne ne voulait me commander quoi que ce soit. De temps en temps, dans mes moments de lucidité, j'écrivais des nouvelles érotico-criminelles et je les envoyais à des magazines louches comme *Crime et Sex*. Weronika a d'abord essayé de me sauver, mais elle a fini par prendre l'enfant sous le bras et partir. Je ne l'ai pas arrêtée et je ne lui en veux pas d'avoir fait ça. La vie avec moi était, et est probablement toujours – sauf que plus personne n'est là pour le vérifier –, foncièrement insupportable. Après quoi la situation n'a fait qu'empirer.

Femme : C'est curieux. Je ne te connais que depuis quarante-huit heures, mais je n'ai pas eu l'impression que tu étais un alcoolique dégénéré. Vu tout ce qui se passe ici, tu devrais dormir dans ton propre vomi ou être mort depuis au moins deux jours.

Homme 2 : Je suis d'accord avec elle. Tu n'exagères pas un tantinet ?

Homme 1 : Disons qu'avant que tout cela n'arrive, j'étais sur une vague ascendante. J'avais décidé de me reprendre en main, j'avais même recommencé à écrire. Je me suis dit… quel crétin ! … que si Weronika voyait mon nom dans un journal, elle comprendrait que j'avais changé, qu'elle m'appellerait et que tout redeviendrait comme avant...

[soupir]

Homme 1 : Sans oublier que les occasions de me mettre une mine ont été assez réduites, ces derniers temps. Il semble que la demi-bouteille de Żołądkowa Gorzka qui m'a permis de passer la nuit était la dernière dose d'alcool dans ce foutu bâtiment.

Homme 2 : Raconte ton rêve.

Homme 1 : Oui, c'est l'heure. Maintenant que vous connaissez l'histoire d'Honorata, vous comprendrez pourquoi, comme vous, je lutte chaque nuit pour rester éveillé. Le cauchemar commence dans le sous-sol où j'ai trouvé le lieu de détention de la jeune fille. Je marche dans le couloir, une torche à la main, j'entends mes pas. J'entre dans le grand hall, puis dans la partie du sous-sol où se trouvent les chambres. Je passe une porte, une autre, une troisième, j'approche des douches, et à partir de là tout se passe au ralenti, c'est une torture qui s'éternise. Au milieu du couloir, j'entends des bruits. J'entends ce qui se passe à l'intérieur et je sais que cette fois, la pièce n'est pas vide. J'essaie de courir, je lutte de toutes mes forces pour faire demi-tour, mais vous savez comment c'est. Bien sûr, c'est impossible, j'avance lentement et inexorablement vers le battant entrouvert, l'interstice laisse passer la lumière, de là proviennent des rires et les gémissements de la torturée. Et puis, alors que je ne suis plus qu'à quelques pas de l'entrée, je regarde mes mains et je vois que je porte des gants en caoutchouc. Vous comprenez ? Je n'y vais pas en tant que témoin, en tant qu'observateur, le découvreur d'un crime horrible. J'y vais dans la peau de l'un des tortionnaires ! Quand je réalise cela, je deviens fou. Quelque part au fond de ma tête, je me débats et je hurle, voulant interrompre cette vision. Mourir vaut mieux que voir. Au lieu de cela, je contemple ma main qui s'approche de la poignée, qui l'ouvre et, soudain, je reconnais la voix de la jeune fille. Je la reconnais, bien que je n'aie jamais entendu parler Honorata, elle ne m'a jamais adressé la parole.

[silence]

Homme 1 : J'en suis arrivé là il y a trois nuits et j'ai décidé de ne plus jamais dormir.

Homme 2 : Alors, à qui appartenait cette voix ? Peut-être…

Homme 1 : Si tu dis un mot de plus, je te tue. Je jure par tous les dieux et démons connus de l'humanité que si tu finis cette phrase, tu mourras. Si je vois maintenant dans tes yeux que tu veux la terminer, je te tue avant que tu puisses ouvrir la bouche. Est-ce que c'est clair ?

Homme 2 : Oui, c'est clair. Mais il est tout aussi clair qu'Agnieszka et toi devrez traverser cette épreuve jusqu'au bout. Seuls. Tu le sais, Wiktor, n'est-ce pas ?

[silence]

Homme 2 : Wiktor ?

Homme 1 : J'aurais plus tôt fait de mourir… J'aurais plus tôt fait de mourir. Je prendrai le risque de mourir.

Femme : Arrêtez. Personne ici ne va aider personne, il n'y a pas de raison de se disputer. D'ailleurs, il est probablement temps d'y aller.

Homme 2 : Oui, le Python attend. Je suis curieux de savoir ce qu'on va découvrir.

Homme 1 : Rien de bon, je vous le garantis.

Homme 2 : Et en cela, tu as raison, mon vieux.

[porte]

[des pas]

Femme : Kamil… attends, laisse Wiktor passer en premier. Je voudrais te poser une question.

Homme 2 : Hmmm ?

Femme : Écoute, ça ne me laisse pas en paix depuis hier. Quand je suis revenue ici avec la Becherovka, tu étais en train de câliner Wiktor et de lui fredonner quelque chose à l'oreille, quelque chose de familier. Qu'est-ce que c'était ?

Homme 2 : Laisse tomber, je ne veux pas en parler. D'ailleurs, j'ai un peu honte. Tu sais... un mec qui chante des trucs à un autre mec... Tu comprends, ça fait bizarre.

Femme : Allez, dis-moi, fais pas ta mijaurée. Je ne vais pas te supplier... mais je crois que je connais ce morceau.

Homme 2 : D'accord, mais ne le dis à personne, et surtout pas à Wiktor, compris ?

Femme : Bien sûr.

Homme 2 : L'autre jour, nous avons parlé musique et Wiktor a laissé entendre que la seule chose qui le calmait vraiment, à part la vodka, c'était les meilleurs tubes de Rod Stewart. On en a ri pendant un quart d'heure, j'ai failli mourir. Et puis hier, alors qu'il avait l'air effectivement de mourir, et pas plus tard que tout de suite, et que tu ne revenais pas, je... eh bien... je me suis dit que j'allais lui chanter une chanson.

Femme : Laquelle ?

Homme 2 : Christ, Seigneur Dieu, mais bordel, qu'est-ce que tu es têtue, je te jure ! Tu connais le tube « Sailing » ? Eh bien voilà, c'est la chanson. *I am sailing, I am sailing, all my* machin-chose *cross the sea...*

Femme : C'est ce que je pensais, mais je n'osais pas demander. J'adore ce morceau.

Homme 2 : Seigneur, pardonne à ces mélomanes à la noix, car ils ne savent pas ce qu'ils font.

Homme 1 : Vous venez, *en quelque sorte*, ou vous ne venez pas ? Parce qu'*en quelque sorte*, ça fait des courants d'air.

6.

Cette nuit-là, même si je n'avais aucune raison « cauchemardesque » qui m'en aurait empêché, je n'ai pas fermé l'œil. Même si j'avais tout préparé plus vite que ce que j'aurais cru, le trac ne m'avait pas laissé dormir. Je regardais par la fenêtre, repassant dans ma tête tout ce que je devais leur dire, réorganisant la séquence des événements encore et encore, et réfléchissant à des faits qui me semblaient cruciaux. Je me demandais si je pouvais cacher la façon dont je les avais découverts ou comment il m'était possible d'en savoir autant sur eux.

Avant midi, je m'habillai joliment, avec cravate et veste. Une dame devait me rendre visite et je mourais d'envie de voir à quoi elle ressemblait. Était-elle comme sa voix ? Alors, elle serait très belle.

À partir de onze heures, j'étais sur des charbons ardents. À une demi-heure de l'échéance, je me surpris à me lécher nerveusement les lèvres. J'essayai de retranscrire le contenu des dernières cassettes, mais je n'arrivais pas à me concentrer sur le travail. Je les connaissais par cœur. À quoi bon les transcrire encore ?

Quand j'ouvris enfin la porte, je les vis devant moi – ma compagnie pour le reste de la journée. Je voulais que ce soit agréable. Mais les choses commencèrent bien différemment. Agnieszka, qui se révélait n'être pas une beauté, bien qu'elle fût incontestablement très sexy – surtout ses lèvres ! – s'approcha de moi pour me saluer quand Wiktor l'arrêta de son bras.

— Vous nous avez menti, déclara-t-il.

— Je ne pense pas, répondis-je poliment, faisant signe à Kamil de refermer derrière lui.

— Et pourtant. Quand nous nous sommes vus hier, vous nous avez assuré qu'il n'y aurait pas de nouvelles victimes jusqu'à notre rencontre. Or, il y en a eu au moins deux.

— Vraiment ? Vous devez parler des parents de monsieur Kamil, dis-je. Eh bien, je vous assure qu'ils étaient déjà morts au moment où vous m'avez rendu cette très agréable visite d'hier.

— Il peut avoir raison, s'empressa d'ajouter Kamil. Je n'ai pas vérifié en rentrant, je suis allé directement dans ma chambre. Et puis, quand tu es arrivé…

Il se tourna vers Wiktor, m'envoyant au passage un regard meurtrier.

— … tu étais toi-même surpris qu'ils soient si froids. Il dit peut-être la vérité.

Je plantai mon regard dans les yeux de Wiktor qui m'observait avec une méfiance manifeste pendant tout ce temps et qui (j'en étais sûr) ne changerait pas d'expression pour le reste de notre brève, mais ô combien intense, relation.

— Vous voyez ? fis-je. Mais il s'en est fallu de peu, et j'aurais eu tort, à une personne près. Ça ne fait pas une grande différence, certes, dans les limites de l'erreur statistique, si j'ose dire, mais si madame Łazarek ici présente avait été plus assidue durant ses cours de gym, vous auriez pu m'accuser de mensonge.

Je regardai la jeune femme, curieux de savoir comment elle réagirait. Elle devint rouge et fit deux pas vers moi.

— Comment savez-vous cela ? lança-t-elle.

Je décidai que le bavardage était terminé. Je possédais le savoir, ils ne l'avaient pas. *Ergo* : c'est moi qui décidais, pas eux. *Ergo* : j'étais le maître de la situation.

— Je vous le dirai, madame, je vous le dirai à tous, promis. Mais pas tout de suite. Si vous voulez savoir ce que je sais, vous devez accepter mes conditions. Ou plutôt une condition. Je vous transmettrai mon savoir dans l'ordre que je jugerai bon. Et je répondrai à toutes vos questions dans le temps que je jugerai bon. Est-ce que c'est clair ?

Wiktor ouvrait déjà la bouche pour me lancer une menace puérile, mais son amie lui attrapa le bras.

— Bien sûr, dit-elle. Allez-y.

Je les invitai à entrer d'un geste, en observant leur comportement. Ils contemplaient les murs avec intérêt. Ceux-ci – sans exception aucune – étaient couverts du sol au plafond de casiers fermés à clé. Chaque porte était ornée d'un numéro, mais à ce stade, cela ne pouvait encore les guider vers quoi que ce soit. Avant leur arrivée, j'avais soigneusement fermé la grande armoire où se trouvaient les magnétophones et la machine à écrire. En revanche, une table, trois chaises, trois tasses et une Thermos remplie de thé au citron les attendaient.

— Faites comme chez vous, s'il vous plaît, dis-je, et, voyant qu'ils restaient plantés au milieu de la pièce, penauds, j'ajoutai : servez-vous une tasse de thé et je vais vous raconter un événement qui s'est déroulé ici dans les lointaines années d'avant-guerre, en l'an 1932, pour être précis.

— Merveilleux, ricana Wiktor. Et chaque jour, vous allez nous narrer une année de l'histoire du quartier ?

— Partez si vous n'êtes pas intéressé, rétorquai-je. Personne ne retient qui que ce soit de force.

Pendant quelques secondes, ils en restèrent bouche bée. Puis ils s'assirent et Agnieszka versa du thé dans chaque tasse. Kamil se balançait sur sa chaise, Wiktor croisa les bras sur sa poitrine et les posa sur la table. Quand j'estimai qu'ils avaient fini de prendre leurs marques, je repris mon récit.

— D'abord, un mot d'introduction. Vous devez savoir que la parcelle où se trouve aujourd'hui notre immeuble était autrefois couverte de champs et de pâturages. Le tissu urbain commençait à deux rues d'ici en direction de la Vistule. Le long des voies ferrées, il y avait des maisons où vivaient les cheminots, et un peu plus loin, à Annopol, il y avait une grande cité pour les sans-abris, les expulsés et tous ceux qui devaient être pris en charge par l'État. La racaille n'y manquait pas. Il y avait aussi des cimetières, bien sûr, le cimetière juif près du quartier Praga et, plus près de nous, l'immense nécropole de Bródno, à l'époque, comme aujourd'hui, le plus grand cimetière d'Europe... À l'automne 1932, la presse de Varsovie s'est fait l'écho d'une tragédie qui s'est déroulée non loin d'ici, à la lisière du carré des cheminots, mais en réalité davantage à la campagne... à l'endroit où passe aujourd'hui la rue Rembielińska, vous voyez, non loin de l'épicerie fine... Une mère folle s'était enfermée avec ses filles dans une petite cabane à bois près de leur maison, elle y a déversé du kérosène et y a mis le feu. Le temps que quiconque accoure pour les secourir, l'affaire était pliée... La cabane, remplie de bois sec, s'est consumée en une fraction de seconde. Les journalistes ont fouiné chez les voisins, ils les ont interrogés, ils ont enquêté, la maladie mentale de la jeune femme, notamment, était pour eux un mets de choix, mais ils n'ont pas réussi à s'approcher de la vérité... Il y eut encore une brève discussion sur les raisons pour lesquelles une personne démente avait été autorisée à élever des enfants, puis l'émoi s'essouffla. Il convient de souligner que toutes les nouvelles concernant sa prétendue « folie » provenaient de voisins et étaient plutôt incohérentes. Certains l'accusaient d'avoir emprisonné ses enfants, d'autres soutenaient au contraire que les enfants étaient laissés sans surveillance à longueur de journée. Elle se serait promenée dans le village avec une casserole sur la tête et aurait crié des malédictions, invoquant l'Ange noir, et dans les derniers jours avant sa mort, selon une voisine, elle serait allée à l'église quotidiennement, hurlant que la fin du monde était proche et qu'elle préférait se suicider plutôt que d'attendre la venue de Satan. Toutes ces contradictions ont été résumées en un seul paragraphe, la logique n'étant pas une priorité pour la presse, ni à l'époque ni aujourd'hui.

— Et quelle était la vérité ? demanda Agnieszka.

Je voyais que l'information sur les enfants brûlés l'avait impressionnée.

— La vérité, chère madame, a surtout été difficile à établir. Il m'a fallu plusieurs années pour trouver des témoins, ou plutôt des parents de témoins de cet événement. Je n'avais que faire des sources écrites, car les journaux ne contenaient que des ragots insensés. Même si j'ai méticuleusement collecté toutes les coupures de presse, bien sûr… La vérité, c'est que cette prétendue folle… elle s'appelait Marianna Kopeć… était une personne qui, aujourd'hui, ferait certainement carrière en tant que bioénergothérapeute, diseuse de bonne aventure ou voyante. Elle avait le don de voir ce que les autres ne pouvaient contempler. En dehors de cela, c'était une honnête paysanne, dévouée à sa famille. Elle s'occupait de la maison, trayait les vaches et fabriquait des paniers en osier. Elle ne se vantait jamais de ses dons. Ceux qui étaient au courant venaient parfois lui demander conseil. Malheureusement, cette pauvre Marianna avait un problème, un problème qui s'appelait Marian Kopeć et qui était avant tout son mari, mais aussi un homme brutal et enfin un ivrogne… Il la battait sans cesse, elle et les enfants, ce qui n'émouvait personne, car c'était alors la norme dans les relations familiales. Tant qu'il ne la battait pas à l'église, au marché ou au milieu de la rue, nul n'avait le droit de dire quoi que ce soit. Malgré ces mauvais traitements, Marianna a décidé de prévenir son mari de l'accident qui menaçait sa mère et qu'elle avait prévu d'une façon qu'elle était la seule à connaître… Monsieur Kopeć se moqua d'elle et la traita comme d'habitude, mais le lendemain, sa mère fut mortellement heurtée par la charrette du laitier, littéralement à une douzaine de mètres de leur maison… Kopeć est devenu fou. Il a accusé sa femme d'avoir jeté un sort à sa mère, il l'a battue jusqu'à ce qu'elle perde connaissance, puis a fait le tour des maisons, disant que quiconque regardait sa femme-sorcière mourrait dans d'atroces souffrances avant la prochaine nouvelle lune. La plupart des gens se sont moqués de lui, mais certains ont commencé à éviter leur corps de ferme, de peur que le mauvais œil ne tombe sur eux. L'affaire se serait probablement calmée sans trois circonstances. Premièrement, monsieur Kopeć n'a dès lors vécu que par son obsession, il ne parlait jamais d'autre chose, ajoutant de temps en temps de nouvelles transgressions à la liste attribuée à sa femme. Qu'il le veuille ou non, chaque habitant du village a entendu son histoire une douzaine de fois au moins. Deuxièmement : le compagnon de beuverie de Kopeć, c'était un certain Warslich, l'un des prêtres de la paroisse Notre-Dame-du-Rosaire, l'unique église de Bródno à cette époque. Il faut savoir que les cheminots et les gens de la campagne n'avaient pas tendance à se côtoyer. Même le dimanche, les premiers allaient à une messe et les seconds à l'autre. Et c'est Warslich qui était « le curé des paysans », comme on disait. Ce prêtre a décidé d'exploiter ces ragots. Du haut de sa chaire, il tonnait sur la magie noire, Satan et les sorts, piochant dans les Saintes Écritures les passages les plus drastiques, et ceux-ci ne manquent pas. Au fur et à mesure que la nouvelle se répandait, une communauté assoiffée de sensations fortes et de plus en plus nombreuse se mit à assister à la messe. N'oubliez pas qu'en ce temps-là, il n'y avait pas de télévision pour vous fournir des histoires terrifiantes au quotidien. Encouragé par son succès, le prêtre a même célébré une indulgence absurde « contre la sorcellerie », ce qui lui a valu une réprimande sévère de la part du curé de la paroisse. Il a même failli être suspendu, ce qui semble plutôt ridicule, si on prend en considération les événements qui ont suivi… Il faut souligner que Marianna continuait à vendre ses paniers, à aller au marché et à s'occuper de ses filles, alors que les paysannes et les femmes des cheminots venaient constamment lui demander conseil. Ne croyez pas que, du jour au lendemain, elle a été maudite et rejetée par tout le monde. Seuls Kopeć, Warslich et quelques autres poivrots croyaient à ces inepties… Et enfin, le *tertio* qui a tout changé : la mort de Kopeć. Une mort stupide, une mort d'ivrogne. Errant soûl dans la forêt de Bródno, celle-là même que vous voyez de vos fenêtres, Kopeć se prit le pied dans un piège tendu par des braconniers. Il a appelé à l'aide jusqu'à ce que ses forces le quittent, et lorsqu'on l'a retrouvé mort deux jours plus tard, on ne l'a reconnu qu'à sa chaussure piégée, le reste ayant été dispersé par les animaux. Inutile de préciser que c'était la veille de la nouvelle lune. Bien sûr, six ou sept nouvelles lunes avaient eu lieu depuis que Kopeć avait commencé à débiter ses sornettes, mais pour une raison ou une autre, on n'y a pas prêté attention. L'important était qu'il fût mort avant la nouvelle lune et dans d'atroces souffrances, comme il l'avait prédit… La suite est facile à deviner. Une peur terrible s'est abattue sur ceux qui croyaient Kopeć, c'est-à-dire le prêtre et ses camarades de l'auberge. Les autres regardaient avec crainte la ferme de leur voisine. Quelque part au fond de leurs crânes, la propagande des commérages était restée gravée. La nuit suivante, des pierres ont volé vers la maison des Kopeć, la clôture fut incendiée, et une véritable chasse aux sorcières a débuté. Tout cela, quelle ironie, à quelques kilomètres à peine du centre-ville d'une capitale européenne où des femmes coiffées à la garçonne faisaient la fête dans les dancings, où l'on parlait français et où l'on s'imprégnait de la modernité du monde de l'entre-deux-guerres… Marianna aurait dû faire ses valises et quitter Bródno. Ce n'était pas une femme laide et elle aurait certainement pu refaire sa vie ailleurs. Mais son sens de l'injustice et sa fierté l'ont emporté sur le bon sens. Après que sa fille aînée eut été battue « par des auteurs inconnus », elle se rendit à l'église et annonça à Warslich que quiconque lèverait la main sur elle ou ses enfants finirait comme son défunt époux, paix se refuse à son âme. Elle n'aurait pas dû perdre ses nerfs... Oui, c'était en 1932. Je n'ai jamais fait de recherches à ce sujet, mais il s'agit sûrement du cas le plus tardif de lynchage à l'encontre d'une sorcière présumée en Pologne. Une nuit, des hommes et des femmes superstitieux ont déboulé dans la maison de Marianna. Ils l'ont tirée du lit et l'ont bâillonnée pour qu'elle ne puisse pas les maudire. L'intention du prêtre qui dirigeait toute cette « opération » était peut-être simplement d'effrayer cette femme et de la chasser du village, mais quelqu'un a crié « Brûlez la sorcière ! », et personne n'a pu dès lors arrêter la populace... bien que, d'après ce que j'ai pu établir, certains aient essayé... Que reste-t-il à dire ? Marianna et ses filles ont été poussées dans la cabane à bois qui a été arrosée de kérosène et incendiée. Une mort horrible et un crime horrible. Il n'y a nulle justification pour ceux qui l'ont commis. Il n'y a pas de punition à la hauteur de leur faute... Mais ils ont été châtiés. Lorsque les flammes se sont élevées si haut qu'on ne pouvait plus les éteindre, Marianna a réussi à cracher son bâillon et, avant de mourir dans d'atroces souffrances, elle a maudit les assassins de ses enfants et d'elle-même : « Nul juge ne vous punira, nul bourreau ne me vengera. Vous serez vous-mêmes vos juges et bourreaux. Vous mourrez seuls et vous supplierez Dieu de vous donner une fin aussi rapide que possible. » Ce furent ses dernières paroles.

Agnieszka était au bord des larmes, la grimace hostile avait quitté les lèvres de Wiktor, quant à Kamil qui s'était balancé sur sa chaise, il était devenu immobile, les yeux fixés sur ses propres mains. Ils étaient choqués parce que l'histoire était choquante. Je me tus, attendant de voir comment ils réagiraient.

— C'est impossible, dit Agnieszka. Au XXe siècle ? C'est tout simplement impossible.

— Vous voulez parler du siècle des guerres mondiales, de la Shoah, des goulags et des épurations ethniques ? demandai-je. Le siècle des conflits religieux sans fin, de la pacification de nations entières et en toute impunité, de l'avortement, de l'euthanasie et du terrorisme mondial ? Vous plaisantez.

Wiktor se déplaça sur sa chaise.

— Oui, c'est une histoire épouvantable, mais quel est le rapport avec nous ? À quelques rues de là, un crime brutal a été commis il y a soixante-dix ans. C'est un triste fait, mais… et alors ?

Tout se déroulait comme je l'avais prévu, j'avais même anticipé les questions. Certes, je m'attendais à ce qu'ils me demandent tout de suite l'effet de la malédiction, mais cela pouvait être remis à plus tard. Ce serait encore plus dramatique. Pour l'heure, il ne me restait plus qu'à utiliser les supports scientifiques. Je plongeai la main dans un placard et en sortis deux cartes, puis j'en étalai une sur la table.

— Regardez, dis-je, c'est le plan actuel de Varsovie. Vous pouvez y voir le cimetière, l'hôpital, la rue Kondratowicza, notre quartier. Ici, dans l'actuelle rue Rembielińska, se trouvait la maison de la famille Kopeć. Nous la marquerons d'une croix. Juste derrière notre immeuble se dresse un monument érigé à l'emplacement du cimetière des victimes de la peste du début du XVIIIe siècle. Nous y placerons également une croix.

— Il n'en résulte toujours rien, fit remarquer Wiktor d'un ton bourru.

Je l'ignorai.

— Regardez maintenant la deuxième carte, elle date de l'entre-deux-guerres et est certes plus récente que les événements que j'ai mentionnés, mais cela n'a pas d'importance.

Rien n'a changé par ici entre-temps. L'échelle est différente, cependant il est facile de reporter les objets contemporains.

— Mon Dieu ! s'exclama Agnieszka. Le cimetière était si grand ?

— Tout à fait, mademoiselle. C'est toujours la plus grande nécropole d'Europe aujourd'hui, mais elle était bien plus grande à l'époque. Elle a été tronquée lors de l'expansion de la ville après la guerre. Le mur du cimetière, côté nord, longeait l'actuelle rue Kondratowicza que nous allons reporter sur cette vieille carte… voilà… Vous pouvez voir, par exemple, que l'ensemble du grand hôpital et la mairie d'arrondissement ont été construits sur des tombes. Voici le village où la foule a assassiné Marianna Kopeć… une croix. Ici, vous pouvez voir le cimetière des victimes de la peste. Notre magnifique immeuble en préfabriqué, que nous reporterons en rouge, se situe exactement entre le grand cimetière de Bródno et le cimetière des victimes de la peste.

— Pitié ! s'écria Wiktor. Il n'en résulte toujours rien ! Notre immeuble ne se trouve pas sur la scène de crime et n'a pas non plus été construit sur une tombe. Ni sur un cimetière ordinaire, ni même sur ces malheureuses victimes de la peste. Pourquoi nous faire perdre notre temps avec ces bêtises ?

Je lui laissai un moment pour qu'il se calme.

— Vous êtes un auditeur attentif, monsieur Sukiennik, sinon vous ne seriez pas journaliste. Dites-moi, vous souvenez-vous de la version officielle des événements de cette année-là ?

— Qu'une folle s'est suicidée et a tué ses enfants. Je ne vois toujours pas le rapport avec… Oh, mon Dieu ! gémit-il, et moi, je vis dans ses yeux qu'il venait de comprendre.

Je ne dis rien, je voulais qu'il leur expose ses déductions lui-même.

— Un suicide… dit-il tout bas. Le suicide est considéré comme un péché mortel par l'Église. Il est évident qu'on ne peut ni le confesser ni en recevoir l'absolution. Les suicidés sont donc enterrés sous les murs des cimetières, en terre non consacrée. Parfois, ils étaient même enfouis à l'extérieur de l'enceinte ou dans des cimetières spéciaux destinés aux exclus. Je sais ce qu'il en est dans ce cas, car j'ai écrit dans le temps un article sur ce cimetière des infectés par la peste. Non loin de là, il y avait une parcelle pour tous ceux qui ne méritaient pas la plus sainte des saintes terres catholiques.

Ha ! Si vous pouviez voir leurs visages ! Quel effet dramatique ! Je faillis éclater de fierté de les avoir mis dans un tel état. Un coup de maître ! Or, ce n'était pas la fin des surprises. Pour l'instant, même si je bouillonnais intérieurement, je hochai tristement la tête. Je pariai avec moi-même que la prochaine question porterait sur les effets de la malédiction et que ce serait Agnieszka qui la poserait. Il ne faut jamais sous-estimer l'intuition féminine.

— Et la malédiction ? demanda-t-elle. Est-ce qu'elle a eu un quelconque effet ?

— Eh bien… commençai-je en usant de mon introduction préférée, elle en a eu. Tous les auteurs du crime ont été tués, les sept responsables du lynchage. Trois femmes et quatre hommes. Warslich fut le dernier à mourir. Moins d'un an après l'enterrement de Marianna et de ses filles, ils avaient tous terminé leur vie d'assassins. Et cela s'est passé exactement comme leur innocente victime l'avait prédit au moment de sa mort. Ils se sont condamnés et ont exécuté la sentence eux-mêmes.

— Je ne saisis pas, dit-elle. Que voulez-vous dire par « eux-mêmes » ? Ça n'a ni queue ni tête.

— C'est pourtant simple, intervint Wiktor, ils se sont tous suicidés. C'est bien ça ?

— C'est exact, répondis-je. Une image cohérente se dégage des récits des membres de leurs familles. Au début, ils étaient tous intimidés, ne sachant pas si la malédiction serait effective. Mais au fil du temps, leur anxiété s'est transformée en peur animale. Ils devenaient acculés dans leur panique. Ils étaient terrifiés à l'idée de se lever pour vivre une journée pleine de peur, et terrifiés à l'idée de s'endormir pour expérimenter une horreur pire encore. Ils ne connaissaient d'autre sentiment que celui de la crainte et ils n'avaient aucune chance d'y échapper. Comment pouvaient-ils fuir quelque chose qui était dans leur tête ? Trois se sont tiré une balle, deux se sont pendus, un a posé sa nuque sur des rails. Warslich s'est pendu dans la forêt de Bródno, non loin de l'endroit où Kopeć est mort. Tous, en tant que suicidés, ont été enterrés derrière le mur nord du cimetière. Les victimes et leurs bourreaux reposaient donc côte à côte. Et, quarante ans plus tard, des bulldozers ont éparpillé leurs restes et un immeuble d'appartements a été construit à cet endroit, un immeuble dont nous avons l'immense privilège d'être les locataires.

— Sait-on de quoi ils avaient peur ? demanda Kamil.

— Non. Ils n'ont jamais confié leurs craintes à qui que ce soit. Du moins, pas à ma connaissance.

— Et que s'est-il passé ensuite ?

— Des accidents, beaucoup d'accidents. Vous en connaissez trois assez récents et spectaculaires. Le garçon décapité, la professeure qui a sauté de son balcon, le pantouflard qui est tombé dans le puits de l'ascenseur. Et ceux de ces derniers jours, le prof d'EPS du premier étage, les parents de Kamil et la première victime, mademoiselle Michalak, du troisième étage.

— Minute, minute, quelle mademoiselle Michalak ? m'interrompit Wiktor. Vous voulez dire qu'il y a un macchabée dans un appartement du troisième depuis plusieurs jours ?

— Certainement pas dans l'appartement. Mademoiselle Michalak, Rachela Michalak, est morte en bas, près de la porte d'entrée. Pour autant que je sache, elle s'est coupée avec un morceau de verre.

— Ça pourrait être vrai, murmura Kamil. La fenêtre étroite sur la gauche est cassée. Et tu te souviens quand je me demandais pourquoi ils n'avaient pas bien nettoyé après avoir enlevé le gars décapité ? Ce n'était pas du tout une trace laissée par lui, mais par cette Michalak.

— Mais qu'est devenu le cadavre ? Je n'ai encore jamais entendu parler d'un cas où la peur aurait téléporté le corps d'une victime.

— Oui, ça, c'est bien une énigme, dis-je en rajustant mes lunettes avec embarras. C'est une énigme que je ne peux pas expliquer, même si j'ai évidemment quelques soupçons. Mais revenons aux autres victimes. Cinq personnes sont mortes lors de l'édification du bâtiment. L'affaire a été étouffée parce que le parapluie protecteur de la propagande communiste avait été étendu sur la construction des lotissements de barres d'habitation et que nul ne voulait faire de bruit autour d'une histoire aussi désagréable. Et pourtant, si une grande base de données recensant les décès existait et si on pouvait mettre comme filtre « 41, rue Kondratowicza », quarante dossiers apparaîtraient.

— Pas possible !

— Mais si. Disons qu'une dizaine d'entre eux sont des décès de causes naturelles… des personnes âgées, des maladies cardiaques, des accidents vasculaires cérébraux, etc. Or, et cela s'est produit quatre fois, si une crise cardiaque emporte des individus de moins de vingt-cinq ans, vous ne trouvez pas que c'est étrange ? Qu'est-ce que j'ai d'autre ?

Je m'interrogeais à haute voix. J'avais eu cette liste sous les yeux tant de fois que je n'avais pas besoin de consulter mes notes.

— Les causes de décès les plus fréquentes sont les veines taillées dans un bain, des pilules avalées, des têtes dans un four. Deux pendaisons… trois, avec le prof d'EPS… un copieur d'Hemingway à la cervelle étalée sur le mur. Il est intéressant de signaler que les familles des victimes ont presque immédiatement quitté les lieux sans dire à quiconque ce qui était arrivé à leurs proches, alors personne n'a pu prévenir les locataires suivants. Le comportement des communautés qui vivent dans ces grands ensembles favorise le secret. Personne ne connaît personne, personne ne parle à personne, personne n'interfère dans les affaires de personne. Tant que ça ne pue pas le cadavre en décomposition sur le palier, tout va bien. De toute façon, vous l'avez remarqué, la moitié des appartements de cet immeuble sont vides. Malgré tout, les gens ont une sorte de sixième sens qui les dissuade de s'installer ici. Même vous, dis-je en me tournant vers Agnieszka, vous avez eu des doutes la première fois que vous êtes venue visiter l'appartement.

— Oui, maintenant que j'y pense, vous avez raison, dit-elle en se frottant les tempes. Mais Robert était si enthousiaste. Il était heureux comme un gamin. Il a dit que nous serions proches de tout, que c'était bien relié au centre-ville, qu'il y avait un grand magasin sous nos fenêtres et qu'un cinéma allait ouvrir prochainement, sans oublier la forêt où l'on peut se promener. Et le prix. Le prix n'était effectivement pas exorbitant.

— Mais pourquoi ? demanda Wiktor.

Je pouvais voir sur son visage qu'il s'assoupissait lentement. Il avait du mal à encaisser ces informations. Malheureusement, je n'avais rien de plus fort que du thé à lui offrir, Kamil d'ailleurs n'y avait même pas touché.

— Pourquoi ? répéta-t-il.

— Eh bien…

Mes entames étaient décidément insupportables.

— … on ne peut que le supposer. Les bulldozers ont exhumé de la terre une malédiction vieille de nombreuses années. Une malédiction très forte, lancée par une mère assassinée avec ses enfants. Et cette malédiction a enveloppé cet endroit, faisant de chacun son propre juge et bourreau. Je ne veux pas jouer au philosophe, mais il n'y a pas d'être humain qui ne porte en lui de grands traumatismes, des peurs, des culpabilités réelles ou imaginaires, des rêves qui transgressent toutes les normes sociales. Repoussés d'ordinaire dans les recoins les plus profonds de la psyché, ils nous paralysent lorsqu'ils remontent à la surface. Tout au long de notre vie, nous apprenons à faire comme s'ils n'étaient pas là, au lieu de les affronter. Contraints à la confrontation, nous perdons, alors que nous pourrions gagner. Nous choisissons la solution la plus facile : la fuite. Or, se fuir soi-même, on ne le peut que dans la mort ou dans la folie.

— Alors notre solution est la bonne, dit Wiktor sans enthousiasme. Celui qui affronte son cauchemar jusqu'au bout sera libre.

— Probablement, confirmai-je. D'autant plus qu'en réalité, vous n'êtes pas des assassins. Il n'y a pas de réelle culpabilité que vous puissiez nier.

Je prononçai le mot « réelle » avec emphase, sans quitter Wiktor des yeux.

— Ce que vous craignez n'est pas vrai. Ce sont des peurs anciennes, des atavismes qui accompagnent l'humanité depuis la nuit des temps. Vous ne le savez pas, mais la plupart de vos voisins rêvent d'enfants. Il n'y a pas de plus grande peur que celle de la mort d'un enfant. Nous acceptons notre propre fin. Mais la fin de l'être qui procure à notre sang et à notre amour l'immortalité, jamais. C'est une peur immense, mais une peur justifiée.

Après cette formule emphatique que j'avais affinée stylistiquement pendant la nuit, un silence lugubre s'installa.

Je décidai qu'il n'était pas nécessaire d'attendre pour faire d'autres révélations.

— Cependant… dis-je, regrettant que personne ne m'ait posé de question pour que je puisse commencer ma phrase par « Eh bien ». Cependant, j'ai l'impression que les choses se sont compliquées. Je ne sais pas pourquoi, même si j'ai quelques soupçons, il y a eu une explosion de tous les phénomènes. Vous savez de quoi je parle. Le confinement, l'impossibilité de quitter l'immeuble, ce néant noir qui circule dans les canalisations, le renforcement inhabituel des cauchemars. Ce qui était jusqu'alors limité au domaine de la psyché s'est soudain matérialisé et a commencé à menacer physiquement les résidents. Je pense, mais ce n'est qu'une supposition, que le moment est venu d'un affrontement décisif avec le mal qui a fait de ce lieu ses quartiers.

— Putain de merde ! tonna Wiktor en utilisant le juron préféré de tous les Polonais. Je n'arrive pas à croire que je suis en train d'écouter ça et de le prendre pour argent comptant. Quel putain de mal ? Quel putain d'affrontement décisif ? Je suis censé croire que je vis dans un putain d'immeuble hanté en béton armé ? C'est absurde !

— Et pourquoi pas ? répondis-je stoïquement. Depuis des siècles, l'humanité relate des histoires de lieux, de rochers, de digues, de carrefours, de manoirs ou de châteaux hantés. Elles sont si nombreuses qu'elles doivent contenir, ne serait-ce que par probabilité, un fond de vérité. Dites-moi, cher monsieur, qui aimez tant utiliser le mot « absurde », si une chapelle au bord d'une route peut être hantée, si des forces étranges peuvent être présentes dans les ruines d'un château et si le spectre d'un cavalier peut galoper sur une digue, pourquoi diable une tour en grandes dalles de béton ne pourrait-elle pas être hantée ? Parce qu'elle a été construite à une époque où les gens ne notaient plus les légendes populaires et les fables ? Parce qu'elle est remplie de gens qui n'éprouvent plus le besoin de se raconter des histoires ? Comment savoir combien d'endroits comme celui-ci existent en Europe et que personne ne connaîtra jamais ?

— Ne vous énervez pas, dit Agnieszka. Je vous crois. Je vous crois parce que je le sens depuis longtemps. Cette... présence. Ma mère sentait les choses et, moi aussi, je les sens. D'ailleurs, on dit que les femmes y sont plus sensibles. Mais il y a une chose que je ne sens pas et que je ne peux pas m'expliquer.

Elle me regarda, hésita.

— Comment savez-vous tout cela ? Je ne parle pas de l'histoire de cette pauvre femme ou de la chronologie du quartier. Comment savez-vous qui nous sommes, ce dont nous parlons, ce que nous craignons ?

C'était l'heure de la dernière surprise. La veille encore, je voulais la cacher, mais depuis le début de cette conversation, j'attendais avec impatience le moment où je pourrais montrer ce dont j'étais réellement fier. Je roulai jusqu'à l'armoire et, avant de l'ouvrir, je dis :

— Vous me demandez comment ? Je vous réponds : « Par solitude. » Je vis ici depuis que ce bâtiment a été construit. Presque trente ans. J'y vis parce que je n'ai pas d'autre choix. Moi, un invalide confiné dans son fauteuil roulant. Au début, je ne quittais pas cet endroit parce que je ne le pouvais pas, plus tard, parce que je ne le voulais plus. À vrai dire, je crois que je suis devenu un peu maboul, dis-je en souriant pour m'excuser. À une époque où ma solitude me rendait encore dingue, j'ai découvert une chose intéressante. L'interphone a sonné et moi, transi de bonheur, j'ai rampé jusqu'au combiné pour laisser entrer mon visiteur. Mais ce n'était pas un visiteur. C'était une erreur. Le fils de la voisine avait accidentellement appuyé sur le mauvais bouton. Au bout d'un moment, il a corrigé son erreur et j'ai pu écouter, le combiné pressé contre mon oreille, la conversation banale qu'il a menée avec sa mère. Elle voulait qu'il rentre tout de suite, lui désirait jouer au foot avec ses copains encore un peu. Ils se sont taquinés pour plaisanter et, en fin de compte, elle l'a laissé rester un quart d'heure de plus. Je m'en souviens comme si c'était hier. J'étais cloué au sol, en sueur à cause de l'effort, et je n'arrivais pas à poser l'appareil. Et vous savez quoi ? Il s'est avéré qu'on n'avait pas besoin de m'appeler pour que je puisse entendre ce qui se passait en bas ! C'est ainsi que fonctionnent les interphones de la vieille génération. D'ailleurs, il vous est sûrement arrivé d'appuyer sur deux boutons à la fois par inadvertance, d'annoncer ensuite votre présence à vos amis tout en vous excusant auprès de leurs voisins pour cette méprise… Je suis resté assis ainsi toute la journée, écoutant les bruits de la cour et les conversations qui s'y déroulaient. Ce fut une grande découverte. Jusqu'alors, je pensais que le seul échange possible à avoir à travers un interphone consistait en « C'est moi » ou « Le facteur pour vous ». Or, en réalité, il y avait toujours quelqu'un qui parlait. Je me souviens très bien d'une lycéenne du troisième étage et de son amie. Au début, après être rentrées des cours, elles parlaient pendant une demi-heure devant la porte. Je les écoutais et me retenais de rire, car elles auraient pu entendre mon ricanement. Après quoi, il arrivait toujours un moment où ma jeune voisine disait à l'autre : « Tu sais quoi, pourquoi tu ne monterais pas chez moi une minute ? » C'était un instant triste parce que je ne pouvais dès lors plus entendre ce qui se passait. Je veux dire, je ne les entendais plus, elles, parce que la vie propre de l'interphone continuait de plus belle. Une heure plus tard, l'amie sortait et, chaque fois, vraiment chaque fois, elle sonnait à l'interphone et prononçait ces mots : « Écoute, j'ai oublié de te dire… » et ainsi de suite pendant au moins un quart d'heure. Je les adorais ! Je suis devenu tellement accro que j'ai décidé d'enregistrer ce flux de conscience de l'interphone, créant une chronique phonographique de cet endroit. Les premières cassettes, saturées de bruit, enregistrées sur un Grundig tenu près du combiné, sont pour moi des reliques.

— C'est très bien, tout ça, m'interrompit Wiktor, mais je ne me souviens pas que toutes nos conversations aient été menées devant l'entrée de notre cage d'escalier. D'ailleurs, nous n'avons même plus la possibilité de nous y rendre, ces derniers jours.

— Eh bien, commençai-je par ma formule rituelle, depuis ce temps-là, j'ai fait quelques mises à jour…

C'est alors que j'ouvris l'armoire, et j'obtins l'effet escompté. Ils se mirent à s'exclamer simultanément « Oh, mon Dieu ! », ce qui prouva que la Pologne était toujours un pays de tradition catholique. Lorsqu'il s'agit d'exprimer ses émotions dans un moment de stupeur extrême, même le bien-aimé « putaindemerde » perdait la bataille devant le « ohmondieu ».

Que virent mes invités ? Le centre de commandement. Un schéma de l'immeuble, avec des diodes marquant chaque extrémité du système. Un faisceau de câbles épais. Vingt dictaphones. Une pile de cassettes et une machine à écrire. Ce n'était peut-être pas du matériel digne du XXIe siècle, mais il remplissait sa fonction.

— Qu'est-ce que c'est ? Qu'est-ce que cela veut dire ? demanda Wiktor, et je vis des éclairs de colère dans ses yeux.

— Je l'appelle « le système », répondis-je calmement. Comme je l'ai dit, j'effectuais depuis des années une phonochronique de ce qui se passait devant la cage d'escalier et des conversations menées à travers l'interphone, mais je commençais à souffrir des limites de cette solution. Certains locataires étaient si intéressants que je pleurais presque lorsqu'ils disparaissaient dans l'ascenseur. Les disputes conjugales s'interrompaient à mi-phrase, les fêtes des jeunes se terminaient dès que leur porte se fermait, de même que les discussions sur des questions essentielles ou les discours politiques. Au lieu de voir la vie des autres, j'assistais à un théâtre d'ombres. Même si j'obtenais ainsi plus que ce que j'aurais pu désirer, je me sentais rejeté. J'ai essayé de me plonger dans la fiction, nombreux sont ceux, après tout, qui l'apprécient davantage que la vraie vie, mais les personnages de papier m'ennuyaient par la prévisibilité de leurs itinéraires. Quoi que je fasse, je n'avais qu'une idée en tête, entendre ce qui se passait de l'autre côté des interphones, dans les appartements des gens. Je me doutais bien que, techniquement, ce n'était pas compliqué à réaliser, mais pour des raisons évidentes, je ne pouvais pas effectuer ce travail seul, j'avais besoin d'un partenaire. J'ai passé cinq longues années à réunir l'argent nécessaire, sachant que je n'aurais qu'une seule chance. Une fois en possession de ce que j'estimais être une somme suffisante… en réalité, elle était probablement trois fois plus grosse que nécessaire, mais je voulais me sentir sûr de moi… j'ai fait appel à un agent d'entretien des interphones… Lorsqu'il est arrivé, je lui ai dit de but en blanc quel service je voulais acheter et j'ai mis sur la table la totalité de la somme accumulée. Je pense que cela dépassait de loin son revenu annuel. Eh bien, il a accepté. Il lui a fallu un mois pour effectuer le « contrôle technique » des interphones des différents appartements et installer le centre de commandement chez moi… À la fin, nous étions même devenus amis. Depuis lors, il vient de temps en temps pour effectuer une révision et des mises à niveau, sortant toujours de notre immeuble beaucoup plus riche. Figurez-vous qu'il est intervenu de son propre chef auprès du syndic qui voulait, quelle horreur, remplacer notre interphone par un modèle électronique plus récent.

Je m'attendais à ce qu'ils me sautent dessus, mais manifestement, les événements récents avaient immunisé mes invités contre les bizarreries. Au lieu de cela, j'entendis une question courte et précise posée par Kamil :

— Comment ça marche ?

— Au tout début, le système était bien plus primitif. Je devais basculer d'un appartement à l'autre pour savoir où il se passait quelque chose d'intéressant, et je ne pouvais enregistrer qu'à partir de cet endroit. C'était très gênant, mais je n'arrivais quand même pas à contenir ma joie. Aujourd'hui, tout est un peu plus automatisé. Vous voyez ce diagramme ? Chaque diode représente un terminal. S'il est vert, c'est qu'il n'y a pas bruit. S'il est rouge, c'est que des sons sont enregistrés. Vingt microphones à commande vocale captent ce qui se passe. Les terminaisons sont évidemment beaucoup plus nombreuses, mais il est très rare que plus de vingt enregistrements simultanés soient nécessaires. Ensuite, c'est un travail manuel : je passe en revue les enregistrements, j'écarte ce qui ne vaut rien... la télévision par exemple, c'est une vraie plaie, les trois quarts des enregistrements proviennent de la télé... et à partir des plus intéressants, je tape même des scripts à la machine, les attachant ensuite aux dossiers appropriés.

Agnieszka s'approcha de la machine à écrire et lut à haute voix la dernière phrase que j'avais tapée : « J'ai peur que, si je l'imagine... ça ne se produise... ça ne devienne réel... et que cet enfant qui est en moi... ça ne lui arrive à lui... »

Elle devint pourpre.

— Nous devrions te tuer, sale porc ! cria-t-elle.

— Je suis pour, dit Wiktor en levant la main et en me souriant méchamment.

Je me sentis transpirer, mais je décidai de faire bonne figure.

— Je ne peux pas vous l'interdire. Je comprends que, de votre point de vue, cela ressemble à une violation flagrante de la vie privée...

— De notre point de vue ? Donc, il y en a un autre ?

— Eh bien oui, répondis-je prudemment. *Mon* point de vue. Notez bien que je ne fabrique pas d'émissions radio avec ces sons, mais je les cache dans un placard. Je n'en fais pas commerce non plus, je ne les vends pas dans un bazar, c'est juste une sorte de… passe-temps, une échappatoire à la solitude, la seule chose qui me maintienne en vie.

— Incroyable, grogna Wiktor. Cette pourriture n'en a même pas honte.

Que voulez-vous, il avait raison. Pire : j'en étais fier, mais j'estimai qu'il était temps de renoncer à la sincérité.

— Vous vous trompez. J'ai honte maintenant et j'ai eu honte toutes ces années. Dieu seul sait à quel point j'ai honte, dis-je en soupirant théâtralement. Mais cette dépendance est devenue plus forte que moi. Désormais, en regardant vos visages indignés, et il faut savoir que je rencontre mes « voix » pour la première fois, je sais que j'ai mal agi. Je ne vous demande pas de me pardonner…

Je parlais d'un ton très triste, craignant sans cesse d'exagérer.

— … parce que c'est impossible, mais je vous demande une chose. Écoutez l'une des cassettes. Écoutez-la, et vous saurez tout.

Ou du moins, tout ce que vous avez besoin de savoir à ce stade, pensa-t-il.

Comme je le supposais, la curiosité leur imposa de rester. Je pris la cassette préparée et l'insérai dans le magnétophone.

— Je ne l'ai découvert qu'après avoir modernisé le système, auparavant, je n'y avais pas prêté attention, déclarai-je. Je croyais qu'il s'agissait du bruit inhérent à une telle installation. Mine de rien, je n'enregistre pas une émission radio dans un studio insonorisé. Pourtant, après avoir changé le dispositif, les dictaphones captaient toujours ces bruits et les diodes s'allumaient en rouge. C'était étrange, car le système n'était censé réagir qu'à des sons distincts et sans fioritures, et non à des bruits de fond... Ce que vous allez entendre à présent est un enregistrement de l'appartement numéro vingt et un, au troisième étage, où vivent deux personnes âgées qui ne quittent jamais leur domicile.

— Je sais, je suis passé les voir quand je convoquais les gens pour la réunion, précisa Kamil. Ils ont très poliment refusé et dit qu'ils ne voulaient pas venir.

— C'est vrai. C'est l'une des rares fois où ils se sont exprimés. D'habitude, ils ne disent rien, je pensais même que personne ne vivait chez eux. Écoutez ça.

J'appuyai sur « Play », et les haut-parleurs se mirent à bourdonner. Mes invités écoutèrent les sons pendant un moment et, finalement, Wiktor s'impatienta :

— Et alors ? On n'entend rien, ça ronronne et c'est tout.

— C'est exact, dis-je. Maintenant, la même chose, mais au ralenti.

Je déplaçai le levier de vitesse de la bande. Le bruit était toujours inintelligible, cependant il était devenu plus modulé, il montait et descendait de manière claire. Je constatai avec quel effort et quelle concentration ils essayaient d'en tirer quelque chose.

— Toujours rien. Combien de temps on va se taper cette bande-son pourrave ?

Wiktor restait sarcastique en toute circonstance.

— Encore un instant, répondis-je, et je ralentis davantage le défilement de la bande qui tournait dorénavant à un quart de sa vitesse normale.

— Attendez, attendez ! s'écria Agnieszka en se rapprochant du haut-parleur, ce qui en réalité ne changeait rien. J'entends quelque chose, ce deuxième bout de phrase, le plus court, je crois qu'il y a un « ir » à la fin. Vous l'entendez ? « Ir » ou même « tir ». Est-ce qu'on peut aller encore moins vite ?

— On peut.

Je passai au un seizième et j'attendis l'effet. Les haut-parleurs crachèrent des mots prononcés lentement, plaintifs, rauques, répétés à l'infini : « Laissez-nous sortir laissez-nous sortir laissez-nous sortir laissez-nous sortir laissez-nous sortir. » J'arrêtai l'enregistrement.

— Qu'est-ce que cela veut dire, bordel ? C'est une blague ?

Devinez qui avait dit cela. Wiktor, une fois qu'il commençait à jurer, n'était plus capable de prononcer une seule phrase convenable. C'était affreux.

— Et qu'est-ce qui, dans ce que vous avez appris jusqu'à présent, s'est révélé une blague ?

Malgré mes efforts, je n'arrivais pas à me défaire du ton de lassitude qu'évoquaient les questions rhétoriques.

— Il y a dix minutes, nous avons parlé d'un lieu hanté, et en voici la meilleure preuve. Je ne sais pas comment c'est arrivé, mais certains de ces logements vacants ne sont pas vraiment vides. Ils ont été investis par ceux qui ont été brutalement arrachés à leur tombe. Je peux me tromper, mais j'ai compté quinze appartements de ce type, occupés par vingt... disons... locataires différents des autres... Parmi eux, les couples de personnes âgées que vous avez entendus, et aussi votre voisine, chère Agnieszka, celle à qui vous avez emprunté la clé de la cave. Ils ne sont pas vivants et ils ne sont pas morts. Ils ne peuvent pas quitter les appartements qu'ils occupent. Ils n'éprouvent ni peur, ni colère, ni aucun autre sentiment. Ce sont des suicidés, malheureux de leur vivant et malheureux dans la mort. Ils sont seulement tristes et voudraient s'en aller. Retourner là d'où ils viennent.

— Marianna est parmi eux ? Et ses bourreaux ? demanda Agnieszka à voix basse.

— Les bourreaux oui, répondis-je. Je ne sais pas s'ils sont tous là, mais certains d'entre eux à coup sûr. Par exemple votre voisine. C'est elle qui a crié la première : « Brûlez la sorcière ! » Mais je n'ai jamais trouvé nulle trace de Marianna ou de ses filles. Peut-être sont-elles ici, quelque part... Je ne l'exclus pas. Ou peut-être qu'elles étaient trop bonnes pour que Dieu leur permette de devenir des spectres. Beaucoup de questions qui ne trouveront sans doute jamais de réponse, beaucoup de questions...

Une nouvelle fois, je passai la main. Ils avaient entendu tout ce que j'avais à leur dire, du moins pour aujourd'hui. Le reste devrait attendre. En fait, j'attendais déjà qu'ils sortent pour écouter ce qu'ils diraient à mon sujet. J'étais également heureux qu'ils ne m'assomment pas sous une avalanche de questions rhétoriques et absurdes. Allez, mes amis, laissez celui que vous appelez le « python » tranquille.

Ils restaient cependant assis, visiblement plombés. Wiktor jouait sans réfléchir avec sa tasse de thé vide.

— Un affrontement décisif. Un affrontement décisif, dites-vous... murmurait-il. Tant pis, on verra... oui, on verra...

Il releva la tête et me regarda avec ses yeux d'homme qui avait pratiquement fait trois nuits blanches. Quel spectacle déprimant.

— Et après ? lança-t-il.

— Comment ça, et après ? Rien, fis-je. Vous savez à quoi vous participez, vous avez appris la genèse de ces événements. Par rapport à votre état d'il y a quelques heures, votre connaissance est infiniment plus grande. Qu'aimeriez-vous avoir « après » ?

— La solution.

Je hochai la tête. Ils étaient tous pareils. Ils espéraient que quelqu'un leur apporterait la solution, leur montrerait le chemin, répondrait aux questions difficiles, dissiperait les doutes et leur caresserait les cheveux.

— Je ne connais pas de solution. Qui sait, celle-ci n'existe peut-être pas. Je vous ai dit tout ce que je savais. Le reste ne me regarde plus.

— Vous ne faites pas de cauchemars ? m'interrogea Agnieszka.

— Ça, en l'occurrence, ça ne vous regarde pas, répondis-je.

Ils gardèrent le silence. Fatigués et tristes. Passifs. Si quelqu'un me demandait quelle était la plus grande malédiction de ce lieu, je ne lui dirais pas du tout que c'était de pousser les gens au suicide, oh non. Le pire, c'était que cet immeuble pompait toute la force des locataires, il les rendait passifs, lents, dépourvus d'énergie. Ils savaient qu'ils devraient se battre, mais n'en avaient pas envie. Qui sait, c'était peut-être ça, l'essence du mal. Non pas que trop de gens le suivent, mais que trop de gens ne veuillent pas l'affronter.

— Vous réalisez, dit Wiktor, que la première chose que nous ferons, une fois que nous aurons vaincu ce maudit bâtiment, sera de détruire votre système et vos archives. Depuis la première jusqu'à la dernière cassette.

Il me fallut beaucoup d'efforts pour me retenir de sourire.

— Oui, je sais.

Je rajustai mes lunettes et regardai Wiktor avec une tristesse feinte. J'espérais que la visite s'arrêterait là.

— Allons-nous-en, dit-il. Nous n'apprendrons plus rien ici. À moins que notre aimable voisin n'ait d'autres nouvelles à nous communiquer. Qu'en dites-vous, cher voisin ?

Je secouai la tête. Je ne souhaitais pas que cette conversation dure plus longtemps que nécessaire. Ils se levèrent et se dirigèrent vers la porte. Bien sûr, aucun d'entre eux n'eut la courtoisie de m'adresser un « Au revoir », un « Merci » ou un « Vous nous avez beaucoup aidés ». Voilà, ils s'étaient simplement levés et s'apprêtaient à partir.

— Une dernière chose, dit Wiktor, la main sur la poignée. Il y a un type étrange, au dernier étage… Quand j'ai voulu le traîner à la réunion, il m'a dit qu'il m'aimait et il s'est mis à délirer pour dire qu'il ne pourrait pas m'ouvrir avant mercredi. Lui aussi, c'est un, vous voyez… ?

Au fond de moi, je riais. Oui, monsieur Kwaśniewski, j'adorais ses enregistrements.

— Non, pas lui. Il s'est enfermé à dessein pour trouver le contact avec ses émotions. Ce garçon est, comme qui dirait, un « chercheur ». Feng shui, découvre le pouvoir de ton esprit, sois ton propre prophète, aime les autres et les autres t'aimeront, comment lire dans les pensées, comment éveiller sa puissance intérieure en dix jours, comment devenir mentalement sain en un week-end, comment se débarrasser des traumatismes de l'enfance en l'espace d'un seul dîner de famille, etc. Je pense que nous pouvons être rassurés à son sujet. Il est tellement con qu'aucune force obscure, y compris la sienne, n'a de prise sur lui.

[porte] – c'est ainsi que j'aurais marqué ce moment dans une sténographie. Je restai seul avec mes pensées, avec deux tasses de thé vides et une pleine, celle que Kamil n'avait pas touchée. Malgré tout, je me sentais un peu désolé. Ça n'avait peut-être pas été une rencontre sociale particulièrement réussie, mais elle m'avait tout de même fait prendre conscience de la forme pathétique de contact qu'était mon système. Si tant est que l'on puisse parler d'une forme de contact.

7.

Il ne pensait même pas à ce qu'ils venaient de découvrir. Tout son être était rempli d'une brûlante envie de boire de la vodka. Il y pensait si intensément qu'il pouvait presque sentir le goût acidulé sur sa langue et une légère sensation de chaud dans sa gorge. Il imaginait le liquide descendre le long de son œsophage et tapisser tendrement son estomac, cherchant à se frayer un chemin jusqu'à son sang. Il visualisait de minuscules gouttelettes souriantes s'insérer dans une veine et couler au son d'un joyeux « Hourrraaa ! » directement dans son cerveau pour administrer une injection apaisante d'elles-mêmes aux cellules grises agitées. Ah, ces minuscules et chatoyantes sœurs de miséricorde ! Il se souvint qu'il restait de la liqueur séchée sur les parois de la bouteille. On pouvait la casser et lécher le résidu sur le verre. Pourquoi n'y avait-il pas songé plus tôt ?

— Wiktor ? Est-ce que ça va ?

Agnieszka lui prit les mains et le regarda droit dans les yeux.

— Je boirais bien un coup, répondit-il. Mais je vais me débrouiller. Allez chez moi pendant que je descends voir ce qui se passe sur la ligne de front. J'ai envie d'être un peu seul.

Ils hochèrent la tête et se dirigèrent vers l'escalier. Wiktor attendit un moment et respira plusieurs fois aussi profondément que possible. Il se sentait étourdi, mais demeurait convaincu que de microscopiques miettes d'air avaient malgré tout investi ses poumons encombrés. Récemment, Kamil et lui en avaient ri, mais l'immeuble était peut-être vraiment étanche et ils épuisaient à présent leurs réserves d'oxygène ?

Avec pour seule compagnie ces pensées lugubres, Wiktor descendit au rez-de-chaussée, réalisant au passage le plan à cause duquel il avait abandonné ses amis. À chaque étage, il sortait de la cage d'escalier pour se rendre devant les ascenseurs et crier un jet d'insultes à son voisin le lézard. La puérilité de ce comportement était évidente, mais quelques étages plus bas, Wiktor se sentait déjà beaucoup, beaucoup mieux. Vu son état, il se sentait même fabuleusement bien. Lorsqu'il se retrouva au niveau zéro, il aurait volontiers ajouté quelques injures bien crades, mais sa voix s'étrangla dans sa gorge et toute sa quasi-bonne humeur s'évapora comme une goutte d'eau jetée sur une poêle à frire.

Le couloir du rez-de-chaussée était recouvert d'une immense toile de néant. D'étroits filets noirs se promenaient le long des murs, à la recherche d'un chemin. Ils disparaissaient par les conduites de gaz, dans les radiateurs, dans les boîtiers électriques, dans le plafond derrière les lampes halogènes. Ils se déversaient dans les colonnes sèches et grimpaient dessus. Wiktor regarda avec horreur une tache huileuse se détacher d'un point noir au plafond et s'étirer jusqu'à la hauteur de sa tête, formant une stalactite infernale. La flaque située juste en dessous bouillonna et se projeta, rejoignant sa sœur suspendue. La colonne qui en résulta se tendait et tremblait – un pilier de rien, une brèche dans l'espace et la matière.

Il resta paralysé, craignant que ÇA ne le remarque s'il bougeait. Il ne savait pas pourquoi, mais il était convaincu que, s'il mettait sa main dans ÇA, il n'en ressortirait qu'un moignon. C'était quelque chose... quelque chose d'anti... anti-réalité, anti-matière, anti-émotion... C'était tout ce qu'il connaissait, mais avec un signe « moins » devant. En dépit de cela, retenant son souffle, il commença à avancer vers la porte, mû par l'espoir fraîchement né que ÇA essayait juste de l'effrayer, de le faire repartir, parce que la sortie était enfin débloquée. Il sauta par-dessus quelques petits ruisseaux noirs qui coulaient au sol et se retrouva à un mètre à peine de l'issue lorsque deux filets du néant escaladèrent le chambranle puis s'écoulèrent en un large rideau, formant une séparation entre lui et le reste du monde.

Il se figea. Le rideau tremblotant devait être aussi mince qu'un atome, Wiktor le savait, mais restait absolument impénétrable. Il lui vint à l'esprit de plonger dans ce satané voilage. Que diable, au pire, ce serait la fin ! Il avait déjà pris sa décision, s'apprêtait à bondir et... il recula d'un pas.

Il ne s'agit pas que de moi, pensa-t-il, je ne peux pas me jeter dans le néant maintenant.

Naviguant avec dégoût entre les flaques, il regagna la cage d'escalier. La porte de la cave était ouverte, un petit flot de ténèbres grimpait le long des marches.

Un affrontement décisif ? Damné soit-il – certainement pas là-bas, songea Wiktor en observant l'obscurité du couloir. Puis il courut jusqu'au sixième étage, sautant deux marches à la fois. Il ne manquerait plus que ça !

Sur le pas de la porte, il se heurta à Agnieszka et Kamil. Il s'apprêtait à leur demander « Où allez-vous ? » quand le coucou se mit à chanter joyeusement à l'intérieur de l'appartement. Dix-huit heures.

8.

La première chose que Wiktor fit en entrant dans la laverie fut d'observer attentivement si quelqu'un manquait à l'appel. Apparemment, ce n'était pas le cas. Ceux qui étaient là la veille étaient aussi présents en ce jour. Autrement dit, personne n'était mort. Mais personne n'avait non plus réussi à partir. Et si la veille les occupants de l'immeuble ressemblaient à des spectres, à ce moment précis, ils ressemblaient davantage à des morts-vivants. Effondrés en eux-mêmes, figures bleues, yeux cernés de violet par l'insomnie. Seule la petite Anna, blottie contre sa mère, paraissait dans son état normal. Elle avait peur, certes, mais son visage n'était pas marqué par cette résignation maussade dépourvue d'émotion. Était-elle en proie aux cauchemars ? La vieille malédiction, lancée par une mère, agissait-elle aussi sur l'esprit des enfants ? Probablement pas, ç'aurait été trop cruel et absurde. Il était bien sûr difficile de parler de logique dans ce cas, mais ç'aurait quand même été illogique à certains égards.

Wiktor tenta de se souvenir de leur première rencontre au rez-de-chaussée, lorsque le concierge avait ouvert la porte à la serrure cassée. La mère d'Anna avait été la première à sortir – ou plutôt la première à ne pas sortir –, et la fillette ? Avait-elle essayé de franchir le seuil, ou non ? Il ne s'en souvenait plus.

Un Stopa éreinté s'adossait au mur. Wiktor soupira, anticipant la scène que le psychologue allait sûrement faire lorsqu'il découvrirait ce qu'il avait à leur dire. Devait-il leur parler du Python (il ne savait même pas comment ce salaud s'appelait) et de ses écoutes ? Il n'avait pas eu le temps de s'entretenir avec Agnieszka et Kamil à ce sujet, mais il sentait instinctivement qu'il valait mieux garder cette information pour eux. Si tout était révélé, Stopa serait le premier à vouloir massacrer leur étrange voisin. Non que celui-ci ne le méritât pas, mais un seul lynchage, c'était sans doute bien assez.

Il commença par leur raconter ce qu'il venait de vivre en bas, puis demanda si quelqu'un avait essayé de quitter le bâtiment depuis leur dernière réunion. En guise de réponse, les locataires se contentèrent de secouer la tête. Personne ne faisait de bruit.

— Ce que je vais dire maintenant pourra vous sembler étrange. Moi aussi, ça me paraît fantasque, et il n'y a peut-être pas une once de vérité là-dedans, mais je veux que vous sachiez ce que je sais. Nous l'avons appris aujourd'hui par l'un de nos voisins, qui est en quelque sorte un chroniqueur de ces contrées. Malheureusement, c'est un invalide en mauvaise santé et il ne peut donc pas vous transmettre ces informations en personne. Je vous prie de ne pas m'interrompre et de garder vos questions pour la fin. Il y a soixante-dix ans, un crime monstrueux a été commis ici…

Il parlait dans un silence complet et le seul son en dehors de sa voix était l'écho qui rebondissait sur les murs nus.

Au fil de son histoire, des têtes se levaient, mais personne n'interrompit sa narration sereine. Wiktor remarqua que Paulina avait bouché les oreilles de sa fille et la serrait contre elle. Ayant terminé, il s'attendait à un tollé, mais personne ne prit la parole. Le silence fut rompu par Stopa. Celui-ci ne dit que deux mots :

— Et alors ?

— Je ne sais pas, répondit Wiktor avec franchise. Mais je pense que soit nous agissons maintenant, soit nous attendons de mourir dans nos apparts. J'aimerais annoncer fièrement que « je préfère tomber au combat », mais je n'en suis pas du tout sûr. Peut-être même que la perspective d'une fin effective me convient davantage que celle d'une lutte contre ce… truc. Ce n'est pas comme si nous n'avions pas le choix, mais il est clair pour tous, je crois, que cette nuit est la dernière au cours de laquelle nous pouvons repousser le sommeil. La nuit prochaine, nous devrons céder, nous endormir et laisser ce truc qui agit de plus en plus à sa guise dans ce bâtiment faire le reste.

— Et qu'est-ce que vous proposez, monsieur Sukiennik ? demanda poliment Stopa.

Wiktor intercepta le regard étonné de Kamil. Il n'y avait qu'une seule explication à un tel comportement. La nuit dernière avait dû être un cauchemar indescriptible pour le psychologue.

— Je propose que nous tenions bon une nuit encore. Nous y arriverons. Un miracle se produira peut-être ? Mine de rien, cela fera trois jours. Demain est un jour ordinaire, les éboueurs vont passer, le facteur aussi, vos collègues vont commencer à s'inquiéter. Peut-être que quelqu'un d'extérieur franchira la barrière. Retrouvons-nous en bas demain à dix heures et vérifions. Si, comme c'est malheureusement le plus probable, la situation reste inchangée, nous entamerons la lutte.

Un murmure parcourut la salle. Ces personnes détruites montraient enfin qu'elles n'étaient pas de simples cadavres ambulants. Mais ce n'était pas un murmure d'approbation.

— Qu'entendez-vous par « lutte » ?

Le ton de Stopa indiquait que le simple fait d'utiliser sa voix était un exploit pour lui.

— Davantage de détente, peut-être ? répliqua Wiktor, incapable de retenir son sarcasme.

L'échange de la veille lui faisait toujours mal, quand Stopa avait été pris pour un prophète et lui pour un idiot, un mythomane hargneux semant la panique. Ce n'était sans doute pas juste, mais c'était à cela que s'était résumée dans son esprit leur précédente rencontre.

Stopa détourna le regard. Ceux qui avaient le plus ardemment voté en sa faveur la veille baissaient également la tête. Le silence reprit ses droits.

Stopa finit par se racler la gorge et par déclarer, sans se redresser pour autant :

— Ne me torturez pas, s'il vous plaît. Je n'admettrai pas que vous avez raison, car la raison est de mon côté, mais dans l'affrontement avec mes cauchemars, j'ai moi aussi échoué. Aujourd'hui, savoir qui a théoriquement tort ou raison m'intéresse peu. Je veux simplement que tout cela se termine le plus vite possible. C'est pourquoi je pose de nouveau la question suivante : qu'entendez-vous par « lutte » ?

Wiktor hésita. Ils ne l'avaient pas appris auprès du Python, mais pouvait-il y avoir une autre solution ?

— Nous devons descendre à la cave, déclara-t-il. C'est là que se trouvaient les tombes profanées, c'est là que les meurtriers et les victimes gisent côte à côte, c'est de là-bas que la noirceur venimeuse s'infiltre jusqu'à nous. S'il y a une arène où nos destins doivent être décidés, c'est bien au sous-sol.

— Sans moi, mes chéris, sans moi, lança le concierge en reprenant un peu d'énergie. Moi vivant, vous ne m'y traînerez pas.

— Ni moi ! Je ne vais nulle part ! tonnèrent d'autres résidents.

— Calmez-vous, cria Agnieszka, se plaçant près de Wiktor. Il n'est pas nécessaire d'avoir encore plus peur. Seuls des volontaires s'y rendront, ceux qui trouveront en eux le courage et la force, ou ce qu'il leur reste de force, de se lever pour se battre. Personne n'obligera personne, personne n'aura à descendre contre son gré. Vous comprenez ? Ne soyez pas plus effrayés que vous ne l'êtes déjà.

— Alors qui ira ? s'écria un jeune homme que Wiktor ne connaissait pas, une note d'hystérie dans la voix. Qui sera assez con pour y descendre ? Pourquoi ne pas l'établir tout de suite ? Voyons dès maintenant s'il y a des volontaires !

Wiktor sentit une sorte de morceau de béton anguleux bloquer sa gorge. Il n'avait pas prévu que les événements prendraient cette tournure. S'il ne faisait pas une pirouette sur-le-champ, il devrait se proposer en premier, or c'était impossible ! Il était faible, il était alcoolique, il n'y arriverait pas. En plus, il avait un enfant, une épouse, ils ne devraient pas le laisser faire. Ils devraient l'en empêcher, même s'il voulait y aller.

Tous les regards étaient tournés vers lui.

— Demain… croassa-t-il, et il se racla la gorge pour pouvoir continuer à parler. Demain est un autre jour. Demain, nous nous retrouverons en bas et nous déciderons. Ça ne sert à rien de prendre des dispositions aujourd'hui, alors que les choses pourraient être complètement différentes demain… Demain…

Ils détournèrent lentement leurs regards. Mon Dieu, quel soulagement, il avait réussi.

— Je pense que nous pouvons nous arrêter là, déclara-t-il. Prenez soin de vous, braves gens, et que demain soit pour nous un jour plus heureux que celui-ci.

Tout le monde se dirigea vers la sortie.

— J'ai encore une chose à dire ! s'écria Stopa en s'avançant au milieu de la salle. Si quelqu'un manque d'eau ou de nourriture… vous êtes les bienvenus chez moi. Janusz Stopa, appartement cinquante-cinq, neuvième étage.

Chapitre 7

L'Apocalypse vous libérera de la stupidité,
de la peur et de l'illusion.
Varsovie, quartier Bródno.
Inscription sur le mur du cimetière de la rue Odrowąża,
au niveau de la rue Pożarowa.

1.

La douleur était insupportable. Elle arrivait par vagues, prévisible et implacable comme une marée océanique. Les moments où elle s'atténuait apportaient du réconfort, mais aussi la menace d'un retour imminent. Pendant de nombreuses heures : marée montante, marée descendante, marée montante, marée descendante. C'était le cas en bas, là où les doigts fins de sa femme avaient écrasé son sexe. Le mal de crâne, lui, ne connaissait pas ce rythme raffiné. Il était continu et s'alimentait lui-même. Plus Robert souffrait, plus la pointe de la perceuse sadique tournait rapidement dans sa tête.

Dans la soirée, ça allait quand même beaucoup mieux qu'au moment où il s'était réveillé à moitié mort sur le sol de son propre appartement, avec une obsession : trouver un objet froid pour en faire une compresse et apaiser le feu qui brûlait son entrejambe. Il avait rampé jusqu'au réfrigérateur et avait enlevé son pantalon pour évaluer l'étendue des dégâts. À partir de cet instant-là, il avait eu deux fois plus mal. Là où résidait habituellement sa virilité s'était nichée une créature enflée, jaune violacée, avec des yeux rouges bridés aux endroits où les ongles d'Agnieszka l'avaient atteint.

Oui, ça va mieux, beaucoup mieux, se répétait-il sans cesse, telle une incantation magique, tout en sachant que ce mantra n'apportait qu'un maigre soulagement. À son réveil, il avait pleuré lorsqu'il s'était avéré qu'il n'y avait plus de courant dans l'immeuble et que même le réfrigérateur ne contenait rien de froid. Par chance, au congélateur, il avait trouvé des fraises à moitié ramollies. Il s'en était couvert l'entrejambe et ressemblait à présent à un patient d'asile de fous à l'imagination érotique particulièrement débordante.

Comment avait-elle pu lui faire ça ? Comment ? Mine de rien, tout ce qu'il voulait, c'était qu'elle passe un peu de temps avec lui, en épouse. Après tout, c'est pour cela qu'ils s'étaient mariés, non ? pensait-il en sanglotant. Pour être l'un avec l'autre dans les moments difficiles. Mais cette petite salope avait toujours quelque chose à faire. Je dois aller travailler, je vais à la piscine, il faut que je fasse les courses…

Mais mec, tu l'as terrorisée avec un couteau !

C'est bon, tout de suite les grands mots. Il avait posé le couteau à côté de lui et avait lancé une ou deux blagues, il n'y avait pas de quoi en faire tout un plat. Lui avait-il fait quelque chose, avec ce couteau ? Lui avait-il fait quoi que ce soit en général ? Eh bien voilà, rien. Rien du tout. Il lui avait préparé des œufs brouillés, ce n'était pas puni par la loi, pour autant qu'il sache. Et à ce moment précis, elle avait enfin exposé sa sale âme. Elle l'avait toujours castré, mais discrètement – un peu par-ci, un peu par-là, petit à petit, sans qu'on s'en aperçoive, mais chaque jour il avait de moins en moins de queue. Or, il avait suffi de la pousser légèrement, de lui montrer qu'il n'allait pas se laisser faire, et qu'est-ce qui s'était passé ? Voilà. C'est ça qui s'était passé. Elle avait aussitôt accompli ce qu'elle rêvait de faire depuis longtemps. Elle lui avait écrasé sa virilité – au sens propre comme au figuré – puis s'était enfuie pour s'envoyer en l'air avec d'autres. C'est exactement ça, conclut Robert, pour s'envoyer en l'air avec d'autres. C'était tout ce qu'elle avait toujours voulu.

Il rampa jusqu'à sa table de travail et essaya de se lever, mais n'obtint que vertiges et nausées. La perceuse dans son crâne passa à la vitesse supérieure. Haletant, il s'allongea sur le tapis et perdit connaissance. « Au pire, je finirai demain » fut sa dernière pensée.

Lorsqu'il ouvrit les yeux, il eut l'impression de n'avoir dormi que cinq minutes, mais sa souffrance était moindre. La perceuse se contentait de le chatouiller, les rafales de douleur en bas n'étaient plus du grand vent, mais une brise légère.

Il s'assit et grimaça. Bon, c'était pire, mais pas affreux. Encouragé par ce succès, il se leva. Le monde fit une culbute et sa vision se recouvrit de taches noires, pourtant Robert parvint à garder l'équilibre en s'accrochant à la télévision. Ça ne va pas si mal, ça ne va vraiment pas si mal, tu vois, même les taches noires ont disparu.

Il renifla. Une senteur étrange se frayait un chemin jusqu'à ses narines à travers l'odeur aigre-douce des fraises. Il renifla de nouveau et tourna la tête lentement, mais dans tous les sens. Manifestement, l'odeur provenait de la cuisine. Qu'est-ce que c'est que ce bordel, grommela-t-il intérieurement en faisant deux pas vers l'entrée, avant de s'arrêter aussi brusquement qu'il avait démarré.

« … le genre d'odeur qu'on sent quand quelqu'un laisse brûler quelque chose au four… Une odeur de chair calcinée et de cheveux brûlés… ne pas regarder dedans… quelque chose m'a attrapé la tête… j'ai remarqué un mouvement à l'intérieur… »

Il ravala sa salive. Ce n'était pas possible, si ? Il était impossible qu'il rêve le cauchemar d'Agnieszka. Ce ne sont pas des choses qui arrivent. Si ? Il essaya de fermer les yeux. Ça marcha. Il fit demi-tour. Cela lui était également permis. Rien ne l'avait saisi par la tête pour le traîner jusqu'au four. Dans ce cas, il pouvait sans doute aller jeter un œil à la cuisine ? Si quelque chose allait de travers, il sortirait.

Mais pas trop loin, hein, mon gars ? N'oublie pas qu'elle a fermé la porte à clé.

Lentement, les yeux plissés, au cas où (c'est ainsi qu'il regardait parfois les films d'horreur), il s'approcha de la cuisine et y passa la tête. L'odeur de rôti devenait plus intense. L'unique lumière provenait du four. Comme dans le rêve d'Agnieszka. Mais là, on n'est pas dans un stupide rêve de bonne femme, pensa-t-il en appuyant sur l'interrupteur.

Rien. Mais minute, s'il n'y a pas de courant, pourquoi le four fonctionne-t-il ?

Tant pis. Au fond, quel truc horrible pourrait se trouver là ? Tout ça à cause des délires de cette conne exaltée, pesta-t-il en lui-même. Dès le départ, maman lui avait dit qu'elle n'appréciait pas cette miss paysanne. Et voilà – maman avait raison.

Il s'approcha du four et, bien que celui-ci fût fermé, il pouvait sentir de la chaleur s'en dégager. Il regarda dedans, mais ne distingua rien. L'odeur était accompagnée d'un grésillement discret. Son cœur battait si fort qu'il était sur le point de s'arracher de sa poitrine. Robert entendait sa propre respiration sifflante. Quand il faut y aller, il faut y aller, s'encouragea-t-il, et il regarda à l'intérieur.

Le four était vide.

— C'est ce que tu cherches, fiston ? gronda une voix dans son dos.

Il se retourna et crut mourir.

Sa mère se tenait dans le couloir. Cheveux gris ébouriffés, tunique noire, lunettes en demi-cercles, et sa folie inaltérable dans le regard. Une folie qu'il voyait chaque fois qu'il était sur le point d'être puni (« Maman n'est pas contente… »). Pour ne rien arranger, elle tenait dans sa main un objet qu'il ne voulait pas voir et qui, jusqu'à peu, devait se trouver dans le four.

— Tiens, attrape, grogna-t-elle en lui lançant la chose.

Il plissa les yeux pour ne pas voir les détails. L'objet rebondit sur sa poitrine et tomba par terre. Ça sentait le rôti.

— N'aie pas peur. Il ne mordra pas. Et certainement pas toi. Sais-tu pourquoi il ne bouge pas ?

Robert était paralysé. Il baissa la tête, les mains dans le dos, les doigts de l'une massant la paume de l'autre.

— Non, je ne sais pas, maman. Dis-moi.

— Parce qu'il est mort.

— Oui, maman.

— Et sais-tu pourquoi ton tableau est mort ?

Elle fit un signe du menton et le papier à dessins avec sa dernière esquisse se retrouva entre eux.

— Non, je ne sais pas, maman. Dis-moi.

— Parce qu'il ne bouge pas.

— Oui, maman.

Elle fit un geste de la main. Le téléphone se décrocha du mur, traversa le hall et le cogna douloureusement à la tête.

— Dis-moi comment…

Le parapluie le frappa au mollet.

— … tu veux peindre les deux éléments de la vie…

Le placard à épices trembla, les pots en bondirent et se répandirent sur son épaule.

— … qui sont en mouvement constant…

La porte de la poubelle s'ouvrit violemment, heurtant ses cuisses par-derrière et manquant de le faire chuter.

— … dans un arrangement statique !

Il entendit le réfrigérateur vibrer derrière lui, et il se recroquevilla.

— Même un idiot comme toi…

Le réfrigérateur glissait vers lui, lentement mais sûrement.

— … doit comprendre que tout système vivant…

Tous les placards se balançaient et leurs portes s'ouvraient et se fermaient sans cesse. Maman agitait les bras dans tous les sens, l'air furieuse. Il avait peur d'elle, quand elle était comme ça.

— … est un système dynamique !

Il se mit à pleurer. Il détestait quand elle lui criait dessus.

— Tu comprends, ça ?

— Oui, maman, chouina-t-il.

— Alors au boulot !

— Oui, maman, je m'y mets.

En ravalant ses larmes, il alla chercher les pinceaux, les peintures, et s'agenouilla devant l'esquisse. De l'autre côté du papier à dessins, les pieds nus de sa mère trépignaient d'impatience. Elle se promenait toujours pieds nus, dans la Salle.

2.

Assis l'un à côté de l'autre, Agnieszka et Kamil discutaient. Kamil gesticulait et devait raconter des histoires très drôles parce que Agnieszka éclatait de rire de temps à autre. Pourtant, pas un seul mot de leur conversation ne parvenait jusqu'à Wiktor. Les sons étaient noyés dans le cliquetis de ses propres os, dans l'entrechoquement de ses dents et dans le tremblement de ses organes internes. Wiktor grelottait de peur comme une gelée.

Et autant jusqu'alors il avait été oppressé par une crainte immonde, puisée dans la mer morte de sa conscience, autant à présent il était secoué par le trac. Comment avait-il pu être assez con pour proposer un affrontement décisif dans la cave ? Pourquoi s'était-il porté volontaire comme chef de cette meute ? Après tout, la veille, il aurait pu se tenir contre le mur avec le reste des voisins et communiquer avec les gens par grognements, en observant à bonne distance l'imbécile qui se tiendrait sur le rondin de pierre et raconterait des bêtises sur des immeubles hantés. Quel crétin, quel débile, quel idiot ! C'était toujours la même chose. C'était toujours lui qui avait le plus peur, et c'était toujours lui qui, poussé par on ne savait quoi, montait en première ligne. Il se faisait l'effet d'être le héros d'un film américain qui accepte de participer à une course de voitures dans les rues de la ville, et quand une nana le prend par la main et lui dit : « Écoute, George, tu n'as rien à prouver… », il la repousse et lance entre ses dents : « Personne ne me traitera de lâche. » Vroum, vroum ! – il entendait dans sa tête le rugissement des moteurs débridés.

I-D-I-O-T. Wiktor I. Sukiennik. Wiktor Idiot Sukiennik, enchanté mademoiselle, toujours à votre service. Ma spécialité ? Me foutre au premier rang devant l'orchestre, mais je suis aussi doué pour les décisions irréfléchies et les choix imprudents. Oui, oui, je sais… ce n'est pas un métier facile, en revanche, personne ne me traitera jamais de lâche, mademoiselle.

Le rossignol poussa son chant aigu (quoique, dans cette horloge, tous les oiseaux poussaient des chants aigus). Deux heures. Encore cinq heures jusqu'à l'aube, instant T moins huit heures. Huit heures. Cela va être aussi long qu'une journée au bureau. Mais après, ça ne sera peut-être pas si problématique. Quelqu'un se présentera peut-être ? Après tout, on était en Pologne, c'était la nation des lanciers et des hussards, le pays des batailles de Racławice et de Radzymin, le cadre des films *Ils aimaient la vie* et *Lotna*. Quelqu'un se présenterait sûrement.

Les rires dans l'autre coin de la pièce cessèrent.

— Hé, Wiktor, ne va pas t'endormir !

Ha, ha, ha. Très drôle. Quand j'avais l'âge que vous avez, je trouvais encore tout drôle aussi. Je donnerais un an de salaire et la moitié d'un doigt pour un verre d'alcool. N'importe lequel. Même de la liqueur d'orange, de l'Amol ou un machin aux herbes suédoises. *Es ist mir ganz egal*. Le bon côté de la soif, c'est qu'on n'a pas envie de dormir, au moins.

Le hibou moyen-duc. Trois heures. Quatre heures jusqu'à l'aube, instant T moins sept heures. Ha, les jeunes ne rient plus non plus. Quoi, les sujets de conversation viennent à vous manquer ? C'est comme je le pensais : rira bien qui rira le dernier. Dommage qu'il n'y ait rien de sucré, dans cette piaule. Il paraît que, dans un premier temps, le chocolat produit le même effet sur le système nerveux que l'alcool.

Le moineau. Quatre heures. Trois heures jusqu'à l'aube, instant T dans six heures.

— Comment ça se passe, Wiktor, tout va bien ?

— Toi, ne me fais pas chier, d'accord ?

— Qu'est-ce que je t'ai fait, mec ?

— Tu es un petit malin, voilà ce que tu m'as fait. Tu arrives à te souvenir de ton rêve, ou tu es toujours amnésique ?

— Wiktor, arrête, tu es injuste envers lui...

Le merle noir. Dans le son émis par l'horloge, on avait l'impression que quelqu'un le violait avec un bâton hérissé de clous. Cinq heures. Deux heures avant l'aube, instant T moins cinq heures.

Wiktor se leva et se mit à arpenter la pièce de long en large. La somnolence l'envahissait – sous ses paupières, un rayon de lumière provenant de sa lampe torche coupait de nouveau l'obscurité. Il voulut lutter, mais son corps n'était plus capable de fonctionner sans sommeil. Il se déplaçait difficilement, en titubant. Il se rappela qu'il devait y avoir quelque chose de sucré dans la cuisine. Weronika avait toujours été gourmande et planquait des friandises derrière les aliments. Lui, au contraire, n'aimait pas les douceurs, alors jusqu'à présent, il ne les avait pas cherchées.

Il vida brutalement les placards des casseroles et de la vaisselle.

— Wiktor, qu'est-ce que tu cherches ?

— Un truc sucré. On m'a dit que ça agissait comme l'alcool. Du moins au début.

Il plongea la main derrière le panier métallique coulissant du placard d'angle et découvrit à tâtons un paquet en plastique rempli de boules dures. Des bonbons. Il sortit le sachet et poussa un cri de joie. Des Kukułki ! Non seulement c'étaient des bonbons, mais en plus, ils contenaient de l'alcool !

Il retourna au salon et jeta le paquet sur la table.

— Prenez et mangez-en tous. La Providence ne nous a pas oubliés.

Kamil n'en voulut pas, Agnieszka en prit deux, Wiktor se jeta sur le reste avec avidité, fourrant toute une poignée dans sa bouche. Il brisait les croûtes de caramel à coups de dents et gémissait de plaisir. De l'alcool. Une dose microscopique, certes, mais de l'alcool. Il l'avala rapidement et enfourna une deuxième poignée de bonbons. Quelques instants plus tard, une troisième.

— Wiktor, je ne sais pas si c'est une bonne idée, tu sais ? dit Agnieszka en observant son comportement avec inquiétude. Tu devrais peut-être les manger par étapes, non ?

Il ne l'écouta pas. Il restait une quinzaine de bonbons sur la table. Juste assez pour deux bouchées. Il les engloutit et, satisfait, il s'assit contre le mur, attendant que l'alcool fasse son effet. Mais, au lieu du résultat salutaire de la liqueur, il sentit une grosse masse s'animer dans son estomac. Il eut un haut-le-cœur, long et affreux, le goût des friandises et de la bile gastrique remonta dans sa bouche.

— Oh, mon Dieu, pitié, pas ça ! geignit-il.

Et il vomit sur le tapis. Il n'eut même pas le temps de se lever.

Et voilà une vieille connaissance, la volaille capricieuse. Six heures. Une heure avant l'aube, instant T dans quatre heures.

On aurait dit trois spectres. De l'autre côté de la table, Agnieszka se balançait, luttant contre le sommeil. Sa tête tombait sur sa poitrine, mais elle la relevait aussitôt, clignant de ses yeux gonflés.

— Hé, parlons, marmonna-t-elle. Tu m'entends, parle-moi !

Elle secoua Kamil qui était assis sur sa chaise tel un pantin, les jambes grandes écartées, et s'efforçait de ne pas fermer les paupières.

Wiktor essaya de leur parler, mais à la fin de chaque phrase, il ne se souvenait plus de son début. Il essaya encore et encore, or la monotonie des mêmes mots revenant en boucle le rendait encore plus somnolent.

Tenir le coup jusqu'à l'aube, pensa-t-il. Jusqu'à l'aube. Quand il fait jour, c'est plus difficile de s'endormir, on a moins envie. Il faut tenir jusqu'à l'aube. Là, c'est le pire moment. Si on ne s'endort pas maintenant, ça ira mieux plus tard. Encore un peu, c'est le pire moment, il faut le traverser. Survivre à ce pire moment. Parce que, si on tient le coup, ça ira bien. Nous devons traverser ce pire moment. Jusqu'à l'aube, et puis tout ira bien.

La grive. Sept heures. L'aube, instant T moins trois heures.

Sa tête tournait sur son cou, il était incapable de se concentrer assez pour la garder au même endroit. Son regard glissa sur des objets devenus flous et s'arrêta sur l'horloge. Il cligna des yeux, mais les aiguilles partaient dans tous les sens. Il faut te ressaisir ! Pense aux gars dans l'Himalaya. Plusieurs jours sans dormir, et autour c'est la tempête et il fait moins cinquante degrés. Il prit une grande inspiration, fronça les sourcils et concentra son regard sur le cadran.

Sept heures dix.

Comment ça, sept heures dix ? Le choc de cette découverte lui rendit momentanément sa lucidité. Comment ça, sept heures dix ? Alors pourquoi faisait-il si sombre ? On était en novembre, certes, il ne s'attendait pas à ce qu'une joyeuse boule de soleil surgisse soudain de derrière l'immeuble d'en face, mais il aurait dû au moins faire gris. Même si, ce qu'il n'excluait pas, ce jour allait battre le record polonais de la journée de novembre la plus nuageuse, il n'aurait pas dû faire si sombre.

Si noir.

Il s'approcha de la fenêtre, appuya son front contre la vitre et porta les mains des deux côtés de son visage pour que la lumière de la pièce ne le dérange pas. Rien n'était visible, c'était comme s'il contemplait l'intérieur d'un puits en pleine nuit.

— Hé, Kamil ! cria-t-il sans détacher son front de la surface froide. Éteins la lampe deux secondes, je veux vérifier quelque chose.

Dans son dos, une chaise craqua et Kamil tituba vers l'interrupteur.

Clic.

Une obscurité totale et impénétrable les enveloppa. Wiktor comprit momentanément l'angoisse des personnages de roman qui reprenaient conscience dans leur cercueil, deux mètres sous terre. Agnieszka cria. Kamil rappuya sur l'interrupteur. Rien. Il appuya encore à plusieurs reprises. Toujours rien. Ils restèrent dans le noir complet. Wiktor sursauta lorsque quelqu'un l'attrapa par le bras. Agnieszka.

En se cognant aux meubles, il se dirigea vers la commode, priant pour que sa lampe frontale – sa vieille compagne de randonnées en montagne – fût là où elle avait toujours été. Elle l'était. Puis il pria pour qu'elle fonctionnât. Il tourna la bague du boîtier. Elle fonctionna. Une lumière blanche fit sortir des ténèbres les visages mortellement pâles d'Agnieszka et de Kamil.

Il retourna à la fenêtre, en saisit la poignée et ouvrit les deux battants. Il vit ce qu'il s'attendait à voir : une membrane ondulée, impénétrable, pas même scintillante, qui absorbait toute la lumière. Agnieszka et Kamil gémirent simultanément.

Wiktor ferma la fenêtre.

— Au moins, on a l'obscurité, déclara-t-il. Tout se terminera aujourd'hui. D'une manière ou d'une autre. Mais ça finira. On n'a pas le droit de s'endormir maintenant. Il nous est plus que jamais interdit de nous endormir. Je vais chercher des bougies, des lampes et des lampes torches. Il faut qu'il fasse aussi clair que possible.

Dans un grand silence, ils installèrent dans l'appartement des bougies, des chauffe-plats et même des cierges de cimetière trouvés au fond de l'armoire, ainsi que des bougies excentriques en forme de chopes de bière que Weronika avait un jour rapportées de Munich.

Après avoir allumé tout ce qu'il y avait à allumer, ils s'assirent autour de la table et se prirent par la main.

— À présent, on parle, déclara Wiktor, même des pires bêtises, mais on parle. Ce ne sera plus très long.

Kamil finissait de raconter l'histoire d'une course automobile folle à travers les rues de Varsovie. Il racontait l'anecdote de manière très vivante, imitant même le bruit du moteur dans les moments les plus enlevés, et Wiktor l'écoutait avec un réel plaisir, même s'il n'aurait pas misé un malheureux kopeck sur la véracité de cette histoire. Agnieszka, en revanche, buvait chacune de ses paroles avec avidité, tressaillait de façon amusante dans les passages les plus dramatiques.

— Et alors ? Et alors ? demanda-t-elle lorsqu'il eut terminé. Tu as revu cette fille ?

— Comment j'aurais pu ? Meuf, réfléchis ! J'ai été privé de sorties. Je vous l'ai dit tout à l'heure. Le bahut, la maison, et le trajet entre les deux dans la voiture de papa.

— Et elle est cool ?

— Tu parles !

Kamil s'adossa à sa chaise, entrelaçant ses mains sur sa poitrine.

— Tu me demandes si elle est cool ? C'est ça, ta question ? Quand elle marche dans le couloir, une traînée de vide absolu se forme derrière elle parce que l'air n'ose pas remplir l'espace qu'elle a occupé. Quand je la regarde, j'ai l'impression que je pourrais faire ça le reste de ma vie. Quand elle disparaît dans sa classe, j'ai envie de me rouler en boule sur le paillasson. Et quand elle écarte les cheveux de son front, je pourrais mourir à cet instant précis, ne voulant rien de plus de la vie. Elle est si… hmmmmm… vous voyez, quoi. Elle est comme ça.

— Petit, d'où sors-tu ce discours ? s'exclama Wiktor en riant aux éclats. Tu l'as appris par cœur pour nous impressionner ?

Kamil rougit.

— Ben quoi ? C'est mon style, c'est interdit ? Je révise la nuit, j'impressionne le jour. Les filles adorent ça. Ces temps-ci, je garde *La Chute* sous mon oreiller. Ça te plairait. Des phrases sympas. Et le héros est un peu dans ton genre.

— C'est bon, c'est bon, ne t'emballe pas. Tu as de la chance de n'en aimer qu'une, commenta Wiktor. Il y a cette histoire de l'homme qui n'arrivait pas à choisir entre trois femmes parfaites. Chacune était belle et chacune était amoureuse de lui au point d'en devenir folle.

— Et qu'est-ce qu'il a fait ? s'enquit Agnieszka, curieuse.

— Il a décidé de faire un test. Il a confié à chacune une somme d'argent assez importante, en leur disant d'en faire ce qu'elles voulaient. Plus tard, elles devaient venir le voir et lui faire un rapport. La première arriva transformée en bombe absolue. Avec l'argent obtenu, elle avait perfectionné son corps, s'était offert les services d'une maquilleuse, d'une styliste, d'une visagiste et tout le reste en -iste. « J'ai fait ça parce que je veux toujours être la plus belle pour toi », lui déclara-t-elle.

— D'accord. Alors moi, je prends celle-là, murmura Kamil.

— Ne m'interrompts pas. La deuxième a investi dans l'éducation. Cours de langues, études supérieures, voyages éducatifs, livres, lexiques, albums sur la peinture et *tutti quanti*. « Je veux être intelligente pour que tu ne t'ennuies jamais avec moi », avoua-t-elle à son bien-aimé. La troisième a appris à investir, elle a multiplié plusieurs fois la somme qui lui a été confiée et dit : « Avec moi, tu ne connaîtras jamais la pauvreté. » Notre héros réfléchit beaucoup, car le choix, qui n'était jusqu'alors que difficile, était soudainement devenu archi-difficile. Il a réfléchi, il a réfléchi, a hésité longtemps, et il a finalement choisi celle qui avait les plus gros nichons.

— Putain de cynique ! Je crois que je te préférais quand tu vomissais tes bonbons.

Une mésange. Huit heures. Toujours le milieu de la nuit, instant T moins deux heures.

Les yeux d'Agnieszka et de Kamil ressemblaient à des prunelles de spectres. Dans des cavités gonflées, bleu violacé, les globes oculaires injectés de sang brillaient faiblement, les iris et les pupilles bougeaient dans tous les sens, incapables de rester fixés sur le moindre objet. Wiktor était sûr d'avoir une mine identique. Grâce aux bougies, la pièce était certes plus lumineuse, mais elle était aussi devenue étouffante, l'odeur de cire fondue les fatiguant davantage.

— Mets de la musique, demanda-t-il à Kamil. Trouve un morceau fait pour un trajet de nuit. Une musique entraînante.

— Je suis désolé, mais je ne pense pas posséder de disco qui puisse être à votre goût.

— Premièrement, mets n'importe quoi. Deuxièmement, Rod Stewart, ce n'est pas de la disco.

— Ben tiens, bien sûr que non. C'est du rock'n'roll juteux, saturé de guitares.

Kamil se leva de sa chaise, se dirigea vers sa chaîne stéréo et fouilla parmi ses disques pendant un moment. Au bout de quelques minutes, la pièce se remplit de son.

— Spécialement pour vous, chers amis, la chanson « Arabian Disco ». Votre style préféré, au moins dans le titre.

— C'est quoi, comme groupe ? demanda Agnieszka.

— Faith No More. Plusieurs autres morceaux de cet album ont des titres remarquables. Par exemple : « Falling to Pieces », « Digging the Grave », « Last Cup of Sorrow », « Ashes to Ashes », et peut-être le plus approprié : « From Out of Nowhere ». Pour Wiktor, « Midlife Crisis », et pour tout le monde, quelque chose d'optimiste : « A Small

Victory ». Un album sensationnel pour une soirée comme celle-ci.

Ils ne disaient rien, écoutant la voix si particulière du chanteur.

— À propos de musique appropriée, je me souviens d'une histoire qui correspond bien, puisque nous en sommes à nous raconter des blagues, déclara Kamil. À une lointaine époque chevaleresque, il y avait une contrée autrefois paisible soudainement envahie par un dragon. La bête, comme toutes les bêtes de son espèce, brûlait, dévorait, détruisait et violait sans relâche. Les habitants se lamentaient et allèrent demander de l'aide aux trois chevaliers qui vivaient sur le domaine. « Aie pitié, seigneur, tue l'épouvantable bête, dirent-ils au premier. – Hmm, voilà une affaire sérieuse qu'une expédition contre un dragon, répondit celui-ci en fronçant les sourcils d'un air chevaleresque. Je vais y réfléchir et vous donner une réponse dans environ deux semaines. » Ils poussèrent un cri dramatique et filèrent vers le deuxième. « Ô pauvres gens, je serai heureux de vaincre le monstre qui sème la terreur dans vos foyers, tonna ce chevalier. Je pense décider la semaine prochaine du moment propice pour le faire. » Il ne leur restait qu'un ultime espoir, un seul homme courageux pouvait arrêter le dragon en furie. À genoux et en larmes, ils demandèrent donc de l'aide au troisième chevalier. Celui-ci ne dit mot, enfila son armure, ceignit son épée et monta à cheval. « Comment cela, mon seigneur, s'écrièrent les paysans stupéfaits, vous n'avez point besoin de temps pour y réfléchir ? » Ce à quoi le chevalier répondit : « Il n'y a pas à réfléchir, il faut se casser d'ici vite fait ! »

L'alouette. Neuf heures. La nuit sans aube continuait comme elle avait commencé, instant T moins une heure.

— Mon seigneur, il ne reste plus qu'une heure, murmura Kamil à moitié conscient. Il est temps d'enfourcher votre monture.

Wiktor ne répondit pas. Avec ses yeux, il essaya d'hypnotiser la longue aiguille de l'horloge pour qu'elle s'immobilise. Au lieu de cela, s'il gardait ses paupières ouvertes assez longtemps, il pouvait la voir s'approcher inexorablement de la minute suivante. À chaque trait successif, l'aiguille réduisait la distance qui la séparait du douze, et donc de l'heure fatidique. Celle du rendez-vous au sous-sol. Wiktor tremblait de façon incontrôlable, chaque muscle dansait la danse de Saint-Guy. Il se cacha le visage dans les mains et commença à se balancer d'avant en arrière, comme un gamin atteint du syndrome de l'enfant abandonné.

Agnieszka lui posa la main sur l'épaule, puis le serra dans ses bras.

— Tu sais que tu n'es pas obligé d'y aller, murmura-t-elle.

— Comment ça, pas o… o… o… obligé ? Bien sûr, que je suis obligé ! dit-il en bégayant, comme cela lui arrivait lorsqu'il était petit.

— Tu n'es pas obligé de le faire. Personne ne peut t'obliger à le faire. Sauf toi. C'est ta décision et celle de personne d'autre.

— J… je… je sais, répondit-il. Mais j'ai déjà pris ma décision et c'est pour ça que j'ai si peur. Oh, qu'est-ce qu'elle me fait flipper, cette cave ! D'ailleurs, je n'y suis jamais descendu.

— Sérieux ? fit Kamil en s'animant. C'est comme moi. Donc, aucun de nous ne sait à quoi elle ressemble. C'est trop drôle.

— Moi, j'y suis déjà allée, admit Agnieszka. Et je m'étais juré de ne jamais y remettre les pieds. C'est un endroit cauchemardesque.

Elle raconta leur visite avec Robert dans les étranges cachots, le long couloir dont l'extrémité disparaissait dans l'obscurité, le second niveau, la façon dont Robert s'était perdu et dont ils s'étaient disputés par la suite.

— Robert a eu très peur en bas, dit-elle. Il m'a expliqué qu'il errait dans les couloirs à la recherche de notre cave, mais qu'il était tombé sur des portes aux numéros sans logique. Tout d'abord, ils n'étaient pas dans l'ordre. Plusieurs d'entre eux se répétaient. Dans l'un des couloirs, il n'y avait que des numéros bas… deux, trois, six… et leurs portes étaient plus petites. Bizarre, n'est-ce pas ? Robert se demandait pourquoi les caves des habitants du rez-de-chaussée étaient plus petites que celles du dernier étage.

— Ces chiffres, déclara Kamil, ce n'était probablement pas des numéros d'apparts.

— Quoi, alors ? fit-elle.

— Des années de vie. Si tu avais vu autant de films d'horreur que moi, tu n'en douterais pas. Le nombre d'années vécues par ceux qui sont enterrés là. Et les portes ne débouchaient pas sur les caves des habitants, mais sur des tombes. C'est pour ça que celles aux numéros bas étaient plus petites. Les tombes d'enfants sont toujours minuscules.

— J… je… j'aurais préféré ne pas le savoir, balbutia Wiktor.

Le pic-vert. Dix heures. La plus longue nuit à cette latitude géographique était en cours. C'était l'heure.

Quand le pic termina son concert de coups, Agnieszka et Wiktor se levèrent sans un mot. Ils prirent la lampe frontale, quelques bougies et des allumettes. Wiktor rangea honteusement une image de Notre-Dame de Częstochowa dans sa poche. Kamil les observa les yeux mi-clos. Il ne se leva que lorsqu'ils furent à la porte et se retournèrent vers lui, impatients.

— On y va déjà ? demanda-t-il. Dommage, je pensais avoir encore le temps de mettre « Fear of the Dark » d'Iron Maiden.

3.

Les couloirs étaient aussi sombres que l'appartement. Dans l'escalier, ils croisèrent d'autres locataires qui descendaient en silence, lampes torches ou bougies à la main, suivis par leurs ombres agitées. On aurait dit des spectres qui se rendaient à un bal donné par Satan. Tous, sans exception, se tenaient le plus près possible de la rampe, et le plus loin possible du mince filet de néant qui s'écoulait le long du mur de la cage d'escalier.

Agnieszka avançait en tête. Comme le reste des gens, elle n'était pas pressée. Elle descendait lentement les marches, les unes après les autres, lisant sans trop y penser les inscriptions griffonnées sur les murs. Outre les blasphèmes habituels, les commentaires sur la façon dont les femmes du quartier se conduisaient ou les déclarations de loyauté envers le Legia Varsovie, certaines tentaient d'établir un dialogue avec le lecteur : « Qu'est-ce que t'as, à me mater ? Prends un feutre et écris », « Défense de signer ici, connard ». D'autres étaient des avertissements. Soit des avertissements généraux comme : « Ne te retourne pas, ou tu te prendras un coup sur le pif », soit des avertissements spécifiques : « Chauve, je vais te réduire en bouillie. » Au premier étage, des graffitis colorés annonçaient : « Bródno, capitale de Pologne. » Agnieszka sourit.

Le rez-de-chaussée était comble. La plupart des gens s'entassaient dans l'escalier devant l'entrée du sous-sol. La grille séparant le couloir de la descente était grande ouverte, le cadenas était accroché à des barres d'acier.

Agnieszka fut la première des trois à arriver en bas. Elle décida, par pure formalité, de vérifier si la porte donnant sur l'extérieur était à nouveau ouverte. Elle se faufila entre les gens, entra dans le hall et eut le tournis. Elle comprit aussitôt pourquoi ses voisins se pressaient dans l'escalier.

Les néons fonctionnaient toujours (chose étrange, dans la mesure où il n'y avait pas d'électricité dans le reste de l'immeuble), éclairant le curieux théâtre du néant. Ce que Wiktor avait vu la veille – des stalactites en formation – était maintenant d'épais piliers reliant le sol au plafond. Légèrement boursouflées, elles ressemblaient à des colonnes doriques, mais il était difficile de les considérer comme un élément d'architecture, car ces pilastres étaient apparemment vivants. Ils vibraient et pulsaient de leur noirceur, évoquant des artères géantes par lesquelles un cœur maléfique aurait pompé le néant au plus profond de l'édifice. De temps en temps, l'une d'entre elles vibrait plus fort, comme si un objet plus gros la traversait, et un nuage de brume noir se formait alors autour. Le brouillard ne descendait pas et, de ce fait, tous les piliers étaient entourés par un halo sombre ; ils ressemblaient au négatif d'un lampadaire photographié de nuit dans le brouillard.

Ce n'était pas la peine d'espérer atteindre la porte. Même si quelqu'un avait eu le courage ou la folie de se faufiler entre les colonnes, l'entrée était obstruée par un rideau tissé de fibres de trou noir – exactement le genre de rideau dont Wiktor leur avait parlé la veille.

Agnieszka recula jusqu'aux marches. Les locataires s'agglutinaient le long de la rampe, tandis que Wiktor et Kamil descendaient. La lumière blanche et vive de la lampe frontale faisait ressortir leurs visages de la pénombre. On aurait dit qu'ils étaient tous morts depuis longtemps, et que ces deux-là avaient décidé de sortir de leur tombe pour rendre visite à de vieilles connaissances. Ils arrivaient, monochromes telles les victimes sur des photos de guerre.

Lorsqu'on n'entendit plus aucun pas et que tout le monde se fut rassemblé au rez-de-chaussée, le silence s'installa. Les regards se tournèrent vers Wiktor, les gens attendaient ce qu'il allait dire. Finalement, le concierge se racla la gorge et prit la parole :

— C'est une bonne chose, que vous ayez une lampe frontale solide. Vous aurez les mains libres. Et on peut dire ce qu'on veut, mais les mains libres, ça peut servir.

Wiktor se recroquevilla, comme frappé au plexus. Ils attendaient sa réponse, mais il resta sans voix.

Kamil rompit le silence en prenant des bougies des mains des gens.

— On va mettre un maximum de lumignons sur les marches, proposa-t-il. Si certains peuvent apporter d'autres trucs pour éclairer, qu'ils le fassent. Nous aurons besoin d'autant de lumière que possible. Cela ne sert à rien d'obscurcir davantage le chemin.

Le concierge revint avec un grand sac de supermarché rempli de lanternes funéraires. Kamil les alluma et se mit à les disposer. Les loupiottes ambrées sur ces marches en terrazzo évoquaient la Toussaint dans les cimetières polonais, il ne manquait plus que des chrysanthèmes blancs et des couronnes en branches de sapin. Agnieszka se souvint que, enfant, elle accompagnait ses parents sur les tombes familiales et que, parcourant les allées, elle trempait ses doigts dans la cire fondante des cierges. À la fin de la promenade, elle avait des capuchons secs de multiples couleurs sur les mains. On pouvait aussi tremper des bâtons, mais ce n'était pas aussi rigolo.

Kamil plaçait les bougies de plus en plus bas, deux par marche. Enfin, il disparut derrière le coude de l'escalier.

— Hé, fais gaffe là-bas ! lui cria Agnieszka.

— N'aie pas peur ! répliqua-t-il. Je les dispose jusqu'en bas et je reviens. Je ne vais certainement pas m'aventurer plus loin tout seul.

Personne ne parlait. Le silence n'était rompu que par le sifflement discret de Kamil (quel air était-ce ? Le *Requiem* de Mozart, à ce qu'il lui semblait. Quel crétin !), par le crépitement du briquet et par le cliquetis des récipients de verre posés sur le béton. Enfin, leur jeune ami termina sa tâche et remonta vers eux au pas de course, faisant trembler les flammes sur son passage.

— Eh bien, tout est prêt, dit le concierge en posant une main sur l'épaule de Wiktor. On croise les doigts pour vous, mon ami. Lorsque vous traverserez la cave obscure, ne craignez nul mal.

Agnieszka se dit qu'il s'agissait probablement d'une citation tirée d'un film. Wiktor secoua la tête.

— Bon, d'accord, craignez-le, si vous voulez, reprit le concierge, ignorant ce dernier geste. Mais ne le montrez pas, au cas où.

Puis il poussa Wiktor vers l'escalier.

— Laisse-moi tranquille, grogna celui-ci. Je ne vais nulle part.

Pressés contre la balustrade, les gens gémirent à l'unisson, comme l'auditoire d'un concours télé. Les flammes vacillèrent de nouveau.

— Je ne vais nulle part ! répéta Wiktor. Vous comprenez ? Je ne vais nulle part, putain ! Je reste là et c'est tout ! C'est fini ! Je le dis en majuscules : JE N'Y VAIS PAS !

Il alla jusqu'à épeler la phrase :

— J-E-N-Y-V-A-I-S-P-A-S !

— Qu'est-ce que vous voulez dire par « Je n'y vais pas » ? fit le concierge, visiblement estomaqué. Comment ça, mon vieux ? Comment ça, « Je n'y vais pas » ? Mine de rien, c'est vous, monsieur le directeur, qui avez tout organisé, c'est vous qui nous avez dit de venir ici et de descendre. Alors comment vous pouvez maintenant dire « Je n'y vais pas » ?

— C'est vrai, ça, c'est quoi, cette histoire ? s'exclama une personne dans la foule.

— Ne déconnez pas et descendez ! s'écria quelqu'un d'un ton hystérique.

Wiktor prit une grande inspiration.

— Qu… qu… qu…

Il voulut recommencer à parler, mais resta bloqué sur le premier mot.

— Écoutez, fit-il enfin. Que j'aie tout organisé, c'est vrai. Que mes amis et moi ayons découvert l'origine du problème, c'est également vrai. Et le fait que je sois en quelque sorte devenu le chef de file de cette expédition est vrai aussi. Mais cela ne signifie absolument pas que je vais descendre là-dedans. D'abord, j'en ai déjà fait beaucoup, hein, et ensuite, j'ai depuis longtemps une peur panique des caves, comme d'autres ont le vertige ou sont claustrophobes. Et troisièmement…

Wiktor hésita.

— Il n'y a pas de troisièmement, mais je ne descendrai pas quand même. Deux arguments doivent vous suffire.

— Lâche ! s'exclama Janusz Stopa en se penchant par-dessus la balustrade. Vous êtes un lâche. Nous n'avons pas besoin d'arguments pour le constater.

Wiktor se retourna d'un mouvement brusque, la lumière de la lampe frontale dansa sur les gens et s'arrêta sur le visage de Stopa. Depuis sa place, Agnieszka put voir à quel point Wiktor avait rougi.

— Mais allez-y, monsieur le héros, lança-t-il. C'est vrai. Je suis lâche, je l'admets. Mais je n'empêche personne de passer. Vous non plus…

Stopa ouvrait déjà la bouche pour répondre, mais Agnieszka estima qu'il n'était dans l'intérêt de personne de se disputer.

— Calmez-vous, s'il vous plaît, dit-elle sans élever la voix. Comme je l'ai dit hier, personne ne va forcer qui que ce soit à descendre, et personne ne va descendre s'il ne le veut pas. C'est clair. Wiktor a dit qu'il n'irait pas. C'est entendu. C'est pourquoi, je pose la question, y a-t-il des volontaires ?

Silence.

Un silence absolu. Un silence comme dans le vide intersidéral. Comme dans une tombe. Comme au fond de la fosse des Mariannes. Comme dans la chambre froide d'une boucherie. Comme dans une salle des fêtes de l'Institut des sourds-muets. Comme dans un téléphone cassé. Comme dans un four crématoire éteint. Un silence si épais qu'on pouvait le couper en tranches et le vendre au poids. Agnieszka n'en avait jamais entendu de pareil. Elle retint involontairement sa respiration, ne voulant pas l'interrompre. Par ailleurs, elle craignait – à l'instar de tous les autres – que le moindre bruit émis ne fût pris pour l'envie de se porter volontaire.

Dans ce silence, la voix de Robert fit l'effet d'une bombe.

— Je vais y aller, dit-il.

Les lumières des lampes torches tremblèrent, découpant dans la pénombre une silhouette debout en haut des marches.

— Je vais y aller, répéta-t-il en descendant et en se plaçant à côté de sa femme.

Elle recula machinalement d'un pas.

— Je vais y aller, murmura-t-il à Agnieszka sans lever les yeux vers elle. J'irai parce que c'est la seule façon de m'excuser.

— Comment es-tu sorti de l'appartement ? demanda-t-elle. Aucune porte ne peut être ouverte de l'intérieur.

— Je ne pense pas que cela ait son importance maintenant, dit-il en haussant les épaules. Mais si tu veux savoir, j'ai juste sorti la porte de ses gonds et je l'ai entrouverte assez pour me glisser dans le couloir.

Il tendit la main, mais Agnieszka recula encore.

— Pardonne-moi, dit-il en gardant la tête basse. Je n'ai pas d'explication… je ne sais pas pourquoi je me suis comporté ainsi. Crois-moi, je regrette de ne pas pouvoir remonter le temps. Je veux juste savoir si…

Il suspendit la voix avant de reprendre :

— Quand je reviendrai, si jamais je reviens, est-ce qu'on aura encore des choses à se dire ?

Elle ne sut quoi répondre. Elle était sûre que ce qui les avait autrefois unis s'était évaporé aussi irrémédiablement que la rosée d'un matin d'été, mais d'un autre côté… D'un autre côté, on ne savait pas ce qui allait se passer. Et puis, il vaut mieux qu'il y aille lui plutôt que moi, pensa-t-elle, se sentant aussitôt honteuse d'avoir ce raisonnement. Mieux vaut lui que Wiktor ou Kamil. Il l'a mérité – se persuadait-elle dans son esprit, voulant se justifier –, laissons-le se racheter.

— Je ne sais pas, répondit-elle. Je ne sais pas répondre à cette question.

— Oui, je comprends, dit-il avec calme. Quoi qu'il en soit, il faut que j'y aille. Si nous ne nous revoyons pas…

Il se tourna vers elle et la regarda avec des yeux tristes et vides.

— Ne pense pas du mal de moi.

Quand elle vit son regard, elle faillit lui prendre la main et le supplier de rester. Elle voulait lui dire que tout s'arrangerait et que ce serait comme avant, que c'était lui son chéri, celui à qui elle avait juré amour et fidélité pour les siècles des siècles. Lui dire qu'ils joueraient ensemble avec leur enfant au coin du feu dans leur petit chalet à la montagne. Mais avant qu'elle ne puisse lui tendre la main, le concierge se plaça entre eux et offrit à Robert une très longue torche.

— Prends ça, mon garçon, déclara-t-il. Cet objet me sert fidèlement depuis vingt ans. Je le surnomme le Tonnerre. Il brille comme l'éclair, ne tombe jamais en panne, et si tu en as besoin, tu peux cogner avec.

Il mima un coup de torche comme si c'était une matraque, la lança en l'air, puis la fourra dans la main de Robert et ajouta :

— Et même si tu fais un trou dans la tête de quelqu'un, elle continuera à briller.

Le concierge s'écarta, les autres firent également un pas en arrière, entourant Robert en demi-cercle, l'abandonnant seul à l'entrée du sous-sol. Le jeune homme observa autour de lui, posa un instant les yeux sur le visage de sa femme, soupira, alluma la lampe – elle brillait effectivement comme les projecteurs de canons antiaériens – et entama sa descente.

Personne ne cria « Bonne chance », personne ne lança un « Et que Dieu vous garde ». Les gens restaient les visages tendus et les mâchoires serrées, et dans leurs regards se mêlaient le soulagement, l'espoir et la terreur. Beaucoup croisaient les doigts, une femme serrait un chapelet dans sa main. Voyant cela, Agnieszka fit le signe de croix et murmura :

— Mon Dieu, faites qu'il ne lui arrive rien.

De nombreuses personnes répétèrent son geste.

Les pas de Robert se firent plus silencieux, l'éclat de la lampe sur les marches s'estompait. Quand les pas s'arrêtèrent complètement, Agnieszka retint son souffle. Pendant un moment, on n'entendit plus rien, puis l'immense porte d'acier s'ouvrit avec fracas. L'écho de ce grincement monstrueux roula sur l'escalier.

— Tout va bien ? cria-t-elle en direction du sous-sol, descendant quelques marches en courant.

— Oui ! répliqua Robert. Ça va plutôt pas mal, oui. En fait, il n'y a rien ici. Je continue…

— Qu'est-ce qu'il y a ? dit-elle.

Elle n'avait pas compris ses derniers mots.

— Je continue ! répondit-il.

Tout le monde retenait son souffle pour entendre les pas. Agnieszka tendait elle aussi l'oreille. Elle ferma les yeux pour se concentrer davantage. Quelque chose n'allait pas. Un pas, un pas, un frottement, un pas, un frottement, un pas…

Jésus-Christ ! Il y avait quelqu'un d'autre, en bas ! Elle distinguait les pas de deux personnes !

— Attention ! s'exclama-t-elle très fort, au point de ressentir une douleur dans la gorge. Fais gaffe ! Il y a quelqu'un d'autre avec toi !

— Qu'est-ce qu'il y a ? demanda-t-il, sa voix venant déjà de très loin. Il faut que je fasse gaffe à… Oh, non !… pas ça !… Nooooon !

Il hurla de façon si terrifiante qu'Agnieszka se jeta en bas des marches pour l'aider ou mourir avec lui. C'est ma faute, c'est ma faute ! Cette pensée grondait dans sa tête, régulière et rapide, comme le cliquetis des roues d'un train. Elle avait parcouru quatre nouvelles marches quand quelqu'un la saisit par les épaules, la maintint et l'entraîna vers l'étage pendant qu'elle ruait et se débattait. Elle tourna son visage baigné de larmes vers celui qui la tenait. C'était Wiktor.

Ils entendirent Robert courir vers eux. Les pas rapides grondaient de plus en plus fort. Par deux fois Agnieszka crut apercevoir le halo d'une lampe torche dans l'obscurité. Il va y arriver, se dit-elle et, au même moment, un « Non ! » bref et étouffé, brusquement interrompu, leur parvint, accompagné par le bruit d'un corps qui s'effondre. La lampe torche tinta en tombant au sol et tout devint silencieux. Ils restèrent ainsi, plongés dans un silence de mort, à écouter. Le moindre bruit aurait suffi pour qu'ils prennent leurs jambes à leur cou, sans attendre de voir qui ou quoi apparaîtrait dans la lumière jaune des bougies. Mais pas le moindre son, ni même le moindre écho, ne sortit des cachots situés sous leur immeuble.

Wiktor relâcha sa prise et Agnieszka glissa au sol. Elle cacha sa tête entre ses genoux et mit son index plié dans la bouche, le mordant jusqu'à ce qu'il lui fasse mal. Elle n'avait plus conscience de l'endroit où elle se trouvait ni de ce qui lui arrivait. Il lui semblait qu'elle entendait toujours les cris hystériques de son mari provenant d'en bas.

Quelqu'un alluma une cigarette.

— Et maintenant ? lança un homme dont elle ne reconnut pas la voix. On rentre chez nous ?

— Non, répondit Wiktor. On ne va rien régler de cette façon. Soit nous mettons fin à l'affaire tout de suite, soit nous mourrons dans nos appartements. Donnez-moi ces allumettes.

Il tendit la main vers l'homme qui fumait.

— Personne ne se portera volontaire, alors on va tirer au sort le prochain candidat. C'est la seule solution.

— Minute, minute, comment ça, la seule ? l'interrompit Stopa.

La peur faisait craquer sa voix comme celle d'un adolescent en pleine mue.

— Nous sommes en démocratie, et dans une démocratie, on ne tire pas au sort, on choisit, reprit-il. Pourquoi ne pas nommer quelqu'un et faire voter le reste d'entre nous pour savoir s'il doit descendre ou non ? Je pense que c'est une solution équitable.

Agnieszka leva la tête et contempla Stopa, penché pardessus la balustrade.

— C'est très juste, en effet, persifla Kamil. Pour commencer, je propose la candidature de monsieur Janusz Stopa. J'estime qu'en tant que psychologue et la personne la plus sensée d'entre nous, c'est lui qui a le plus de chances de réussir. Que ceux d'entre vous qui sont favorables à ce que monsieur Stopa nous représente au sous-sol lèvent la main.

Tout le monde leva la main, sauf Agnieszka, Wiktor, Kamil et, bien sûr, Janusz Stopa, élu démocratiquement. Ce dernier vacilla et sembla sur le point de s'évanouir. Agnieszka se remit debout en s'appuyant sur l'épaule de Wiktor.

— Tu vois bien, connard, quand on veut jouer au salaud et faire de quelqu'un sa victime, il faut encore avoir de bons réflexes, déclara Kamil. Le destin devrait indiquer celui d'entre nous qui va descendre.

— Dans son propre tombeau… marmonna le concierge.

Stopa resta silencieux. Les autres aussi. À tout hasard.

— C'est bien. Alors que tous les hommes s'avancent, ordonna Wiktor.

Les convoqués s'approchèrent à contrecœur. Agnieszka les compta rapidement : ils étaient quatorze.

Wiktor lui donna la boîte d'allumettes.

— Tiens. Prends-en quatorze, gratte le soufre de l'une d'entre elles, cache-les dans ta main et mélange. Ensuite, place-toi de façon à ce qu'on puisse tous te voir, et nous allons tirer une allumette chacun. Celui qui tire l'allumette sans soufre y va. Est-ce que nous sommes d'accord ? demanda-t-il aux hommes rassemblés autour de lui.

Ils baragouinèrent des paroles indistinctes en hochant la tête.

— On ne marmonne pas ! s'écria Paulina.

La petite Anna était dans ses bras et s'accrochait à son cou.

— Que chacun dise à haute voix qu'il est d'accord avec cet arrangement, reprit Paulina.

— Je suis d'accord, déclara Kamil.

Les autres acceptèrent aussi à tour de rôle.

Agnieszka gratta le soufre sur l'un des bâtonnets, remua les allumettes et les disposa dans sa main de telle sorte qu'elle ne saurait pas elle-même laquelle était gâtée. Elle tendit la main devant elle.

— C'est prêt, annonça-t-elle.

Kamil fut le premier à piocher une allumette, faisant au passage un clin d'œil narquois à Agnieszka, puis ce fut le concierge, puis les autres. Chacun cachait la sienne dans sa main, sans regarder ce que le destin lui avait réservé. Le soulagement se lisait cependant sur le visage de certains.

Wiktor et Janusz Stopa furent les derniers à saisir leurs morceaux de bois.

— On montre, dit Kamil en ouvrant la main et en levant son allumette bien haut pour que tout le monde puisse voir que son extrémité était couverte de soufre vert.

Les autres firent de même. Chacune des allumettes était intacte. Seuls Wiktor et Stopa restèrent les poings serrés, se jaugeant avec des yeux pleins de peur, la sueur perlant sur leur front. Une goutte épaisse coula de la calvitie de Stopa et glissa dans son œil. Il cligna des yeux.

— Allez, lança-t-il pour presser Wiktor.

Celui-ci tendit son poing serré et ouvrit la main. Dans la lumière blanche de la lampe frontale, tout le monde pouvait voir un morceau de bois avec une pointe vert clair.

Stopa gémit et se retint à la balustrade. Au bout d'un moment, il prit la tête d'allumette dépouillée de soufre dans ses doigts et la fixa avec incrédulité, comme un homme espérant que les résultats des élections parlementaires annoncés ne soient qu'une répétition générale et que les véritables chiffres apparaissent un instant plus tard.

— C'est impossible, ânonna-t-il. Il faut recommencer le tirage. Faire une revanche. Je sentais qu'elle avait du soufre. Je vous jure. Il faut croire que c'est parti dans ma main. J'ai les mains moites, vous comprenez…

Il regardait ses voisins d'un air suppliant.

— Vous comprenez, n'est-ce pas ? Les mains moites, ça arrive. Je vais les essuyer et on recommence. D'accord ? C'est à cause de mes mains moites.

Personne ne prit la parole. Janusz Stopa pleurait tout bas, sans lâcher l'allumette. Tous les faisceaux des lampes se concentraient sur lui, tels des projecteurs de théâtre, transformant son angoisse en un monodrame déchirant.

Personne ne pipa mot.

Agnieszka posa les mains sur son ventre. C'était étrange, mais elle n'avait pas peur de ce qui se cachait au sous-sol. C'est peut-être moi qui devrais me manifester ? pensa-t-elle. Mes chances sont peut-être meilleures ? Elle appuya plus fort ses paumes sur son abdomen. Non, elle n'avait pas le droit de le faire.

C'est alors que madame Emilia sortit de la foule. Sur la poitrine, elle portait un scapulaire à l'effigie de Notre-Dame de Ludźmierz et avait dans sa main un chapelet et une petite croix de bois. Dans l'autre, elle tenait un minuscule flacon en plastique, probablement rempli d'eau bénite. Elle s'approcha de Stopa et le regarda droit dans les yeux.

— Je vais vous précéder, déclara-t-elle. J'irai sans crainte parce que je ne serai pas seule.

Elle montra sa croix.

— Le destin aveugle vous a désigné, et j'ai été désignée par Celui qui est le contraire de la cécité. Quelqu'un qui voit tout ce qui a été, est et sera. Vous comprenez ? demanda-t-elle.

— Oh, oui, bien sûr, je comprends, assura-t-il avec ferveur. Je n'ose pas discuter. Bien sûr, que je comprends. Je suis moi-même croyant, mais je n'ai pas la certitude qui vous anime. Apparemment…

Il hésita.

— … Apparemment, je ne suis pas assez pur.

Quelqu'un gloussa.

Agnieszka s'approcha de madame Emilia et l'entoura de son bras.

— Vous devriez y réfléchir, dit-elle tout bas, en ignorant les gémissements de Stopa. Nous ne savons pas ce qu'il y a là-dedans, mais il vaut peut-être mieux être un homme fort…

— Je ne suis pas fort du tout, se désola Stopa. Je suis très faible.

— … qu'une femme de petite taille. Même une femme armée de sa foi.

La vieille dame se retourna et regarda calmement Agnieszka dans les yeux.

— Je veux y aller, dit-elle. Laissez-moi faire.

4.

Anna Maria Emilia Wierzbicka descendit la douzaine de marches jusqu'à l'endroit où l'escalier tournait et disparaissait de la vue de ceux qui se trouvaient au-dessus. Elle avançait avec précaution, veillant à ce que sa longue jupe ne prenne pas feu à cause des cierges. Elle aspira l'air imprégné d'une odeur de stéarine fondue. C'était une bonne odeur. Elle lui rappelait les visites sur la tombe de son père, la seule personne au monde qui l'avait adorée inconditionnellement et avec réciprocité, et qui était décédée bien plus tôt qu'elle n'aurait dû. L'odeur lui rappelait l'humble dalle en terrazzo d'une allée du cimetière de Bródno, le vase en plastique posé à côté de la croix, l'inscription gravée et repeinte en noir (et qui, soit dit en passant, exigeait ces temps-ci d'être rénovée) : « Leszek Wierzbicki. Il a vécu 54 ans. Décédé le 8 mai 1976. Qu'il repose en paix. »

Elle tourna la tête et regarda les gens qui la dévisageaient. En vérité, elle se fichait bien d'eux. Elle avait ses propres comptes à régler avec la chose qui avait failli la pousser à assassiner sa propre mère. Si elle les aidait par la même occasion, tant mieux. Si elle ne les aidait pas, c'était bien aussi.

En songeant à sa mère, elle se souvint… Comment avait-elle pu l'oublier ?

— Madame Agnieszka, dit-elle. Ma mère est restée chez moi, elle ne se déplace pas toute seule, elle est malade. Appartement numéro vingt-huit.

Agnieszka acquiesça, répondant par l'affirmative à cette demande muette.

Une si gentille fille, si cordiale. Si ma vie s'était déroulée différemment, se dit Emilia, j'aurais pu avoir une telle fille. Elle sentit une tristesse âcre, poisseuse et accablante se répandre derrière son sternum. Une fille. Parmi les millions de choses qu'elle regrettait de ne pas avoir faites, celle-ci était sans aucun doute l'essentielle. Si elle avait eu un enfant, elle aurait été sauvée. Et maintenant, eh bien, même si elle l'avait voulu, son utérus était aussi mort que l'intérieur de sa crypte familiale.

Elle sourit amèrement à ses propres pensées et, sans se retourner, descendit jusqu'en bas des marches. Elle s'arrêta devant la porte ouverte et jeta un dernier coup d'œil aux bougies vacillantes. Elles étaient d'un modèle similaire à celles qu'elle achetait pour son père – dans des pots en verre, en forme de bulbe, avec un couvercle en fer blanc à trous ronds.

Une nouvelle fois, la pierre tombale qu'elle avait vue tant de fois à travers ses larmes se dressa devant ses yeux. Combien de fois avait-elle souhaité qu'il y ait quelque chose de plus dessus ? Une photo aux tons sépia de forme ovale ou l'inscription « À mon cher papa » ou « Tu me manqueras toujours ». Quelque chose qui indiquerait à quiconque passerait devant cette tombe que Leszek Wierzbicki était davantage que la date de son décès ou le faible nombre d'années qu'il avait vécues. Près de trente ans s'étaient écoulés depuis sa mort. Trente ans et des centaines de visites. Que s'était-il passé pendant ces années pour que la jeune fille joyeuse qu'elle avait été se transforme en vieille fille amère ?

De toute façon, qu'est-ce que cela pouvait bien changer, à présent ?

De la poche de son pull tricoté elle sortit une torche à pile plate, aussi vieille qu'elle, elle appuya sur l'interrupteur et suivit la faible lumière jaune vers le fond du couloir.

Elle n'était pas venue ici depuis des lustres. Elle ne serait probablement même plus capable de retrouver le chemin de sa propre cave. Où était-elle ? Elle éclaira la porte la plus proche, assemblée avec des planches mal fixées, pour en lire le numéro : quatre. Le soixante-trois sur la gauche – sa cave devait donc se trouver beaucoup plus loin. Elle fit deux pas en avant. À droite le cinq, à gauche le soixante-deux. À droite le six, à gauche le soixante et un. À droite le sept, à gauche le soixante. Elle avança ainsi, songeant davantage à l'emplacement de sa cave (vraiment ?) qu'au danger qui la guettait. Elle passa la première intersection de couloirs et atteignit la paire vingt-quarante. Elle se retourna. La lumière de sa lampe archaïque n'atteignait plus l'entrée. Elle ne voyait que l'intersection et, au-delà, deux paires de portes en bois, dont l'une était peinte en vert. Plus loin, il n'y avait que l'obscurité. Il en était de même en face. Ce ne fut qu'à ce moment-là qu'elle se sentit mal à l'aise. Elle accrocha la lampe torche autour de son cou et déverrouilla son arme : une gourde en plastique contenant un peu d'eau miraculeuse de Lourdes. Le flacon avait la célèbre forme de la statue de la grotte de Massabielle. Contrairement à ce qu'affirmaient ceux qui se moquaient de ces objets de dévotion, la tête de la figurine ne se dévissait pas, seule la couronne bleue pouvait l'être. Emilia Wierzbicka s'aspergea les mains d'eau et pressa son visage dans ses paumes humides. Elle se sentit alors un peu plus sûre d'elle. Elle reprit sa marche.

À droite le vingt-sept, à gauche le trente-quatre. Elle s'arrêta brusquement. Jusque-là, la lumière de la lampe pénétrait dans les caves à travers les portes en planches, dessinant un motif rayé sur les cartons, les poutres, les boîtes, les sacs en plastique, les arbres de Noël artificiels, les traîneaux, les pots de peinture, les pneus de voiture et tout ce qui pouvait se trouver dans ces cagibis. Cette fois, à sa gauche, derrière les planches, au numéro trente-quatre, quelque chose d'autre passa devant ses yeux. Quelque chose de fin, blanc, courbé en arc de cercle. Quelque chose comme un tuyau en métal émaillé et blanc. Quelque chose comme une partie de lit d'hôpital. Identique à celui sur lequel, cinq étages plus haut, bavait sa mère.

Elle sentit sa tension artérielle monter en flèche. Le sang afflua à ses tempes, le bout de ses doigts s'engourdit. Allant à l'encontre de la volonté d'Emilia, la main qui tenait la lampe torche pointa de nouveau son faisceau sur la porte de gauche, la lumière faisant ressortir le tuyau émaillé de la pénombre. Elle approcha son visage de l'interstice entre les planches. En effet, il y avait là un lit d'hôpital, monté sur des roulettes avec des freins en caoutchouc et un mécanisme pour relever la literie ou abaisser les côtés. Il était encombré de cartons poussiéreux et aurait pu être considéré comme du simple matériel désuet s'il n'avait été recouvert de draps blancs propres avec un liseré bleu marine. Des draps fraîchement amidonnés et repassés. Les liens de la housse de couette étaient noués en doubles nœuds parfaitement symétriques. Le genre de nœuds qu'elle avait l'habitude d'effectuer elle-même sur les draps de sa mère et sur les siens.

Quelque chose ne tournait pas rond.

Respirant bruyamment, elle recula d'un pas et pointa sa lampe sur la paire de portes suivante. Celle de droite devait porter le numéro vingt-huit, et c'était le cas. Celle de gauche aurait dû porter le numéro trente-trois, mais elle indiquait également le vingt-huit.

Bienvenue chez toi.

Elle cria tout bas lorsque les deux cadenas s'ouvrirent et échouèrent sur le béton, et que les portes s'entrouvrirent, l'invitant à entrer. Les mots du Saint-Père résonnèrent dans sa tête : « N'ayez pas peur. » « N'ayez pas peur. Ouvrez la porte au Christ. » Elle serra la fiole de Lourdes et fit tomber quelques gouttes vers les accès ouverts. L'eau toucha le sol et imprégna la vieille poussière. Rien ne se passa. Emilia fit deux pas en avant, penchant la tête le plus loin possible. Elle voulait jeter un coup d'œil à l'intérieur tout en étant prête à s'enfuir.

Dans les deux pièces, il n'y avait pas de boîtes, pas de rebuts, pas d'objets inutiles, aucun carton condamné à l'obscurité et à l'humidité.

À sa gauche se trouvait un confessionnal en bois – avec un agenouilloir orienté vers elle. Emilia distinguait clairement la planche polie par des milliers de genoux, la tablette pour poser les mains, la grille en bois recouverte d'un film plastique fixé par des épingles. Contre le mur en béton armé non crépi, là où se trouvait l'entrée du confessionnal, une étole violette pendait, signe qu'un prêtre attendait à l'intérieur ceux qui souhaitaient recevoir le sacrement de la réconciliation. Elle ne pouvait pas savoir s'il y avait vraiment quelqu'un dedans. Mais elle sentait que l'endroit n'était pas vide.

Elle détourna le regard et fit un pas vers la pièce de droite. Avant même qu'elle n'allume sa torche, plusieurs cierges y scintillèrent en orange. La lumière ambrée dansait sur les murs de la cellule, sur les fleurs artificielles glissées dans un vase vert, sur la pierre tombale en terrazzo gris et sur les inscriptions gravées dessus.

Leszek Wierzbicki. Il a vécu 54 ans. Il est mort seul.

Helena Wierzbicka. Elle a vécu 78 ans. Elle est décédée dans son lit.

Anna Maria Emilia Wierzbicka. Elle a vécu 22 ans et est décédée à sa demande.

Ils resteront à jamais dans la mémoire d'une petite fille aimante qui n'a jamais été conçue.

La lampe glissa des mains d'Anna Maria Emilia, heurta le béton et s'éteignit. L'unique source lumineuse provenait maintenant des flammèches vacillantes. C'est donc ça, mon choix, pensa-t-elle. Alors, je crois que je vais faire ce que je fais toujours. Je vais faire demi-tour. Elle bougea et se rendit compte qu'il n'y avait pas de retour possible. Elle devait faire ce choix. Derrière elle, dévorant toute lumière, peu abondante par ailleurs, un voile de néant ondulait, coupant l'unique issue. Emilia n'avait plus la force d'être hystérique, elle se sentait seulement fatiguée. Très fatiguée. D'un air inquiet, elle jeta un nouveau coup d'œil à sa pierre tombale familiale, puis à l'agenouilloir du confessionnal qui l'attendait.

Elle se souvint de sa confession effectuée quelques mois plus tôt. Après avoir confessé tous ses péchés, elle s'était un peu plainte de son sort. « La vie est souvent dure avec nous, lui avait répondu le prêtre, une fois qu'elle avait exprimé ses griefs. Il est alors bon de se rappeler que notre vie ne se résume pas à ce moment où le monde s'écroule devant nos yeux. Notre vie, ce sont tous les beaux moments que nous avons vécus et auxquels nous voulons sans cesse revenir. Ils sont la force de notre âme. Ce temps, par contre, que l'on regrette, que l'on souhaite ne jamais voir exister, est notre faiblesse. N'oublie pas cette faiblesse, ma fille, mais ne la laisse pas surpasser ta force. Dieu permet que nous soyons faibles, mais Il ne veut pas que nous renoncions », avait dit le confesseur d'une voix monocorde. Et elle s'était retenue difficilement de rugir : « Imbécile, tu ne sais pas de quoi tu parles ! Depuis vingt ans, je regrette chaque seconde à laquelle je participe. J'aimerais qu'elles disparaissent toutes, qu'elles se révèlent n'être qu'un long rêve ennuyeux. Quand vous parlez de beaux moments ou d'instants merveilleux, je ne vois qu'un écran noir. Je le vois et j'ai envie de hurler parce qu'il n'y a pas un seul bon souvenir que je puisse y projeter. »

Un écran noir. Aucun sentiment pour autrui n'y brillait, aucune grâce de la foi ne scintillait dessus, aucun souvenir coloré ne l'illuminait et aucun projet d'avenir n'allait s'y inscrire. Pendant trente ans, elle avait été l'unique spectatrice d'un cinéma désaffecté. À sa propre demande.

— Je suis morte et il n'y a pas lieu de prétendre le contraire, murmura-t-elle en s'approchant de la pierre tombale.

Elle tendit la main pour refermer la porte derrière elle.

5.

C'est drôle, pensa Wiktor, de constater à quel point la peur décrite dans les romans est solennelle et noble. Elle est probablement narrée par des gens dont l'unique préoccupation est de voir leur carte de crédit rejetée dans un centre commercial et de se faire mal voir par le caissier. Les personnages de papier peuvent devenir muet de terreur, un froid glacial peut les envahir, les poils se dresser sur leur nuque et une pierre aussi lourde qu'un trou noir apparaître dans leur estomac (cette dernière comparaison n'était pas si mauvaise, cela dit). Dans toutes ces descriptions de l'horreur mortelle qu'on ressent quand on se retrouve face à face avec le Mal, il manque une donnée fondamentale : on ne vous dit pas à quel point cela donne envie de chier dans son froc.

Wiktor se tenait au fond de la cave, la lueur des bougies disposées sur les marches ne l'atteignait presque plus, mais la lumière blanche de sa lampe frontale rendait la lourde porte à serrure rotative bien trop réelle. Il fixait cette porte, identique à celle de l'abri antiaérien, et avec chaque seconde qui passait il devenait de plus en plus sûr qu'il allait se faire dessus d'un instant à l'autre. À tout hasard, il déboucla sa ceinture pour, le cas échéant, ne pas maculer ses vêtements et conserver un reste de dignité dans sa lutte contre le Mal éternel. Ou plutôt, dans sa lutte contre cette Putain de Saloperie.

Il n'arrivait toujours pas à se défaire de sa surprise d'être ici. Quelques minutes plus tôt, il partageait encore la compagnie de ses voisins un étage plus haut, attendant de voir ce qui allait arriver à madame Wierzbicka. Le silence prolongé le troublait plus que n'importe quel cri. Les hurlements étaient quelque chose de familier, ils s'y attendaient, le silence, non. Ils écoutaient ce silence et, lorsqu'un objet lancé depuis les profondeurs tinta sur le sol du palier, de nombreuses personnes crièrent en lieu et place de madame Wierzbicka.

Il s'agissait du crucifix que leur voisine avait tenu à la main au moment de descendre. L'objet n'était pas abîmé, il n'était ni tordu ni ensanglanté, il ne portait pas les marques profondes des griffes du diable. Mais il était là, et cela suffisait.

— Eh bien, tout est clair, dit quelqu'un d'une voix morne, probablement le concierge.

Wiktor se dit alors qu'il s'agissait de la remarque la plus drôle de la nuit. Immédiatement, le problème de savoir qui serait le prochain à descendre se posa, et tout le monde décida aussitôt que ce serait Stopa, dont la sentence avait été différée, certes, mais pas annulée. C'était évident.

Pas pour Stopa. Alors que Wiktor discutait avec Kamil pour savoir si des gens devaient encore descendre (on comprenait pourquoi Wiktor avait abordé le sujet), une personne au fond de l'assemblée se mit à traiter Stopa de lâche et de pourri. Il s'agissait d'un jeune homme qui vivait seul, sûrement dans l'un des logements des derniers étages.

— Vous n'allez pas croire ce que cette enflure m'a proposé, commença-t-il, indigné. Il m'a dit qu'il me paierait cent mille balles si j'y allais à sa place !

— Ce n'est pas vrai, ce gamin raconte des conneries ! s'écria Stopa, hystérique. Il m'a proposé de lui-même d'y aller. Vraiment, je vous assure. Il a dit qu'il irait. Vas-y, dis-le-leur.

Les deux hommes se turent, puis Stopa, voûté tel un troll des légendes nordiques, s'approcha de Wiktor.

— Cher monsieur, lui dit-il dans un murmure conspirateur qui, dans le silence qui régnait, restait parfaitement audible pour tout le monde, comprenez-moi… vous êtes un homme sage. Je suis l'élite de ce pays, je suis éduqué, riche, je paie des impôts élevés, je transmets mon savoir aux autres. Je suis psychologue, j'aide les gens à surmonter leurs problèmes, je leur indique le bon chemin. Je sais que cela vous paraîtra étrange de prime abord, mais je vaux tout simplement trop cher. Si je meurs, la perte sera plus grande que si c'est quelqu'un d'autre. Un autre ne fera que se perdre, surtout un nigaud solitaire comme ce garçon. Regardez-le, il n'en sortira rien de bon quoi qu'il arrive. Monsieur Wiktor, il en a toujours été ainsi, les citoyens *lambda* allaient se battre pour leurs dirigeants. La mort d'un millier de paysans n'a aucune signification pour la collectivité, alors que la mort de quelques magnats peut faire que tout se délite. Que vaudrait Kościuszko s'il avait été tué alors qu'il était encore en Amérique ? Que vaudrait Wałęsa s'il était mort à la place de Janek Wiśniewski ? Nous, Wiktor, nous sommes de ceux-là, dit-il en lui serrant la main si fort que ce dernier sentit ses doigts s'engourdir, nous sommes les chefs qui regardent la bataille depuis le sommet de la colline, mais qui ne vont pas à l'abattoir en première ligne. Vous comprenez ? Envoyons ce garçon, et vous ne le regretterez pas. Est-ce que nous nous comprenons ? Vous ne le regretterez pas.

Quelqu'un jura affreusement, Wiktor se sentit trop dégoûté pour parler. Stopa se rendit compte que son discours tombait dans le vide. Il s'assit par terre et urina dans son pantalon. Il baignait dans la flaque grandissante de sa propre urine, la bouche entrouverte, le visage si pâle qu'il en jaunissait, les mains agrippées à la chemise de Wiktor, et soudain quelque chose changea en lui. Les traits de son visage se durcirent, ses yeux agités se figèrent, de la salive coula de sa bouche. Janusz Stopa sombrait dans la folie. Et si jamais ce n'était pas encore le cas, il n'était plus séparé de la démence que par une ligne aussi fine qu'une couche de Teflon sur une poêle à frire.

C'est alors que Wiktor entendit, à sa grande surprise, sa propre voix déclarer que seuls ceux qui voulaient descendre le feraient, et que le prochain, ça serait lui. Non sans difficulté, il déplia les doigts de Stopa pour libérer sa chemise, ignora l'hystérie d'Agnieszka, permit au concierge de le serrer dans ses bras et descendit.

Pourquoi avait-il fait cela ? Il n'en avait pas la moindre idée. C'était sans aucun doute sa décision la plus stupide en plusieurs décennies d'existence. Pourquoi, pourquoi, pourquoi – il n'y avait plus que cette question désespérée qui trottait dans son esprit. Faire demi-tour ? se demanda-t-il. Ça serait la honte, mais qu'importait. Mieux valait avoir honte que mourir de peur ou de la main d'On Ne Savait Quoi.

POURQUOI ?

Il soupira. En réalité, il connaissait la réponse. Il s'était décidé parce qu'il était arrivé à un point où il n'était plus possible de tergiverser. Tout valait mieux que d'attendre lâchement. C'était du moins ce qu'il avait pensé alors. À présent, il était à deux doigts de changer d'avis. Mais à deux doigts seulement.

Et maintenant, il se tenait là, devant une porte identique à celle de la rue Wilcza, une porte derrière laquelle il avait trouvé un abri qui n'avait jamais abrité que des assassins, et qui, pour l'âme d'une certaine jeune fille, était devenu une tombe. Il restait planté devant et avait terriblement envie de se chier dessus.

Il lutta encore pendant quelques secondes, puis fit ses besoins au pied du mur et se remit face à la porte.

Il la tira vers lui, mais elle était solidement verrouillée. Si solidement qu'il dut utiliser l'intégralité de sa force (il n'était pas très musclé, mais il n'était pas non plus un gringalet) pour débloquer la serrure et ouvrir le battant blindé avant de pénétrer à l'intérieur.

C'était le même couloir qu'en dessous du lycée – comment pouvait-il en être autrement ? Au plafond, des ampoules dans des grilles métalliques, à droite, derrière une porte verte et blanche, quelques petites pièces, à gauche une pièce plus grande avec en son centre une table de conférence recouverte d'un tissu vert. Au bout du couloir, à sa droite, il y avait l'unique source de lumière en dehors de sa lampe frontale : l'accès entrebâillé des douches.

Tant d'efforts pour ne pas rêver ce cauchemar jusqu'au bout, un véritable océan d'alcool pour déconnecter sa conscience de cette vision, puis l'effort surhumain à lutter contre le sommeil – tout cela pour finalement marcher en plein dans ce cauchemar, en toute conscience et de son propre gré. Quel délire !

Wiktor inspira l'air par le nez et frémit, un spasme douloureux parcourant ses entrailles. Dans l'odeur humide de la cave il distingua aussi le fumet âcre de la sueur et le parfum douceâtre du sang. L'espace d'un instant, il espéra encore qu'il ne ferait que revivre la scène de son passé, lorsqu'il avait découvert la pièce vide. Cela aurait encore été supportable. Mais non, des bruits étouffés venaient du fond du couloir, la lumière vibrait, de temps à autre masquée par le passage d'une silhouette. Il était clair qu'il n'était pas seul ici et que la pièce du fond n'était certainement pas vide. Wiktor comprit que rien ne lui serait épargné.

Chaque pas vers la fine ligne de lumière était comme déplacer le socle d'une grue de construction à mains nues. Le corps de Wiktor, apparemment plus intelligent que son propriétaire, lui résistait, ne voulait pas obéir à sa volonté, refusait de se rendre là-bas. Après quatre mètres, Wiktor s'arrêta, essoufflé ; il avait l'impression d'être sur le point de s'évanouir. Il s'adossa au mur et baissa la tête, il ressemblait à un athlète à l'issue d'une longue course.

Et pourtant, quelque chose diffère, jugea-t-il. Dans mon rêve, je luttais de toutes mes forces pour m'arrêter, alors que maintenant, je lutte pour avancer. Dans mon rêve, j'étais en proie à une terreur animale, au bord de la folie, et maintenant, j'ai une peur bleue, d'accord, à en faire dans mon pantalon, mais je ne deviens pas dingue. En fait – Wiktor se redressa brusquement, tant cette pensée était étonnante –, ça va mieux. En réalité, ça n'allait peut-être pas tellement mieux, mais c'était différent. Il décela aussi un nouveau sentiment, jusqu'alors absent et quelque peu oublié : la curiosité. Derrière le rideau épais et gras de la peur, Wiktor était curieux de voir ce qui se passerait quand il traverserait son rêve jusqu'au bout, quand le cauchemar qui avait poussé les autres sentiments dans l'antichambre de la conscience ne serait plus le maître de la situation. Qui deviendrait-il ?

Ce fut mû par cette nouvelle idée qu'il parcourut les quelques mètres suivants. Ils n'étaient pas plus faciles à franchir que les précédents. Au contraire. Wiktor ne se trouvait plus qu'à trois, voire quatre pas de la poignée.

— Au diable la curiosité, marmonna-t-il, luttant pour reprendre son souffle. Au diable tout. Pourquoi n'ai-je pas d'arme pour me faire un trou dans la cervelle ?

S'appuyant contre le mur, sans se rendre compte qu'il jurait en continu, il atteignit la porte et posa la main sur une banale poignée en aluminium. Il ne put se résoudre à regarder à l'intérieur de la pièce par la fente. Il resta là. Son cœur, qui pompait le sang à un rythme plusieurs fois supérieur à la normale, réclamait de l'oxygène, Wiktor respirait vite et produisait un sifflement. Un sifflement béni qui étouffait les bruits qui lui parvenaient des douches.

Mais pas intégralement.

Il entendit un rire inconnu, puis un long gémissement douloureux. Il reconnut la voix de la personne qui gémissait, il l'aurait reconnue n'importe où, n'importe quand, dans un million d'années et à l'autre bout de l'univers. Il reconnut cette voix et se mit à pleurer, répétant sans cesse :

— Non, non, pas ça. S'il vous plaît, non.

Cela prit beaucoup de temps, mais à aucun moment il ne lâcha la poignée.

Finalement, il ferma les yeux, décolla son corps du mur, fit un pas et se plaça face à l'entrée, tout en agrippant le pommeau. Il le lâcha et posa une paume sur les planches. Il ouvrit les yeux. À présent, il n'avait plus qu'à pousser légèrement le battant, et tout ce qui se passait à l'intérieur s'afficherait devant ses yeux.

Il sourit. Puis-je voir quelque chose de pire que ce que j'ai déjà imaginé ? pensa-t-il. Y aura-t-il quelque chose que je ne sache pas ? Un aspect dont je ne serais pas conscient, maintenant que tout est clair ?

Il tendit les muscles de ses avant-bras pour pousser les planches peintes en vert, et c'est à ce moment précis que quelqu'un le prit par l'épaule.

C'était une femme. Grande, à peine plus petite que lui, très jolie, les cheveux noirs plaqués en arrière, vêtue d'une robe grise et ceinte d'un tablier. Elle tenait par la main une petite fille de cinq ans tout au plus, une enfant qui ressemblait tant à sa mère qu'on en aurait dit la copie miniature. Toutes deux lui souriaient.

Wiktor n'eut aucun doute quant à leur identité. Depuis la veille, il se demandait pourquoi seuls les tortionnaires vivaient dans cet immeuble, seuls les suicidés ensevelis dans une terre non consacrée. Il ne comprenait pas où étaient Marianna et ses filles.

— Ce n'est pas la peine, lui dit la femme sans ouvrir la bouche. Il suffit que tu le saches. Et que tu le veuilles.

Elle sourit de nouveau et disparut, et avec elle ses filles, la porte verte, la lumière et les bruits qui venaient de derrière, l'intérieur de l'abri antiaérien de la rue Wilcza. Wiktor se retrouva dans le couloir étroit et ordinaire de leur sous-sol d'un immeuble de Bródno, devant des étagères remplies de conserves entreposées dans la cave par le propriétaire de l'appartement numéro quarante-sept. Il distinguait clairement l'inscription sur l'un des bocaux : « Fraises 2001 », calligraphié de la main d'une enfant.

Il était libre.

Enfin, pas tout à fait libre, car au moment même où il s'apprêtait à éclater d'un fou rire de joie, quelqu'un lui bondit sur le dos et se mit à l'étouffer.

6.

Wiktor fut davantage surpris qu'effrayé. Ce ne fut que lorsqu'il sentit l'effroyable douleur dans son larynx et lorsqu'il comprit qu'il était incapable d'inspirer de l'air dans ses poumons qu'il passa à l'action. Il saisit les doigts sur sa gorge et tenta de les déplier, mais la poigne était trop forte. Il se pencha violemment pour faire tomber son agresseur, mais celui-ci se contenta d'enrouler ses jambes autour de sa taille. Il saisit encore les doigts qui cherchaient à le tuer, en vain.

Des taches noires apparurent devant ses yeux. Il n'arrivait pas à croire que, après ce qui s'était passé dans cette cave, il allait simplement finir étranglé.

Il se jeta en arrière de toutes ses forces, cognant contre le mur l'assaillant qui s'accrochait à lui. L'homme gémit mais ne desserra pas son étreinte. Wiktor répéta la manœuvre en y mettant toutes la force qu'il pouvait encore convoquer. Cette fois, son attaquant hurla et Wiktor parvint à lui ôter les mains de sa gorge. Il aspira avidement l'air qui laboura son larynx d'une herse rouillée, se retourna, prit de l'élan et administra un coup de pied dans les parties génitales de l'agresseur. Il sentit un fort parfum de fraises et se dit que c'était probablement l'hallucination la plus étrange qu'il ait récemment eue.

Robert s'évanouit sans faire de bruit. Wiktor le contempla sans éprouver de réelle surprise. Plus tôt, il avait senti que quelque chose clochait lorsque Robert était soudainement apparu parmi eux. Sa pose pathétique, ses demandes de pardon douteuses, son chagrin exprimé à coups de tirades de feuilleton télé… Ses remords aussi sincères que l'inquiétude d'un vendeur ambulant quant à l'état des finances de son client. Pourquoi Wiktor n'avait-il pas réagi ? Il avait été trop heureux qu'un pigeon se déclare prêt à descendre dans la cave à leur place.

Concentre-toi, Sukiennik, concentre-toi, pensa-t-il en essuyant la sueur de son front. Premièrement : où est madame Emilia ? Deuxièmement : pourquoi fait-il si affreusement chaud, ici ? Troisièmement : quels sont ces bruits ?

Il regarda autour de lui et la première chose qu'il vit fut un interrupteur. Un simple bouton derrière un couvercle en plastique jauni. Il l'actionna. Cela fonctionna. Au bout du couloir, il distingua une cave à la porte déverrouillée et courut dans sa direction.

— Wiktor ! Wiktor ! Que se passe-t-il là-dedans ? hurla Agnieszka au loin.

— Tout va bien ! cria-t-il en retour, au prix d'un larynx déchiré en petits morceaux sanguinolents, et il continua à courir.

Dans la cellule, sur des sacs en plastique bleus, il découvrit Emilia Wierzbicka, le cou marqué de zébrures bleues.

S'il vous plaît, pas ça ! pensa-t-il en se penchant sur sa voisine. Il toucha l'énorme ecchymose et décela un pouls, faible et lent, comme venant de très loin, mais un pouls. Elle était vivante.

Il la saisit délicatement sous les bras et la traîna dans le couloir. Il remarqua alors que madame Wierzbicka n'était pas la seule occupante de cette case souterraine. Deux petits pieds en collant noir émergeaient d'en dessous des sacs. Il s'empressa d'écarter les paquets. La jeune femme en tailleur gris enfouie dessous était sans aucun doute possible morte, et ce depuis plusieurs jours. La vie s'était échappée d'elle en même temps que le sang, par un trou fin fait dans son décolleté, juste au-dessus du cœur. Wiktor lutta pour contenir sa nausée.

Il faisait chaud comme dans un sauna, ça sentait le métal chauffé, les bruits étranges et les craquements s'amplifiaient. Non loin derrière lui, quelque chose siffla bruyamment. Il se retourna et, face à lui, il vit une porte ornée d'un panneau : « CHAUFFERIE ».

Il l'ouvrit et faillit être renversé par une vague de chaleur. Les chaudières métalliques, les tuyaux et les câbles tremblaient. À plusieurs endroits, les vannes laissaient échapper de la vapeur dans de grands sifflements. Tout semblait sur le point d'exploser.

— D'exploser ?

Wiktor répéta cette dernière pensée à voix haute sans y réfléchir.

— Non, mais sans déconner !

Un truc siffla de nouveau. L'une des vieilles vannes rondes, appelées « robinet » par les jeunes voyous qui les utilisaient en guise de poing américain, se détacha d'un tuyau, vola dans les airs, passa à quelques centimètres de la tête de Wiktor et creusa un trou de la taille d'une pomme dans le mur derrière lui. Un trou de la taille d'une grosse pomme.

Wiktor reprit ses esprits, jeta Emilia Wierzbicka sur son dos et se dirigea vers la sortie. Il entendit d'autres vannes exploser dans son sillage. Il monta l'escalier, titubant de fatigue et renversant des bougies sur son passage. Au rez-de-chaussée, ses voisins n'avaient pas remué d'un pouce, aussi terrifiés qu'avant, avec la même panique dans les yeux.

— Qu'est-ce qui s'est passé ? Qu'est-ce qu'elle a ? C'est quoi, ces bruits ? Où est Robert ? demandait Agnieszka, le fixant de ses yeux écarquillés.

Pour obtenir des réponses, elle dut attendre que Wiktor reprenne son souffle.

— On doit dégager d'ici au plus vite ! grogna-t-il. Que deux hommes descendent chercher Robert, il est allongé au milieu du couloir…

Personne ne bougea.

— Allez, putain de merde ! Il n'y a plus rien en bas, la malédiction est levée, les lumières sont rallumées, les fantômes se sont planqués. Kamil, embarque quelqu'un et vas-y, on n'a plus beaucoup de temps. Ça va péter !

Kamil saisit le concierge par le bras et l'entraîna – non sans résistance – dans l'escalier. Agnieszka courut derrière eux. Les autres voisins demeuraient immobiles.

— Hé, les gens, vous êtes sourds ou quoi ? Je vous l'ai dit, cassons-nous ! lança-t-il en désignant la porte du hall d'un mouvement de tête.

— Mais… balbutia quelqu'un. Mais on ne peut pas. Il y a le truc noir.

Wiktor déposa délicatement madame Emilia au sol et se précipita dans le hall d'entrée. Effectivement. Les piliers noirs se tenaient toujours droits, ils n'avaient pas bougé, bloquant le chemin vers la sortie qui, par ailleurs, était toujours recouverte du fin rideau de néant. Wiktor se sentit désorienté. Comment ça ? Pourtant, tout était fini. Il était libre.

Kamil et le concierge revinrent en portant un Robert inconscient. Agnieszka les suivait, en larmes. Ils se placèrent tous derrière Wiktor qui comprit soudain ce qu'il fallait faire.

— Que quelqu'un porte madame Wierzbicka, dit-il. On s'en va.

Sans fermer les yeux, il se dirigea d'un pas vif vers la sortie. Lorsqu'il franchit la première colonne de néant, ceux qui se trouvaient derrière lui gémirent, mais il ne sentit rien, c'était comme s'il avait pénétré un nuage épais et inodore qui devint momentanément gris et se dissipa telle la fumée d'une cigarette dans le vent. Il franchit la colonne suivante, descendit les quelques marches en courant et atteignit le rideau de la porte. Il hésita, mais sa tergiversation ne dura pas plus que le temps nécessaire pour lancer un juron. Il fit un pas et s'en alla.

Dehors, c'était une magnifique journée ensoleillée, probablement la plus belle journée de novembre qu'il ait jamais vue. Il aspira l'air à pleins poumons. Il sentit un fond de fraîcheur et l'odeur de la terre meuble. En provenance de la rue Kondratowicza, on entendait le bourdonnement monotone des voitures, agrémenté par le rire d'un enfant qui conquérait l'espace sur un tricycle muni de roues en plastique vert.

Wiktor rit à gorge déployée, comme il ne l'avait pas fait depuis des années.

— Wiktor, Wiktor ! lui cria Agnieszka en le tirant par le bras. Il faut aller chercher la mère de madame Emilia. Elle est restée dans son lit là-haut !

Il grimaça à l'idée de devoir retourner dans l'immeuble, mais courut dans le hall, se faufilant entre les gens qui riaient et pleuraient au moment de sortir.

Il ne restait nulle trace du brouillard noir.

Wiktor s'arrêta brusquement. Et le lézard du cinquième étage ? Leur cher voisin espion ? Non pas qu'il fût son admirateur, mais on ne pouvait quand même pas le laisser en plan.

Il arrêta Janusz Stopa.

— Écoute, mon gars, lui lança-t-il. Tu as enfin une chance d'accomplir une action sensée. Au… Agnieszka, c'était quel numéro ?

— Le vingt-huit.

— Une vieille dame malade habite au numéro vingt-huit. Demande à quelqu'un de t'aider à la porter dehors. Moi, je vais chercher un invalide. D'accord ?

Il le regarda très profondément dans les yeux. Stopa voulut refuser, mais dut lire sur le visage de Wiktor un message qui lui ordonna de changer d'avis.

— D'accord, dit le psychologue en hochant la tête.

C'était au moins ça.

Wiktor se précipita dans la cage d'escalier suivi d'Agnieszka et de Kamil.

— Vous avez perdu la tête ? demanda-t-il, énervé. Sauvez-vous. Je peux me débrouiller seul.

Un fracas assourdissant provint de la cave. Pour un peu, il aurait entendu le tic-tac de l'horloge qui décomptait le temps qui les séparait de la fin. Comme dans l'ultime scène du premier *Alien*, quand l'ordinateur de bord déclamait d'une voix monocorde « le vaisseau va exploser dans T moins dix minutes ».

— Tu ne vas pas y arriver seul, répondirent-ils simultanément.

Ils savaient que ce n'était pas vrai, mais n'avaient plus le temps de discuter. Wiktor balaya l'air de la main et ils se précipitèrent ensemble vers les étages.

7.

Lorsque, haletants, ils arrivèrent au cinquième, la grille du couloir et la porte de l'appartement de leur étrange voisin étaient ouvertes. Ce dernier les attendait.

Quelque chose siffla dans la boîte jaune du compteur de gaz. Le mince tuyau d'alimentation grinça et se gonfla sur une partie du tronçon, comme si quelqu'un essayait d'y faire passer une masse supérieure à ce qu'il pouvait contenir.

— Nous n'avons plus beaucoup de temps, constata Agnieszka avec crainte.

Ils entrèrent dans le logement. L'armoire des magnétophones était fermée, tous les papiers rangés, l'ensemble des pièces avait l'air très soigneusement nettoyé. Le Python (ils ne savaient même pas comment il s'appelait) était assis dans son fauteuil roulant, chaussé de bottes noires, vêtu d'un pantalon sombre et d'une chemise à l'ancienne, d'un blanc cassé. Le col et ses manchettes étaient méticuleusement boutonnés.

— Ça a marché ! L'immeuble est ouvert ! lui annonça Agnieszka avec joie.

Il ne sourit pas. Il le savait probablement déjà.

Elle courut vers le fauteuil et se mit à le faire rouler vers le vestibule.

— Nous devons vous faire sortir d'ici, expliqua-t-elle. On ne sait pas si l'immeuble ne va pas exploser d'ici peu. Nous n'avons pas un instant à perdre.

Le fauteuil s'arrêta brusquement quand le Python agrippa les roues de ses mains filandreuses. Agnieszka se plia violemment vers l'avant, ne gardant l'équilibre que parce qu'elle se tenait aux poignées en caoutchouc.

— Hé ! Ne faites pas l'idiot, lança-t-elle sur le ton d'une fillette offensée. Wiktor, Kamil, aidez-moi.

— Je dois rester, dit le voisin d'une voix calme.

— Comment ça ? Pas question !

— Monsieur Wiktor peut certainement deviner pourquoi.

Agnieszka porta docilement son regard sur Wiktor.

— C'est quoi, le problème ? Qu'est-ce que tu peux deviner ? demanda-t-elle.

Wiktor se taisait, alors le lézard répondit à sa place :

— Nous ne quitterons pas cet endroit. Ce n'est tout simplement pas possible. Nous vivons ici. À contrecœur, je l'admets, parce que nous préférerions être ailleurs, beaucoup… beaucoup plus loin, mais nous ne pouvons pas nous libérer.

Et soudain, Agnieszka comprit. Elle lâcha les poignées du fauteuil comme si elles étaient en feu. Pâle, les yeux grands ouverts, elle s'éloigna de l'homme et se plaça à côté de Wiktor.

— C'est impossible… balbutia-t-elle. Ce n'est pas vrai.

Le voisin lui sourit avec indulgence.

— Chère Agnieszka, dit-il. Ces derniers jours auraient dû modifier vos définitions de concepts tels que « impossible » et « vrai ». Tout comme certaines de vos idées sur l'ontologie, au sens classique du terme…

Il s'interrompit, la contempla et ajouta :

— Je veux dire par là que toutes les entités ne sont pas telles qu'elles vous apparaissent.

Aucun d'eux trois ne parlait, mais seule Agnieszka semblait ébahie.

— Oh, j'ai oublié de me présenter, fit-il en exécutant un charmant geste de la main par lequel les messieurs bien éduqués d'avant-guerre annonçaient probablement au monde leur étourderie. Je suis le père Stanisław Warslich, prêtre de la paroisse Notre-Dame du Rosaire, dans le vieux Bródno. Que Dieu vous bénisse, mes enfants.

— Le meurtrier, ajouta Wiktor à voix basse.

— Oui… et aussi un meurtrier. C'est parfaitement exact, monsieur le rédacteur. Un meurtrier. L'auteur du crime commis il y a soixante-dix ans, l'homme qui fut à l'origine de l'enterrement d'une femme innocente et de sa fille en dehors des murs d'un cimetière, un suicidé lui-même et, n'ayons pas peur des mots, un spectre.

Un sourire gêné s'inscrivit sur les lèvres de Warslich.

— Croyez-le ou non, mais j'ai parfois l'impression d'avoir expié mes fautes plus que n'importe quel meurtrier que cette terre ait jamais porté.

Derrière eux, quelque chose se rompit et siffla affreusement. Agnieszka sentit une désagréable odeur de gaz.

— Wiktor, tu étais au courant ? demanda-t-elle. Et toi, Kamil, tu le savais aussi ?

En entendant cette dernière question, Warslich partit d'un grand éclat de rire.

Kamil ne répondit pas. En revanche, Wiktor répliqua :

— Si je le savais ? Non. Je n'en avais pas la moindre idée, tout au plus, j'avais un pressentiment. J'avais l'intuition que quelque chose ne tournait pas rond. Et cette intuition ne concernait pas seulement monsieur Warslich. Je pense que nous ne sommes pas au bout de nos surprises. Mais bon, cela étant dit, je crois qu'on va y aller, si nous ne voulons pas rester coincés ici à jamais en compagnie du père Stanisław. N'est-ce pas, Kamil ?

Wiktor se tourna vers le garçon.

— Un instant, dit Agnieszka en les arrêtant d'un geste de la main. Il y a une chose qui ne me laisse pas en paix. Si le meurtre a eu lieu il y a si longtemps, si cet immeuble a également été construit il y a de nombreuses années de cela, pourquoi ne s'est-il fermé que récemment ?

— Et qu'en pensez-vous ? répliqua Warslich au lieu de répondre.

— En fait… je ne sais pas.

— Et quand est-ce que ça a commencé ?

— C'est difficile à dire. J'ignore ce qui se passait ici avant, mais ça a commencé pour de bon quand nous avons emménagé. Dès le premier jour, nous sommes tombés sur un cadavre dans l'ascenseur et, par la suite, la situation n'a fait qu'empirer.

— Exactement.

— Qu'est-ce que vous insinuez ? lança Agnieszka, nerveuse. Si vous voulez me dire quelque chose, dites-le. L'immeuble est sur le point de s'écrouler et vous essayez de me faire croire…

Warslich leva théâtralement les yeux au ciel.

— Eh bien, vous étiez tous en proie à vos propres cauchemars qui, grâce à… même si « grâce » n'est pas le terme adéquat… à cause de la malédiction devenaient, disons, un peu plus réels qu'à l'accoutumée. Mais tout cela se passait essentiellement dans vos têtes, même si je ne dirais pas « complètement », car la frontière était devenue extrêmement mince. Cependant, le cauchemar d'une personne était si sombre, ou devrais-je plutôt dire si sale, et l'imagination de cette personne si malléable et si expansive que les visions sont devenues réelles pour tous. Bien sûr, ce quelqu'un n'était pas l'auteur du problème, il était en quelque sorte…

L'ancien prêtre frotta un instant son pouce contre son index, cherchant le mot juste.

— … un catalyseur. Vous comprenez, maintenant ?

— Robert… chuchota-t-elle en attrapant Wiktor par la main.

— Oui. Robert, confirma Warslich. Je ne le blâmerai pas pour autant. Il était tout simplement trop faible pour résister au mal qui s'est emparé de cet endroit.

— C'est lui qui a caché le cadavre de cette jeune femme dans la cave ? demanda Wiktor.

Warslich acquiesça.

— Allez, venez. J'ai eu assez de surprises comme ça, chuchota Agnieszka.

— Malheureusement, marmonna Wiktor, je crois que tu vas en vivre encore une. N'est-ce pas, Kamil ?

— C'est vrai, scribouillard, fit le garçon en riant.

Il se retira dans les profondeurs de l'appartement et se plaça à côté de Warslich.

— En fait, je me dis que je vais rester là aussi, ajouta-t-il.

Agnieszka laissa échapper un gros mot et se laissa choir sur le tabouret posé à côté de la porte.

— Le monoxyde de carbone ne distingue pas les pièces où il tue de celles où il laisse en vie. J'ai raison, gamin ?

— En quelque sorte, scribouillard. Tu me pardonneras d'avoir utilisé cette formule, n'est-ce pas ? Depuis quand le sais-tu ?

— Depuis cinq minutes, quand tout s'est mis en place. En fait, je me sens bête de ne pas l'avoir compris plus tôt. D'abord, ton histoire de monoxyde de carbone qui ne tenait pas debout, un gaz dont tu aurais été protégé par du ruban adhésif... D'ailleurs, selon ta version, tes vieux l'auraient collé sur ta porte alors qu'ils étaient déjà morts... Ensuite, le fait que tu ne m'aies pas laissé entrer dans ta chambre, que tu n'avais pas sommeil comme nous tous, que tu n'aies rien mangé ni bu ces derniers jours... Hier par exemple, tu n'as même pas touché au thé que le gentil père Warslich nous avait préparé.

Agnieszka secouait silencieusement la tête, répétant « Non, non, non, c'est impossible » à voix basse. Soudain, elle se leva et regarda Kamil droit dans les yeux.

— Kamil, réponds-moi, c'est eux qui l'ont fait, pas vrai ? Ce sont tes parents qui t'ont tué en se tuant eux-mêmes, n'est-ce pas ? Tu n'as rien à voir avec ça ?

Kamil ne répondit pas. Warslich et Wiktor se taisaient aux aussi. L'odeur de gaz devenait de plus en plus forte. Les yeux d'Agnieszka se remplirent de larmes.

— Je t'en supplie, Kamil, dis-moi que ce sont eux... répéta-t-elle, secouée de sanglots, sans le quitter du regard.

Le garçon resta silencieux. Elle avait la réponse. Les locataires des logements vacants de la rue Kondratowicza n'étaient pas des victimes.

C'étaient des meurtriers et des suicidés.

— Je pense qu'il est temps pour vous d'y aller, déclara Kamil calmement.

— Oui, oui, on file, répondit Wiktor. Merci pour votre aide. À vous deux. À vous, père Stanisław. Et surtout à toi, Kamil. Mille mercis.

Il sourit à son ami et tendit la main avec le pouce vers le haut. Kamil sourit à pleines dents et répondit par le même geste.

— Enchanté d'avoir fait votre connaissance, lança encore Wiktor, puis il entoura Agnieszka de son bras et l'entraîna vers la sortie.

— Nous aussi, répondirent simultanément les deux spectres.

8.

Dans le couloir, ils comprirent d'emblée à quel point la situation était grave. Toutes les installations du bâtiment étaient devenues folles. L'eau dégoulinait du plafond, du gaz s'échappait des compteurs, les prises électriques crachaient des étincelles. Le moment où les couloirs contiendraient assez de gaz et où une étincelle serait assez forte pouvait survenir à tout moment. En fait, leur simple présence dans cet immeuble leur procurait le statut de morts-vivants, et chaque instant de retard rapprochait Agnieszka et Wiktor de l'état de morts véritablement morts.

Il était hors de question d'emprunter les ascenseurs. Ils s'engouffrèrent dans la cage d'escalier, où des ruisseaux d'eau coulaient sur les marches, probablement rejetés par une bouche d'incendie à l'un des étages supérieurs. Agnieszka glissa, et seul le fait que Wiktor la tienne fermement par la main lui évita une chute douloureuse (ou fatale ?). Se soutenant l'un l'autre, ils descendaient le plus vite possible. Il serait plus juste de dire qu'ils ne descendaient pas, mais chutaient de manière contrôlée.

Tous les deux virages, ils passaient devant des chiffres romains qui indiquaient le numéro de l'étage. Cinquième, quatrième… là, une dangereuse perte d'équilibre de Wiktor faillit tourner au désastre… troisième…

À peine eurent-ils dépassé la porte qui menait au troisième que Wiktor entendit, ou plutôt sentit, un bruit sourd dans son dos. Une fraction de seconde plus tard, la porte qui donnait sur le palier fut arrachée de son cadre, vola derrière eux et heurta violemment le mur, se transformant en un tas d'échardes, tandis que le souffle de l'explosion chassait les deux fuyards des marches. Wiktor grimaça en entendant un craquement dans son genou qui avait heurté le sol. L'excès d'adrénaline atténua la douleur, mais il savait que ça n'allait pas fort. Néanmoins, il se releva dans l'instant, attrapa Agnieszka par la main et ils dévalèrent l'escalier. Ce n'était pas encore CETTE explosion, mais c'était sans aucun doute le dernier avertissement.

Deuxième, premier, rez-de-chaussée…

Ils se trouvaient à présent devant les marches qui menaient à la cave. L'une des bougies, poussée dans un coin par l'eau, avait par miracle survécu au déluge et brillait encore d'une lumière vacillante. Lorsque Wiktor la regarda, elle s'éteignit.

— Attends ! s'écria-t-il en tirant Agnieszka. Il faut que je t'avoue quelque chose.

— Tu es fou ? Maintenant ?

— Oui, maintenant, il faut que je te le dise avant qu'on sorte. Tu te souviens, quand je t'ai parlé d'Honorata et que je t'ai dit que ma femme ne me supportait plus, qu'elle avait pris ma fille et avait déménagé ?

— Oui, je m'en souviens.

— C'est faux.

Au-dessus d'eux, il y eut comme un coup de tonnerre. De la poudre de plâtre se détacha du plafond et se déposa sur les cheveux noirs de Wiktor. Agnieszka l'interrogea du regard.

— Ce n'est pas elle qui est partie. Je l'ai jetée dehors. Je l'ai chassée comme une malotrue. Je l'ai mise à la porte quand Matylda était à la maternelle. Je lui ai dit de dégager. Elle s'accrochait à la poignée et sanglotait pour que je ne le fasse pas. Mais moi, je l'ai repoussée d'un coup de pied et je lui ai claqué la porte au nez. Ensuite, j'ai tassé ses affaires et celles de Matylda dans des sacs en plastique. J'ai tout sorti dans le couloir et, pendant que je balançais les sacs, Weronika était toujours assise par terre dans le couloir en pleurant.

Agnieszka le regarda, visiblement ébranlée.

— C'est la pire chose que j'ai faite de ma vie. Je ne sais même pas pourquoi je l'ai fait, bien que je m'en doute un peu. Et je sais que désormais je suis prêt à sacrifier chaque moment de ma vie pour faire pénitence, et même à sacrifier ces moments, si seulement Dieu me permet de revoir ma fille et ma femme ne serait-ce qu'une seconde. Est-ce que tu comprends pourquoi je te raconte cela et pourquoi je devais le faire ici ?

Cette dernière phrase, Wiktor dut la crier. Le bâtiment mourait en émettant des sons lugubres impossibles à identifier. Les gémissements du béton et de l'acier leur provenaient de toute part – des murs, des plafonds, des sols, des couloirs, des puits d'ascenseur et de la cage d'escalier. C'était un dernier souffle, horrible et déchirant.

— Je crois que je le sais, oui ! lui cria Agnieszka à l'oreille, mais malgré cet effort, il devina ce qu'elle disait plus qu'il ne l'entendit.

Se tenant toujours par la main, ils déboulèrent dans le hall d'entrée, sautèrent par-dessus les quelques marches et tombèrent sur la pelouse devant l'immeuble où les locataires observaient ce qui se passait. Wiktor remarqua la mère d'Emilia allongée dans les bras de sa fille qui avait manifestement besoin de récupérer un peu. Robert n'avait toujours pas repris connaissance.

Wiktor se plaça aux côtés de ses voisins et se retourna vers l'immeuble. Choqué, il inspira l'air en sifflant.

Le bâtiment se comportait comme s'il était en vie. Il vibrait – des nuages de fumée en émergeaient puis se cachaient –, ressemblant à un monstre en train de respirer. Des flammes vacillaient derrière certaines fenêtres : jaune et rouge par-ci, bleu-violet froid par-là. Des cascades d'eau se déversaient de plusieurs balcons. Cependant, Wiktor remarquait à peine ces feux d'artifice. Il regardait les personnes qui se tenaient aux fenêtres, celles qui avaient dû rester à l'intérieur.

Elles étaient nombreuses, plus nombreuses qu'il ne l'avait imaginé. Dans cette foule, il distingua facilement la silhouette de Kamil et celle de Warslich, assis à côté de lui. Il leur fit signe, mais ils ne répondirent pas. Tout comme les autres, ils fixaient un point situé loin, quelque part derrière Wiktor. Leurs visages étaient si immobiles, si dépourvus d'émotion qu'ils semblaient…

Ils semblaient morts.

Soudain, l'immeuble trembla plus fort, brouillant les traits des personnes restées debout face aux vitres, et Wiktor se couvrit le visage des mains, comprenant qu'une explosion était sur le point de se produire. En son for intérieur, il en rit, songeant au geste qu'il venait d'esquisser pour se protéger d'un immeuble de dix étages situé à vingt mètres de lui et sur le point de s'effondrer. Il se couvrait le visage avec ses mains.

Le bâtiment s'arrêta de vibrer et reprit son souffle. Wiktor sentit une vague d'air venue de l'intérieur l'attirer vers la cage d'escalier, il vit des arbres se pencher et des feuilles sèches plonger dans l'embrasure de la porte comme mues par un immense aspirateur. Les voisins se recroquevillèrent et reculèrent d'un pas, tels des vacanciers sur une plage pris dans une tempête.

Tout à coup, le vent s'arrêta et Wiktor retint également son souffle, s'attendant à une onde de choc. Mais il n'y eut pas d'explosion. Le bâtiment s'immobilisa, les silhouettes aux fenêtres disparurent. Tout était redevenu silencieux.

Les voisins rassemblés devant l'entrée ne bougeaient toujours pas, se demandant si c'était la fin ou juste un moment de répit avant l'arrivée du pire.

Mais c'était fini. Les gens, ombres d'eux-mêmes, se sourirent timidement.

— Bon, c'est bien. C'est une si belle journée, je crois que je vais aller rendre visite à mon fils à Bemowo, dit le concierge en se frottant les mains. Mais je reviendrai demain. Ne croyez pas que…

Il s'interrompit au milieu de sa phrase, bouche bée, fixant l'une des fenêtres de leur immeuble. Wiktor suivit son regard et se figea. Quelqu'un se tenait à la fenêtre du dernier étage.

C'était Jarek Kwaśniewski, l'homme qui s'était enfermé pour se ressourcer.

La silhouette s'avança sur le balcon, se pencha par-dessus la balustrade et leur cria :

— Hé, vous en bas, qu'est-ce qui se passe ? Il y a un problème avec l'immeuble ? Pourquoi vous êtes tous sortis ?

Ce ne fut qu'à ce moment-là que la tension se relâcha. Les gens se mirent à rire comme des forcenés. Ils avaient survécu. Agnieszka s'écarta de Robert qui gémissait doucement et s'approcha de Wiktor.

— Et alors, qu'est-ce que tu vas faire, maintenant, scribouillard ? lui demanda-t-elle.

C'était une bonne question.

Épilogue

Free homes for free people.
Varsovie, centre-ville.
Graffiti sur le mur d'un vieil immeuble,
dans la cour, entre les rues Wilcza et Hoża.

Terminaison 00.01. Dans l'entrée. Le 6 décembre 2002, à 16 h 40.

Fillette : Alors, papa habite dans ce nouvel immeuble, maintenant ?

Femme : Oui, chérie, tout en haut.

Fillette : Tu es déjà allée le voir ?

Femme : Oui.

Fillette : Sans moi ?

Femme : Oui.

Fillette : Bouh. Je n'aime pas ça.

[des pas]

Fillette : Et si papa ne me reconnaît pas ?

Femme : Tu peux être sûre d'une chose, ma chérie. Ton papa te reconnaîtra toujours et partout. Sais-tu pourquoi ?

Fillette : Pourquoi ?

Femme : Parce qu'il t'aime plus que tout au monde et que tu es sa fille adorée.

Fillette : On va voir s'il reconnaît quand je parle. Je me demande s'il se souvient de ma voix. Je peux l'appeler ? S'il te plaît, maman, je suis déjà assez grande pour atteindre le bouton !

Femme : Tu peux. Je suis sûre que papa se souviendrait de ta voix dans un million d'années et à l'autre bout de l'univers.

Fillette : Quel numéro ?

Femme : Quarante.

Fillette : Combien ?

Femme : Quatre et zéro.

Fillette : Ah oui.

[interphone]

Homme : Oui ?

Fillette : Papa, c'est nous !

REMERCIEMENTS

L'auteur voudrait remercier deux personnes.

Premièrement, mon frère, mais surtout mon ami. Vingt ans se sont déjà écoulés depuis le jour où mon frère et moi avons emprunté ensemble un ascenseur dans une barre d'immeubles à Varsovie. On blaguait et on se demandait dans combien de scènes d'horreur monstrueuses on pourrait utiliser une cabine pareille. Plus tard, Wojtek est devenu le testeur de mes idées, le premier rédacteur et critique de ce texte. Sans lui, ce roman n'existerait pas et je n'existerais pas en tant que romancier.

Deuxièmement, mon traducteur français, mais surtout mon ami. Dix ans se sont déjà écoulés depuis le jour où Kamil a écrit à ce « Cher monsieur Miłoszewski » au sujet d'une première traduction. À partir de ce moment-là, l'itinéraire de cette amitié, c'est sept romans, des dizaines de festivals littéraires en France, des milliers de cafés et de verres de vin bus ensemble. Une formidable aventure.

On dit que l'écriture, c'est le plus solitaire des métiers. Ce n'est pas vrai.

Je vous remercie beaucoup.

Z.

Varsovie, 24 septembre 2024

Composition et mise en pages
Nord Compo à Villeneuve-d'Ascq

#lisez! engagé
Pour plus d'information :
www.lisez.com
Imprimé sur du papier issu de forêts gérées durablement.

CET OUVRAGE
A ÉTÉ ACHEVÉ D'IMPRIMER
SUR ROTO-PAGE
PAR L'IMPRIMERIE FLOCH
À MAYENNE EN DÉCEMBRE 2024

N° d'impression : 105955
R15702/01
Imprimé en France